KB235869

수의 여왕

수의 여왕

가와조에 아이

김정환 옮김

청미래

# THE QUEEN OF NUMBERS

by Ai Kawazoe



역자 김정환(金廷桓)
건국대학교 토목공학과를 졸업하고 일본외국어전문학교 일한통번역과를 수료했다. 21세기가 시작되던 해에 우연히 서점에서 발견한 책 한 권에 흥미를 느끼고 번역의 세계를 발을 들여, 현재 번역 에이전시 엔터스코리아 출판기획 및 일본어 전문 번역가로 활동하고 있다. 경력이 쌓일수록 번역의 오묘함과 어려움을 느끼면서 항상 다음 책에서는 더 나은 번역, 자신에게 부끄럽지 않은 번역을 할 수 있도록 노력 중이다. 공대 출신의 번역가로서 공대의 특징인 논리성을 살리면서 번역에 필요한 문과의 감성을 접목하는 것이 목표이다. 야구를 좋아해 한때 imbcsports.com에서 일본 야구 칼럼을 연재하기도 했다.

수의 여왕

저자 / 가와조에 아이
역자 / 김정환
발행처 / 도서출판 청미래
발행인 / 김실
주소 / 서울시 용산구 서빙고로 67, 파크타워 103동 1003호
전화 / 02 · 739 · 1661
팩시밀리 / 02 · 723 · 4591
홈페이지 / www.cheongmirae.co.kr
전자우편 / cheongmirae@hotmail.com
등록번호 / 1-2623
등록일 / 2000. 1. 18
초판 1쇄 발행일 / 2020. 8. 25

값 / 뒤표지에 쓰여 있음

ISBN  978-89-86836-71-4  03830

이 도서의 국립중앙도서관 출판예정도서목록(CIP)은 서지정보유통지원시스템 홈페이지(http://seoji.nl.go.kr)와 국가자료종합목록 구축시스템(http://kolis-net.nl.go.kr)에서 이용하실 수 있습니다. (CIP제어번호 : CIP2020030715)

# 차례


제1장 참극의 기억 ◈ 13

제2장 수를 잡아먹는 악령 ◈ 43

제3장 여전사와 시녀 ◈ 89

제4장 문을 지나서 ◈ 115

제5장 약속의 낙원 ◈ 141

제6장 계략에 빠진 날 ◈ 177

제7장 운명의 삼각문 ◈ 203

제8장 순환하는 수 ◈ 233

제9장 칼과 보석 ◈ 269

제10장 신이 되다 ◈ 301

제11장 그림자의 정체 ◈ 331

제12장 더없이 관대한, 그러나 무엇보다 가혹한 심판 ◈ 371

해설 ◈ 393

참고 문헌 ◈ 402

후기 ◈ 403

역자 후기 ◈ 406

# 주요 등장 인물

**멤**

요정들의 리더.

**기멜**

덩치가 크고 온화한 성격의 소유자.

**달레트**

기멜의 사촌으로, 덩치가 크다.

**카흐**

멤의 육촌으로, 밝은 성격의 소유자.

**자인**

말이 없고 신중한 성격의 소유자.

### 나쟈

13세의 소녀. 어렸을 때 부모를 잃고
왕비의 양녀가 되었다.

### 왕비

메르세인 왕국의 왕비. 저주를 걸 수
있다는 소문이 있다.

### 비앙카

왕비의 큰딸이며 나쟈가 가장 좋아하는
언니. 8년 전부터 행방불명 상태.

### 리햐르트

왕비의 큰아들. 잔인한 성격의
소유자.

**마틸데**

왕비의 시녀. 성의 부지에서
약초밭과 벌오두막을 관리한다.

**람디쿠스**

고명한 젊은 시인.
왕비의 애인이라는 소문이 있다.

**트라이아**

메르세인 성의 근위대장.

**낙원장**(樂園長)  신들의 의지를 체현(體現)할 사명을 지닌 초로의 여성.

**타니아**  낙원장의 딸.

멤은 초조함을 감출 수가 없었다.

그와 동료들이 '바깥 세계'와 단절된 이곳에 감금된 지도 벌써 몇 년이 지났다. 바위벽으로 둘러싸인 이 '작업실'과 바깥 세계를 연결해주는 것은 벽의 높은 곳에 달려 있어 마치 구멍처럼 보이는 타원형 거울뿐이었다. 바깥 세계로부터 '명령'이 오지 않는 이 시각, 그를 제외한 동료들은 모두 정적에 잠긴 이 공간에서 잠을 자고 있다. 아주 잠시이지만 아무런 생각도 하지 않고 쉴 수 있는 귀중한 순간이다.

덩치가 큰 기멜과 달레트는 평소처럼 울퉁불퉁한 돌바닥에 아무것도 깔지 않은 채 누워서 번갈아가며 코를 골고 있다. 성격이 꼼꼼한 자인은 작업대 옆에 앉은 채 눈을 감고 있다. 자그마한 체구의 카흐는 작업대 위에 이상한 자세로 누워서 자고 있다.

언뜻 보면 모두 평소와 다를 바 없는 모습이다. 그러나 멤은 자신들의 내부에서 나타난 이변의 신호를 놓치지 않았다. 그것은 수백 년에 이르는 수명과 건강한 몸을 타고난 요정들을 괴롭히는 유일한 '질병'인 '운명수의 거품화'라는 현상이었다. 본래 '운명수의 거품화'는 나이를 먹어 수명이 얼마 남지 않은 자에게만 나타나는 병이다. 그러나 이곳의 공기는 아직 젊은 그들의 건강을 눈에 띄게 악화시키며 빠르게 생명력을 좀먹고 있었다. 멤은 알고 있었다. 이곳을 벗어나지 못하는 한 그리 머지않은 미래에 자신들 모두가

‘운명수의 거품화’가 일어나서 죽게 될 것임을.

— 하지만 왜, 왜 하필이면 그 시작이 가장 어린 카흐란 말인가?

멤은 도저히 이해할 수 없었다. 그러나 카흐가 눈에 띄게 쇠약해진 것은 분명한 사실이었다.

이유는 무엇일까? 카흐가 다른 요정들보다 더 고된 일을 해왔기 때문에? 그렇다고는 생각할 수 없었다. 단순히 생각하면 이 ‘작업실’과 『거대한 서(書)』 사이를 왕복하고 『거대한 서』를 감시하는 신의 심부름꾼들의 눈을 피해서 해당 ‘페이지’를 찾아내 ‘운명수의 사본’을 손에 넣어야 하는 기멜과 달레트의 작업이 훨씬 어렵고 고되었다.

작업이 힘들어서가 아니라면 대체 무엇이 원인일까? 아니, 지금은 원인이나 생각하고 있을 때가 아니다. 카흐를 살릴 방법을 찾아내는 것이 훨씬 급하다. 어떻게 해야 카흐를 살릴 수 있을까? 멤은 생각의 바닷속으로 더 깊이 헤엄쳐 들어가려고 했지만, ‘거울’이 빛을 내기 시작한 것을 보고 생각을 멈췄다. 우리의 ‘주인’이, 그 무자비한 인간 여자가 다시 모습을 드러내려 하고 있었다.

— 우리를 이용하기 위해.

어느새 바깥 세계에서는 날짜의 경계선을 넘어 새로운 하루가 시작된 모양이다. 그 여자는 새로운 하루가 막 시작된 이 시간대에 가장 빈번하게 지시를 내렸다. 멤은 또다시 ‘주인’의 지시를 실현하기 위한 ‘절차’를 동료들에게 전해야 한다. 그것이 그가 해야 할 ‘일’이기 때문이다.

멤은 생각했다. 우리는 이대로 계속 소모된 끝에 ‘운명수의 거품화’를 일으키며 죽어가야 하는 것일까? 설령 그렇다 해도 ‘주인’의 명령은 따라야 한다. 따르고 싶지 않아도 따를 수밖에 없다.

멤은 자신을 책망했다. 왜 나는 이런 상황에 빠지기 전에 그 여자의 계략을 꿰뚫어보지 못했을까? 거울이 눈부신 빛으로 '작업실'과 자신들을 비추었다. 그러나 그것은 생명의 근원이 되는 빛이 아니었다. 지금 이곳을 비추고 있는 것은 그런 성스러운 빛과는 무관한, 저주 받은 빛이었다.

하지만 이대로 포기할 수는 없었다. 멤은 마음을 잠식해오는 절망을 떨쳐내고자 이를 악물었다. 희망은 아직 있다. 검은 눈동자를 가진 그 인물이 이쪽을 향해서 이렇게 말하지 않았던가?

—당신들은 반드시 그곳에서 나올 수 있습니다. 가까운 시일 내에 당신들을 구원할 자가……, 거울 속으로 들어갈 수 있는 자가 찾아올 겁니다.

하지만 그 가까운 시일이 대체 언제란 말인가? 오늘? 아니면 내일?

—제발 빨리 와줘. 파멸이 먼저 우리를 찾아오기 전에…….

# 성스러운 전승

태초에 수(數)가 있었다.

모든 존재의 근원, 어머니 수, 즉 수의 여왕인 최고신은

대기(大氣)를 낳고, 신들을 낳고, 대지를 창조하고,

요정을 만들고, 그리고 인간을 만들었다.

어머니 수는 모든 '자식'에게 수를 하나씩 부여했다.

생명 그 자체, 우리를 형성하는 운명수를.


〈최초의 1인〉이 받은 운명수는 〈축복받은 수〉였다.

불멸(不滅)의 신들은 〈최초의 1인〉을 위해 세계의 중심인 『거대한 서(書)』에

장소를 마련하고 〈최초의 1인〉을 형성하는 〈축복받은 수〉를 보관했다.

불로(不老)의 신들은 〈최초의 1인〉에게 낙원을 선물했다.

〈최초의 1인〉은 낙원에서 아무런 불편함 없이 살았지만,

어느 날 〈그림자〉의 유혹에 넘어갔다.

〈그림자〉는 말했다.

〈축복받은 수〉를 가지고 있다 한들

너는 언젠가 늙어서 죽을 수밖에 없단다.

불로의 신들이 가진 것 같은 더 좋은 수를 갖고 싶지 않니?라고.

자신의 수가 불만스러워진 〈최초의 1인〉은 다른 자들의 혼에서

〈불로의 신들의 수〉를 모으고자 수많은 생명을 죽였다.

그 행동에 분노한 신들은 〈최초의 1인〉에게서

〈축복받은 수〉를 박탈하고 낙원에서 추방했다.

# 1

# 참극의 기억

메르세인 성의 본관과 인접한 신전. 장미색 베일을 쓴 나쟈는 많은 사람들이 지켜보는 가운데 제단 앞에 무릎을 꿇고 눈을 감은 채 『성스러운 전승』의 시작 부분을 암송하고 있었다. 열세 살이 된 지금까지 셀 수도 없을 만큼 많이 암송해왔던 『전승』이지만, 지금은 성인식의 일부분으로서 성의 대사제와 수많은 손님들이 지켜보는 가운데 처음부터 끝까지 단 한 구절, 단 한 글자도 틀리지 않고 암송해야 한다.

실패는 용납되지 않는다. 잘못 암송하는 것은 말할 필요도 없고, 조금만 더듬더라도 상황이 심각해질 수 있다. 왕비가 이 자리에 있기 때문이다. 왕비뿐만 아니라 메르세인 왕국의 중요 인물들도 거의 모두 참석했다. 한 달 전, 나쟈가 하루의 대부분을 보내는 베짜기 방을 찾아온 왕비의 시녀 마틸데는 나쟈에게 의식의 진행 순서를 전한 뒤에 이렇게 당부했다.

─그날은 스무스 백작 부부와 엘데 대공국의 사절 등 중요한

분들이 참석하십니다. 부디 왕비님의 위신을 생각해서 준비에 만전을 기해주십시오.

흑발에 단정한 이목구비의 소유자인 마틸데는 긴 속눈썹에 둘러싸인 크고 까만 눈동자로 나쟈를 바라보며 말했다. 다만 나쟈를 바라보고 있는 것은 오른쪽 눈동자뿐이었다. 왼쪽 눈동자는 이마부터 왼쪽 뺨의 상부까지 덮은 하얀 안대에 가려 보이지 않았다. 사람들은 그녀를 '검은 마틸데'라고 불렀는데, 그녀는 항상 옷깃을 단단히 여민 검은색 옷만 입었기 때문이다. 물론 그날도 마찬가지였다.

나쟈보다 조금 나이가 많은 마틸데는 4년 전 이 성에 온 뒤로 줄곧 왕비의 충실한 종이었다. 방금 한 말은 나름대로 조언을 해준 것이겠지만, 나쟈에게는 위협으로밖에 들리지 않았다. 자신의 말에 나쟈가 위축된 것을 느꼈는지, 마틸데는 이렇게 덧붙였다.

— 왕비님께서는 나쟈 님의 성장을 즐거운 마음으로 지켜보고 계십니다.

그러나 너무나도 무표정한 마틸데의 얼굴을 봤을 때 '급하게 지어낸 말'임이 분명했다. 한층 더 불안해진 나쟈는 그날 이후 오늘까지 죽을힘을 다해서 『전승』의 암송을 연습했다.

참석자들이 지켜보는 가운데 나쟈의 암송은 〈최초의 1인〉이 지은 죄에 관한 내용으로 접어들었다. 신전 가장 안쪽의 벽화에도 그려져 있는 그 이야기이다. 벽화를 보면, 모든 인간들의 시조임을 말해주는 듯한 풍만한 체형에 하얀 피부와 장밋빛 뺨, 긴 머리카락을 가진 여성이 뭔가를 갈구하듯이, 하늘을 향해 오른손을 뻗고 있고, 여성의 등 뒤에는 형체가 뚜렷하지 않은 검은 아지랑이,

즉 〈그림자〉가 숨어 있다. 그리고 벽화를 둘러싸듯 불로(不老)의 신들과 불멸(不滅)의 신들의 조각상이 서 있다.

『전승』의 이 부분을 떠올릴 때마다 나쟈는 자신도 모르게 생각에 잠긴다. 〈최초의 1인〉이 가지고 싶어한 〈불로의 신들의 수〉란 대체 어떤 수일까?

운명수. 이것은 〈어머니 수〉 혹은 〈수의 여왕〉이라고 불리는 〈유일한 최고신〉이 한명 한명의 인간에게 부여한 수라고 한다. 이 이야기가 사실이라면 나쟈도 틀림없이 어떤 수를 부여받았을 테지만, 나쟈는 그것이 어떤 수인지 모른다. 또한 모든 사람들의 운명수는 『거대한 서(書)』에 적혀 있다고 하는데, 그 『거대한 서』라는 것은 대체 어디에 있을까? 하나같이 알 수 없는 것들뿐이다.

〈최초의 1인〉은 틀림없이 자신에게 주어진 수를 알고 있었을 것이다. 또한 그것이 어떤 의미를 지니는지도 알고 있었으리라. 그렇기에 불만이 생겼던 것이다. 하지만 〈최초의 1인〉은 본래 축복을 받고 태어난 인간이 아니었던가? 그대로 얌전히 있었다면 계속 낙원에서 편하게 살 수 있었을 텐테, 대체 얼마나 불만이 컸기에 신들을 배신한 것일까?

—나는 밖으로 나가고 싶다는 생각 따윈 해본 적도 없는데.

이 성은 나쟈가 알고 있는 유일한 세계였다. 물론 바깥 세계에 관해 전혀 모르는 것은 아니다. 이 성의 바깥에는 메르세인 왕국의 영토가 있고, 그 바깥에는 다른 나라들이 있으며, 그곳에는 생김새가 다른 다양한 사람들과 땅딸막한 체구의 요정들이 살고 있다는 사실은 다른 사람들에게 들은 이야기나 책에서 읽은 내용을 통해 알고 있었다. 그러나 그들을 자신의 눈으로 직접 보고 싶다는 생각은 해본 적이 없었다. 아니, 그전에 나쟈는 앞으로 살아가면서 자신이 뭔가를 강렬하게 바라는 일은 절대 없을 것이라 생각했다. 8년 전부터 지금까지 줄곧 그래왔기 때문이다. 그렇기에 지금 이렇게 왕비의 명령대로 의식을 치르고 있는 것이다. 이 의식에는 성인이 된 것을 축하하는 동시에 신들 앞에서 평생 이 성에서 떠나지 않을 것임을 맹세한다는 의미도 있다. 즉, 이것은 나쟈가 평생 여행도 하지 않고 결혼도 하지 않으며 줄곧 이곳을 떠나지 않고 살아가라는 왕비의 뜻을 순순히 받아들이는 의식이기도 했다.

— 나쟈는 이 성이 좋니?

암송에 집중하려는 나쟈의 의식을 잡아끌듯이 머릿속에서 상냥한 목소리가 되살아났다. 벌써 여러 해 전, 여섯 살 많은 언니 비앙카가 어린 나쟈에게 했던 질문이다. 나쟈는 『전승』을 계속 암송하면서도 마음속에서 언니의 환영에게 대답하지 않을 수 없었다.

— 싫어.

그날 이후로도 이 성이 마음에 들었던 적은 지금까지 단 한번도 없었다. 그 이유는……. 나쟈는 어린 자신이 언니에게 했던 말을 떠올렸다.

— 이 성은 꼭 왕비님 같거든. 그래서 싫어.

옛날의 나는 참 겁이 없는 아이였구나 하는 생각이 강하게 들었다. 다만 이것은 나쟈의 솔직한 생각이었다. 실제로 이 성은 왕비 그 자체이다. 시간이 지날수록 나쟈는 어린 시절에 자신이 받았던 인상이 틀리지 않았음을 실감했다. 그러나 나쟈가 그 말을 입 밖으로 꺼냈을 때, 언니 비앙카는 새파랗게 질려서 황급히 주위를 둘러보더니 나쟈에게 작은 목소리로 이렇게 말했다.

—나쟈, 다른 사람이 그 말을 들었다가는 큰일이 난단다. 언니 말고 다른 사람이 있을 때는 절대 그런 말을 해서는 안 돼. 알았지? 언니랑 약속하자. 그리고 '왕비님'이 아니라 '어머니'라고 불러야지. 우리 어머니잖니.

어지간해서는 볼 수 없는 언니의 무서운 표정에 나쟈는 크게 당황했다.

—미안해, 언니. 다시는 그런 말 안 할게.

—그래. 하지만 우리 둘만 있을 땐 뭐든지 솔직하게 말해도 돼.

비앙카는 다시 평소의 밝은 얼굴로 돌아가서 이렇게 말했다. 상냥하게 웃는 비앙카의 얼굴. 지금도 그 얼굴이 떠오를 때마다 나쟈는 눈물이 날 것만 같다. 『전승』을 암송하는 목소리가 눈물에 젖으려 하는 것을 깨달은 나쟈는 정신을 차리고 다시 암송에 집중했다.

◈

나쟈는 왕비가 낳은 딸이 아니다. 나쟈는 기억하지 못하지만, 아주 어렸을 때 왕비에게 입양되었다. 유행병에 부모를 잃고 혼자가 된 어린 나쟈를 왕비가 가엾게 여겨 양녀로 삼았다고 하는데, 나쟈는 그 이야기를 믿지 않았다. 유행병에 부모를 잃고 고아가 된 아이는 예나 지금이나 수없이 많을뿐더러, 최근 몇 년 사이 유행병이 맹위를 떨치고 있는 까닭에 그 수는 계속 늘어나고 있다. 그러나 왕비가 그런 아이들에게 자비를 베풀었다는 이야기는 들은 적이 없다. 그렇다면 왕비에게 나쟈가 뭔가 특별한 아이였던 것일까? 그런 것도 아닌 듯하다. 특별히 자비를 베풀어서 양녀로 삼은 것치고는 나쟈에게 '전혀'라고 해도 과언이 아닐 만큼 신경을 쓰지 않았다. 평소에는 하인들과 똑같이 '별채'에서 살게 하면서 실잣기나 베짜기 같은 일을 시켰다. 왕족으로 대우하는 모습도 보기 드물었다. 왕족답게 대우한 것은 그 끔찍한 '참극'이 일어났을 때와 그리고 이번의 '성인식' 정도가 전부이다.

한편, 언니 비앙카는 나쟈와 달리 왕비가 낳은 친딸이었다. 비앙카는 아름다웠다. 백옥 같은 피부, 오뚝한 콧날, 붉은 입술, 푸른 눈동자, 금색으로 빛나는 윤기 있는 머리카락은 왕비를 그대로 빼닮았다고 해도 과언이 아니었다. 열 살이 되었을 무렵에 이미 왕비보다 아름다웠으며, 시간이 지날수록 더욱 아름다워질 것이 분명했다. 뻣뻣한 빨간 머리카락에 얼굴은 주근깨로 가득하고 코도 작은 나쟈가 비앙카의 친자매가 아니라는 것은 누가 보더라도 금방 알 수 있었다.

그래도 나쟈는 언니를 사랑했다. 나쟈는 만약 자신에게 비앙카처럼 아름답고 마음씨 고운 딸이 있다면 틀림없이 딸 바보가 될 것이라고 생각했다. 그런데 왕비는 친딸인 비앙카조차도 고귀한 가문의 사람으로 대하지 않고 하인들과 똑같이 대했다. 왕비가 애지중지하는 친자식은 비앙카보다 네 살 어린 남동생 리햐르트뿐이었다.

— 리햐르트.

그 이름을 떠올리기만 해도 나쟈는 등줄기가 오싹해졌다. 나쟈보다 두 살 많은 오빠 리햐르트도 왕비를 닮아 미소년이다. 그리고 동시에 다른 사람을 해치는 것을 아무렇지도 않게 생각하는 지극히 잔인한 성격의 소유자이기도 하다.

나쟈는 네 살 무렵에 리햐르트에게 죽을 뻔한 경험이 있었다. 검술 수련이 시작되어 자신의 검을 소유하도록 허락받은 리햐르트는 누에고치 운반을 도우려고 수련장 근처에 와 있던 나쟈를 보더니 갑자기 등 뒤에서 달려들어 검으로 내리쳤다. 나쟈를 특별히 노렸다기보다는 때마침 근처에 있었던 '움직이는 표적'으로 간주한 것이었다. 언니 비앙카가 자신의 몸으로 감싸준 덕분에 나쟈는 무사했지만, 그 대신 비앙카는 오른팔에 심한 상처를 입고 엄청난 양의 피를 흘렸다. 피를 흘리는 비앙카와 비앙카의 피를 보고 울부짖는 나쟈, 그리고 그 모습을 바라보며 크게 웃다가 중심을 잃는 바람에 엉덩방아를 찧은 리햐르트. 나쟈는 그 광경을 죽을 때까지 잊지 못할 것이다.

그런데 근위병들의 연락을 받고 나타난 왕비는 그 모습을 보자마자 이렇게 말했다.

—리햐르트, 어디 다친 데는 없니!?

왕비는 그저 중심을 잃고 넘어졌을 뿐인 리햐르트를 끌어안고는 근위병들에게 리햐르트를 간호하라고 명령했다. 그리고 비앙카의 팔을 지혈하고 있던 당시의 근위대장 콰르드에게 놀랍게도 이렇게 외쳤다.

—콰르드! 그딴 건 아무래도 상관없으니 빨리 리햐르트를 치료하게!

'그딴 건.' 왕비의 그 말과 리햐르트가 입가에 떠올린 희미한 웃음은 지금도 나쟈의 머릿속에서 종종 되살아나곤 한다.

리햐르트의 흉포한 행동은 그후에도 계속되었다. 수많은 근위병과 하인을 죽였고, 심지어 3년 전에는 자신의 난폭한 행동에 대해 직언을 하는 것이 성가셨는지 근위대장 콰르드를 기습해 죽이기까지 했다. 아마도 성 밖에서는 더 많은 사람들을 죽였을 것이다. 2년 전부터는 동맹국인 엘데 대공국에 머무르고 있는데, 할-레온 왕국과의 전쟁에서 공을 세우고 있다고 한다. 패주하는 적을 모조리 죽이는 것도 모자라 적국의 마을에 있던 저항하지도 않은 여성들과 아이들을 태연하게 죽였다는 소문까지 있었다. 그러나 이런 잔인하기 짝이 없는 인간을 왕비는 마치 새끼고양이처럼 귀여워했다.

나쟈는 리햐르트는 물론이고 왕비도 좋아하지 않았다. 왕비를 '어머니'라고 생각한 적도 없었다. 그러나 비앙카는 마음 한구석으로 왕비를 흠모했다.

"나쟈, 그거 아니? 우리 어머니는 신에게 〈축복받은 수〉를 받으셨대."

"그게 무슨 수인데?"

"커다란 '본디[素]의 수'야. 그 수 자신하고 1 이외의 수로는 나누어떨어지지 않는 큰 수."

자랑스러운 표정으로 그렇게 말하던 비앙카의 모습을 나쟈는 생생히 기억하고 있다. 그때도 비앙카의 오른팔에는 리햐르트가 입힌 상처가 선명하게 남아 있었다. 음력 초하루의 다음 날에 뜬 달처럼 살짝 휘어진 가느다란 선 같은 상처. 그 상처는 아마도 평생 사라지지 않을 것이다. 그런데도 비앙카는 어머니를 용서한 것일까? 그때 나쟈는 도무지 왕비를 좋아할 수 없는 자신이 어쩌면 틀렸는지도 모른다고 생각했다.

그러나 사실 나쟈뿐만 아니라 비앙카 역시 왕비에게는 그저 노동력에 불과했다. 실제로 왕비는 비앙카와 나쟈에게 다양한 일을 시켰다. 대개 왕비를 오랫동안 모셨던 나이 든 시녀장이 일감을 가져왔는데, 그중에는 대체 무슨 일인지조차 알 수 없는 것도 있었다. 8년 전 어느 날, 평소처럼 시녀장이 와서는 나쟈와 비앙카, 그리고 다른 하인들의 딸을 성의 부지 외곽에 있는 허름한 오두막으로 데려갔다. 본래 축사로 사용되었던 그 오두막에는 책상과 의자가 빼곡히 놓여 있었고, 벽에는 커다란 석판이 걸려 있었다. 창문이 없어서 대낮에도 램프를 켜놓아야 할 만큼 어두운 실내에서 시녀장은 손에 든 램프의 불빛을 출렁이며 말했다. "오늘부터 여러분은 '셈하는 아이'입니다. 정신 바짝 차리고 일해야 해요." 그리고 이것은 왕비가 친히 명한 비밀스러운 작업이므로 절대 일의 내용을 입 밖에 내서는 안 된다고 덧붙였다.

그날 이후 나쟈와 비앙카를 비롯한 소녀들은 이른 아침부터 그 오두막에 모여서 일을 했다. 일의 내용은 이랬다. 매일 한 명에게 하나씩 어떤 수가 할당된다. 대체로 **41392**나 **246036** 같은 큰 수였는데, 이것을 벽의 석판에 적힌 '일람표'의 수로 나눈다.

먼저 그날 할당받은 '커다란 수'를 일람표의 첫 번째 수인 **2**로 나눈다. 그 결과 나누어떨어졌다면 '**2**'를 기록하고 그 '몫'을 다시 '**2**'로 나눈다. 이번에도 나누어떨어졌다면 그 몫에 대해서 똑같은 계산을 반복한다. 만약 2로 나누어떨어지지 않았다면 일람표의 다음 수인 3을 가지고 똑같은 계산을 반복한다. 나누어떨어지지 않았다면 다음에는 5, 그다음에는 7로 나눈다.

일람표에는 7 이후로도 수가 적혀 있었다. 나쟈는 지금도 전부 기억하고 있다. **2**, **3**, **5**, **7**, **11**, **13**, **17**, **19**, **23**, **29**, **31**, **37**, ……, **127** 까지 모두 **31**개로, 전부 '그 자신과 1 이외의 수로는 나누어떨어지지 않는 수'였다. 이런 수를 이 나라에서는 '본디의 수'라고 부르는데, 비앙카는 "사실 본디의 수는 이게 전부가 아니야. 무수히 많아. 그래서 이 일람표에는 전부 적을 수가 없어"라고 말했다.

할당받은 '커다란 수'를 일람표에 있는 '본디의 수'로 나누는 작업을 반복한 끝에 그 몫이 1이 되었거나 일람표의 모든 수를 사용해서 나눗셈을 마치면 계산은 일단 끝이 난다. 그리고 어느 쪽으로든 계산이 끝났다면, '기록한 수'를 시녀장에게 보고해야 했다.

당시 다섯 살이던 나쟈는 물론이고, 소녀들에게 이것은 굉장히 힘든 일이었다. 나쟈와 비앙카를 제외하면 전원이 성의 하인이나 근위병의 딸들로서 제대로 교육을 받은 적이 없는 아이들이었기 때문이다. 자신의 이름조차 읽고 쓸 줄 모르는 소녀들이 숫자를 읽는 법부터 나눗셈을 하는 방법까지 단기간에 속성으로 교육 받고, 교육 기간이 끝나자마자 석회 가루를 굳혀서 만든 막대와 검은 석판을 들고 아침부터 저녁까지 나눗셈을 해야 했던 것이다.

나눗셈을 틀리지 않는 것만도 벅찬데 계산 절차까지 복잡하다 보니 절차를 제대로 외우지 못하거나 잊어버리는 바람에 계산을 틀리는 일도 종종 일어났다. 그러나 단 한 명, 비앙카만은 항상 완벽하게 계산을 해냈다. 게다가 자신이 할당받은 수의 계산을 일찍 마친 뒤에는 다른 소녀들의 계산 결과를 둘러보고 틀린 것이 있으면 바로잡아주었다. 물론 시녀장이 없을 때를 노려서.

한번은 나쟈에게 할당된 '커다란 수'가 56391인 날이 있었다. 나쟈는 이것을 3으로 나눠본 뒤에 '나누어떨어지지 않는다'고 결과를 적었는데, 그것을 본 비앙카가 말했다.

"56391이라는 수는 3으로 나눠떨어질 거야. 다시 계산해봐."

"정말이야? 언니는 그걸 어떻게 알아?"

"56391의 각 자리의 숫자를 전부 더해볼래?"

"그러니까 5+6+3+9+1을 하라는 거지?"

"그래. 그러면 24가 나올 거야. 24는 3으로 나눠떨어지지?"

"으음……. 응, 나눠떨어져. 24는 3의 배수니까."

"맞았어. 나쟈는 머리가 좋구나. 그렇게 원래 수의 각 자리의 숫자를 전부 더한 수가 3으로 나눠떨어진다면 원래 수도 3으로 나눠떨어지게 돼."

"그럼 나 잘못 계산한 거야? 어떡하지!? 이제 시간도 없는데!"

"괜찮아. 지금부터 다시 계산하면 돼. 내가 도와줄 테니까 빨리하자."

"고마워, 언니."

비앙카는 그밖에도 많은 것을 알고 있었다. '원래 수의 각 자리의 숫자를 전부 더한 수가 어떤 수로 나누어떨어진다면 원래 수도 그 수로 나누어떨어진다'라는 방법을 3뿐만 아니라 9로 나눌 때도 쓸 수 있다는 것, 원래의 수에서 가장 오른쪽 자리의 숫자를 잘라내 2를 곱한 다음 왼쪽에 남은 수와 더하기를 반복했을 때, 마지막에 19가 나온다면 원래의 수는 19로 나누어떨어진다는 것도 소녀들에게 가르쳐주었다. 나쟈는 '비앙카 언니는 어떻게 이런 것들을 알고 있을까?'라고 신기하게 생각했지만, 비앙카는 책에서 배웠다고만 말했다. 어쨌든 비앙카의 지식은 나쟈와 다른 소녀들을 수없이 여러 번 구해주었다.

나쟈는 비앙카와 다른 소녀들의 웃는 얼굴을 떠올렸다. 일은 고되었지만, 즐거운 순간도 분명히 있었다.

— 그랬는데 그런 끔찍한 일이 일어나다니.

계산 작업은 나쟈가 '셈하는 아이'가 된 지 1년도 채 지나지 않은 어느 날 갑자기 종료되었다. 나쟈를 제외한 소녀들과 그 일을 지휘하던 시녀장이 갑자기 죽은 것이다. 그날을 생각하면 나쟈는 지금도 심장이 마구 고동친다. 그날 밤, 별채에서 자고 있던 나쟈는 옆 침대에서 자고 있어야 할 비앙카가 없어진 것을 느끼고 눈을 떴다. 이런 밤중에 대체 어디를 간 것일까? 이상하게 생각하고 있었는데, 주위의 공기가 눈에 보일 정도로 '기묘해지기' 시작했다. 그것은 뭐랄까, 압력의 변화 같은 것이었다. 어째서인지 나쟈는 그 변화에서 깊이를 알 수 없는 공포를 느꼈다. 의식 또는 기억의 아주 깊은 곳에 잠들어 있던 어떤 공포심이 깨어난 것 같은 느낌이었다.

그리고 다음 순간, 나쟈는 도저히 이 세상의 존재로는 생각되지 않는 생물이 자신의 침대 위를 하늘하늘 날고 있는 것을 발견했다. 동그란 머리에 긴 꼬리, 작은 네 다리. 도마뱀을 닮은 크고 반투명한 회색 생물로, 머리와 턱, 그리고 등에서는 수많은 금색 반점들이 빛을 내고 있었다.

그 생물은 나쟈를 무시하듯 지나쳐서는 벽을 통과해 사라졌다. 옆방에서 비명 소리가 들린 것은 그 직후였다. 나쟈는 두려움에 온몸이 얼어붙은 탓에 침대에서 내려오다가 왼발을 삐었다. 그래도 기어가다시피 하며 옆방으로 갔다. 비명 소리의 주인은 틀림없이 자신과 동갑인 근위대장 콰르드의 딸 유일다였다. 방문을 여니 침대 밑에 쓰러져 있는 유일다가 보였다. 나쟈는 황급히 유일다에게 다가가 그녀를 일으켜 세우려고 했지만, 유일다는 이미 숨을 거둔 뒤였다.

그날 밤 죽은 사람은 유일다만이 아니었다. 나쟈와 함께 계산 작업을 하던 다른 셈하는 아이들도, 시녀장도 죽었다. 성내는 발칵 뒤집혔고, 모두가 사태를 수습하기 위해 동분서주했다. 한편 비앙카는 어디에서도 발견되지 않았다. 나쟈는 대혼란 속에서 비앙카를 찾아 성 밖으로 나갔다가 깊은 숲속에서 길을 잃었다. 대체 얼마나 숲속을 헤맸을까? 나쟈는 이윽고 근위병들에게 발견되었다. 한 근위병이 나쟈에게 말했다.

"아아, 가여운 나쟈 님. 시녀장은 이런 어린 아이들을 '악마의 행위'에 끌어들이다니……."

나쟈는 근위병들이 하는 이야기를 통해 여러 가지 사실들을 알게 되었다. 셈하는 아이가 되어 오두막에서 했던 일은 왕비의 명령이 아니라 시녀장이 독단으로 소녀들에게 시킨 것이었다고 한다. 게다가 그 계산은 왕비의 말에 따르면, '금지된 행위', 즉 '저주'와 관련된 것이었다. 애초에 이 메르세인 왕국에서는 계산이라는 행위 자체가 금지되어 있으며, 발견되는 즉시 엄벌에 처해진다고 한다.

근위병들과 함께 성으로 돌아간 나쟈는 대형 홀에서 왕비를 알현했다. 비상시임에도 왕비는 평소와 다를 바 없이 아름답게 치장하고 있었다. 가느다란 목, 하얀 귓불, 그리고 반짝반짝 윤이 나는 머리카락에는 크고 작은 멋진 보석들로 장식해서 왕비의 아름다움을 더욱 돋보이게 했다. 왕비는 매우 슬픈 표정을 짓고 있었지만, 나쟈에게는 왠지 왕비만이 슬픔과 공포로 가득한 이 상황과는 아무런 상관이 없는 별개의 세계에 있는 듯이 느껴졌다. 왕비는 마치 연기를 하는 듯한 동작으로 다가오더니 호들갑스럽게 몸을 굽히며 나쟈를 껴안았다. 순간 좋은 향기가 났다. 왕비는 나쟈의 귓가에 대고 눈물 젖은 목소리로 "아아, 다행이구나. 내가 얼마나 걱정했는지……"라고 말했다.

나쟈는 당혹스러웠다. 이럴 때는 뭐라고 말해야 하는 것일까? 왕비에게 이런 말을 듣는 것은 처음이었다. 평범한 아이라면 기뻤을지도 모른다. 그러나 나쟈는 반응할 수가 없었다. 왜 그랬을까? 나쟈를 끌어안고 있는 왕비의 몸에서 온기가 느껴지지 않았기 때문이다.

나쟈의 몸은 딱딱하게 굳어 있었지만, 왕비는 그런 나쟈를 염려하는 기색도 없이 다음 행동으로 넘어가 나쟈의 손을 잡고 왕좌 쪽으로 데려갔다. 그때에야 비로소 나쟈는 이곳에 많은 사람들이 모여 있음을 깨달았다. 왕비는 홀에 모인 사람들에게 다음과 같이 말했다.

— 여러분. 이 성에서 일어난 참극에 관한 이야기는 이미 들으셨을 줄 압니다. 시녀장, 그리고 소녀 여러 명이 갑자기 소중한 생명을 잃은 사건이지요. 지금 제 마음은 너무나도 아픕니다. 게다가 이 참극의 '진상'을 생각하면 당장이라도 가슴이 찢어질 것만 같습니다.

"참극의 진상." 이 말에 사람들은 크게 술렁였다.

―하지만 여러분에게 그 진상을 알리지 않을 수 없습니다. 그 진상은 바로, 시녀장이 소녀들에게 '금지된 저주'를 실행하도록 강요했다는 것입니다. 그리고 금지된 저주란……. 여러분도 아실 것입니다. '운명수에 대한 계산'입니다.

왕비의 입에서 "운명수에 대한 계산"이라는 말이 나오자 사람들의 표정은 공포로 얼어붙었다. 그중에는 비명을 지른 부인들도 있었다.

―시녀장은 왕비의 명령이라면서 소녀들에게 저주를 돕도록 시켰다고 합니다. 그것도 다른 사람의 운명수에 관한 계산을 시켰다고 하더군요. 여러분도 아시다시피, 우리는 신들의 의지가 없이는 자신의 운명수조차 알지 못합니다. 그런데 어떻게 시녀장이 타인의 운명수를 알 수 있었는지, 그리고 운명수의 계산이란 어떤 것인지, 저는 너무 두려워 알고자 하는 마음도 들지 않습니다. 하지만 시녀장이 제 이름을 이용해서 무서운 행위를 했다는 것만큼은 사실입니다. 그리고 그 계산을 했기 때문에 신의 벌을 받았습니다. 이것이 이번 참극의 진상입니다. 저는 사제들이 알려준 덕분에 이 사실을 알게 되었습니다. 참으로 유감스러운 일이 아닐 수 없습니다. 그나마 다행스러운 일은 둘째딸인 나쟈가 무사했다는 것입니다. 그리고 큰딸 비앙카도 지금 근위병들이 찾고 있습니다. 나쟈를 찾았으니 비앙카도 틀림없이 찾을 수 있겠지요.

당장이라도 울음을 터뜨릴 것 같은 얼굴이 된 왕비는 눈물을 참으려는 듯 고개를 숙였다. 그 모습에 사람들도 다시 비통한 표정을 지었다. 이윽고 왕비는 고개를 들고 소리 높여 말했다.

―여러분. 저는 이번과 같은 참극이 두 번 다시 일어나지 않기

를 바랍니다. 그러기 위해서라도 '저주'로 이어지는 행위, 즉 '계산'
을 지금보다 더 엄격하게 단속하려 합니다.

그날 왕비는 메르세인 왕국 내에서 '계산'을 하는 행위, 그리고
계산에 관해 공부하는 행위를 더욱 엄격히 단속하라고 명령했다.
금기를 깬 자는 최악의 경우 사형까지 당하게 되었다.

한편, 나쟈의 언니 비앙카는 결국 발견되지 않았다. 참극이 벌어
지고 3개월이 지났을 무렵, 성에서는 비앙카의 장례식이 간소하게
거행되었다. 사제 한 명이 기도를 올리는 가운데 하인들의 묘 옆에
비앙카의 이름만이 새겨진 조촐한 묘비가 세워졌다. 왕비는 그 짧
은 장례식에조차 모습을 드러내지 않았다.

대사제는 『성스러운 전승』의 암송을 무사히 마친 나쟈를 일어서게
한 뒤 자신의 오른쪽에 세웠다. 그리고 오른손을 장미향이 나는
성수에 적셔 나쟈의 이마에 마귀를 쫓는 삼각 무늬를 그린 다음
나쟈의 정수리에 손을 얹고 기도문을 암송했다. 나쟈는 많은 사
람들이 숨소리조차 죽이며 주목하고 있음을 느꼈다. 날카로운 긴
장감이 신전을 가득 채우고 있었다. 지금부터가 이 의식의 중요한
대목이다. 대사제가 나쟈에게 물었다.

"〈축복받은 수〉란 무엇입니까?"

문답의 시작이다. 대사제의 질문에 완벽하게 대답해야 한다.

"〈축복받은 수〉는 크고, 강하고, 흠이 없고, 금이 가는 일도 없
으며, 그런 까닭에 그것은 〈불로의 신들의 수〉를 닮았습니다."

"〈불로의 신들의 수〉란 무엇입니까?"

"〈불로의 신들의 수〉는 신성한 대기(大氣)와 만남으로써 〈불멸의 신들의 수〉로 이어지며, 그런 까닭에 그것은 〈불로의 신들의 수〉입니다."

"〈불멸의 신들의 수〉란 무엇입니까?"

"〈불멸의 신들의 수〉는 자신의 주검에서 부활하며, 결코 소멸하지 않습니다."

"불로–불멸의 신들을 능가하는 〈유일하며 최고의 신의 수〉란 무엇입니까?"

"〈유일하며 최고의 신의 수〉는 존재하는 것 그 자체. 삼라만상을 낳는 어머니 수, 수의 여왕입니다."

"그렇다면 우리 인간의 수는 어떤 수입니까?"

"우리 인간의 수는 작고, 여리며, 금이 간 수입니다."

"우리 인간의 수가 그러한 것은 어떤 연유에서입니까?"

"모든 인간의 어머니, 즉 〈최초의 1인〉이 지은 죄 때문입니다."

"그 죄란 무엇입니까?"

"〈그림자〉의 유혹에 넘어가 인간의 몸으로 〈불로신의 수〉를 탐낸 겁니다."

"그대도 그 죄를 짊어진 자입니다. 그대는 끊임없이 뉘우치며 선한 행실을 통해서 〈최초의 1인〉이 지은 죄를 속죄하겠습니까?"

마지막 질문에 대해 나쟈는 두 손을 자신의 가슴에 댄 뒤 대사제에게 보여주는 것으로 응답했다.

이제 의식에서 나쟈가 할 일은 전부 끝났다. 눈을 감고 있어도 대사제가 만족스러운 듯 고개를 끄덕인 것, 나쟈를 지켜보는 사람들이 안도의 한숨을 내쉰 것을 알 수 있었다. 나쟈 또한 마음속으로 몰래 가슴을 쓸어내렸다. 중대한 의식을 무사히 마쳤다. 왕비도 이것은 부정하지 못할 것이다. 그것도 왕비가 생각했던 것보다 훨씬 훌륭하게 해내지 않았을까? 시녀인 마틸데가 했던 말이 떠올랐다.

—왕비님께서는 나쟈 님의 성장을 즐거운 마음으로 지켜보고 계십니다.

왕비가 정말로 그런 말을 했는지는 알 수 없다. 그러나 큰일을 해낸 지금, 왕비도 아주 조금은 만족하고 있지 않을까? 나쟈는 생각했다. 왕비는 지금 어떤 표정을 짓고 있을까? 사실 어떤 표정이든 상관없었다. 그저 왕비가 어떤 형태로든 반응을 보인다면 조금이나마 성취감 비슷한 것을 얻을 수 있을 것만 같았다.

나쟈는 눈을 떴다. 눈앞에 대사제의 얼굴이 보였다. 그리고 대사제의 어깨 너머로 신전 우측에 서 있는 '미의 여신상'이 보였다. 그 여신상 앞에는 이 신전에서 왕비만이 앉는 특등석인 금란(金襴) 의자가 있다. 왕비가 그 장소를 좋아하는 이유는 미의 여신상이 큰 거울을 들고 있어서 그곳에 있으면 의식 중에도 거울에 비친 자신의 얼굴을 볼 수 있기 때문이었다. 물론 오늘도 왕비는 그곳에 앉아 있었다. 소녀처럼 가냘픈 몸매, 도자기로 만든 인형 같은 하얀 피부, 단정한 붉은 입술. 주름이나 기미 따위는 전혀 보이지 않는 매끈한 이마. 장미색 레이스로 만든 화려한 베일 사이로 보이는 비단결 같은 금발. 왕비는 역시 아름다웠다. 그러나 왕비가 자랑하는 '푸른 눈동자'는 볼 수 없었다.

눈을 감고 졸고 있었기 때문이다.

—아아, 그러면 그렇지.

나쟈는 조금이나마 어떤 반응을 기대했던 자신이 부끄럽게 느껴졌다. 옛날부터 그렇지 않았던가? "그딴 건 아무래도 상관없으니." 자신이 낳은 친딸인 비앙카에게 그런 말을 내뱉었던 그때나 지금이나 왕비는 변한 것이 하나도 없다. 그런 마당에 양녀인 자신이 열세 살이 되었든, 성인이 되는 의식을 무사히 마쳤든 달라질 이유는 하나도 없는 것이다. 나쟈는 왕비에게 자신이 '아무래도 상관없는 존재'임을 새삼 깨달았다.

그렇지만……. 나쟈는 생각했다. 어쩌면 왕비에게는 극히 일부를 제외한 모든 사람이 아무래도 상관없는 존재일지도 모른다고 말이다.

사람들은 신전에서 거주관의 대형 홀로 이동해 축하연회를 즐겼다. 왕비에게는 이곳에 있는 모든 사람들이 하찮은 존재일 것이다. 홀 안쪽에 나란히 놓인 옥좌 중 한쪽에 앉아 있는 메르세인의 국왕, 즉 왕비의 남편조차 왕비에게는 버러지만도 못한 존재이리라. 국왕은 공허한 눈으로 어딘가를 바라보며 멍하니 앉아 있었다. 연회를 즐기고 있는 것으로는 전혀 느껴지지 않았다. 오랜만에 본 국왕의 얼굴은 몇 년째 외모에 변함이 없는 왕비와는 대조적으로 상당히 나이를 먹은 듯이 보였다. 부부 관계가 완전히 얼어붙었다는 것, 그리고 현재 이 나라의 모든 권력을 정통 메르세인 왕가의 피를 이어받은 왕이 아닌 왕비가 쥐고 있다는 것은 누가 보더라도 명백했다. 이것은 이 멋진 대형 홀의 안쪽 벽 전체를 뒤덮고 있는 커다란 '초상화'가 왕비의 단독 초상화라는 사실만 봐도 짐작할 수 있었다.

왕비는 그날 처음 선보이는 화려한 드레스로 갈아입고 홀에 모습을 드러냈다. 홀의 중앙에는 특히 밝은 정사각형의 공간이 있다. 고대풍의 대리석 원기둥 네 개가 떠받치고 있는 돔형 천장에 끼워넣은 아름다운 거울이 홀의 조명을 반사해 그곳에 집중시킨다. 커다란 문을 통해 홀에 입장한 왕비는 그 정사각형의 공간에 멈춰 서서 몸을 한 바퀴 돌렸다. 연한 옥빛의 드레스. 가슴 부분에서는 아름다운 보석들을 엮어서 만든 목걸이가 빛나고 있었다. 그곳에 모인 사람들은 입을 모아 찬사를 보냈다.

왕비의 드레스를 만든 천은 나쟈가 짠 것이다. 나쟈의 베 짜는 실력은 하인들 사이에서도 유명해서, 왕비를 위한 화려한 드레스를 만들 때면 하인들은 항상 나쟈를 찾아가서 부탁했다. 이번 드레스의 천은 양질의 명주실을 사용해서 평직물과 세로로 주름이 잡힌 골지를 조합함으로써 빛의 밝기나 각도에 따라 크고 작은 섬세한 세로줄무늬가 떠오르도록 만든 것이었다. 그리고 그 세로줄무늬를 따라서 흰색과 은색, 금색 실로 꽃무늬를 수놓았다. 나쟈는 이것을 완성하느라 몹시 고생했지만, 왕비는 지금 자신이 입고 있는 화려한 드레스에 얼마나 많은 땀과 노력이 들어갔는지에는 관심도 없을 것이다. 드레스를 입고 있는 지금도 왕비의 머릿속은 다음 달에 자신의 탄생일 축하연에서 입을 새로운 드레스에 대한 생각으로 가득할 것이 틀림없다.

왕비는 왕좌에 앉아 자신을 둘러싼 귀족들의 아첨을 듣고 있었다. 왕비의 목걸이도 매번 바뀌었는데, 하나같이 훌륭한 보석이 잔뜩 박혀 있었다. 이곳에 모인 귀부인들도 보석을 몸에 두르고 있지만 왕비의 보석만큼 순도가 높고 깊은 광채를 내는 것은 없었다. 나쟈는 왕비가 그런 보석을 대체 얼마나 많이 가지고 있는지 항상 궁금했다. 왕비의 보석은 하인들 사이에서도 때때로 화젯거리가 되었다. 옛날에 한 시녀가 보석을 훔치려다가 왕비에게 들켜서 즉시 사형을 당했다는 소문까지 그럴듯하게 나돌았다. 정말 그런 일이 있었는지는 알 수 없지만, 왕비 주변의 시녀들이 수시로 바뀌는 것만큼은 사실이었다. 현재 여러 해에 걸쳐 왕비의 시중을 들고 있는 사람은 아마도 마틸데뿐일 것이다.

미신을 믿는 하인들은 왕비가 '사시(邪視)'의 소유자여서 시선만으로 사람을 저주해 죽일 수 있다고 소곤거렸다. 그래서 그들은 최대한 왕비의 눈에 띄지 않으려고 조심했다. 사실 설령 그런 의도가 없다고 해도 이 성에서 왕비 이외의 여성이 몸에 두를 수 있는 것은 흰색, 검은색, 남색, 아니면 염색하지 않은 천으로 한정되어 있었다. 나쟈를 포함한 하인들도 윗가슴을 드러내지 않는 흰 블라우스에 남색이나 검은색, 혹은 염색하지 않은 조끼와 치마를 입고 벨트를 맨 다음 앞치마를 둘렀다. 직물이나 옷을 만드는 사람들은 본래 자수 등으로 옷을 꾸미기를 좋아하지만, 다들 왕비의 눈에 띄는 일이 없도록 수수한 장식만을 했다. 그마저도 모양이 가지런한 장식은 사시의 표적이 된다며 일부러 모양을 일그러뜨리기까지 했다. 나쟈 역시 평소에 입는 옷에는 흰 블라우스의 칼라와 소매에 흰색 실로, 남색 앞치마와 치마의 자락에 검은색 실로 작은 삼각형 문양이 나열된 톱니무늬 자수를 넣는 정도로 만족했다. 다만 앞치마에 가려서 보이지 않는 벨트에는 몰래 빨간색 실로 미로 문양을 넣었다.

─어쨌든 눈에 띄지 않을 것.

왕비가 사시의 소유자라는 소문이 사실이든 아니든, 왕비에게 주목받지 않는 편이 좋다는 것은 나쟈도 잘 알고 있었다. 이 성을 좋아하지는 않지만, 달리 갈 곳도 없고 이곳이 아닌 다른 곳에서 살 수 있을 것 같지도 않았다. 앞으로도 왕비에게는 계속 하찮은 존재로 취급받겠지만, 어쨌든 눈에 띄지 않게 얌전히 살면 된다. 지금까지 줄곧 그래왔듯이 자신의 감정은 봉인한 채 왕비가 시키는 일만을 수행하면서 살아가면 된다. 목숨이 다할 때까지 이곳에서 그렇게 '시간을 보내는' 것이다.

─그러는 것 말고 내가 뭘 할 수 있겠어?

언니 비앙카의 장례식이 거행될 때, 나쟈는 자신의 인생도 끝났다는 생각이 들었다. 아름다운 비앙카는 나쟈를 사랑해준 유일한 사람이었다. 비앙카와 함께 있을 때만큼은 무서운 것을 무섭다고, 싫은 것을 싫다고 말할 수 있었다. 외로울 때는 외롭다고 말할 수 있었다. 그러나 비앙카는 이제 없다. 비앙카가 없는 세상에서 누구에게도 이해받을 수 없는 감정을 품고 살아가는 것은 나쟈에게 너무나 괴로운 일이었다.

연회가 시작된 지 몇 시간이 지나 바깥이 완전히 어둠에 잠기자 나쟈는 사람들의 눈을 피해서 몰래 홀을 빠져나왔다. 소리를 내지 않고 계단을 내려가 밖으로 나와서는 약초밭과 과수원을 지나갔다. 자신과 하인들이 사는 별채 건물은 그 너머에 있다.

한밤중의 약초밭은 기분 나쁠 정도로 고요했다. 무엇을 재배하고 있는지는 잘 모르지만, 하인들은 절대 그곳에서 자라는 풀을 뽑거나 먹지 않도록 철저히 교육받았다. 게다가 애초에 밭에 들어가는 것 자체가 위험한 일이었다. 밭 옆에 커다란 검은 벌이 수십 마리나 사는 벌오두막이 있기 때문이다. 벌들이 수시로 벌오두막을 들락날락하며 약초밭을 날아다녔기 때문에 괜히 약초밭 근처에 갔다가는 큰일이 날 수 있었다.

나쟈의 기억에 그 벌오두막과 약초밭은 몇 년 전부터 있었다. 벌오두막의 경우, 처음에는 낯선 옷을 입은 외국인 여성 혹은 남성이 몇 년에 한 번씩 교대로 관리했다. 하인들은 뒤에서 그들을 '벌치기 일족'이라고 불렀으며, 어지간해서는 가까이 하지 않으려 했다. 그런데 4년 전부터 벌오두막과 약초밭을 마틸데 혼자서 관리하게 되었다. 나쟈는 약초밭에 있는 마틸데를 가끔 볼 수 있었는데, 검은 옷을 입은 마틸데가 밭으로 들어가면 밭에 있던 벌뿐만 아니라 벌오두막에서도 수많은 벌들이 나와서 모여들었다. 그 벌들은 마틸데의 '신호'를 이해하는 모양이었다. 마틸데는 양손을 깍지 껴서 복잡한 모양을 만들거나 품에서 어떤 도구를 꺼내 사용해서 능숙하게 벌들을 조종했고, 벌들을 잠시 자유롭게 활동시킨 뒤에는 한곳으로 모은 다음 신호를 주어 벌오두막으로 들어가게 했다. 그리고 벌들이 전부 벌오두막으로 들어가면 밭에서 자라고 있는 약초의 상태를 살피고 물이나 비료를 주기도 했다.

벌들은 성질이 고약해서, 실수로 약초밭에 들어간 사람이 벌떼에게 쫓기는 일이 종종 있었다. 그럴 때마다 마틸데가 나와서 벌들을 진정시킨 덕분에 큰일은 나지 않았지만, 그래도 조심하는 것이 최선이었다. 하물며 벌은 신의 심부름꾼으로도 불리는 신성한 곤충이라 죽일 수도 없었다.

성의 거주관에서 별채로 가려면 반드시 이 약초밭 근처를 지나가야 한다. 나쟈는 벌을 깨우지 않도록 조심조심 걸었다. 이윽고 약초밭을 지나 큰 나무들이 무성한 과수원으로 들어섰다. 여기까지 왔으면 이제는 안전하겠지. 이렇게 생각하며 안도의 한숨을 내쉬고 있는데 과수원 안쪽에서 말소리가 들렸다.

—누가 있나?

이런 시각에, 이런 곳에서, 누가 무슨 이야기를 하고 있는 것일까? 나쟈는 나무 그늘에 몸을 숨긴 채 발소리를 내지 않도록 조심하며 목소리가 들리는 방향으로 다가갔다. 그곳에는 세 사람이 있었다. 그중 두 명은 달빛을 받아서 얼굴이 또렷하게 보였는데, 이 나라의 중요 인물인 스무스 백작과 그의 아내 스무스 백작부인이었다. 그러나 나머지 한 명은 커다란 과일나무의 그늘 속에 있어서 얼굴이 잘 보이지 않았다.

여기 있으면 안 돼. 나쟈는 직감했다. 그런데 조용히 떠나려고 발을 내딛으려는 순간, 나쟈의 귀에 스무스 백작의 목소리가 들어왔다.

"그건 그렇고, 그 둘째딸의 성인식을 이렇게 성대하게 열다니 그 여자한테도 모성이라는 게 있기는 했던 건가?"

스무스 백작부인이 대답했다.

"설마요. 그저 자신의 힘을 과시하고 싶었겠죠. 그러면서 겸사겸사 새로운 드레스도 자랑하고 싶었던 게 틀림없어요. 그나저나, 우리 다음 달에도 또 여길 와야 하네요? 그 여자의 생일을 축하하는 잔치에 말이에요. 걸핏하면 성에 불려와서 그 여자한테 알랑방귀를 뀌는 것도 이젠 지긋지긋해요!"

스무스 백작부인은 왕비와 친해 보였는데, 마음속으로는 저렇게 생각하고 있었구나. 나쟈는 생각했다.

"당신 심정은 이해해. 하지만 그 여자는 무서운 마녀라고. 지금까지 얼마나 많은 자객들이 그 여자를 죽이려다 실패한 줄 알아? 무기를 써서 습격해도 상처 하나 내지 못하고, 독을 먹여도 얼굴색 하나 변하지 않아. 무슨 수를 써도 죽일 수가 없는데다가 지금 이 나라의 실질적인 권력자이기까지 하니, 언제든 그 여자가 오라고 하면 우리는 부리나케 이곳으로 달려올 수밖에 없지."

"그런 건 저도 알아요. 아니깐 더더욱 짜증이 난다고요. 그건 됐고, 하던 얘기나 마저 하죠. 나는 그 여자가 둘째딸한테 애정이 있다고는 생각하지 않아요. 큰딸인 비앙카조차 죽인 여자인데요. 8년 전의 '참극'은 그 여자의 소행이잖아요?"

그 말을 들은 순간, 나쟈는 그 자리에 얼어붙고 말았다.

— 비앙카 언니를……, 죽였다니? '참극'이 왕비의 소행이라고?

스무스 백작이 말했다.

"아, 그 일 말이군. 왕비가 시녀장과 소녀들을 '저주'에 이용해놓고는 필요가 없어지니까 입막음을 하려고 죽였다는 이야기는 나도 들었지. 나는 아무리 그 여자라고 해도 그건 사실이 아닐 거라고 생각하지만."

"어째서요? 그 여자라면 충분히 그럴 만하잖아요?"

"그건 그렇지만, 나는 저주 같은 건 믿지 않거든."

"하지만 그 참극 이후로 그 여자와 대립하던 사람들이 하나둘씩 죽어간 건 사실이에요. 유행병에 걸려서 죽었다는 이야기가 있지만, 사실인지는 알 수 없다고 하고요. 역시 그 여자가 저주를 걸어서 죽인 거예요. 다른 사람들한테는 악마의 행위라면서 금지해놓고 자신은 그걸 하고 있는 거라고요."

"나는 유행병에 걸려서 죽은 게 사실이라고 생각해. 실제로 최근 몇 년 사이에 왕비와 대립하던 사람들 이외에도 많은 사람들이 죽었잖아? 게다가 백 번 양보해서 왕비가 저주를 걸었다고 치자고. 그래도 역시 8년 전의 참극이 왕비의 소행이라는 건 말이 안 돼. 일단 어느 날 갑자기 시녀장과 소녀들이 필요가 없어졌다는 것도 부자연스럽고, 저주에 이용한 사람들을 죽였다면 왕비는 대체 왜 둘째딸 나쟈를 지금까지 살려두고 있는 거지?"

부인은 스무스 백작의 질문에 대답할 말을 찾지 못하는 듯했다. 나쟈는 머릿속이 혼란스러워 아무런 생각도 할 수 없었다. 스무스 백작이 말을 이었다.

"어쨌든, 지금 생각해야 할 건 왕비의 큰아들이야. 아무리 왕비의 명령을 거역할 수 없다고 해도 우리의 소중한 영지를 순순히 그 아들에게 넘길 수는 없는 노릇이고, 그런 인간의 탈을 쓴 괴물이 왕위에 오르기라도 했다가는 우리의 목숨이 몇 개라도 부족할 테니 말이야. 어이, 자네. 확실히 처리할 수 있겠지? 왕자가 귀국하면 바로 없애야 하네."

스무스 백작은 나무 그늘에 있는 또다른 인물에게 다짐을 받으려 했다. 그 인물은 잘 알았다는 듯이 스무스 백작을 향해서 무릎을 꿇고 가슴에 손을 댔다. 갑옷이 부딪히는 소리가 들렸다. 병사일까? 그 인물은 낮은 목소리로 작게, 그러나 분명하게 말했다.

"맡겨주십시오. 왕자의 목숨은 제가 반드시 거두겠습니다."

나쟈는 등줄기가 서늘해졌다. 저들이 말하는 왕자는 리햐르트가 틀림없었다. 스무스 백작부인이 끼어들었다.

"그 여자, 큰아들만큼은 끔찍하게 아낀단 말이지요. 큰아들의 시체를 보고 어떤 표정을 지을지 정말 기대되네요."

이 무슨 일이란 말인가? 그들은 리햐르트를 죽이려 하고 있다. 물론 스무스 백작의 우려대로 리햐르트는 지극히 위험한 인물이다. 그러나 아무리 그렇다고 해도 암살 계획을 듣고 동요하지 않을 수는 없었다.

—어떡해야 하지…….

그 순간, 나쟈의 발이 땅바닥에 있는 마른 나뭇가지를 밟았다. 나뭇가지가 바스러지는 소리가 어둠 속에 크게 울려 퍼졌다.

"누구냐!", "뭐죠? 누가 있는 건가요?"

들켰다! 나쟈는 나무 그늘 속으로 몸을 웅크렸다.

"제가 보고 오겠습니다."

제3의 인물이 낮은 목소리로 이렇게 말하고 나쟈를 향해 다가왔다. 신중하게 내딛는 발소리와 함께 금속이 스치는 소리가 들렸다. 허리춤의 칼집에서 검을 뽑은 것이다.

—아아, 여기서 죽는 건가!

공포에 질린 나머지 비명을 지르려 하는 나쟈의 귀에 어디에선가 윙윙거리는 낮은 소리가 들리기 시작했다. 벌레가 날갯짓하는 소리였다. 그리고 다음 순간, 수많은 벌레들이 날갯짓하는 소리가 세 명을 향해 이동했다.

"벌이다!"

이쪽으로 다가오고 있던 인물이 스무스 백작 부부를 향해 낮은 소리로 경고했다.

"벌이 있습니다! 최소 열 마리는 됩니다! 이곳은 위험하니 자리를 피하시지요!"

"젠장, 근처에 벌집이 있었던 건가!?"

벌의 수는 그후에도 점점 늘어났다. 그리고 무시무시한 소리를 내며 세 사람의 주위를 날아다녔다. 마치 세 사람을 위협하는 듯 했다. 완전히 겁을 먹은 스무스 백작 부부는 달리다 넘어지고, 일어서서 달리다 또 넘어지기를 거듭하며 정신없이 도망쳤다. 제3의 인물도 그런 스무스 백작 부부를 호위하면서 함께 도망쳤다. 나쟈도 벌이 두려워 나무 그늘 속에서 몸을 웅크린 채 귀를 막고 있었다. 그러나 벌들은 나쟈를 공격할 생각이 없는 듯했다. 세 사람이 멀어지자 벌떼는 나쟈의 바로 옆을 지나쳐 일직선으로 약초밭을 향해 날아갔다. 나쟈가 그쪽을 바라보니 약초밭에 서 있는 사람의 형체가 어렴풋이 보였다. 나쟈는 곧 그 사람이 누구인지 깨달았다.

"마……틸데."

나쟈는 기어들어가는 목소리로 이름을 불렀다. 검은 옷에 흰 안대. 평소와 똑같은 모습이었다. 벌떼가 마틸데의 근처로 모여들었다가 뒤쪽으로 사라지자, 그렇게 시끄러웠던 날갯짓 소리도 순식간에 들리지 않게 되었다. 정적 속에서 마틸데가 나쟈 쪽으로 걸어왔다. 그리고 작은 목소리로 나쟈에게 말을 걸었다.

"나쟈 님, 무사하십니까?"

"저, 저기……."

말이 나오지 않았다. 마틸데는 평소와 똑같이 무표정했고, 나쟈에게 건넨 말에서도 감정이 전혀 느껴지지 않았다. 그럼에도 나쟈는 마틸데의 팔을 꼭 껴안고 놓지 않았다. 마틸데의 팔은 생각보다 따뜻했다. 이제 살았구나. 이렇게 생각한 나쟈는 자신도 모르게 눈물을 흘렸다. 그러나 안심하고만 있을 수는 없었다. 빨리 알려야…….

"저기, 마틸데. 그 사람들이…….”

리햐르트를 죽이려고 계획을 세우고 있었다. 나쟈는 그렇게 말하려 했지만, 마틸데는 나쟈의 말을 가로막듯이 "알고 있습니다"라고 말했다. 그리고 이렇게 덧붙였다.

"나쟈 님께서 들으신 이야기는 저도 들었습니다. 제가 처리할 테니, 나쟈 님께서는 아무 말씀도 하실 필요 없습니다. 오늘 이곳에서 있었던 일도, 그 세 사람을 본 것도, 그리고 저를 만난 것도 절대 다른 사람에게 말씀하셔서는 안 됩니다. 그렇게 해주시겠죠?"

나쟈는 고개를 끄덕였다. 마틸데는 다리가 풀린 나쟈를 부축해서 별채에 있는 나쟈의 방까지 데려가 옷을 갈아입힌 뒤 침대에 눕히려 했다. 나쟈는 아직도 정신이 없었지만, 마틸데가 자신을 자신의 침대가 아니라 비앙카의 침대에 눕히려 하고 있음을 깨닫고 마틸데에게 "내 침대는 저쪽이야"라고 말했다. 그 말에 마틸데는 의아한 표정을 지었다. 그러나 나쟈는 그것이 자연스러운 반응이라고 생각했다. 이미 죽은 언니가 사용하던 침대를 쓰지도 않으면서 그대로 놓아두고 있었으니까. 사실 나쟈는 비앙카가 죽은 지 8년이 지난 지금도 비앙카의 물건을 무엇 하나 버리지 않았다. 허름한 수납장 안에는 비앙카가 입던 옷들이 지금도 소중하게 보관되어 있다.

마틸데는 나쟈를 침대에 눕히고 이불을 덮어주었다. 그리고 어디선가 물을 떠와서 마시게 했다. 약초의 향기가 조금 나는 물이었다. 마틸데는 "이제 편하게 주무실 수 있을 겁니다. 저는 홀로 돌아갈 테니 푹 쉬십시오"라고 무뚝뚝하게 말한 뒤 곧 떠났다.

마틸데의 말처럼 나쟈는 자신도 모르게 잠에 빠져들었다. 꿈속에서 나쟈는 누군가의 부축을 받으며 한밤중의 과수원을 걷고 있었다. 마틸데? 아직 나는 마틸데와 함께 밖에 있는 건가? 그렇게 생각한 나쟈는 자신을 부축하고 있는 사람의 얼굴을 쳐다보았다. 그러자 그 사람은 나쟈를 향해 상냥하게 미소를 지었다.

― 비앙카 언니?

그 순간 나쟈는 잠에서 깨어났다. 아직 동이 트기 전이었다. 나쟈의 두 눈에서 눈물이 흘러내리고 있었다.

2

# 수를 잡아먹는 악령

이른 아침, 나쟈는 어제의 성인식과 축하연에 참석했던 손님들을 배웅하기 위해 다른 하인들과 함께 성의 정문으로 향했다. 정문 앞의 광장에는 내리쬐는 아침 햇살 아래 손님들과 그들의 가족이 말을 데리고 모여 있었고, 이윽고 왕비가 아침 이슬처럼 영롱한 진주를 아낌없이 사용한 연녹색 드레스를 입고 모습을 드러냈다. 왕비는 간단하게 인사를 마친 뒤 이렇게 말했다.

—여러분께 기쁜 소식을 전하고자 합니다. 방금 전, 고명한 시인 람디쿠스께서 이 성에 도착하셨습니다. 떠나시는 여러분을 위해 노래를 한 곡 들려드리겠다고 하십니다.

지체 높은 사람들이 환성을 지르며 시인에게 시선을 집중했다. 나쟈도 오랜만에 마음이 설렜다. 그는 몇 년 전부터 정기적으로 성을 찾아와 한참을 머물다가 떠나는 시인인데, 챙이 없는 검은 모자와 검은색 로브의 간소한 차림이었지만 키가 훤칠할 뿐만 아니라 젊고 아름다웠다. 그가 칠흑 같은 단발을 바람에 나부끼며 걸어와 깊은 빛을 머금은 까만 눈동자를 관중에게 향하자 벌써 여기저기에서 감탄의 소리가 터져나왔다. 그리고 풍부한 감정을 담아서 노래하기 시작하자 모두가 그에게 마음을 빼앗겼다.

맑지만 단단함이 느껴지는 시인의 목소리는 사람의 목에서 나오는 것이라고는 도저히 생각되지 않을 만큼 아름다웠다. 시인은 그 아름다운 목소리로 미의 여신을 찬양하는 노래를 불렀다. 그런데 잘 들어보면 시인이 찬양하는 미의 여신은 왕비가 분명했다. 나쟈는 시인이 왕비의 숨겨둔 애인이라는 소문이 사실인지도 모른다는 생각이 들었다.

시인의 맞은편에 스무스 백작 부부의 모습이 보였다. 나쟈는 전날 밤의 일이 떠올라 자신도 모르게 몸을 움츠렸다. 그런데 동시에 어떤 의문이 머릿속을 스쳐 지나갔다. 그때 과수원에는 분명히 스무스 백작 부부 말고도 '다른 한 명', 즉 갑옷을 입은 인물이 있었다. 그 인물은 대체 누구였을까?

나쟈는 스무스 백작 부부의 주위에 있는 시종들을 살펴보았다. 다들 손에 창을 들고 허리에 검을 차고 있었지만 갑옷은 입고 있지 않았다. 이윽고 시인의 노래가 끝나자 메르세인 성의 근위대장인 트라이아가 "성문을 열어라!"라고 호령했다. 모두의 시선이 정문으로 향하는 가운데, 나쟈의 시선은 어째서인지 트라이아에게 고정되어 있었다.

근위대장 트라이아는 여성이지만 다른 남성 병사들 못지않게 몸집이 컸다. 지금까지 나쟈는 트라이아의 얼굴을 제대로 본 적이 한 번도 없었다. 항상 금속 투구를 쓰고 있는데다가 눈 주위에 검은색 칠을 했기 때문이다. 하인들은 그 검은색 칠이 '사시를 피하기 위한 것'이라고 수군거렸지만, 사실인지 아닌지는 알 수 없었다. 트라이아의 모습에서 특히 인상적인 부분은 거대한 몸집과 투구 뒤쪽으로 길게 늘어뜨린 붉은 머리카락이었다. 규칙적으로 물결치는 트라이아의 머리카락을 볼 때마다 나쟈는 황홀감에 사로잡혔다. 같은 붉은 곱슬머리라도 뻣뻣해서 제대로 빗기도 힘든 나쟈의 머리카락과는 천지차이였다.

그러나 지금, 나쟈는 다른 생각을 하면서 트라이아를 보고 있었다. 어젯밤에 과수원에서 들었던 목소리와 트라이아의 목소리가 어딘가 비슷하다는 느낌이 들었던 것이다.

—에이, 아닐 거야. 하지만 비슷한데……. 아니야, 그럴 리가 없어.

트라이아는 왕비의 충복이다. 그런 트라이아가 리햐르트의 암살에 관여할 리가 있겠는가? 그녀의 집안은 할아버지 때부터 메르세인 왕가를 섬겼다고 하며, 트라이아 본인 또한 친오빠인 전임 근위대장 콰르드가 리햐르트에게 살해당한 뒤에도 왕비와 리햐르트에게 충성을 맹세하고 오빠의 뒤를 이어 성을 지키는 임무를 맡고 있다.

—하지만 만약 그 충성 맹세가 '위장'이고 사실은 복수할 기회를 엿보고 있는 거라면……?

이렇게 생각하자 나쟈는 갑자기 무서워졌다. 그리고 손님들의 배웅이 끝나자마자 재빨리 그곳을 떠났다.

오전 일과가 끝난 뒤, 나쟈는 성의 부지 한구석에 있는 묘지를 찾아갔다. 비앙카의 묘가 있는 하인용 묘지이다. 그곳은 관리가 제대로 되지 않아 묘지 주위에 잡초가 무성했는데, 고맙게도 그 키 큰 잡초들이 나쟈의 모습을 숨겨주었다. 나쟈는 평소에도 종종 이곳을 찾아와 비앙카의 묘비 앞에서 기도했다. 그러나 오늘은 머리가 너무나 혼란스러워 기도에 집중할 수가 없었다. 그 암살 계획에 대한 생각이 머릿속을 떠나지 않았던 것이다.

전날 밤, '검은 마틸데'는 나쟈에게 아무 말도 할 필요가 없다고 말했다. 그러나 과연 마틸데도 과수원에 있었던 세 사람 중 한 명이 트라이아일지도 모른다는 것을 눈치 챘을까? 눈치 채지 못했다면 알려줘야 할까? 하지만 그 인물이 트라이아가 아니었다면? 그렇다면 그녀에게 억울한 누명을 씌운 셈이 된다.

'언니, 나 어떡해야 해?' 나쟈는 답을 청하는 심정으로 비앙카의 묘비를 바라보았다. 물론 묘비가 답을 가르쳐줄 리 없다는 것을 잘 알고 있었지만……. 그 순간, 나쟈의 뒤쪽에서 바스락거리는 소리가 들렸다. 몸을 돌려 소리가 난 쪽을 쳐다본 나쟈는 당장이라도 쓰러질 것만 같은 오래된 묘비 뒤에 숨어서 이쪽을 바라보고 있는 다섯 살 정도 된 여자아이를 발견했다.

― 저 아이구나.

아는 아이였다. 다만 알고 있다고는 해도 이야기를 나눈 적은 없었다. 그저 이곳에서 이따금 본 적이 있을 뿐이었다. 틀림없이 성에서 일하는 누군가의 딸일 것이다. 풍성한 밤색 머리카락이 참으로 사랑스러운 아이였지만, 나쟈가 말을 걸려고 하면 항상 도망쳐버렸다.

그런데 오늘은 달랐다. 여자아이는 나쟈 쪽으로 걸어오더니 아무 말 없이 작은 종잇조각을 내밀었다.

"응? 이게 뭐니?"

나쟈가 묻자 아이는 부끄러운 듯한 표정으로 대답했다.

"……부탁받았어."

"응? 부탁을 받았어? 누구한테?"

나쟈가 아이의 손에서 종잇조각을 받아들자, 아이는 나쟈의 질문에 대답하지 않은 채 도망치듯 뛰어갔다.

대체 무슨 일이지? 나쟈는 수상쩍게 생각하면서도 작게 접힌 종잇조각을 펼쳤다. 그 종이에는 다음과 같은 글이 적혀 있었다.

오늘, 해가 지기 직전에, 과수원의 동쪽 끝으로 가라.

그리고 북쪽 끝에 있는 나무의 그림자를 따라서 성벽까지 걸어가라. 나무 그늘과 성벽이 교차하는 장소의 맨 아래에 있는 벽돌을 시작으로 오른쪽을 향해 다음의 수만큼 벽돌을 세면서 걸어가라. 그 수는 '그 수 자신을 포함하지 않는 약수의 합이 그 수보다 큰 수 가운데 세 번째로 작은 것'이다.

멈춰선 곳의 벽돌을 빼내고 땅에 묻혀 있는 것을 손에 넣어라. 단, 누구에게도 들켜서는 안 된다. 그리고 한밤중에 그것을 방에서 눈에 띄지 않는 장소에 세워놓고 온몸을 비춰라.

나쟈는 침을 꿀꺽 삼켰다. 이것은 나쟈만이 이해할 수 있도록 쓴 편지였다. 그러나 그 사실이 나쟈를 한층 혼란스럽게 만들었다. 자신에게 이런 편지를 보낼 사람은 이 세상에 단 한 명밖에 없기 때문이었다.

— 비앙카 언니? 아니야, 그럴 리가 없잖아. 하지만…….

나쟈는 옛일을 떠올렸다. '셈하는 아이'였던 시절, 나쟈와 비앙카는 조금이라도 짬이 나면 함께 '셈 놀이'를 했다. 놀이라고는 해도 비앙카가 낸 문제를 나쟈가 푸는 것이 전부였지만, 나쟈는 비앙카가 낸 문제를 푸는 것이 너무나 즐거웠다.

하루는 비앙카가 나쟈에게 이런 문제를 냈다.

"나쟈는 석판을 쓰지 않고 $48 \times 52$를 계산할 수 있니?"

나쟈는 잠시 생각해보고 머리를 가로저었다.

"석판 없이 그런 계산을 어떻게 해?"

"그게 말이야, 사실은 간단한 방법이 있어."

"정말이야? 어떤 방법인데?"

"48은 $50-2$잖니? 52는 $50+2$고."

"응."

"$50-2$하고 $50+2$를 곱한 수는 $50 \times 50$에서 $2 \times 2$를 뺀 수와 같아."

"정말이야?"

"그렇다니까, 계산해봐."

"으음……, $50 \times 50$은 2500이고. $2 \times 2$는 4. $2500-4$는 2496? 이게 $48 \times 52$의 답인 거야?"

"맞아. 확인해보면 알 수 있어. 그 수를 48로 나눠봐. 52가 나올 거야."

나쟈는 땅바닥에 막대기로 숫자를 적으며 2496을 48로 나눠보았다.

"으음……, 답은……52네? 진짜였어! 언니는 정말 대단해!"

나쟈가 그렇게 말하며 올려다보니 비앙카는 매우 자랑스러운, 그리고 한편으로는 기쁜 표정을 짓고 있었다. 비앙카가 말했다. 언뜻 어려워 보이는 계산도 궁리해보면 쉽게 풀 수 있는 경우가 있다고.

이런 '셈 놀이'를 하던 때만 해도 나쟈는 왕비가 수의 계산을 금지했다는 사실을 알지 못했다. 나쟈와 비앙카는 다른 사람이 보기라도 했다면 큰 소동이 벌어졌을 놀이를 했던 것이다. 이 나라에서는 수를 계산하는 행위 이전에 수의 계산에 관해 아는 것 자체가 위험한 일이며, 이 사실은 누군가가 상당한 위험을 감수하고 나쟈에게 이런 편지를 보냈음을 의미했다.

—누군지는 모르겠지만, 왜 이렇게까지 하면서 이걸 내게 전하고 싶어한 걸까?

나쟈는 당장이라도 문제에 집중하고 싶었지만, 오후의 작업을 시작할 시간이 가까워졌기 때문에 편지를 품에 감춘 채 별채로 향했다.

지금 짜고 있는 넓은 천은 왕비가 탄생일 축하연에서 입을 드레스 중의 한 벌이다. 이전에 짰던 그 어떤 천보다도 복잡한데다가 한 곳이라도 잘못 짰다가는 다른 부분에 영향을 끼치기 때문에 약간의 방심도 용납되지 않았다. 나쟈는 온 신경을 집중하며 열심히 베틀을 움직여서 그날 완성해야 할 부분을 간신히 마쳤다. 그리고 폭이 좁은 장식천을 짜는 작업으로 넘어가면서 편지에 관해 생각하기 시작했다. 해는 이미 상당히 기울어 있었다. 해가 지기 전까지 '그 수 자신을 포함하지 않는 약수의 합이 그 수보다 큰 수 가운데 세 번째로 작은 것'을 알아내야 한다.

―으음, '약수'라는 건 그 수를 나눠떨어지게 하는 수지?

그렇다는 것은 나눗셈이 필요하다는 뜻이다. 나쟈는 나눗셈이라면 자신 있었다. 물론 '참극' 이후로 다른 사람들이 보는 곳에서 계산을 한 적은 단 한 번도 없다. 그러나 베를 짜려면 약간의 계산이 필요했다. 나쟈뿐만 아니라 숙련된 사람이라면 누구나 머릿속으로 계산을 하면서 베를 짤 것이다. 왕비는 자신의 손으로 베를 짜본 적이 없으니 그 사실을 모를 뿐이다.

나쟈는 베틀을 움직이면서 편지에 적힌 문제를 생각했다.

―이럴 때는 작은 수부터 순서대로 생각하면 돼.

먼저 1부터 생각하자. 1을 나누어떨어지게 하는 수는 그 자신인 1뿐이다. 그러나 문제에서는 '그 수 자신을 포함하지 않는 약수'의 합을 구해야 하는데, 1의 경우 그런 약수가 없다. '없는' 수를 합한 값은 무엇일까? 0일까? 그렇게 생각하는 것은 무리가 있다는 생각이 든다. 게다가 설령 백 번 양보해서 '없는 수의 합'을 0이라고 해도 0은 1보다 작다. 그러므로 1은 문제에서 원하는 수가 아니다.

다음 수인 2의 경우, '그 수 자신을 포함하지 않는 약수'는 1뿐이다. 그러므로 2는 '그 수 자신을 포함하지 않는 약수의 합이 그 수보다 큰 수'가 아니다. 그 다음 수인 3도 마찬가지이다. 4는 어떨까? 4의 경우, '그 수 자신을 포함하지 않는 약수'로는 1과 2가 있다. 1과 2를 더하면 3인데, 3은 4보다 작으므로 이 문제에서 원하는 수가 아니다. 5도 마찬가지이다.

6에 대해서 생각했을 때, 나쟈는 조금 재미있다고 느꼈다. 6의 경우, '그 수 자신을 포함하지 않는 약수'는 1과 2와 3이다. 이것을 전부 더하면 6이 된다. 다시 말해서 6은 '그 수 자신을 포함하지 않는 약수의 합'과 같은 것이다.

이후로도 7부터 11까지는 문제에서 원하는 수가 발견되지 않았다. 그러나 12에 이르자 드디어 상황에 변화가 찾아왔다. 12 자신 이외의 약수는 1, 2, 3, 4, 6의 다섯 개이다. 이것을 전부 더하면 16이며, 따라서 12보다 크다.

—드디어 '첫 번째'를 찾았어.

똑같은 방식으로 생각을 이어가자, 곧 '두 번째'가 발견되었다. 18이었다. 18의 약수는 1, 2, 3, 6, 9로, 전부 더하면 21이 된다. 그리고 '세 번째'는…….

—20?

나쟈는 몇 번이나 다시 확인해보았다. '그 수 자신을 포함하지 않는 약수'는 1, 2, 4, 5, 10으로, 전부 더하면 22가 된다. 틀림없다.

"앗!"

어느새 해가 거의 저물어가고 있었다. 나쟈는 서둘러 베짜기 작업을 마무리하고 뒷정리를 한 뒤 석양이 비치는 마당으로 뛰어나가 과수원을 향해 달렸다. 그리고 과수원에 도착하자 동쪽 끝으로 간 뒤 나무를 따라 북쪽으로 걸어 가장 북쪽의 나무를 찾았다. 그 나무의 그림자는 길게 늘어져 성벽과 만나고 있었다. 나쟈는 그림자가 드리운 벽돌 중 맨 아래에 있는 벽돌을 확인했다.

이것에서부터 세어서 20번째. 벽을 따라서 오른쪽으로 걸어간 나쟈는 20번째 벽돌을 발견했다. 아무리 봐도 다른 벽돌과 다른 점은 전혀 없었지만, 손으로 만져보니 그 벽돌만 움직였다. 아무래도 빼낼 수 있을 것 같았다. 나쟈는 먼저 위를 올려다보고 근위병이 없음을 확인했다. 다음에는 등 뒤쪽으로 시선을 향했는데, 바로 뒤에 키가 큰 풀들이 자라고 있어서 멀리에서는 이쪽이 보일 것 같지 않았다. 근방에서 사람의 기척은 느껴지지 않았다.

나쟈는 벽돌을 빼낸 뒤 벽돌이 있었던 땅바닥을 손으로 팠다. 잠시 파내려가자 뭔가 딱딱한 것이 만져졌다. 꺼내보니 천에 싸인 원반 모양의 물건이 나왔다. 나쟈의 두 손에 딱 들어올 정도의 크기였다. 나쟈는 천에 묻은 흙을 털어내고 그 안에 있는 물건을 조심스럽게 꺼냈다.

—거울이네.

그것은 기묘한 거울이었다. 표면이 매끄럽게 연마되어 있음에도 얼굴은 물론이고 무엇 하나 비추지 않았다. 편지의 주인은 이것을 내게 줘서 뭘 어떻게 하려는 것일까? 어쨌든 방으로 가져가서 생각하자. 나쟈는 다시 거울을 천으로 덮고 보이지 않도록 품속에 넣었다. 그리고 왠지 나쁜 짓을 하고 있는 것 같은 불안감을 느끼며 서둘러 별채에 있는 자신의 방으로 돌아가려고 했다.

"나쟈 양."

갑자기 뒤에서 들린 목소리에 나쟈는 소스라치게 놀랐다. 쭈뼛거리며 돌아서자 그 젊은 시인, 람디쿠스가 서 있었다. 시인은 놀라는 나쟈를 보고 상냥하게 웃으며 말했다.

"왠지는 모르지만 제가 놀라게 한 것 같군요. 미안합니다."

석양을 받은 시인의 얼굴은 말로 표현하기 어려울 만큼 아름다웠다. 이 아름다운 청년이 웃음 띤 얼굴로 자신에게 말을 걸고 있다. 나쟈는 너무나 놀란 나머지 머릿속이 새하얘졌다.

"저, 그게, 아니에요……."

간신히 이렇게 대답한 나쟈에게 시인은 조금 쑥스러운 표정을 지으며 말했다.

"그게, 어제 나쟈 양의 성인식이 있었다는 얘기를 듣고 축하인사를 드리고 싶었습니다. 나쟈 양, 성인이 되신 것을 축하드립니다."

"아, 네……."

나쟈의 머릿속은 완전히 흥분 상태였다. 마음속에서는 또다른 자신이 좀더 그럴듯한 대답을 할 수는 없었느냐며 마구 화를 냈다. 그러나 시인은 그런 나쟈의 태도에 개의치 않고 쾌활한 목소리로 "제가 하루만 일찍 왔더라도 성인식에 참가해 나쟈 양에게 축하의 노래를 들려드렸을 텐데, 아쉽네요"라고 말했다. 하찮고 예쁘지도 않은 내게 이런 말을 해주다니, 혹시 다른 사람과 착각한 것이 아닐까? 어쨌든 뭔가 답례를 해야 할 텐데, 뭐라고 말해야 하지? '마음만으로도 충분합니다. 정말 고맙습니다.' 그래, 이거야. 이렇게 말하자.

그러나 나쟈는 그 말을 할 수가 없었다. 고개를 든 나쟈의 눈이 시인의 등 뒤에서 이쪽을 향해서 다가오는 여인의 모습을 발견했기 때문이다. 바로 왕비였다. 왕비는 이보다 더 불쾌할 수가 없다는 표정을 지으며 조금 경박한 목소리로 시인의 이름을 불렀다. 그리고 "이런 곳에서 뭘 하고 있는 거야? 내가 당신을 얼마나 찾았는지 알아?"라고 말했다. 시인은 몸을 돌려 왕비를 바라보더니 딱히 주눅이 든 기색도 없이 공손하게 무릎을 꿇고 왕비의 말에 응답했다. 그리고 다시 나쟈 쪽을 돌아보며 "그러면 다음에 또 뵙죠"라는 말을 남기고 일어서서 왕비 쪽으로 걸어갔다. 시인과 함께 자리를 뜨기 직전, 왕비는 아주 잠시 나쟈 쪽을 바라보았다.

─앗.

나쟈는 생각했다. 지금, 태어나서 처음으로 왕비가 자신을 '봤다'고. 물론 그전에도 왕비의 시선이 나쟈를 향한 적은 있었지만, 그것은 '본다'라고 부를 수 있을 만한 행위가 아니었다. 말 그대로 '시선이 향했을' 뿐이었다. 그러나 이번만큼은 분명히 왕비가 자신을 '봤다'고 말할 수 있었다. 그것도 나쟈의 내부에 잠재해 있었던 공포심을 모조리 불러일으킬 만큼 무서운 눈빛으로.

저것이 '사시'일까? 나쟈의 온몸에 식은땀이 났다. 겁에 질린 나쟈는 쏜살같이 자신의 방으로 돌아가 이불을 뒤집어썼다.

눈을 떠보니 주위가 캄캄했다. 하인들도 모두 잠들었는지 아무런 소리도 들리지 않았다. 아무래도 저녁 식사는 물론이고 야간 기도에도 참석하지 않은 채 계속 자고 있었던 모양이다.

몸을 일으키자 배에서 얇고 단단한 무엇인가가 느껴졌다. 나쟈는 곧 그것이 거울임을 깨닫고 꺼내서 들여다보았다. 편지를 보낸 사람은 한밤중에 이 거울을 방에서 눈에 띄지 않는 장소에 세워놓고 온몸을 비추라고 했는데, 편지의 지시에 따를 생각이라면 한밤중인 지금 해야 한다.

그러나 나쟈는 망설였다. 저녁에 본 왕비의 눈이 떠올랐기 때문이다. 그것은 적을 바라보는, 살의가 가득한 눈이었다.

─왕비와 대립하던 사람들이 하나둘 죽고 있다.

전날 스무스 백작부인이 했던 말이 떠올랐다. 저주에 관한 소문이 사실인지 아닌지는 알 수 없다. 그러나 왕비의 시선은 나쟈에게 왕비와 대립하는 것이 얼마나 위험한 일인지를 여실히 말해주었다. 역시 그것은 사시이고, 나는 이제 곧 죽는 것일까? 그런 생각이 들자 공포심에 까무러칠 것만 같아 다시 이불을 푹 뒤집어썼다. 그런데 이불 속에 몸을 숨긴 나쟈의 머리에 어떤 말이 떠올랐다.

─큰딸인 비앙카조차 죽인 여자인데요.

나쟈는 이불을 뒤집어쓴 채로 벌떡 일어섰다. 이것도 어젯밤 스무스 백작부인이 한 말이었다.

─정말……일까?

확실한 진상은 알 길이 없다. 그러나 지금은 그 말이 사실이라고 해도 전혀 놀랍지 않을 것 같다. 왕비는 다른 사람에게 '그런 무서운 살의'를 아무렇지도 않게 드러낼 수 있는 사람인 것이다. 그것도 고작 자신이 마음에 들어하는 남자와 이야기를 했다는 이유만으로 말이다.

─언니는 아름다웠어.

이것만으로도 왕비가 살의를 느끼기에 충분한 이유가 된다. 하물며 비앙카가 살아 있을 당시, 많은 사람들이 "이 아이가 왕비보다 아름답다"고 말하지 않았던가? 나쟈의 마음속에서 한동안 잊고 있었던 괴로운 감정이 되살아났다. 아니, 잊고 있었던 것은 아니다. 그저 억누르면서 없는 것으로 치부했을 뿐이다. 그 감정은 바로 '분노'였다.

나쟈는 침대에서 내려와 방 한구석의 눈에 띄지 않는 곳에 거울을 세웠다. 희미한 빛만을 내고 있던 거울은 나쟈가 정면에 앉자 비로소 나쟈의 모습을 비추었다. 아름답지도 귀엽지도 않은, 빨간 머리카락에 칙칙한 피부를 가진 자신의 모습이 보일 뿐 별다른 일은 일어나지 않았다. 나쟈는 실망감을 느꼈다. 그런데 다음 순간, 강한 힘이 나쟈를 거울 속으로 끌어당겼다.

◈

거울 속으로 빨려 들어가는 순간, 나쟈는 마치 물속에 뛰어든 것 같은 느낌이었다. 그러나 그런 느낌은 곧 사라지고, 발이 지면에 닿은 것이 느껴졌다. 갑자기 중력을 느낀 나쟈는 비틀거리다가 그 자리에 쓰러지고 말았다.

"아야야……."

아픔을 참으면서 고개를 들어보니 그곳은 어둑어둑한 바위동굴 안이었다. 상당히 넓은 공간에, 천장은 높고 바닥은 울퉁불퉁했다. 엎어진 채로 뒤를 돌아보자 벽에 작은 거울이 걸려 있었다. 틀림없이 자신의 방에 걸어놓은 거울과 똑같이 생긴 것이었다.

— 나, 저기에서 떨어진 거야?

"이봐."

누군가가 부르는 소리에 나쟈는 깜짝 놀라 일어섰다. 나쟈는 목소리가 들리는 쪽을 바라보았다.

"요정이다!"

나쟈는 자신도 모르게 중얼거리다 손으로 입을 막았다. 그곳에는 인간과 닮은 형체가 셋 있었다. 그러나 인간은 아니었다. 인간 남성과 비슷하게 생겼지만 세 명 모두 키가 상당히 작았다. 다만 가슴이 떡 벌어지고 머리도 큰 것이 전체적으로 다부진 체구였다. 머리카락의 색은 각기 달랐고, 수염을 기른 요정도 기르지 않은 요정도 있었다. 눈에는 흰자위가 없이 동물 같은 새까만 눈동자만 있었다. 그리고 그 눈동자들이 나쟈를 에워싸듯이 바라보고 있었다.

요정 중 한 명이 나쟈 쪽으로 다가왔다. 금색의 긴 머리카락과 째진 눈을 가진 현명해 보이는 요정이었다. 키는 나쟈의 팔꿈치 높이 정도였고, 얼굴은 희고 반들반들했으며 수염은 기르지 않았다. 그 요정이 입고 있는 짙은 자주색 옷은 닳아서 너덜너덜했지만, 그 재질과 문양으로 미루어볼 때 원래는 아름다운 옷이었음을 짐작할 수 있었다. 목에 맨 가죽 끈에는 책 모양의 작은 금속 장식이 달려 있었다. 금발의 요정은 낮은 목소리로 나쟈에게 이렇게 물었다.

"너는 우리를 구하러 온 것인가?"

무슨 말을 하는 것인지 영문을 알 수 없어 어리둥절한 나쟈에게 그가 다시 물었다.

"대답해라, 인간. 네가 그 자인가? 우리를 해방시키기 위해 온 것인가?"

나쟈는 그저 고개를 가로젓는 수밖에 없었다. 그 모습을 본 금발의 요정은 실망한 표정을 명백히 지으며 말했다.

"아니었나……."

어깨를 축 늘어뜨리는 그에게 짧고 덥수룩한 검은 머리의 곰처럼 생긴 요정이 말을 걸었다.

"하지만 멤, 이곳에 인간이 들어온 건 이번이 처음입니다. 지금 우리의 주인인 인간 여자도 들어온 적이 없고, 검은 옷을 입은 또 다른 인간 여자도 이곳에 들어오려고 했지만 실패했지 않습니까? 역시 이 인간이 우리의 '구원자'가 아닐까요?"

이렇게 말하는 요정은 금발의 요정보다 머리 하나가 더 커서, 키가 나쟈의 어깨 높이 정도였다. 틀림없이 요정치고는 '거구'라고 할 수 있으리라. 검은 수염이 얼굴의 아래쪽 절반을 덮고 있어 굉장히 무서운 인상이었지만, 말투는 매우 공손했다. 멤이라는 금발의 요정은 그 말에 생각을 고쳐먹은 듯, 고개를 들더니 거구의 요정에게 대답했다.

"뭐, 그건 분명해. 우리의 구원자일 가능성도 없지는 않지……."

"이 인간 여성은 아직 어린아이로 보이는데, 그저 사정을 모르는 것일 뿐인지도 모릅니다."

"하지만 기멜, 사정을 모른다는 게 가장 큰 문제라고."

"다만 이번 기회를 놓친다면 다음 기회는 대체 언제 올지……."

이때 또다른 몸집이 큰 요정이 조금 짜증이 난 모습으로 끼어들었다.

"멤 너는 쓸데없이 신중해서 문제야! 게다가 기멜이 '구원자'라고 말했으니 당연히 구원자가 아니겠어!? 설령 이 인간이 구원자가 아니라고 해도 우리가 그렇게 결정하면 그만이잖아? 자, 지금부터 너는 우리의 구원자다! 이제 결정된 거야!"

멤이 그 요정에게 충고했다.

"이봐, 달레트. 억지 좀 부리지 마! 그리고 네 말은 도무지 신뢰할 수가 없어! 어차피 넌 항상 기멜이 옳다면서 기멜 편만 들잖아!"

"그야 정말로 그러니까! 기멜이 말한 대로만 하면 된다고!"

그 달레트라는 요정은 기멜과 맞먹는 거구로, 부스스한 빨간 머리에 덥수룩한 수염, 살찐 고양이 같은 얼굴의 소유자였다. 그러나 무서운 인상과는 어울리지 않게 말투나 태도는 어딘가 응석을 부리는 아이 같았다. 성미가 급한지 곧바로 멤에게 달려들어 드잡이를 시작했고, 곰 같은 기멜이 두 요정 사이에 끼어들어 싸움을 말렸다. 세 요정이 아옹다옹하는 모습을 어리둥절한 표정으로 바라보던 나쟈는 갑자기 등 뒤에서 들린 큰 소리에 흠칫 놀랐다.

"다들 그만해! 달레트하고 기멜은 왜 멤을 괴롭히는 거야!?"

돌아보니 목소리의 주인은 드잡이를 하고 있는 세 요정보다 몸집이 조금 작은 젊은 요정이었다. 짧은 금발에 수염이 없는 그 요정은 세 사람에게 달려들려고 했지만 곧 기멜에게 저지당했다.

"잠깐만요, 카흐. 그건 오해입니다! 우리는 그저 저 인간 여성이 '우리의 구원자인가 아닌가?'에 관해 토론하고 있었을 뿐입니다."

이 말을 들은 젊은 요정은 그제야 비로소 나쟈를 바라보았다. 이 요정의 눈은 다른 세 요정과 달리 전체가 푸른색을 띠고 있었다. 그는 사람 좋게 웃더니 큰 목소리로 "아가씨, 반가워!"라고 말하며 작은 손을 내밀었다. 나쟈는 자신도 모르게 덩달아서 몸을 기울이며 손을 내밀었다. 그는 그 손을 잡고 크게 흔들더니 밝은 목소리로 자기소개를 했다.

"나는 카흐라고 해! 아가씨는 이름이 뭐야?"

"난, 그러니까……, 나쟈야."

"나쟈구나! 우리 작업장에 온 걸 환영해!"

"작업장?"

"응, 우리는 여기에서 일하고 있어. 저기 봐. '작업대'가 보이지?"

카흐가 가리키는 쪽을 보자 동굴에서 지면이 가장 높게 솟아오른 장소가 있었다. 그 위에는 평평한 바위가 테이블처럼 놓여 있었고, 양쪽에는 길쭉한 바위가 긴 의자처럼 튀어나와 있었다. 그리고 한쪽 의자에 또다른 요정이 앉아 있었다. 그 요정은 다른 네 요정에 비해 머리가 작고 손발이 길었으며, 검은 머리카락은 마치 고슴도치의 등에 난 가시처럼 곤두서 있었다. 그리고 무표정했다.

"저기 무뚝뚝한 친구 보이지? 쟤는 자인이라고 하는데, 일이 없을 때도 작업대 앞을 떠나는 법이 없어. 웃긴 친구라니까!"

카흐는 자신의 입으로 그렇게 말하면서도 웃겨서 견딜 수가 없다는 듯이 크게 웃었다. 자인은 실처럼 가는 눈으로 이쪽을 흘끔 바라보았지만 아무 말도 하지 않았다. 그 대신 카흐가 다시 나쟈를 다른 쪽으로 끌고 가려고 했다. 그러자 등 뒤에서 멤이 카흐를 불러 세웠다.

"카흐! 쓸데없는 짓 하지 마!"

"뭐 상관없잖아? 이곳에 온 첫 손님인데. 멤은 너무 고지식하다니까."

"야, 카흐! 내 말 좀 들어!"

멤은 카흐와 나쟈 쪽으로 오려고 했지만, 거구의 기멜과 달레트에게 제지당해 움직이지 못했다. 어느 틈엔가 2 대 1의 구도가 되어버린 모양이다. 카흐는 그들이 그러든 말든 신경도 쓰지 않고 한 곳을 가리키며 "나쟈 양, 저길 봐. 저게 『분해의 서(書)』야"라고 말했다.

카흐가 가리킨 곳에는 좌우로 길게 이어지는 '벽'이 있었고, 그 '벽'에는 수많은 사각형 종이가 붙어 있었다. 그리고 각각의 종이에는 다른 나라의 언어로 보이는, 나쟈가 알지 못하는 문자가 적혀 있었다.

"저 종이가 『분해의 서』인 거야?"

"저기 붙어 있는 종이 전체가 『분해의 서』고, 각 종이는 그 '페이지'야. 원래는 책의 형태인데, 거울 속에 '배치된' 시점에 이렇게 돼."

그렇게 말하면서 카흐는 여전히 드잡이 중인 멤 쪽을 가리키더니 "멤이 목에 걸고 있는 거 보이지? 『분해의 서』는 원래 저 안에 들어 있었어"라고 말했다. 나쟈도 멤의 목걸이에 '책 모양의 금속'이 달려 있다는 것은 알고 있었다. 그러나 저 작은 금속 안에 이렇게 많은 '페이지들'이 들어 있었다는 말인가? 나쟈는 생각에 잠겼지만, 카흐의 목소리에 곧 정신을 차렸다. 카흐는 어느 틈에 나쟈로부터 조금 떨어진 곳으로 이동해서는 호들갑을 떨면서 나쟈를 향해 말했다.

"나쟈 양, 이리 와봐! 이게 첫 페이지야!"

나쟈는 카흐가 가리킨 페이지를 쳐다보았지만 전혀 읽을 수가 없었다. 그러자 눈치를 챈 카흐가 설명했다.

"『분해의 서』에는 우리에 대한 명령이 적혀 있어. 그러니까 우리가 해야 하는 작업의 절차야. '『거대한 서』에 가서 주인이 지정한 장소에 있는 운명수를 가져와라.' 이게 이 페이지에 적혀 있는 내용이야."

"거대한 서라고?"

그것은 『성스러운 전승』에 나오는, 사람의 운명수를 담은 책이 아니던가? 나쟈가 그렇게 묻자 카흐는 고개를 끄덕였다.

"맞아, 맞아. 잘 아는구나! 그리고……. 다음 페이지에는 말이지, 『거대한 서』에서 가져온 운명수를 소수표에 있는 수로 나누라고 적혀 있어. 소수표라는 건……. 여기부터야."

카흐는 설명을 하면서 조금 떨어진 곳으로 이동해 어떤 '페이지'

를 가리켰다. 그 페이지에 적혀 있는 것은 나쟈도 읽을 수 있었다. 나쟈가 알고 있는 수, '2'가 적혀 있었다.

"2?"

나쟈는 자신도 모르게 말했다. 그러자 카흐는 "이걸 읽을 수 있어!?"라면서 놀라며 기쁜 표정을 지었다. 그리고 신이 나서 "그럼 이것도 읽을 수 있어?"라며 오른쪽 옆에 있는 페이지를 가리켰다. 그곳에는 '3'이 적혀 있었다. 다음은 '5'였고, 그 다음은 '7'이었다.

"혹시……, 그다음은 11, 13, 17 아니야?"

이렇게 묻자 카흐는 한층 기쁜 표정으로 멤을 향해서 크게 소리 쳤다.

"멤! 나쟈 양이 소수표를 알고 있어! 역시 이 사람이 우리의 구원 자인 거 아니야!?"

그러나 멤은 아직도 기멜, 달레트와 아옹아옹하고 있었다. 카흐 는 그 모습을 보고 재미있다는 듯이 웃음을 지었다. 나쟈는 카흐 에게 '소수표'에 관해 물어보려고 했는데, 그 직전에 낯선 목소리 가 그들에게 "어이"라고 말을 걸었다. 목소리의 주인은 작업대 옆 에 앉아서 계속 무뚝뚝한 표정을 짓고 있던 자인이었다. 그는 변 함없이 무표정했지만, 카흐와 눈이 마주치자 시선을 살짝 위로 향 하면서 말했다.

"온다."

자인의 시선이 향하는 곳에는 벽이 있었고, 벽의 상부에서 빛이 나고 있었다. 그곳에는 이쪽을 내려다보는 듯한 각도의 타원형 창이 있었다. 아니, 표면을 자세히 보니 창이 아니라 거울 같았다. 그 세로로 길쭉한 큰 거울은 어렴풋한 빛을 내고 있었는데, 이쪽의 모습을 비추는 것 같지는 않았다. 그리고 이윽고 표면이 수면처럼 물결치기 시작했다.

카흐의 얼굴에서 웃음이 사라졌다. 다투고 있던 멤과 기멜과 달레트도 행동을 멈추고 거울 쪽을 바라보았다. 이윽고 표면의 물결이 잠잠해지자 아름다운 여인의 얼굴이 나타났다. 왕비였다. 왕비는 머리카락을 늘어뜨리고 있었다. 금발이 완만하게 물결치며 하얀 뺨을 따라서 쇄골 부근까지 내려와 있었다. 왕비가 입고 있는 검은 나이트가운은 넓게 파인 가슴 부분에 섬세한 레이스가 장식되어 있었고, 몸통과 소매 부분에는 주름이 복잡하게 잡혀 있었다. 그리고 밤의 추위를 막기 위해서인지 안쪽과 가장자리에 모피를 덧댄 큼직한 망토를 어깨에 두르고 있었다.

왕비가 자신을 보았을 것이라고 생각한 나쟈는 자신도 모르게 몸을 움츠렸다. 그러자 카흐가 나쟈의 소매를 꼭 잡으며 나직한 목소리로 말했다.

"걱정 마. 저 여자한테는 '이쪽'이 절대 보이지 않아."

카흐는 그렇게 말한 뒤 나쟈를 잡고 있던 손을 놓고 작업대 쪽으로 향했다.

"젠장, '일거리'가 와버렸군."

목소리의 주인공은 방금 전까지 멤을 붙잡고 있었던 달레트였다. 기멜도 멤을 붙잡고 있던 손을 놓고 험악한 표정을 지었다. 멤은 일어나서 거울을 뚫어져라 바라보았다. 거울 너머의 왕비도 마치 요정들이 자신을 응시하고 있음을 알고 있다는 듯이 눈을 크게 떴다. 그러자 왕비의 모습은 서서히 보이지 않게 되었고, 그 대신 조금 지친 표정의 중년 남성의 얼굴이 거울에 나타났다. 나쟈가 본 적이 있는 얼굴이었다.

"저 사람은……!"

"나쟈 양, 저 사람이 누군지 알아?"

나쟈는 고개를 끄덕였다. 스무스 백작이었다. 리햐르트를 암살할 계획을 세운 세 사람 중 한 명이다. 왜 갑자기 거울에 스무스 백작의 얼굴이 나타났을까? 나쟈의 의문에 카흐가 대답했다.

"저건 저 여자의 능력이야. 저 여자는 자신이 악의를 품고 바라본 사람의 모습을 완전히 기억해서 그 '상(像)'을 거울에 비출 수 있어. 쉽게 말하면 '사시'라고 할 수 있지."

카흐는 이렇게 말한 뒤, 어떤 종류의 '저주'든 저주를 걸려면 사시가 꼭 필요하다고 덧붙였다. 그리고 거울에 비친 스무스 백작의 얼굴에 어떤 문자가 겹치듯이 떠오르자 다시 입을 열었다.

"그리고 저건 지금 거울에 비친 인간 남성의 운명수가 있는 위치를 가리키는 문자야. 그러니까 『거대한 서』의 어디에 있는지를 알려주지."

한편, 문자를 본 달레트는 위치를 파악했는지 심술 난 고양이 같은 표정을 지으며 투덜댔다.

"저 친구의 '페이지'가 있는 장소는 『거대한 서』의 북북북서 구역이군. 거긴 '신의 심부름꾼'이 있을 때가 많아서 가고 싶지 않은데……."

기멜이 타이르듯 말했다.

"하지만 지시를 받은 이상은 갈 수밖에 없습니다. 안 간다는 선택지는 우리에게 없으니까요."

"뭐, 어쩔 수 없지. 그럼 멤, 우린 '저기' 갔다 올게."

멤은 "부탁해"라며 고개를 끄덕였다. 그런데 갑자기 뭔가 생각을 고쳐먹은 듯이, 이동하려는 달레트와 기멜에게 말했다.

"잠깐만 기다려. 저 인간 여자아이도 데려가지 않겠어?"

멤은 나쟈를 가리켰다.

"뭐……? 나를?"

데려가라니, 무슨 뜻이지? 나쟈가 물어보기도 전에 멤은 나쟈에게 와서 이렇게 말했다.

"네가 우리의 구원자인지 아닌지는 알 수 없어. 너도 자신이 구원자인지 아닌지 잘 모르는 모양이고. 아니, 애초에 우리에 대해 아는 게 전혀 없어. 그렇지?"

나쟈는 당혹감을 느끼면서 고개를 끄덕였다. 멤은 말을 이었다.

"앞으로 우리는 어떤 '일'을 해야 해. 저 거울 너머에 있는 인간 여자가 명령한 일을 하는 거야. 일단 우리가 일하는 모습을 두 눈으로 똑똑히 지켜봐줘. 우리가 저 인간 여자의 명령으로 무슨 일을 하고 있는지 알면 너도 네가 해야 할 일을 알게 될지도 몰라."

기멜은 멤에게 "좋은 생각 같습니다"라고 말하면서 나쟈에게 다가와 손을 내밀었다. "자, 저희와 함께 가시지요." 크기는 나쟈의 손보다도 조금 작은 정도였지만 두껍고 튼실했다. 나쟈는 망설였다. 온화한 검은 눈동자를 보면 이 기멜이라는 요정을 신뢰해도 될 것 같은 기분이 든다. 하지만 정말 믿어도 되는 것일까? 애초에 나는 이곳에서 무엇을 어떻게 해야 하는 것일까? 무엇이 '정답', 아니 '그나마 최선'일까? 나쟈는 알 수가 없었다.

그런데 망설이는 나쟈의 오른손을 또다른 손이 강하게 잡았다. 달레트였다.

"정말. 시간 없으니까 빨리 가자고! 기멜도 얼른 그쪽 손 잡아!"

달레트의 재촉에 기멜도 곧 나쟈의 왼손을 잡았고, 두 요정은 공중으로 떠올랐다. 나쟈는 갑작스러운 상황에 깜짝 놀랐다. 유심히 보니 두 사람의 등에 달린 투명한 날개가 바쁘게 움직이고 있었다.

"설마……. 하늘을 날아서 가는 거야?"

"저희가 꼭 잡고 있을 테니 걱정 안 하셔도 됩니다."

이렇게 된 이상 기멜의 말을 믿는 수밖에 없었다. 그러나 그렇게 마음을 먹었음에도 발이 지면에서 떨어진 순간 나쟈는 "꺅!" 하고 작게 비명을 질렀다. 기멜과 달레트는 개의치 않고 방 한구석을 향해 날아가다 어느 순간 갑자기 하강했다. 그곳에는 작은 구멍이 뚫려 있었다. 기멜과 달레트는 엄청난 속도로 그 구멍 속으로 내려갔다. 이렇게 빠른 속도로, 그것도 아래를 향해 이동한 적이 없었던 나쟈는 정신이 아득해져 비명 소리조차 낼 수 없었다. 그러다 속도는 곧 느려졌고, 눈앞에 수평으로 뚫린 캄캄한 통로가 펼쳐졌다.

기멜과 달레트는 나쟈의 손을 붙잡은 채 서둘러 통로를 지나갔다. 굉장한 속도로 날고 있음에도 통로는 좀처럼 끝이 보이지 않을 만큼 매우 길었고, 갈림길도 여러 곳이 있었다. 그러나 이윽고 앞쪽에 뭔가가 보이기 시작했다. 검푸른 금속으로 만든 문이었다. 기멜과 달레트도 서서히 속도를 줄였다.

"저것이 '뒷문'입니다."

문 앞에 도달하자 달레트는 벽에 귀를 가까이 댔다. 문 건너편의 상황을 살피는 모양이었다. 그리고 신중하게 문을 열었다. 그러자 갑자기 눈앞이 밝아졌고, 정면에서 불어오는 격렬한 돌풍이 나쟈를 덮쳤다. 나쟈는 바람에 날아갈 것만 같았지만 기멜과 달레트가 나쟈의 두 손을 꼭 잡고 있었기에 몸이 흔들리는 정도에 그쳤다. 이윽고 바람이 잦아들자 나쟈는 조심스레 눈을 떴는데, 순간 비명을 지를 뻔했다.

지면이……. 지면이 없었던 것이다. 나쟈의 눈에 보이는 것은 어디까지 계속되는지 알 수 없는 푸른 공간뿐이었다.

"꺄……."

비명을 지르려는 나쟈의 입을 두 요정이 손으로 동시에 막았다. 달레트는 무서운 표정을 지으면서도 작은 목소리로 나쟈에게 말했다.

"큰소리를 내면 안 돼! 들킨다고!"

들킨다고?

"이곳에는 파수꾼이 있습니다. 저기를 보세요."

기멜이 가리키는 쪽을 보니 무엇인가 반짝반짝 빛나는 것이 날고 있었다. 멀어서 잘 보이지는 않았지만 어떤 종류의 벌레임은 알 수 있었다.

"저건 신의 심부름꾼입니다. '신의 벌(divine bee)'이라고 불리는 놈들이지요. 저 놈들한테 들키면 저희는 끝장입니다. 아마 당신도 마찬가지겠죠. 그러니 무슨 일이 있어도 절대 큰소리를 내서는 안 됩니다."

기멜의 말을 들은 나쟈는 입을 꼭 다물고 조용히 고개를 끄덕였다.

"그럼 가자고."

달레트와 기멜은 다시 날기 시작했다. 대각선 오른쪽으로 날다가 다시 대각선 왼쪽으로 날기를 반복했다. 나쟈는 두 요정이 짙은 안개 같은 것이 끼어 있는 곳만을 골라서 날고 있음을 천천히 깨달았다. 이윽고 그 안개 너머에 황금색으로 빛나는 뭔가가 보이기 시작했다.

— 방추(紡錘)?

그것은 실잣기에 사용하는 방추처럼 중앙이 굵고 위아래로 갈수록 서서히 가늘어지는 형태였다. 위쪽 끝과 아래쪽 끝은 안개에 뒤덮여 보이지 않았기 때문에 나쟈의 눈에는 아무것도 없는 공간에 떠 있는 듯이 보였다. 그리고 점점 가까이 다가가자 그 ‘방추’가 엄청나게 거대한 물체임을 알 수 있었다. 작게 잡아도 산 두 개를 합친 크기 정도는 되어 보였다. 마치 산 두 개를 뽑아서 바닥과 바닥을 맞붙인 것 같은 모양과 크기. 아니, 그보다 더 클지도 몰랐다. 표면에는 작은 요철 문양이 그려져 있는 것처럼 보였는데, 가까이 다가가보니 그것은 문양이 아니었다. ‘방추’의 표면에서 튀어나와 있는 엄청난 수의 ‘종이’였다. 거대한 방추의 표면에 무수히 많은 금색 종잇조각들이 빽빽하게 채워져 있었다. 기멜이 작은 목소리로 나쟈에게 말했다.

“저것이 『거대한 서』입니다.”

그 말을 듣고 나쟈는 『성스러운 전승』의 일부분을 떠올렸다.

— 신들은 〈최초의 1인〉을 위해 세계의 중심인 『거대한 서』에 장소를 마련하고 〈최초의 1인〉을 형성하는 〈축복받은 수〉를 보관했다.

모든 사람의 운명수가 적혀 있다고 하는 그 『거대한 서』가 자신의 눈앞에 있는 것이다. 기멜과 달레트가 목소리를 낮춰 이야기를 나누었다.

"찾아야 하는 '페이지'는 저 부근에 있겠군요. 달레트, 뭔가가 보입니까?"

"아니, 괜찮아. 신의 벌도 없고. 빨리 가자고."

기멜과 달레트는 비행 속도를 높이며 『거대한 서』를 따라서 돌아 들어갔다. 그리고 서서히 속도를 줄이더니 한 종잇조각, 요정들이 말하는 '페이지'의 앞에서 멈췄다. 기멜이 그 페이지의 표면을 이쪽으로 향하자 중앙에 **78260**이라는 숫자가 크게 적혀 있었다.

"이거야. 이봐, 인간. 기멜은 지금부터 '사본'을 떠야 하니까 왼손을 놓도록 해. 너 정도는 나 혼자서 충분히 지탱할 수 있으니 걱정 말고."

달레트의 말을 듣고 나쟈는 기멜을 잡고 있던 왼손을 조심스럽게 놓았다. 달레트는 나쟈의 오른손을 더욱 힘껏 쥐었다. 손은 작지만 그 힘은 믿음직했다. 기멜은 양손으로 힘껏 페이지를 잡아당겼다. 그러나 좀처럼 빠지지 않는 듯했다. 이에 달레트도 남은 한 손으로 힘을 보탰다. 그러자 페이지는 힘차게 뽑혀 나왔고, 그 기세로 기멜과 달레트는 페이지를 잡은 채 뒤로 날아갔다. 나쟈도 떨어질 것만 같았지만 달레트의 오른손을 놓치지 않으려고 있는 힘껏 잡았다. 기멜이 방금 뽑아낸 금색의 페이지를 말면서 말했다.

"조금 고생은 했지만 어쨌든 '사본'을 뜨는 데 성공했습니다. 빨리 돌아가지요."

"이게 사본이야? 페이지를 뜯어낸 게 아니라?"

"뜯어낸 건 어디까지나 '사본'입니다. 보세요. 원래의 페이지는 그

대로 남아 있지요?"

다시 보니 기멜이 말한 대로였다. 뜯어낸 줄 알았던 페이지가 변함없이 『거대한 서』에 붙어 있었다. 기멜과 달레트는 다시 나쟈의 두 손을 하나씩 잡고 서둘러 그 장소를 떠났다. 등 뒤의 『거대한 서』가 눈 깜빡할 사이에 작아졌고, 새파란 공간 속에 떠 있는 검은 점이 보이기 시작했다. 아까 지나왔던 '뒷문'이었다. 기멜과 달레트는 그 뒷문으로 들어가서 일직선으로 날아가다가 때로는 오른쪽으로, 때로는 왼쪽으로 꺾으며 갈림길 몇 개를 지나간 뒤 상승했다. 그 속도에 나쟈는 몸이 늘어나는 것만 같았지만, 곧 상승 속도가 느려지면서 위쪽에 동굴의 천장이 보이기 시작했다. 위로 올라가기 전에 기멜이 나쟈에게 말했다.

"나쟈 양. 이제 위로 올라가서 당신을 지면에 내려드릴 겁니다. 이후부터는 당신에게 말을 걸 수가 없습니다. 당신은 자신의 눈으로 저희가 하는 '작업'을 지켜봐주십시오. 절대 저희에게 말을 걸거나 저희를 건드려서는 안 됩니다."

요컨대 방해하지 말라는 의미 같았다. 나쟈가 고개를 끄덕이자 달레트가 "좋았어, 그럼 가자고!"라고 말했다. 이윽고 눈앞에 작업실이 나타나자 기멜과 달레트는 나쟈를 조용히 바닥에 내려놓았다. 나쟈는 기멜과 달레트에게 고맙다는 인사를 하려다 멈췄다. "말을 걸어서는 안 된다"라는 경고가 떠올라서가 아니라 두 사람의 눈이 완전히 감겨 있었기 때문이다. 마치 잠에 빠진 듯한 모습이었다.

— 어떻게 된 거지?

그때, 『분해의 서』가 빽빽하게 붙어 있는 벽 근처에 서 있는 멤이 기멜에게 뭐라고 말을 했다. 나쟈가 모르는 언어였다. 멤도 눈을 감고 있었다. 멤의 말을 들어서인지, 기멜은 역시 눈을 감은 채 카흐와 자인이 기다리는 '작업대' 쪽으로 '사본'을 가져갔다. 한편 달레트는 벽에 붙어 있는 '페이지' 중 하나를 뜯어서 작업대로 가져갔다. 역시 눈을 감은 채로.

나쟈는 그들을 방해하지 않도록 조심하면서 작업대 쪽으로 이동했다. 그러는 사이에도 멤은 나쟈가 모르는 언어로 지시를 내렸고, 이에 자인이 뭔가를 하기 시작했다. 나쟈가 작업대 쪽을 바라보니 자인이 눈을 감은 채로 78260이라고 적힌 종이, 즉 『거대한 서』의 '사본' 위에서 손을 움직이고 있었다. 아무래도 78260이라고 적힌 종이 위에 다른 종이를 덮는 듯했다. 그 '다른 종이'에 적힌 숫자는 2였다. 그러자 78260이라는 숫자는 39130이라는 숫자로 변화했다. 나쟈는 생각했다.

— 나눗셈을 하고 있구나.

정확히 말하면 '2로 나누고' 있었다. 한편, 자인의 맞은편에 앉은 카흐는 눈을 감은 채 자신의 앞에 있는 백지에 손을 댔다. 그러자 그곳에 '2'라는 숫자가 나타났다. 카흐는 달레트에게 그 수를 건넸고, 달레트는 그것을 벽으로 가져갔다. 자인은 다시 '2'라고 적힌 종이를 '39130' 위에 덮었고, 그러자 39130은 19565로 변화했다. 나쟈는 '또 2로 나눴네'라고 생각했다. 카흐가 손을 댄 종이에 또다시 '2'가 나타났고, 달레트가 그것을 가져갔다.

자인은 다시 '19565' 위에 '2'를 덮었지만, 이번에는 숫자에 변화가 없었다. 자인은 '2'라고 적힌 종이를 옆에 내려놓고 기멜이 새로 가져온 종이를 잡았다. 그 종이에는 '3'이 적혀 있었다. 그러나 자인이 '3'의 종이를 '19565' 위에 덮어도 변화는 없었다. 맞은편에 앉아 있는 카흐도, 카흐의 옆에서 기다리고 있는 달레트도 아무런 행동을 하지 않았다. 자인은 '3'의 종이를 옆에 내려놓고 기멜이 새로 가져온 '5'의 종이를 '19565' 위에 덮었다. 19565는 3913으로 변화했고, 맞은편에 앉아 있는 카흐가 손을 얹은 백지에 '5'가 기록되어 달레트에게 넘겨졌다.

—이건……. '내가 셈하는 아이'였을 때 했던 일하고 똑같잖아?

분명했다. 기멜이 자인에게 가져간 수는 2, 3, 5, 그리고 지금은 7이다. 다시 말해 '본디의 수'이다. 자인은 『거대한 서』에서 베껴온 수를 '본디의 수'로 차례차례 나누고 있었다. 그런 다음 나누어떨어지면 그 '본디의 수'를 카흐가 기록해 달레트에게 주고 있는 것이다. 그리고 멤은 『분해의 서』에 적혀 있는 절차에 따라서 그 작업을 멀리서 지휘하고 있는 것이 틀림없었다.

다음으로 나쟈는 달레트의 움직임을 좀더 자세히 보기 위해 그의 뒤를 따라서 벽 쪽으로 갔다. 달레트는 카흐에게 넘겨받은 수를 벽의 백지 '페이지'에 붙이고 있었다. 이미 '2', '2', '5'가 붙어 있었고, 곧 '7'과 '13'이 붙었다. 그후 달레트는 한동안 벽 쪽으로 오지 않고 카흐 곁에 머물러 있었는데, 이윽고 '43'을 붙이러 왔다.

그 시점에 멤이 무엇인가 지금까지와는 다른 짧은 지시를 내렸다. 그러자 그 지시에 호응하듯이 달레트가 방금 벽에 붙였던 '2', '2', '5', '7', '13', '43'을 전부 떼더니 높이 날아서 거울 쪽으로 가져갔다. 거울에 떠 있는 스무스 백작의 얼굴에 '2', '2', '5', '7', '13', '43'이라는 여섯 숫자가 떠올랐다. 달레트가 바닥으로 내려오자 달레트는 물론이고 다른 요정들도 일제히 크게 숨을 내쉬었다. 그리고 동시에 눈을 떴다.

"좋았어, 이것으로 작업 끝!"

달레트가 큰소리로 이렇게 말하자 멤이 주의를 주었다.

"작업 종료를 알리는 건 네 역할이 아니잖아."

"뭐 어때? 내가 한다고 큰일 나는 것도 아니고."

"안 됩니다. 각자의 역할을 지키지 않으면 위험해지는 건 우리 자신이니까요."

옆에서 기멜도 주의를 주자 달레트는 "기멜이 그렇게 말한다면 어쩔 수 없지"라며 수긍했다. 이에 멤은 다시 한번 모두에게 알렸다.

"좋았어, 작업 종료!"

달레트와 기멜은 이 신호를 듣자마자 바닥에 쓰러져 잠을 잤다. 카흐도 작업대 위에 엎드려 자기 시작했다. 오직 자인만이 자세를 똑바로 한 채 명상을 하듯이 눈을 감았다. 그리고 이와 거의 동시에 거울에서 스무스 백작의 얼굴이 사라지고 왕비의 모습이 다시 떠올랐다. 왕비는 한동안 그림처럼 정지해 있었지만, 이윽고 움직이기 시작했다. 일순간 몸을 움찔한 나쟈에게 멤이 말했다.

"괜찮아. 저 여자는 이쪽을 보지 못해. 저 여자가 움직이기 시작한 건 이쪽의 '작업'이 끝났기 때문이야. 우리가 일을 하는 동안, 바깥 세계에서는 시간이 거의 흐르지 않아. 저 여자한테는 우리가 지시를 받은 지 1초도 안 돼서 작업을 끝낸 것처럼 느껴지는 거지."

왕비는 이쪽, 정확히는 거울 안을 들여다보면서 무엇인가를 적기 시작했다. 그 모습을 보면서 나쟈는 멤에게 말했다.

"있잖아……. 사실은 나, 너희들이 하는 작업과 비슷한 일을 한 적이 있어."

"이 작업을 한 적이 있다고? 무슨 말이야?"

나쟈는 8년도 더 전에 똑같은 일, 즉 '나눗셈의 반복'을 하도록 지시를 받은 적이 있다고 말했다. 2로 나누기 시작해서 나누어떨어지지 않을 때까지 같은 수로 계속 나누고, 나누어떨어지지 않게 되면 3, 5, 7을 가지고 똑같은 계산을 반복했다고. 그러자 멤이 말했다.

"그렇군, 너도 '분해'를 하라는 명령을 받았었구나. '운명수의 분해'를 말이야. 그 여자의 꼬임에 넘어가서 했겠지만, 아무런 효과가 없었지? 『거대한 서』를 직접 보러 가지 않으면 올바른 운명수를 알 수 없고, 『거대한 서』를 직접 보러 갈 수 있는 건 우리 콰리즈미 요정뿐이거든."

"그게 무슨 말이야? 운명수의 분해라는 건 또 뭐고?"

"운명수가 뭔지는 알고 있겠지? 요정이나 인간, 신들을 포함해서 이 세상의 모든 존재들에게 부여된 수야. 그러니까 우리 요정도, 너희 인간도 어떤 수로 구성되어 있다는 말이지. 그리고 '분해'라는 건 특정한 운명수가 어떤 소수로 구성되어 있는지를 조사하는 작업이야."

"소수? 본디의 수를 말하는 거야?"

"아, 맞다. 너희 나라의 인간들은 그렇게 부르지?"

멤은 어떤 수든 소수를 곱한 것, 즉 소수의 곱으로 표현할 수 있다고 설명했다. 그리고 '운명수의 분해'란 운명수를 구성하는 소수를 조사하는 작업이라고 했다.

"조사한다고? 그게 다야?"

나쟈는 분해라는 말을 듣고 '운명수를 여러 조각으로 나누는 행위'를 떠올렸다. 그리고 바로 그것이 '저주'가 아닐까 생각했던 것이다. 그러나 멤은 어딘가 괴로운 표정으로 그런 것이 아니라고 말했다.

"'분해' 자체는 저주가 아니야. 오히려 우리 콰리즈미 요정에게는 신성한 '계산의 절차'지. 하지만 불행하게도 저주에 필요한 작업인 것 또한 사실이야. 뭐, 직접 네 눈으로 확인하는 편이 빠르겠지."

이렇게 말하며 멤은 나쟈에게 손을 내밀었다.

"내 손을 잡아. 우리가 작업한 결과물을 저 여자가 어떻게 사용하는지 보여줄게."

"인간들은 '사시'라든가 그런 걸 저주라고 생각하는 모양이던데, 저주라는 건 그렇게 간단하게 걸 수 있는 게 아니야. 원래 사시는 저주를 걸 표적을 정하기 위한 거야. 그게 없으면 타인을 저주할 수 없지만, 그것만으로는 부족하지. 누군가를 저주하려면 상대에게 '보낼 것', 그러니까 '악령'이 필요해."

멤은 이렇게 설명하면서 나쟈의 손을 잡고 거울 쪽으로 날아올랐다.

"어떤 악령이 필요한데?"

"악령에는 강한 것부터 약한 것까지 여러 종류가 있어. 하지만 상대의 숨통을 확실히 끊을 수 있는 강한 악령을 보내려면 희귀한 재료와 정확한 정보가 필요할 뿐만 아니라 저주를 거는 쪽의 신체가 강인해야 해."

멤의 손을 잡고 커다란 타원형 거울의 정면까지 날아오르자 양피지를 들여다보는 왕비의 옆모습이 보였다. 양피지에는 아까 기멜과 달레트가 거울에 비춘 수의 열(列), 다시 말해 **2, 2, 5, 7, 13, 43**이 적혀 있었다. 왕비는 한숨을 쉬더니 이렇게 말했다.

─참 보잘것없는 수네. 그 남자, 고작 이런 운명수를 가지고도 용케 지금까지 살아 있었어. 어디 보자……. '보석'은……. 에이, 한 개밖에 없네. 그러면서 '칼'은 왜 두 개나 있는 거야? 이래서는 힘들게 저주를 거는 보람이 없잖아.

보석은 뭐고, 칼은 또 뭐지? 나쟈가 의아하다는 표정으로 멤을 바라보았지만 멤은 "이따가 설명해줄게"라는 듯한 태도로 왕비를 잘 보라고 재촉했다.

왕비는 방 오른쪽으로 이동했다. 그곳에는 낮은 탁자가 있었다. 그리고 탁자 아래의 바닥에는 검고 윤기가 나는 둥근 단지가 잔뜩 놓여 있었는데, 하나같이 새끼줄로 꽁꽁 묶여 있었다. 마치 그 안에 들어 있는 무엇인가가 밖으로 나오지 못하도록 눌러놓은 느낌이었다. 나쟈는 그 새끼줄의 모양을 보고 뱀을 떠올렸다. 왕비는 그 단지 중 하나를 탁자에 올려놓았다.

탁자에는 작은 용기 몇 개가 나란히 놓여 있었다. 모양은 각각 달랐지만 전부 아름다운 용기였다. 하나는 섬세한 선으로 꾸며진 네모난 은제 용기로, 도마뱀으로 보이는 문양의 주위를 불꽃 문양이 둘러싸고 있었으며 중앙에는 갈색 보석이 박혀 있었다. 다른 하나는 고둥처럼 생긴 청록색 유리병으로, 뚜껑의 상부가 하늘을 향해 뛰어오르는 물고기의 형상이었다. 또다른 도자기 용기는 빨간색에 매끄러운 달걀 모양이었으며, 금색의 화환 문양이 장식되어 있었다. 멤은 말했다.

"저 은제 용기 속에는 먼 옛날에 살았던 불도마뱀의 화석 가루가 들어 있어. 청록색 용기에는 이 땅의 아래에 있는 녹주석 층에 1,000년 이상 고여 있었던 물이 담겨 있고. 빨간 용기에는 금색 반점을 가진 작은 혈석(블러드스톤)이 가득 들어 있지. 전부 이 일대에서만 구할 수 있는 값비싼 재료야. 왕비는 그런 것들을 잔뜩 가지고 있어."

왕비는 그 용기들의 내용물을 검은 단지에 조금씩 조심스럽게 옮겨담았다.

"그러니까 왕비가 지금 저 재료들로 '악령'을 만들려고 한다는 거야?"

"맞아. 저 여자는 지금 저주에 사용할 수 있는 악령 중에서도 가장 강하고 악독한 악령을 만들려고 하고 있어. 우리 요정들은 '식수령(喰數靈)'이라고 부르는 놈을 말이야."

"식수령……"

"이름 그대로 타인의 '수'를 먹어치우는 악령이지. 우리 요정이든 너희 인간이든 사실은 두 가지 몸으로 구성되어 있어. 눈에 보이는 '육체(肉體)'와 운명수로 구성되는 '수체(數體)'인데, 식수령은 그중에서 '수체'를 잡아먹는 거야."

"그러면 상대는 어떻게 되는데?"

"죽지. 육체와 수체는 서로 영향을 미치거든. 한쪽이 파괴되면 다른 한쪽도 파괴되고 말아."

나쟈는 자신도 모르게 주먹을 힘껏 쥐었다. 지금 왕비는 그런 짓을 벌이려고 하는 것인가? 그런 식으로 다른 사람을 저주해서 죽이고 있다는 말인가? 그러면서도……, 어떻게 저리 태연한 표정을 지을 수 있는 것인가?

거울 너머의 왕비는 단지들이 놓인 탁자에서 벗어나 벽에 있는 커다란 찬장으로 가서 그 문을 열었다. 찬장의 안쪽은 수많은 칸막이로 분류되어 있었고, 간소한 모양의 병들이 빼곡히 놓여 있었다. 그곳에서 병을 꺼내 잠시 들여다보고는 그것을 품에 끼고 또 다른 병을 꺼내는 왕비의 모습은 어딘가 즐거워 보였다. 왕비는 모두 다섯 개의 병을 꺼내 단지 옆의 작업대에 올려놓더니 그중 한 개를 열고는 작은 스푼으로 내용물을 덜어서 단지 안에 넣었다. 거울 밖에서 왕비가 콧노래를 흥얼거리는 소리가 들렸다.

—무슨 요리라도 하는 것 같네.

"저 여자가 지금 단지 속에 넣은 건 '소수벌의 독'이야."

"소수벌? 벌을 말하는 거야?"

"그래. 벌 중에는 다양한 주기로 번식을 하는 놈들이 있어. 성장이 굉장히 빨라서 이틀 간격으로 번식하는 벌이 있는가 하면, 사흘 간격, 닷새 간격, 이레 간격으로 번식하는 벌도 있지. '식수령'을 만들려면 그런 벌의 독이 필요해."

"벌이라……. 혹시?"

그 약초밭 옆에 있는 벌오두막에서 사육하는 벌들도 그런 벌인 것일까?

"지금 저주를 걸 상대를 '분해한 결과'는 **2, 2, 5, 7, 13, 43**이야. 그러니까 2일 주기로 번식하는 소수벌의 독을 두 스푼, 5일 주기, 7일 주기, **13**일 주기, **43**일 주기로 번식하는 벌의 독을 각각 한 스푼씩 단지에 넣어. 그리고⋯⋯."

왕비가 필요한 독을 다 집어넣자 검은 단지가 작게 흔들리기 시작했다. 단지를 몇 겹으로 감고 있는 뱀 같은 새끼줄이 뚝뚝 소리를 내며 끊어졌다. 그리고 마지막 한 가닥이 끊어졌을 때, 단지 속에서 무엇인가가 튀어나왔다.

"저게 식수령이야."

그 모습을 본 순간, 나쟈의 온몸이 식은땀으로 흠뻑 젖었다. 닭살이 돋고, 미칠 듯이 몸이 떨렸다. 커다란 도마뱀 같은 모습. 반투명의 회색. 머리와 턱, 등에서 빛나는 금색 반점. '참극'이 일어났던 그날 밤에 보았던 생물이 틀림없었다!

"어이, 괜찮아?"

멤이 말을 걸었지만 이가 덜덜 떨려서 대답을 할 수가 없었다. 나쟈는 어떻게든 마음을 가라앉히려고 심호흡을 했다. 그러는 사이, 반투명의 '식수령'은 왕비의 방 벽을 뚫고 사라졌다. 나쟈는 간신히 목소리를 쥐어짜내 멤에게 물었다.

"저, 저거⋯⋯. 저주를 건 상대한테 간 거야?"

"맞아. 아까 저 여자가 '거울에 비춘 남자'에게 말이지. 그리고 그 인간의 '수'를 잡아먹은 다음 돌아올 거야. 눈을 떼지 마. 만약 저주가 성공했다면 금방 돌아올 테니까."

멤이 말한 대로 식수령은 몇 분도 지나지 않아서 돌아왔다.

"⋯⋯저주가 성공한 모양이군. 상대는 죽었을 거야."

멤은 그렇게 말했지만, 나쟈는 믿기지가 않았다. 8년 전에 셈하는 아이들을 죽인 것은 틀림없이 저 식수령이었다. 하지만 '저주'가 이렇게 간단하게 걸 수 있는 것이었단 말인가?

그런데 왕비는 방금 전까지와 달리 험악한 표정으로 식수령을 노려보고 있었다. 식수령은 곧 엄청난 속도로 왕비의 주위를 돌기 시작했다. 왕비는 양손으로 얼굴을 보호하듯 감쌌다.

"앗!"

왕비의 양 손등에 작은 상처가 생겼다. 칼에 살짝 베인 것 같은 일직선의 상처가 두 개 나 있었다. 그러자 식수령은 갑자기 방향을 바꿔 검은 단지 속으로 들어갔고, 단지는 잠시 흔들리다 곧 잠잠해졌다. 왕비는 얼굴에서 손을 떼고 작은 상처가 난 손등을 바라보았다.

"저 상처는 저주의 대가야. 상대의 '수' 중에서 칼이 있었고 그걸 식수령이 먹고 돌아온 거지. 저주를 거는 자는 그 칼을 절대 피할 수 없어."

"칼이라고……?"

"칼에 해당하는 수가 있어. 내가 지금 기억하는 범위에서는 5, 13, 17, 29가 있는데, 물론 그게 전부는 아니야. 더 큰 수에도 칼은 있어. 저주를 걸 상대의 운명수 속에 그런 수가 들어 있으면 저주를 거는 자로서는 골치가 아프지. 뭐, 다른 누군가를 저주하려면 그런 대가도 치러야 하는 거야."

왕비는 잠시 험악한 표정으로 상처를 바라보더니 곧 방의 벽 쪽으로 가서 그곳에 붙어 있는 작은 종을 울렸다. 그러자 거의 동시에 누군가가 방으로 들어왔다.

—마틸데.

한밤중임에도 마틸데는 한낮과 똑같은 복장이었고, 검은 머리카락도 단정하게 정돈되어 있었다. 잠을 자지 않고 있었던 모양이다. 물론 안대도 쓰고 있었다. 왕비는 마틸데에게 무뚝뚝하게 말했다.

—5하고 13. 빨리 가져와.

마틸데는 작은 목소리로 "분부대로 하겠습니다"라고 말한 뒤 방을 나갔다. 그리고 1분도 지나지 않아 손에 작은 주발과 솔을 가지고 돌아왔다. 왕비는 조금 짜증이 난 표정으로 마틸데에게 손을 내밀었다. 마틸데는 주발에 담긴 무엇인가를 솔에 묻히더니 그것을 왕비의 양손에 난 상처에 가볍게 발랐다. 그러자 상처가 조금씩 사라졌다.

"상처가 나았네……."

"피보나 풀로 만든 약이야. 유명한 만능 치료약이지."

왕비는 저런 방법으로 상처를 치료하면서 적들을 저주하고 있었단 말인가? 상처가 낫자마자 왕비는 말없이 마틸데에게 나가라고 손짓했다. 마치 귀찮은 벌레를 쫓아내는 것 같은 몸짓이었다. 마틸데는 평소와 다름없이 왕비에게 가볍게 고개를 숙인 뒤 빠르게 방을 나갔다.

다시 혼자가 된 왕비는 검은 단지 쪽으로 다가가 단지에 손을 집어넣더니 작은 물체를 꺼냈다. 나쟈도 본 적이 있는 것이었다. 왕비가 자주 몸에 걸치는 아름다운 보석. 크기는 새끼손톱 정도로, 눈이 부실 만큼 빛나고 있었다.

"저게 보석이야."

"보석이라면, 아까 왕비가 말했던……?"

나쟈는 왕비가 "보석은 한 개밖에 없네"라고 말했던 것을 기억하고 있었다.

"'운명수의 분해 결과'에 7이 들어 있었지? 7이 들어 있는 운명
수를 잡아먹은 '악령'은 보석을 가지고 돌아와. 보석이 되는 수로
는 7 이외에도 3이라든가 31, 127 등이 있지. 3은 크기가 후추 정
도밖에 안 되지만, 31만 해도 포도 알 정도는 돼. 127쯤 되면 굉장
하지."

'나도 알아'라고 나쟈는 마음속으로 중얼거렸다. 그러나 멤의 다
음 말에 나쟈는 자신의 귀를 의심했다.

"저 여자는 보석을 모으려고 많은 사람들에게 저주를 걸고 있는
거야."

"뭐? 적을 없애기 위해서가 아니라?"

지금 왕비가 저주를 건 상대인 스무스 백작은 왕비가 사랑하는
아들 리햐르트의 암살을 계획하고 있었다. 그래서 그 사실을 안
왕비가 계획을 막기 위해 저주를 걸었을 것이다. 나쟈는 멤에게 이
렇게 말했지만, 멤은 그다지 수긍이 가지 않는 모양이었다.

"뭐, 저 여자가 적을 죽이려고 저주를 거는 경우도 없지는 않겠
지. 이번 대상한테는 그런 목적으로 사용한 것인지도 모르고. 하
지만 이것만큼은 분명하게 말할 수 있어. 저 여자가 저주를 사용
하는 주된 목적은 보석이야. 우리가 이곳에 갇힌 지도 벌써 몇 년
이 지났는데, 저 여자는 매일 밤 적게는 몇 명에서 많게는 몇십 명
까지도 저주하고 있어. 아무리 적이 많다고 해도 그 정도로 많다
고는 생각하기 어렵지."

"보석이라는 게 그렇게 좋은 거야?"

"듣기로는 늙는 것을 막는 효과가 있다더군."

늙는 것을 막는 효과……. 나쟈는 왕비를 바라보았다. 왕비는

새로 손에 넣은 보석을 황홀한 표정으로 바라보고 있었다. 나쟈는 주먹을 불끈 쥐었다. 만약 멤이 한 말이 사실이라면 왕비는 앞으로도 많은 사람들을 저주해 죽일 것이다. 그것을 그저 지켜볼 수밖에 없는 것인가?

"뭔가……, 뭔가 내가 할 수 있는 일은 없는 거야?"

"그렇지는 않아. 만약 네가 우리를 해방시켜준다면 우리는 저 여자가 시키는 대로 하지 않아도 되거든."

"어떻게 하면 너희를 해방시킬 수 있는데? 부탁이야, 가르쳐줘!"

"네가 해줬으면 하는 일이 몇 가지 있어. 먼저 우리가 밖으로 나갈 수 있게 도와줬으면 해. 저기 있는 문을 통해서 말이지."

멤은 나쟈의 손을 잡고 동굴 끝으로 날아갔다. 그곳에는 녹이 슨 한 쌍의 여닫이문이 있었다. 그리고 문의 위쪽에는 **4899999991**이라는 숫자가 적혀 있었다.

"우리는 어떤 이유로 이 문을 통해서 이곳에 들어왔어. 원래는 용건을 마치면 곧 나갈 예정이었지. 그런데 우리가 이곳에 들어온 사이에 저 여자가 부정한 방법으로 '거울'의 소유권을 빼앗아서는 우리를 노예로 만든 거야. 노예가 된 우리는 이 문으로 나가기 위한 '열쇠'를 잃어버렸어."

"그 열쇠는 어디에 있어?"

"열쇠라고 말은 했지만, 눈에 보이는 그런 열쇠는 아니야. '저 수를 나눠떨어지게 하는 1이 아닌 두 수'지. 그 두 수는 바로 나와 카흐의 운명수야. 그러니까 **4899999991**은 내 운명수와 카흐의 운명수를 곱한 값인 거야. 오른쪽 문 위에 내 운명수를 손가락으로 적고, 왼쪽 문 위에 카흐의 운명수를 손가락으로 적으면 문이 열리게 돼 있어."

"그걸 알고 있으면서 왜 못 여는 거야?"

"그건 우리가 우리의 운명수를 잊어버렸기 때문이야. 저 여자의 노예가 된 탓에 여기에서 나가는 데 필요한 것은 전부 기억에서 지워져버렸어. 그래서 네가 저 문에 적힌 수를 나눠떨어지게 하는 두 수를 찾아줬으면 해."

"너희는 '계산'을 할 줄 알잖아? 직접 찾아볼 수는 없었어?"

"그게, 이 안에 있는 이상 우리는 저 여자가 시키는 계산밖에 할 수가 없어. 만약 저 여자의 지시를 거스르면 곧바로 죽게 돼. 머릿속에서 계산하는 것도 허용되지 않아. 그랬다가는 이 방을 관리하고 있는 '거울벌레'라는 놈이 나타나서 우리를 죽일 거야. 사실, 저 여자의 지시를 고분고분하게 따라서 거울벌레한테 죽지 않는다고 해도 『거대한 서』를 관리하고 있는 신의 심부름꾼에게 들켜도 죽는 것은 매한가지고, 그게 아니어도 이런 곳에 오래 있으면 언젠가 병으로 죽게 되겠지만. 우리의 몸은 바깥 세계의 순수한 기운, 그러니까 〈어머니 수〉가 만들어내는 신성한 대기를 접하지 않으면 약해지거든."

멤은 이렇게 말하면서 작업대에 있는 카흐를 흘끔 쳐다보았다. 그리고 절박한 표정으로 말했다.

"그러니까 제발 부탁이야! 이제 우리에겐 남은 시간이 거의 없어!"

나쟈는 멤을 돕고 싶었다. 그러나 과연 자신에게 '열쇠', 즉 멤과 카흐의 운명수를 알아낼 능력이 있을까? 나쟈의 경험상, 큰 수에는 그것을 나누어떨어지게 하는 수들이 수없이 많다. 그 수많은 수들 가운데 어떤 것이 멤과 카흐의 운명수인지 알아낼 수 있을까? 이렇게 묻자 멤이 말했다.

"우리 요정의 운명수는 큰 소수, 그러니까 〈축복받은 수〉야. 나와 카흐의 수는 '그 자신과 1 이외의 수로는 나눠떨어지지 않는 수'라는 말이지."

"저 '소수표'에 적혀 있는 그런 수라는 말이구나."

"맞아. 그러니까 **4899999991**을 나눠떨어지게 하는 수를 하나 찾아낸다면 다른 하나도 반드시 찾아낼 수 있어. 큰 쪽이 내 운명수고 작은 쪽이 카흐의 운명수야. 이곳에 속박되어 있는 우리는 그걸 계산할 수가 없어. 하지만 너라면……. 이젠 너한테 기대하는 수밖에 없어."

멤의 필사적인 모습에 나쟈는 마음이 흔들렸다. 멤은 나쟈의 팔꿈치를 붙잡고 말을 이었다.

"그리고, 나와 카흐의 운명수를 찾아냈다면 네 거울을 들고 성을 빠져나와."

"뭐!? 성을 나가라고?"

"그래. 거울을 갖고 최대한 성에서 먼 곳으로 가는 거야. 네 거울은 '통신 거울'이라고 해서, 거울끼리 통신을 하는 데 사용할 수 있어. 그리고 우리 요정한테는 거울 세계와 바깥 세계를 드나드는 통로기도 해. 다시 말해 네 거울을 통해서 밖으로 나갈 수 있는 거야."

"그렇다면 지금 내 거울을 통해서 밖으로 나가도 되잖아?"

"그건 불가능해. 먼저 우리가 이 '문' 밖으로 나가서 저 여자의 노예 신분에서 해방돼야 해. 거울을 통해서 나가는 건 그다음이고. 그러니까 최대한 성으로부터 멀리 떨어진 곳으로 가져가줘."

나쟈는 정신이 아득해졌다. 과연 자신이 그럴 수 있을까?

"그리고 부탁이 또 하나 있어."

"뭐? 또 있어?"

"그래. 성을 떠날 때, '피보나 풀'을 최대한 많이 가져갔으면 해."

"피보나 풀이라면, 아까 말한 '만능 치료약' 말이야?"

"그래. 성 근처에 대량으로 자라고 있을 거야. 저 여자가 칼에 입은 상처를 치료할 때 사용하는 거 봤지? 그 검은 옷을 입은 '또 한 명의 여자'가 가지고 왔잖아."

마틸데 이야기구나.

"어쨌든, 피보나 풀을 최대한 많이 준비해주면 좋겠어. 근방에 있는 건 전부."

"하지만 난 그게 어디에 있는지도 모르는데……."

"틀림없이 그 검은 옷을 입은 여자가 알고 있을 거야. 그 여자한 테 물어봐."

"마틸데에게? 왜?"

멤에게 이렇게 물어본 순간, 나쟈는 갑자기 등 뒤에서 자신을 끌어당기는 강한 힘을 느꼈다. 멤이 혀를 찼다.

"쳇, 시간이 다 됐군!"

나쟈가 뒤를 돌아보자 동굴의 벽에서 작은 거울이 빛을 내고 있었다. 나쟈의 거울이었다. 그리고 몸이 그쪽으로 끌려갔다. 멤의 모습이, 그리고 요정들의 모습이 멀어져갔다.

"내가 한 말 절대 잊으면 안 돼! 부탁이야, 네가 우리의 마지막 희망……."

멤의 말을 전부 듣기도 전에 나쟈는 거울 밖으로 빨려나갔다. 이번에도 물속에 뛰어든 것 같은 느낌이 들었고, 그후 자신의 방의 차갑고 딱딱한 바닥이 등에 느껴졌다. 등을 세게 부딪친 통증이 가라앉기를 잠시 기다린 뒤에 몸을 일으킨 나쟈는 거친 숨을 몰아쉬며 거울을 바라보았다. 거울의 표면은 다시 아무것도 비추지 않았다.

◈

이튿날 아침, 나쟈는 눈을 떴지만 개운하지 않았다. 극심한 피로가 느껴져 침대에 쓰러진 뒤로는 밤새 이상한 꿈만 꿨다. 그러나 그 거울 속에서 일어난 일이 가장 악몽처럼 느껴졌다.

—그건 전부 꿈이 아니었을까?

나쟈는 그렇게 생각하고 싶었다. 멤이라는 요정에게 받은 부탁은 선명하게 기억하고 있다. 그러나 자신은 도저히 그 부탁을 들어줄 수 있을 것 같지가 않았다. 제발 꿈이었으면. 요정들도, 왕비의 '저주'도…….

나쟈는 머리가 저려오는 것을 느끼면서 베짜기 방으로 향했다. 방으로 들어가니 하인들이 작업은 뒷전으로 미루고 대화에 열중하고 있었다.

"무슨 일이라도 있나요?"

이렇게 물어보는 나쟈에게 나이 든 직공이 대답했다.

"나쟈 님, 소식 못 들으셨나요? 스무스 백작과 백작부인이 어젯밤에 갑자기 돌아가셨다고 하네요."

"네!?"

"방금 전에 전갈이 와서 다들 난리가 났어요. 영지로 돌아가는 길에 묵고 있던 수도원에서 돌아가셨대요."

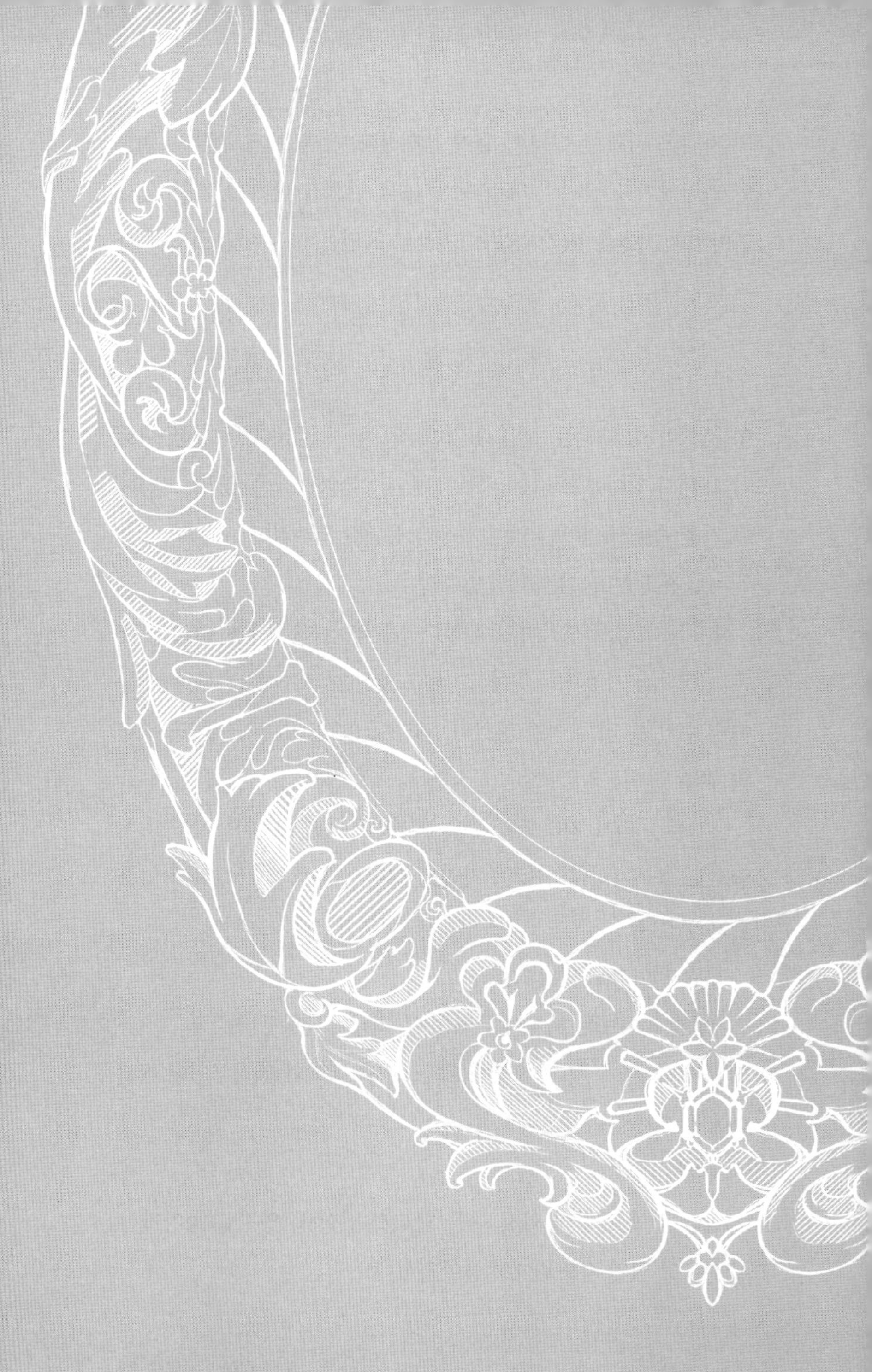

**3**

# 여전사와 시녀

스무스 백작 부부가 죽었다.

—'저주'야.

분명하다. 역시 어제 본 것은 꿈이 아니었다.

어제 멤은 왕비가 '보석'을 모으기 위해 다른 사람에게 저주를 걸고 있다고 말했다. 그러나 스무스 백작 부부에게 저주를 걸어서 죽인 이유는 틀림없이 리햐르트를 암살하려는 계획을 세우고 있었기 때문일 것이다.

—마틸데구나. 마틸데가 스무스 백작 부부의 계획을 왕비에게 알린 거야.

그래서 암살 계획이 실행되기 전에 왕비가 두 사람을 저주해 죽였다. 어젯밤 왕비는 스무스 백작을 죽인 뒤에 백작부인에게도 저주를 걸었으리라.

—그렇다면 다른 한 명은?

그날 밤, 과수원에는 스무스 백작 부부 말고도 한 명이 더 있었다. 왕비는 틀림없이 다른 한 명도 저주를 걸어서 죽였을 것이다. 리햐르트를 죽이려는 자들을 왕비가 용서할 리는 절대 없으니까.

나쟈는 베짜기 방에 있는 하인들에게 말했다.

"속이 안 좋아서 그런데, 방에서 쉬어도 될까요? 정말 미안해요."

하인들은 깜짝 놀랐다. 나쟈가 그런 이유로 일을 쉬는 경우는 거의 없었기 때문이다. 지금까지 나쟈는 아무리 몸 상태가 좋지 않아도 하인들을 생각해서 아무 말 없이 일을 해왔다. 그래서 어지간히 몸이 좋지 않은 모양이라고 생각한 듯, 나쟈를 걱정하며 푹 쉬라고 말했다. 왕비의 생일 축하연 준비로 바쁜 시기에 거짓말을 하고 빠져나온 것이 너무나도 미안했지만, 나쟈는 방으로 돌아가자마자 책상에서 석판과 석회 막대를 꺼내 침대로 가져갔다. 그리고 이불을 머리까지 뒤집어쓴 다음 석판에 숫자를 적었다.

**"4899999991."**

정신이 아득해질 만큼 힘든 작업이 될 것임은 알고 있었다. 그러나 왕비가 그런 무서운 행위를 하는 것을 내버려둘 수는 없었다. 멤의 부탁을 전부 실행할 수 있으리라고는 생각하지 않았지만, 적어도 자신이 할 수 있을 것 같은 일, 왕비의 노예가 된 그들을 해방시켜줄 문의 '열쇠'인 멤과 카흐의 운명수를 찾아내는 작업만이라도 시도해봐야겠다고 생각했다.

— 일단 작은 '본디의 수'부터 시작하자.

**4899999991**이 2로 나누어떨어지지 않는 것은 분명하다. 3으로도, 5로도 나누어떨어지지 않는다. 그렇다면 **7**은?

그날 나쟈는 해가 질 때까지 석회 막대를 손에서 놓지 않았다.

◈

그로부터 며칠 동안 나쟈는 잠자는 시간도 줄여가면서 계산에만 열중했다. 나자는 자신이 쓸 수 있는 시간은 전부 계산에 쏟아부었다. 그러나 며칠 동안 계산에 몰두했음에도 '4899999991을 나누어떨어지게 하는 수'를 찾을 수가 없었다. 게다가 '나누어떨어지게 하는 수의 후보'가 커지면서 다른 문제가 발생했다. 애초에 그 '후보'가 '본디의 수', 즉 소수인지 아닌지부터 알아내야 했던 것이다.

나쟈는 2부터 127까지 30개 정도의 소수는 전부 암기하고 있었다. 그러나 이후의 수에 관해서는 그것이 소수인지 아닌지 몰랐기 때문에 확인하는 데만도 시간을 들여야 했다. 결국 나쟈는 '나누어떨어지게 하는 수의 후보'가 소수인지 아닌지 확인하기를 포기하고, 소수일지도 모르는 수는 전부 '후보'에 포함시킨 다음 4899999991을 나눠보기로 했다. 이렇게 하는 편이 더 효율적이라고 판단한 것이다.

그러나 4899999991을 나누어떨어지게 하는 수는 좀처럼 발견되지 않았다. 게다가 '후보'가 커지면 나눗셈 자체가 어려워진다. '계산을 잘못한 게 아닐까?'라든가 '사실은 아까의 수로 나누어떨어졌던 게 아닐까?' 같은 생각이 들어 다시 계산을 해보는 바람에 시간을 낭비하는 일이 많아졌다.

—이런 식으로는 둘의 운명수를 찾아내는 데 며칠이 걸릴지 알 수가 없겠어.

뭔가 실마리는 없을까? 나쟈는 이따금 '거울'을 방의 구석에 놓고 자신의 모습을 비추어보았다. 그러나 거울 속에 들어갈 수가 없었다. 거울에 말을 걸어보기도 했지만 거울은 아무것도 비추지 않았으며 요정들도 대답이 없었다.

며칠에 걸쳐 2143까지의 수를 사용해 나눗셈을 해보았지만, '4899999991을 나누어떨어지게 하는 수'는 발견되지 않았다. 그러던 어느 날, 나쟈에게 그다지 기쁘지 않은 소식이 날아왔다. 왕비의 큰아들, 리햐르트 왕자가 성에 돌아온 것이다. 부상을 입어서 예정보다 일찍 돌아온 모양이었다. 하인들의 이야기로는 얼마 전에 엘데 대공국과 할-레온 왕국의 국경 부근에서 적에게 습격을 당해 검을 쓰는 쪽의 팔을 다쳤다고 한다. 검을 휘두를 수 없게 된 리햐르트는 귀국을 결심했는데, 적이 추격해올까 두려워 귀국 사실을 극비에 부쳤을 뿐만 아니라 어떤 경로로 이동할지도 알리지 않았다. 심지어 왕비에게도 언제 귀국할지 정확한 날짜를 알리지 않았기 때문에 왕비가 굉장히 놀랐다는 것이다. 왕비는 지금 리햐르트의 부상을 슬퍼하며 사제들과 시녀들을 총동원해 부상을 치료하고 있다고 한다.

"왕자님에게는 딱한 일이지만, 검을 휘두를 수 없게 돼서 다행이야." 하인들은 누가 들을까 목소리를 낮추며 이런 이야기를 주고받았다. 지금까지 리햐르트가 이유 없이 휘두른 검에 다치거나 죽은 하인과 근위병의 수를 생각하면 그렇게 말하는 것도 무리는 아니었다. 나쟈 본인도 가능하면 리햐르트를 만나고 싶지 않았다.

그러나 리햐르트가 귀국한 탓에 하인들은 더욱 바빠졌고, 나쟈도 해야 할 일이 더 많아졌다. 한편 계산은 도무지 진전이 없었다.

나쟈의 초조함은 커져만 갔다.

◈

— 오늘은 오려나?

멤은 기다리고 있다. 기다리는 상대는 물론 '구원자일지도 모르는 인간 소녀', 즉 나쟈였다. 그 '또 한 명의 여자'가 말한 것처럼 거울 속에 들어올 수 있는 인간이 있다는 사실은 멤에게 커다란 희망이 되었다. 그러나 희망은 때때로 마음을 어지럽힌다. 그 사실을 잘 아는 멤은 냉정해지려고 노력했지만, 절박한 상황을 생각하면 그러기도 쉽지가 않았다. 며칠이나 나쟈가 모습을 보이지 않자 더더욱 그랬다. 설마 왕비의 손에 죽은 것은 아니겠지? 아니야, 나와 카흐의 운명수를 찾아내는 데 시간이 걸리는 것뿐일 거야.

그건 그렇고, 요전에 나쟈에게 이쪽의 상황을 좀더 자세히 알려주었어야 했던 것이 아닐까? 그러나 나쟈가 아는 것이 전혀 없었던 탓에 기본적인 것부터 차근차근 알려줄 수밖에 없었다. 다음에 만나면 정말로 시간이 없다는 사실을 알려야 한다.

— 시간이 없어.

멤은 작업대로 다가가 작업대 옆에서 자고 있는 카흐를 보았다. 깨어 있을 때는 명랑하고 소란스러우며 항상 웃고 있지만, 잘 때는 마치 이미 죽은 듯이 창백한 얼굴로 변한다. 아니, 이미 죽은 것은 아니지만 적어도 죽음과 가까워진 상태임은 분명하다. 바로 그 왕비 때문에. 이곳에 갇힌 탓에.

— 아니, 그런 게 아니야. 전부 내 탓이야.

멤과 카흐는 육촌 간이다. 사실 콰리즈미 요정 일족은 모두 넓은 의미에서 친족이지만, 어째서인지 멤은 유독 카흐에게서 강한 유대감을 느꼈다. 멤과 카흐는 나이 차이가 꽤 나는 편인데, 카흐는 어렸을 때부터 항상 멤의 곁을 떠나지 않았다. 예전부터 생각이 깊고 말수가 적었던 멤은 어리고 부산스러운 카흐가 자신을 졸졸 따라다니는 것이 난감하기 짝이 없었다. 게다가 이유는 모르겠지만 카흐가 꼬맹이 주제에 항상 멤에게 다 큰 어른으로 인정받고 싶어했기 때문에 더더욱 골치가 아팠다. 카흐는 멤이 가는 곳이라면 어디라도 따라갔고, 멤이 하는 일은 무엇이든 함께하려고 했다. 물론 그러다 위험에 빠지는 일이 부지기수였고, 그런 카흐를 구하는 것은 언제나 멤의 몫이었다. 그러는 사이에 멤은 자신이 원했든 원하지 않았든 카흐의 보호자 같은 존재가 되어버렸다. 이윽고 성장한 카흐는 멤과 같은 신관이 되었지만, 그 뒤에도 멤의 속을 상당히 썩였다.

— 하지만 이 녀석을 이런 상황에 휘말리게 만든 건 모두 내 잘못이야.

자고 있는 카흐가 미간을 찌푸리며 작게 신음 소리를 냈다. 고통스럽겠지. 하지만 지금은 어떻게 해줄 수도 없었다. 멤은 입술을 질끈 깨물고 주먹을 꽉 쥐었다.

"멤, 그렇게 자책하지는 마."

옆에서 들린 목소리에 멤은 정신을 차렸다. 작업대의 건너편에 앉아 있는 자인이 말을 건 것이었다.

"깨어 있었구나. 늘 그렇듯 앉은 채로 자고 있는 줄 알았는데."

"아니야, 방금 깼어. 분명히 지금 카흐의 상태가 어떻다느니, 다 내 책임이라느니, 그런 생각을 하고 있었겠지. 안 그래?"

　마치 자신의 마음속에 들어갔다 나온 것 같은 자인의 말에 멤은 아무 말도 하지 못했다. 자인은 말을 이었다.

　"너는 우리 중에서 가장 뛰어난 신관이야. 그러니까 우리도, 차디 왕도 모두 네 판단을 존중했던 거야. 물론 카흐도 마찬가지고. 네 책임이 아니야. 문제는 그 여자가 처음부터 우리를 속일 생각이었다는 것, 그것뿐이야."

　"……네 말이 옳다고 해도 이런 상황이 된 이상 달라지는 건 아무것도 없어."

　멤은 창백한 얼굴로 자고 있는 카흐를 보면서 괴로운 표정으로 말했다. 자인은 가볍게 한숨을 내쉬었다.

　"뭐, 그렇기는 하지. 다만 내가 하고 싶은 말은 너무 자책하지 말라는 거야. 너는 이런 괴로운 상황에 '육촌'을 끌어들여서 괴롭겠지만, 이런 힘든 상황 속에서도 사이좋은 친족과 함께 있을 수 있다는 건 생각하기에 따라서는 좋은 일일 수도 있어. 기멜과 달레트도 '사촌' 간이고 말이야. 그에 비하면 나는……."

　자인은 멤과 요정들이 모시는 요정왕 차디의 쌍둥이 동생으로, 형과의 유대가 끈끈했다. 당연히 고향에서 형이 어떻게 지내고 있는지 걱정이 될 것이다. 그 심정을 이해하기에 멤은 분위기가 더 심각해지지 않도록 애써 밝은 말투로 대답했다.

　"네가 몰라서 그러는데, 카흐 같은 친척이 있으면 얼마나 성가시다고."

　자인은 그 말을 듣고 살며시 웃었다.

　"너는 그렇게 생각하겠지만, 내가 보기에 넌 카흐에게 시달릴 때 더 즐거운 것 같더라."

"그럴 리가 있겠냐! 너 말이야, 평소에는 말도 잘 안 하면서 어쩌다 입을 열면 꼭 쓸데없는 소리를 하더라."

"그건 피차일반 아니겠어? 뭐 어쨌든, 난 차디가 기다리고 있는 우리의 고향 '콰리즈미 숲'으로 돌아가고 싶어. 아무도 죽지 않고 모두 함께 말이야."

멤에게도, 그리고 다른 요정들에게도 차디는 존경스러운 왕인 동시에 둘도 없는 소중한 친구이다. 아마 차디도 우리 신관들을 생각하며 마음 아파하고 있을 것이다.

"……그래. 다 함께 돌아가자, 왕이 기다리는 고향으로."

멤이 이렇게 말했을 때, 벽의 한 귀퉁이가 밝아졌다. 멤은 나쟈가 돌아온 것일지 모른다는 기대를 품었지만, 아니었다. 늘 보던 거대한 타원형. 왕비였다.

왕비는 오늘도 곧바로 이쪽에 지시를 내리지 않고 탁자 위에 늘어놓은 검은 단지에서 식수령을 만들어 날려 보내는 데에 집중하고 있었다. 대상이 누구인지는 알 수 없지만, 최근 몇 년 사이에 왕비는 거의 매일 특정 인물에게 식수령을 보내고 있다. 그 사람의 운명수를 구성하는 소수는 이미 알고 있는지 매번 이쪽에 '분해'를 지시하지 않고 한 번에 여러 놈을 보냈다. 그러나 그 식수령이 돌아온 적은 단 한번도 없었다. 식수령이 돌아오지 않는다는 것은 일반적으로 저주의 대상이 매우 먼 곳에 있거나 이미 다른 이유로 죽었음을 의미한다. 그러나 왕비는 그렇게 생각하지 않는 모양이었다. 아마도 그 대상이 저주가 잘 통하지 않는 강한 인간이기 때문이리라. 멤은 그렇게 생각하고 있었다.

오늘도 식수령은 돌아오지 않았다. 왕비는 한숨을 내쉬었지만,

방에 '아들'이 들어오자 아들을 바라보았다. 멤이 왕비의 아들을
보는 것은 몇 년 만이었다. 전에 보았을 때보다 몸집은 커졌지만
어머니를 쏙 빼닮은 얼굴은 여전했다.

아들은 부상을 당한 모양이었고, 왕비는 그런 아들을 걱정하고
있었다. 왕비는 아들과 잠시 이야기를 나눈 뒤 아들을 거울 앞에
세우고 말했다. "애야, 너를 죽이려고 했던 놈의 얼굴을 자세히 떠
올려보렴. 그리고 거울을 응시하는 거야." 아들은 조금 귀찮다는
표정을 지으면서도 어머니의 지시에 따랐다. 이윽고 왕비와 아들
의 모습은 사라지고 거무스름한 사내의 얼굴이 거울에 나타났다.
그러나 모습이 사라진 뒤에도 두 사람의 대화는 계속 들렸다. 왕
비가 아들에게 "이 놈이 틀림없니?"라며 확인했다.

─리햐르트, 지금부터 엄마가 하는 말 잘 들으렴. 너는 엄마처
럼 '사시'를 쓸 수 있으니까, 앞으로는 죽이고 싶은 상대가 있으면
얼굴을 보도록 해. 눈을 크게 뜨고 뚫어져라 바라보는 거야. 그러
면 '거울'에 상대를 가르쳐줄 수가 있단다. 그다음에는 엄마가 저
주를 걸어줄게. 그런 놈들은 전부 이 엄마가 없애줄 거야. 네가 다
쳤다는 소식을 듣고 얼마나 걱정을 했는지…….

열심히 설명하는 어머니와는 대조적으로, 아들은 딱히 관심이 없
는지 별다른 대답을 하지 않았다. 그러나 왕비가 '단지'를 준비하
기 시작하는 소리가 이어지자 아들의 목소리가 또렷하게 들렸다.

─내가 할래. 내가 할 거야.

─안 돼요. 이건 엄마만 할 수 있는 거야.

─싫어. 내가 할 거야. 그놈을 다진 고기로 만들어버리려고 했
는데 못 했단 말이야. 하다못해 저주라도 내 손으로 할 거야.

―안 돼.

그런 실랑이가 계속되다 마침내 아들이 화를 냈다.

―왜 내 마음대로 못하게 하는 거야! 엄마 너무해! 엄마를 저주할 거야!

왕비는 간살스러운 목소리로 아들을 달랬다.

―엄마한테 그런 말 하면 못 써. 그리고 엄마가 하는 말을 잘 들으렴. 엄마한테는 저주가 통하지 않아요. 엄마의 '수'는 말이지, 〈최초의 1인〉이 받았던 것 같은 〈축복받은 수〉거든. 평범한 인간과는 다른 '크고, 금이 가지 않은, 본디의 수'란다. 그래서 엄마한테는 저주가 통하지 않고, 아무리 강한 상대도 엄마에게 쉽게 상처를 입힐 수 없어요.

―그럼 내 수는? 내 수는 엄마하고 달라?

―안타깝지만 그렇단다. 네 수는 평범한 인간과 똑같아.

왕비가 그렇게 말하자 아들은 또다시 투덜거렸다. 왕비는 "걱정하지 않아도 된단다. 설령 너한테 무슨 일이 생기더라도 이 엄마가 살려줄 테니까"라며 아들을 달랬다. 그러는 사이에 거울의 표면에는 저주할 상대의 운명수가 위치한 곳, 즉 『거대한 서』의 어디에 페이지가 있는지를 가리키는 문자가 떠올랐다. 또다시 하고 싶지 않은 작업을 해야 한다. 오늘은 또 몇 명의 '운명수'를 분해해야 할까? 문제는 카흐의 몸이 언제까지 버텨줄 것이냐이다. 이런 생각을 하고 있는데, 아들의 목소리가 들렸다.

―엄마. 나 죽이고 싶은 놈이 또 있는데.

왕비는 아들에게 그게 누구인지 말하라고 재촉했다. 그러자 아들은 이렇게 말했다. "근위대장."

—그년, 왠지 마음에 안 든단 말이야. 돌아오면 죽일 생각이었는데 하필 팔을 다치는 바람에…….

그런데 어째서인지 왕비는 아들의 부탁에 흔쾌한 대답을 하지 않았다. 웬일로 아들을 단념시키려고 애썼다. 아무래도 그 근위대장이라는 인간은 왕비에게 쓸모가 있는 존재인 모양이었다. 그래서 가급적 죽이고 싶지 않은 것이리라. 그러나 아들은 물러서지 않았고, 결국 단념한 쪽은 왕비였다. 왕비는 한숨을 쉬며 말했다.

—네가 그렇게까지 원한다면 어쩔 수 없구나. 하지만 트라이아를 직접 죽이는 건 너무나 위험한 일이란다. 누군가 다른 사람에게 맡기도록 하자꾸나.

한밤중. 근위대장 트라이아는 초소에서 '성의 내부와 외부 모두 이상 없음'이라는 보고를 받았다. 파수병들도 전원 시간에 맞춰 교대했다. 트라이아는 부하 두 명을 데리고 그날의 마지막 순찰을 돌기 시작했다. 그런데 과수원 근처를 지날 때 누군가가 자신들을 바라보고 있음을 느꼈다.

—목표는 나인 것 같군.

트라이아는 부하들을 먼저 보내고 그 자리에 혼자 멈춰서서 상대가 나오기를 기다렸다. 먹구름이 보름달을 가려 주위가 캄캄했지만, 노련한 전사인 트라이아는 상대가 어디에 숨어 있는지 알 수 있었다. 트라이아가 혼자가 된 것을 확인했는지, 상대가 나무 그늘에서 모습을 드러냈다.

"역시 너였군. 검은 마틸데."

트라이아가 말했다. 자신보다 훨씬 체구가 작은 상대이지만, 방심할 수 없는 인물임은 익히 알고 있었다.

"나를 직접 처리하러 온 건가?"

마틸데는 아무 말도 하지 않았다. 그러나 트라이아는 그것을 긍정의 의미로 받아들였다.

─왕비는 나를 자신의 손으로 직접 죽일 생각은 없는 모양이군. 그래서 자객을 보내 처리하려는 거야.

그렇다는 것은 왕비가 트라이아의 운명수의 '성질'을 알고 있음을 의미한다. 그리고 이것은 트라이아에게 나쁜 소식이었다. 그러나 다른 이유는 생각할 수 없는 이상, 지금은 포기하고 상대를 쓰러뜨리는 데 전념하는 수밖에 없었다. 트라이아는 검을 뽑았다.

─'검은 마틸데'가 사용하는 건 어떤 의미에서는 원거리 무기라고 할 수 있지.

그것도 단순한 원거리 무기가 아니다. 마틸데의 뜻대로 움직이는 '벌'이다. 트라이아는 그 무기의 무서움을 며칠 전에 이미 경험한 바 있었다. 왕비의 양녀인 나쟈의 성인식이 있었던 날 밤, 바로 이곳 과수원에서.

무수한 벌들의 공격을 피하면서 상대의 숨통을 끊는 것은 절대 쉬운 일이 아니다. 벌이 공격하기 전에 이쪽이 먼저 공격해야 한다. 검을 쥔 트라이아의 오른손에 힘이 들어갔다. 단숨에 마틸데를 향해 달려들고자 발에 힘을 준 순간, 마틸데가 입을 열었다.

"오해하지 마십시오. 저는 당신을 죽이러 온 게 아닙니다."

앞으로 달려들려던 트라이아는 이 말에 놀라 반사적으로 한 발 물러섰다.

"그게 무슨 말이지?"

"저는 당신과 이야기를 하러 왔습니다. 본론만 말하지요. 리햐르트 왕자를 암살하려는 계획을 단념해주셨으면 합니다."

"뭐?"

"저는 얼마 전에 당신이 이 과수원에서 스무스 백작 부부와 리햐르트의 암살에 관해 논의한 사실을 알고 있습니다. 그리고 아시다시피 스무스 백작 부부는 이미 죽었습니다. 하지만 당신은 스무스 백작 부부와 상관없이 언젠가 리햐르트를 암살할 생각이겠지요. 제 말이 틀렸나요?"

틀리지 않았다. 그리고 그날 마틸데가 암살 계획을 들었다는 것도 눈치 채고 있었다. 스무스 백작 부부가 죽었다는 소식을 들었을 때, 트라이아는 마틸데가 백작 부부와 자신의 계획을 왕비에게 알렸다고 확신했다. 그래서 드디어 왕비가 자신에게 자객을 보냈다고 생각했던 것이다. 그런데 자객이라고 생각했던 자가 이런 말을 할 줄은…….

"마틸데. 너는 왕비의 꼭두각시가 아닌가? 지금도 나를 죽이러 이곳에 있는 것일 텐데."

"아닙니다. 저는 당신에 대해선 왕비에게 보고하지 않았습니다."

"뭐라고?"

"저는 왕비에게 스무스 백작 부부가 왕자를 암살할 계획을 세우고 있다고만 알렸습니다. 당신이 그곳에 있었다는 사실은 보고하지 않았습니다."

트라이아는 더더욱 지금의 상황이 이해되지 않았다.

"어째서지? 왜 보고를 하지 않았지? 세 명 중 왕자의 암살을 직접 실행할 사람은 나라는 걸 알고 있을 텐데? 왕비와 왕자에게 가장 위험한 존재는 바로 나라는 걸 말이야. 그런데 왜……."

"왕비에게 당신도 그곳에 있었다고 보고한다고 해도, 왕비는 당신을 '저주하지 못하며', '죽일 수도 없습니다.' 그래서 무의미하다고 생각했습니다."

트라이아는 깜짝 놀랐다. 이 여자까지도 '그것'을 알고 있다는 말인가?

"트라이아, 당신은 역사 깊은 전사의 일족인 타라곤 가문 출신이지요? 그 가문에서는 운명수 속에 거대한 '칼'을 지닌 자가 태어날 때가 있다는 이야기를 들었습니다. 틀림없이 당신도 그중 한 명이겠지요. 거대한 칼을 지닌 인간을 식수령으로 저주하는 데는 어려움이 있습니다. 실제로 왕비는 아직 당신 같은 사람을 저주하기 위한 준비를 갖추지 못했지요."

"그걸 어떻게 알고 있지?"

"왕비를 위해 소수벌의 독을 조달하는 사람이 누구인지 잊으셨습니까? 매일 벌의 상태를 살피고 독을 채취하는 일이 제 임무입니다. 아마도 당신의 운명수를 구성하는 수에는 네 자릿수 이상의 큰 수가 있을 겁니다. 그 정도로 큰 수에 해당하는 소수벌은 희귀해서 입수하기가 어렵지요. 이곳에도 세 자릿수 이상의 벌은 거의 없습니다. 당신은 왕비가 당신에게 '저주'를 걸기를 바라겠지만, 현실적으로 생각했을 때 왕비가 당신에게 저주를 거는 건 '불가능합니다.'"

트라이아는 눈썹을 찡그렸다. 이 여자는 어떻게 모든 것을 알고 있는 것인가? 심지어 내가 '왕비가 내게 저주를 걸기를' 바라는 것까지. 트라이아는 마틸데에게 물어보려 했지만, 그전에 마틸데가 먼저 입을 열었다.

"과거의 기록을 살펴보면, 타라곤 가문의 사람을 죽인 자는 어떤 방법으로 죽였든지 간에 모두가 그 직후 처참한 죽음을 맞이했습니다. '자신을 죽이게 함으로써 상대를 죽인다.' 이것이 당신네 일족의 궁극의 방식이지요?"

"……."

트라이아는 할 말을 찾지 못했다. 그리고 동시에 절망감을 느꼈다. 상대가 여기까지 알고 있다면 '목적'을 달성하기는 이미 불가능해졌다는 뜻이기 때문이다. 트라이아는 이전부터 왕비가 저주를 사용하고 있음을 눈치 채고 있었다. 야간에 성을 순찰하는 일이 많은 트라이아는 성에서 날아다니는 식수령을 종종 발견했다. 평범한 사람과 달리 숙련된 병사인 트라이아는 밤의 어둠 속에 몸을 숨긴 식수령도 볼 수 있었던 것이다. 그리고 그것이 저주에 사용되는 악령이며 왕비의 방에서 나온다는 사실도 알아냈다. 트라이아는 오빠 콰르드의 딸이며 자신의 조카딸인 유일다도 왕비의 저주로 죽었다고 확신했다. 그래서 오빠와 함께 왕비의 폭거를 멈출 방법을 찾고 있었는데, 그런 오빠도 3년 전에 리햐르트 왕자에게 습격을 당해 죽고 말았다.

자신의 조카딸에게 저주를 걸어 죽인 왕비. 오빠를 비겁한 방법으로 죽인 왕자. 그들에게 복수하고 싶지 않다고 말한다면 그것은 거짓말이다. 그러나 자신의 부하인 근위병들, 성의 하인들, 메르세인 왕국의 백성들을 지키기 위해서도 왕비와 왕자의 폭거를 더 이상 지켜보고만 있을 수는 없었다. 트라이아의 진짜 목적은 이것이었다.

"내가 왕비를 처단하는 수밖에 없어. 그러려면 왕비가 나를 미워해 저주로 죽이게 할 필요가 있지. 그러기 위해서라도 먼저 왕자를 죽여서……."

그렇게 말하는 트라이아를 마틸데가 제지했다.

"안 됩니다. 리햐르트 왕자가 죽기라도 한다면 나쟈 님의 생명이 위태로워집니다. 틀림없이 그 즉시 왕비가 나쟈 님을 죽일 겁니다."

"왕비가 나쟈 님을? 어째서지!?"

"그건……."

마틸데가 담담한 어조로 이유를 설명했다. 그러나 그 목소리에는 어딘가 분노가 서려 있는 듯이 느껴졌다. 또한 그 이유를 듣는 사이 트라이아의 마음속에서도 왕비에 대한 분노, 그리고 나쟈에 대한 연민의 감정이 솟아올랐다.

"아니……, 그런 끔찍한 이유가……."

어떻게 그런 잔인한 행위가 가능하단 말인가? 트라이아는 분노에 몸을 떨면서도 마음속에서 짚이는 것이 있어 마틸데에게 물었다.

"혹시……. 8년 전에 그 셈하는 아이들이 죽던 날, 나쟈 님만 살아남으셨던 것도 '그 이유' 때문인가?"

마틸데는 고개를 끄덕였다.

"그렇습니다. 트라이아, 리햐르트 왕자가 살아 있는 한은 나쟈 님의 안전도 보장됩니다. 하지만 왕자가 죽으면 나쟈 님도 그 즉시 목숨을 잃게 됩니다. 그러므로 왕자가 죽는 일이 일어나서는 절대 안 됩니다. 적어도 나쟈 님을 안전한 장소로 피신시키기 전까지는 말이지요."

"나쟈 님을 안전한 장소로?"

"네. 그 일로 당신께 협조를 구하고자 합니다."

마틸데는 조만간 나쟈를 다른 곳으로 피신시킬 생각이라고 말했다. 이야기를 들어보니, 나쟈는 지금 왕비가 저주에 이용하고 있는 요정들을 해방시키려 하고 있다고 한다.

"왕비는 다른 사람의 운명수를 구성하는 수를 계산하기 위해 콰리즈미 요정이 가진 마법의 거울 중 하나인 '연산 거울'을 이용하고 있습니다. 그리고 신들은 나쟈 님께 그 속에 갇힌 요정들을 해방하는 임무를 맡기셨지요."

"나쟈 님께서 그런 위험한 임무를 맡으셨다고?"

왕비의 양녀 나쟈는 분명 영리한 소녀이다. 그러나 아직 어린아이가 아닌가?

"위험하다는 건 저도 잘 압니다. 그렇기에 더더욱 나쟈 님을 보호하고, 적당한 시기에 나쟈 님을 성 밖으로 안전하게 피신시켜야 합니다. 그리고 그날이 오기 전까지는 왕비가 나쟈 님을 죽이게 되는 상황은 무슨 일이 있더라도 피해야 합니다."

트라이아는 생각했다. 아무래도 마틸데는 모든 것을 파악하고 있으며, 또한 내 편이기도 한 듯하다고. 그러나 오랜 전사의 경험이 이번에도 말하고 있었다. 과연 이 인물을 전면적으로 신뢰해도 되느냐고.

"검은 마틸데. 대체 너의 정체는 뭐지?"

4년 전에 이 성에 온 이후 왕비의 충실한 종으로서 왕비의 저주에 협력해온 여자. 그럼에도 왕비에게 맞서려 하는 자신에게 조언을 해주고, 나쟈를 지키려 하고 있었다. 대체 정체가 무엇이란 말

인가? 마틸데는 트라이아의 날카로운 시선을 받으며 나무 사이에
서 잔디 위로 천천히 발길을 옮겼다. 구름이 걷히고 보름달이 다시
모습을 드러냈다. 마틸데는 천천히 왼쪽 눈을 덮은 안대를 풀었
다. 달빛에 비친 그림자에서 전혀 다른 인물의 '형상'이 떠올랐다.

“다……당신은!”

달이 다시 구름 속으로 모습을 감추자 그 '형상'은 사라졌다. 그
녀가 다시 안대를 쓰자 그곳에는 검은 마틸데가 서 있었다. 트라
이아는 자신이 본 것을 도저히 믿을 수가 없어서 잠시 넋을 놓고
있었다. 도대체 어떻게 해서 '이런 일'이 일어난 것인가? 그러나 머
리로 확신하기보다 몸이 먼저 반응해, 트라이아는 이미 그 자리에
무릎을 꿇고 있었다. 몸을 웅크리고 마틸데 앞에서 하염없이 눈물
을 흘린 트라이아는 이윽고 눈물에 젖은 얼굴을 들고 또렷한 목
소리로 말했다.

“알겠습니다. 왕자의 암살은 단념하겠습니다. 그리고 바라시는
대로 나쟈 님을 돕겠습니다. 그러니 무엇이든 지시를 내려주십시오.”

리햐르트가 성에 돌아온 지 사흘째 되던 날 오후. 나쟈는 자신의
방에 틀어박혀 자수를 놓고 있었다. 리햐르트가 쓸 후드가 달린
가운의 자수였다. 리햐르트의 회복을 기원하기 위해 왕비가 하인
들에게 만들도록 시킨 가운으로, 비단과 모를 혼방한 부드러운
실로 짜였으며 기장과 품이 넉넉하고 소매가 넓었다. 색은 자연의
회복력을 상징하는 짙은 초록색이었다. 자수는 나쟈 담당으로,
생명의 나무를 정교하게 패턴화한 문양을 은실의 십자수로 형상

화했다. 완성되면 햇빛 아래에서나 달빛 아래에서나 아름답게 빛날 것이다. 손이 빠른 나쟈는 마음만 먹으면 오늘 중에라도 자수를 끝낼 수 있었다. 그러나 지금은 이것을 완성할 마음이 들지 않았다. 그보다는 중단하고 있던 '계산'을 재개해야 했다.

나쟈는 리햐르트의 가운을 반듯하게 개서 서랍에 넣었다. 그리고 서랍 속에 보관하고 있던 비앙카의 옷을 보고 문득 이 가운은 리햐르트가 아니라 비앙카에게 더 어울린다는 생각을 했다. 비앙카의 금발과 살짝 초록빛이 어린 푸른 눈동자가 떠올랐다. 그러나 이제 와서 그런 생각을 한들 무슨 의미가 있겠는가? 나쟈는 생각을 바꿔 석판과 석회 막대를 들었다.

날이 지날수록 나쟈의 계산 속도는 점점 더 빨라지고 있었지만, **4899999991**을 나누어떨어지게 하는 수는 아직 발견하지 못했다. 저녁에는 **3533**으로 나누는 단계까지 진행했지만 역시 나누어떨어지지 않았다. 이런 식이라면 대체 며칠이 걸릴까? 정신이 아찔해진 나쟈는 창밖으로 시선을 향했다. 그러자 석양 아래로 약초밭이 보였다. 나쟈는 멤에게 들은 '피보나 풀'을 떠올렸다.

— 멤이 말했던 피보나 풀이라는 게, 혹시 저 약초밭에서 키우는 풀을 말하는 걸까?

나쟈는 일어나서 약초밭으로 향했다. 벌이 없는지 경계했지만, 벌은 벌오두막 밖으로는 나오지 않은 듯했다. 나쟈는 밭에 웅크리고 앉아 풀을 바라보았다. 이 풀을 이렇게까지 자세히 보는 것은 처음이었다. 줄기 아래에서 위까지 규칙적으로 붙어 있는 잎은 깔쭉깔쭉해 보였지만 막상 만져보니 부드러웠다. 그리고 위쪽에는 붉은빛이 도는 노란색의 작은 꽃이 피어 있었다. 나쟈가 본 풀에는 큰 소금 알갱이 정도 크기의 꽃 다섯 송이가 뭉쳐서 피어 있었다. 다른 풀은 어떨까 싶어 근처의 풀도 살펴보았지만 전부 똑같았다. 아주 작은 꽃이 다섯 송이.

나쟈는 일어서서 밭을 둘러보았다. 유심히 살펴보니 밭이 작은 구획으로 나뉘어 있음을 알 수 있었다. 한 변이 나쟈의 어깨너비 정도인 사각형 구획으로, 각 구획마다 풀이 몇 포기씩 자라고 있었다. 그리고 각 구획마다 번호가 적힌 나무판이 중앙에 꽂혀 있었다. 나쟈가 지금 서 있는 구획의 나무판에는 'F5'라고 적혀 있었다. 나쟈는 자신의 왼쪽에 있는 구획을 바라보았다. 나무판에 'F4'라고 적혀 있었는데, 그곳의 풀은 꽃의 수가 적어서 풀 한 포기에 세 송이씩 피어 있었다. 그 왼쪽에 있는 F3 구획의 풀에는 두 송이, 그 왼쪽에 있는 F2 구획의 풀에는 한 송이가 피어 있었다.

─꽃이 몇 송이 피느냐를 기준으로 약초를 나누는 건가?

그러나 그 왼쪽, 밭의 왼쪽 끝 구역에 있는 F1의 풀에도 꽃은 한 송이가 피어 있었다. 나쟈는 뒤로 돌아서 이번에는 오른쪽을 향해 걸었다. 풀 한 포기에 피는 꽃의 수는 1, 1, 2, 3, 5의 순서로 늘어났다. 나쟈는 그보다 오른쪽 구획, F6에서 자라는 풀을 살펴보았다. 풀 한 포기에 피어 있는 꽃의 수는 8이었다. 그 오른쪽에 있는 F7 구획의 풀은 13. 아주 작은 꽃의 수가 오른쪽 구획으로 갈수록 늘어났다.

─늘어나는 패턴에 뭔가 의미가 있는 걸까?

"지금 나쟈 양이 보고 있는 풀은 바로 왼쪽의 두 구획에서 자란 풀을 교배시킨 것이랍니다."

갑자기 뒤에서 들린 목소리에 나쟈는 소스라치게 놀랐다. 쭈뼛

쭈뼛 고개를 돌리자 그곳에는 왕비가 좋아하는 젊은 시인 람디쿠스가 서 있었다.

"언제부터……."

사람의 기척은 전혀 느끼지 못했다. 겁먹은 표정으로 물어보는 나쟈에게 시인은 온화한 목소리로 대답했다.

"그게, 나쟈 양이 너무 열심히 풀을 들여다보고 계셔서……."

미안해하는 시인의 표정에서 악의는 느껴지지 않았다. 그래도 나쟈는 경계심을 늦추지 않았지만, 그걸 아는지 모르는지 시인은 말을 이었다.

"나쟈 양이 보고 계신 F7 구획의 풀에는 꽃이 열세 송이 피어 있을 겁니다. 그 왼쪽에 있는 F6 구획의 풀과 F5 구획의 풀을 교배시켜서 만든 것이지요. 두 종류의 풀을 교배시켜서 만든 풀에서는 그 두 종류의 풀에서 피는 꽃의 수를 합친 수의 꽃이 핀답니다."

처음에는 경계심을 풀지 않았던 나쟈는 어느덧 자신도 모르게 시인의 설명을 열심히 듣고 있었다. 시인의 설명이 맞는다면 F3의 풀은 F1과 F2를 교배시킨 것이고, F1과 F2의 꽃의 수는 각각 1과 1이므로 F3의 꽃의 수는 2가 된다. F4는 F2와 F3을 교배시킨 것이므로 1 더하기 2를 해서 3이 된다. F5는 2 더하기 3이니까 5이다. 1, 1, 2, 3, 5, 8, 13……. 분명히 시인의 말대로이다.

"이 풀은 대자연의 섭리를 체현하는 놀라운 식물이지요. 이 풀이 피우는 꽃의 수는 자연계에서 많이 볼 수 있는 수입니다. 다양한 식물의 꽃잎 수나 과일 속에 들어 있는 씨앗의 수 등, 그 예는 이루 열거할 수 없을 정도입니다. 이것은 이 풀이 만능 치료약인 것과 무관하지 않을 겁니다."

만능 치료약. 역시 이것이 찾고 있던 풀이 아닐까? 나쟈는 용기를 내서 시인에게 물어보기로 했다.

"저기, 이 풀의 이름이⋯⋯."

"피보나 풀입니다. 뤼카 풀이라고 비슷한 풀이 있기는 한데, 이것과는 조금 다릅니다. 뭐가 다른가 하면⋯⋯."

시인은 설명을 계속했지만, 멤을 비롯한 요정들에 대한 생각으로 머릿속이 가득해진 나쟈의 귀에는 들어오지 않았다. 이것이 피보나 풀. 멤이 부탁한 풀이다. 멤은 이것이 많이 필요하니 근방에 있는 것은 전부 가지고 가라고 말했다. 하지만⋯⋯.

— 이렇게 많은 양을 나 혼자서 들고 갈 수 있을 리가 없잖아.

나쟈는 정신이 아득해졌다. 현기증을 느껴 휘청거린 나쟈는 발밑의 흙이 패인 곳에 발이 걸렸다.

"위험해요!"

넘어질 뻔한 나쟈를 시인이 붙잡았다. 시인이 자신을 잡고 있음을 의식한 나쟈는 당황해서 자신도 모르게 손을 뿌리쳤다.

"괜찮나요?"

시인이 묻자, 나쟈는 방금 시인이 자신을 도와준 것임을 떠올리고 미안한 마음이 들었다.

"⋯⋯죄송해요."

"사과 안 하셔도 됩니다."

시인은 싱긋 웃으며 말했다. 저녁놀을 받은 시인의 얼굴은 한층 아름다워 보였다. 나쟈는 뺨이 달아올랐지만, 동시에 몸속 깊은 곳에서 경고음이 울렸다.

— 요전처럼 왕비가 이 모습을 본다면⋯⋯.

나쟈는 황급히 시인에게 말했다.

"저기……. 전 이만 별채로 돌아갈게요."

"갑자기 왜 그러시나요?"

시인은 나쟈와 여유롭게 이야기를 나눠보고 싶으니 조금만 더 있어달라는 식의 이야기를 했다. 나쟈는 기쁨과 부끄러움과 공포가 뒤섞여 어떻게 해야 할지 알 수가 없었다. 그리고 정신을 차려보니 이렇게 말하고 있었다.

"저기, 그게……, 왕비님이……."

"왕비님이요? 어머님이 왜요?"

"그게, 무서워서요."

나쟈는 자신이 어떤 표정으로 그런 말을 하고 있는지 알지 못했다. 아니, 알지 못하는 편이 낫다는 생각까지 들었다. 그러나 시인은 살짝 웃으면서 말했다.

"왕비님은 나쟈 님의 어머님이시잖아요? 무서워하지 않아도 된답니다."

"하지만……."

"왕비님은 항상 바쁘시죠. 이 나라를 다스리기 위해 최선을 다하고 계시니까요. 하지만 마음속 깊은 곳에서는 항상 나쟈 님을 생각하고 계실 겁니다. 왕비님은 이렇게 말씀하셨답니다. 성 안은 위험한 일이 많기 때문에 딸을, 그러니까 나쟈 님을 별채에서 살게 하고 있다고요."

나쟈는 귀를 의심했다. 그 말이 정말일까? 도저히 믿기지 않았지만, 이 시인이 하는 말은 무시할 수 없었다.

"왕비님은 오해를 받기 쉬운 분입니다. 항간에는 왕비님께서 저주를 사용한다든가 하는 소문이 있는데, 세상에 그럴 리가 있겠습니까? 저는 애초에 저주 같은 건 믿지 않기도 하지만요.”

“하지만 스무스 백작 부부가…….”

나쟈가 이렇게 말하자 시인은 슬픈 표정을 지었다.

“그 일 말이군요. 사실은 어제 스무스 백작 부부가 묵었던 수도원의 수도승이 체포되었습니다. 그 수도승이 스무스 백작 부부의 식사에 독을 탔다고 하더군요.”

“정말인가요?”

“네. 나쟈 님까지 의심하시는 걸 안다면 왕비님께서는 정말 슬퍼하실 겁니다.”

그때 거주관 쪽에서 만찬의 시작을 알리는 나팔 소리가 들렸다. 시인은 아쉬운 표정을 지으면서 “이런, 이젠 가봐야겠군요”라고 말하고는 나쟈를 향해 환하게 웃은 뒤 그 자리를 떠났다. 그러나 나쟈는 머릿속이 너무나 혼란스러워 그 자리를 떠날 수가 없었다. 대체 무엇을, 누구를, 어디까지 믿어야 하는 것일까? 나쟈는 방으로 돌아가 계산을 계속했지만, 피곤해서인지 아니면 시인의 말에 영향을 받은 것인지 생각처럼 진도가 나가지 않았다.

밖이 완전히 어둠에 잠겼을 무렵, 갑자기 주변이 시끄러워졌다.

— 뭐지? 무슨 일이 생겼나?

창문을 열고 바깥을 내다보자 이쪽을 향해서 달려오는 근위병 몇 명이 보였다.

“나쟈 님을 찾고 있다! 나쟈 님은 어디 계신가!”

절박하게 자신을 찾는 모습에 나쟈는 방을 나와 별채의 출구를 통해서 밖으로 나왔다. 나쟈의 모습을 확인한 근위병은 급한 듯이 이렇게 말했다.

"나쟈 님, 왕비님께서 부르십니다."

"무슨 일인가요? 무슨 일이 생겼나요?"

"그게……. 리햐르트 님께서……. 자객에게 암살당하셨습니다."

"네!?"

"왕비님께서 나쟈 님을 즉시 신전으로 모셔오라고 명령하셨습니다. 지금 왕비님께서는 나쟈 님을 필요로 하고 계십니다. 저희와 함께 가시지요."

갑작스러운 상황에 나쟈는 어찌해야 할지 알 수가 없었지만, 가지 않겠다고 말할 수는 없었다. 나쟈는 시키는 대로 근위병들과 함께 신전으로 향했다.

근위병들이 신전의 커다란 나무문을 열었다. 안은 어두워서 잘 보이지 않았다. 제단이 있는 쪽에서 왕비의 목소리만이 들렸다.

―수고했다. 나쟈를 제외한 나머지는 모두 물러가서 신전 밖을 지키도록 해라.

"네."

근위병들은 나쟈를 두고 신전을 떠났다.

―나쟈, 이리 오너라.

그렇게 말하는 왕비의 모습은 여전히 잘 보이지 않았다. 나쟈는 왕비의 목소리에 의지하며 어두운 신전 안을 걸어갔다. 이윽고 어렴풋하게 신전 안쪽의 벽화와 제단 앞에 있는 왕비가 보이기 시작했다. 왕비는 나쟈에게 달려가서 나쟈를 껴안았다.

―아아, 나쟈. 리햐르트에게 끔찍한 일이 일어나서 내 마음이 찢어질 듯이 아프구나. 하지만 이럴 때 너라는 딸이 있어서 얼마나

마음이 든든한지…….

왕비는 눈물을 흘리고 있었다. 나쟈는 귀를 의심했지만, 본심에서 우러나온 말처럼 느껴졌다. 지금 왕비는 자신이라는 '딸'이 존재함을 진심으로 기뻐하고 있었다. 나쟈는 크게 동요했지만, 마음속에서 지금까지 왕비를 의심했던 것이 잘못이 아니었을까 하는 생각이 들었다. 멤과 다른 요정들이 보여준 것은 역시 환상이 아니었을까? 방금 시인이 했던 말처럼, 왕비는 저주 같은 건 걸고 있지 않은 것이 아닐까?

그러나 다음 순간, 왕비의 입에서 생각지도 못한 말이 나왔다.

—네가 있으면 리햐르트를 되살릴 수 있단다. 너를 '딸'로 삼기를 정말 잘했구나.

"네?"

무슨 말이지? 그러나 의문을 느꼈을 때는 이미 늦은 뒤였다. 왕비는 나쟈의 곁에서 떨어지더니 나쟈의 등 뒤를 향해 어떤 신호를 보냈다. 그러자 즉시 여러 명이 나쟈의 양팔과 어깨를 붙잡았다. 입도 틀어막았다. 나쟈를 구속한 사람들은 이곳의 사제들이었다. 왕비는 말했다.

—나쟈, 지금부터 네 수를 리햐르트에게 옮길 거란다. 네 운명수인 **124155**의 약수를 전부 더하면 리햐르트의 운명수가 되거든. 그래서 네 수를 사용하면 리햐르트를 되살릴 수 있어. 너는 죽겠지만, 이렇게라도 내게 도움이 될 수 있어서 기쁘지 않니?

그리고 이어진 말에 나쟈는 저항할 힘을 잃었다.

—사실 그게 너의 유일한 가치란다.

# 4

# 문을 지나서

부하에게 리햐르트 왕자의 사망 소식을 들었을 때, 근위대장 트라이아는 자신의 귀를 의심했다.

"뭔가 착오가 있는 건 아닌가?"

"아닙니다. 틀림없습니다."

"대체 누가 그런 짓을!"

"그게……."

부하는 정말 말하고 싶지 않다는 표정으로 대답했다.

"직접 실행한 자는 국왕 폐하의 근위병 두 명입니다. 이미 체포당했습니다만."

부하는 그 근위병들의 이름을 말했다. 두 명 모두 잘 아는 이름이었다.

"그들이 왜……."

"그게……. 국왕 폐하께서 친히 명령하셨다고……."

"뭐라고?"

부하의 이야기에 따르면, 국왕은 며칠 전에 몰래 성을 빠져나가 애인과 함께 이웃 나라인 엘데 대공국의 보호를 받고 있다고 한다. 국왕은 자신과 왕비 사이에서 태어난 리햐르트를 폐위하고 애인이 잉태한 자신의 아이를 메르세인 왕국의 후계자로 삼기 위해 이웃 나라의 협력을 구하고 있다는 것이다.

"어찌 이런 일이……."

국왕. 오랫동안 왕비에게 억눌려 살았던 남편. 그랬던 남편이 마침내 아내에게 반기를 든 것이다.

—나 말고도 리햐르트 왕자를 노리는 자가 있었단 말인가?

며칠 전에 '검은 마틸데'의 조언을 따라서 왕자의 암살을 단념했는데, 그 직후에 다른 자가 왕자를 암살할 줄은……. 전혀 예상치 못했던 전개이지만, 전쟁에서는 예상치 못한 상황이 흔하게 일어나기 마련이다. 트라이아는 즉시 생각을 전환했다. 이미 일이 벌어진 이상, 자신이 해야 할 일은 오직 한 가지였다.

"나쟈 님을! 지금 즉시 나쟈 님을 보호해야 한다!"

"네? 왜 갑자기 나쟈 님을……? 나쟈 님이라면 방금 다른 근위병들이 모시러 갔습니다. 왕비님께서 나쟈 님을 신전으로 데려오라고 명령하셨다면서요."

트라이아의 얼굴이 새파래졌다. 왕비는 '흑마술'을 실행하려는 것이었다. 지금 당장 저지해야 한다. 게다가 이후를 생각하면 부하를 이 일에 휘말리게 해서는 안 된다. 어디까지나 '나의 독단으로' 실행할 필요가 있다. 트라이아는 혼자서 병영을 뛰쳐나왔다.

—아들을 죽음으로부터 구하기 위해 양녀를 희생시킨다. 그러기 위한 '흑마술.'

며칠 전, 트라이아는 마틸데에게서 왕비의 무서운 계획에 관해 들었다. 마틸데는 말했다. 리햐르트와 나쟈의 운명수에는 깊은 연결 고리가 있다고.

— 나쟈 님의 운명수는 **124155**, 그리고 리햐르트 왕자의 운명수는 **100485**입니다. 나쟈 님의 운명수의 약수는 운명수 자신을 제외하면 **1, 3, 5, 9, 15, 31, 45, 89, 93, 155, 267, 279, 445, 465, 801, 1335, 1395, 2759, 4005, 8277, 13795, 24831, 41385**입니다. 그리고 이것을 전부 더하면 리햐르트 왕자의 운명수가 되지요.

또한 마틸데는 그 반대도 성립한다고 말했다. 즉, 리햐르트의 운명수의 약수 중 운명수 자신을 제외한 수를 전부 더하면 나쟈의 운명수가 된다.

이 성질은 한쪽이 죽었을 경우 이용할 수 있다. 한쪽이 죽은 지 몇 시간 이내에 특수한 방법으로 다른 쪽을 죽이고 그 피를 이용해 '운명수의 약수'를 '쌓아서, 옮김'으로써 죽은 자의 운명수를 '복원하면' 되살아날 수 있다는 것이다.

— 다시 말해 왕비에게 나쟈 님의 존재는……, 리햐르트 왕자에게 만에 하나 무슨 일이 생길 경우를 대비한 '운명수의 저장고'입니다.

무서운 이야기이다. 어떻게 그런 잔인한 행위가 가능하단 말인가? 트라이아는 생각했다. 그리고 나쟈가 가엾어서 견딜 수가 없었다.

트라이아는 신전을 향해 달려가면서 자신에게 질문을 던졌다. 자신의 몸속에 흐르는 타라곤 가문의 피. 그 피가 만들어내는 '반골의 대도(大刀).' 자신을 죽인 자는 어떤 방법을 사용했든 그 칼을 받게 된다. 트라이아는 가능하다면 그 상대가 왕비 혹은 왕자이기를 바라왔지만, 지금은 그런 것을 따질 상황이 아니다. 온힘을 다해서 가엾은 나쟈를 구출해야 한다.

"트라이아."

갑작스럽게 누군가가 부르는 소리에 트라이아는 발을 멈췄다. 소리가 들린 쪽을 바라보니 그곳에는 마틸데가 서 있었다.

"왜 저를 부르는 겁니까? 지금 당장 가지 않으면 나쟈 님의 생명이……!"

"알고 있습니다. 하지만 당신은 신전으로 가는 대신 다른 일을 해주셨으면 합니다."

"신전으로 가지 말라고요? 그렇다면 누가 나쟈 님을 돕는단 말입니까?"

"그건 걱정 안 하셔도 됩니다. 당신은 나쟈가 성을 빠져나올 수 있도록 준비해주십시오."

◈

나쟈는 투명한 유리관 속에 갇힌 채 신전의 제단 왼쪽에 '놓여' 있었다. 제단의 오른쪽에는 죽은 리햐르트를 넣은 유리관이 있었다. 왕비와 사제들은 뭔가 이야기를 나누고 있었지만, 나쟈는 그쪽을 볼 생각도 하지 않고 그저 유리 덮개 너머로 신전의 천장을 바라보고 있었다. "그게 너의 유일한 가치란다." 방금 들은 왕비의 말이 머릿속에서 끊임없이 재생되고 있었다.

왕비에게 자신이 가치 없는 존재일 것이라는 생각은 예전부터 하고 있었다. 왕비의 태도를 보면 그것은 명백했다. 그러나 면전에서 그런 말을 듣기 전까지, 마음속 한구석에서는 '어쩌면 내가 오해했던 것인지도 모른다'고 생각하고 있었다. 왕비는 겉으로 쌀쌀맞게 대할 뿐 사실은 자신을 걱정하고 있는지도 모른다고. 왕비가 자신을 양녀로 삼을 만큼 자신에게는 '뭔가'가 있는지도 모른다고.

그 '뭔가'를 방금 왕비 본인의 입을 통해서 분명하게 들었다. 슬프지는 않았다. 서운하지도 않았다. 다만……. 몸에 힘이 들어가지 않았다. 살아갈 힘을 모두 잃어버린 듯했다.

나도 참 바보였지. 나쟈는 힘없이 웃었다. 자신의 희미한 웃음소리 너머로, 유리관 밖에서 왕비와 사제들이 대화하는 소리가 들렸다.

─왜 아직도 시작을 안 하는 거야? 빨리 하라고!

─그렇게 말씀하셔도 아직 준비가…….

─리햐르트를 되살려야 해! 서두르지 않으면…….

─리햐르트 님이라면 심려하지 않으셔도 됩니다. 이 유리관 속에 있으면 며칠 동안은 사망 직후의 상태로 보존이 가능합니다. 그 사이에 '피 쌓기'를 실행하면 완전히 부활하실 수 있습니다.

─다들 참으로 한가한 소리를 하고 있구나. 나는 빨리 그 멍청한 남편도 해결해야 한단 말이야! 먼저 리햐르트를 되살려야 안심하고 그 양반을 처리할 수 있다고!

─하지만 준비에는 시간이 걸리는 법이라…….

왕비는 어쨌든 서두르라고 재촉할 때마다 사제들이 준비의 필요성을 호소하자 점점 화가 치미는 모양이었다. 그리고 결국 격노해, 사제들에게 마구 욕을 퍼부으며 다음에 자신이 돌아왔을 때 리햐르트가 되살아나 있지 않으면 모두 처형하겠다고 소리친 뒤

측근 병사들을 데리고 신전을 떠났다. 사제들은 아연실색한 표정으로 왕비를 배웅했지만, 신전의 문이 닫히자마자 다시 준비에 힘쓰기 시작했다. 나쟈는 생각했다.

— 저게 저 사람의 본성이야.

왕비는 사제들조차도 '사람'으로 여기지 않았다. 왕비에게 그들은 '단순한 도구'일 뿐이다. 왕비에게 나쟈가 '단순한 수'에 불과하듯이.

그런 생각이 들자, 나쟈의 내부에서 어떤 감정이 싹텄다. 오랫동안 억눌러왔던 그 감정은 지금 부글부글 끓어오르며 나쟈의 온몸을 돌아다녔다.

— 나, 지금 화가 났구나.

온갖 기억이 머릿속에 되살아났다. 비앙카가 다친 것은 안중에도 없이 리햐르트만 감쌌던 왕비. 사람들을 속이고, 많은 사람들을 저주해 죽여온 왕비. '셈하는 아이들'도, 그 작업을 지시했던 시녀장도, ……틀림없이 비앙카도 왕비가 죽인 것이다. 그리고 지금 이 순간에도 저주를 걸기 위한 도구로 희생당하고 있는 요정들.

— 부탁이야.

멤의 절박한 표정이 떠올랐다. 나쟈의 마음속은 미안함으로 가득 찼다. 결국 그들을 위해 아무것도 하지 못했다. 멤과 카흐의 운명수를 찾아내는 것조차.

— 조금만 더 시간이 있었더라면…….

**4899999991**은 큰 수이다. 이런 큰 수를 나누어떨어지게 하는 수를 찾아내기 위해 앞으로 며칠이 더 필요할지는 알 수 없다. 그러나 조금만 일찍 답을 찾아냈다면 이런 상황에는 처하지 않았을지도 모른다. 이대로라면 요정들은 멤의 말처럼 늦든 빠르든 죽고 말 것이다. 왕비에게 이용만 당하다가 그 어두운 동굴 속에서 고향을 그리워하며 죽는 것이다.

—너무 화가 나.

나쟈는 입술을 깨물며 눈을 질끈 감았다. 온몸에 힘이 돌아왔다. 어쩔 수 없는 상황임은 알지만, 그럼에도 포기하지 못하는 자신이 있음을 확실히 깨달았다. 그러나 자신에게는 충분한 힘이 없었다.

나쟈는 생각했다. 만약 내가 아니라 비앙카 언니였다면……. 비앙카였다면 무엇인가 번득이는 재치를 발휘해서 답을 이끌어내는 데 성공했을지도 모른다. 비앙카는 언제나 그랬으니까. '석판 없이 $48 \times 52$를 계산하는 방법'을 배웠을 때도 나쟈는 그런 방법을 알고 있는 비앙카에게 크게 감동했다.

"48은 $50 - 2$잖니? 그리고 52는 $50 + 2$고. $50 - 2$하고 $50 + 2$를 곱한 수는 $50 \times 50$에서 $2 \times 2$를 뺀 수와 같아."

이 방법은 다른 온갖 수에도 적용되었다. $100 - 5$와 $100 + 5$를 곱한 수는 $100 \times 100$에서 $5 \times 5$를 뺀 수와 같다. 따라서 $95 \times 105$는 $10000 - 25$와 같으며, 답은 9975이다. 그리고 $70 - 3$과 $70 + 3$을 곱한 수는 $70 \times 70 - 3 \times 3$과 같다. 그러므로 $67 \times 73$은 $4900 - 9$와 같으며, 답은 4891이다.

—잠깐, 4891?

자릿수는 다르지만 4899999991과 비슷하지 않은가!?

나쟈는 눈을 떴다. 그리고 유리관 위에 매달려 있는 램프의 빛이 눈에 들어와 잠시 눈앞이 아찔해진 순간, 머릿속에 어떤 생각이 번

뜩였다.

─4899999991은 4900000000에서 9를 뺀 수야.

4899999991은 4900000000 − 9와 같다. 그리고 4900000000은 70000 × 70000과 같다. 9는 3 × 3과 같다. 즉, 4899999991은 70000 × 70000 − 3 × 3과 같은 것이다.

─이게 답인 거야? 진짜?

마음속에 의심이 싹튼 것과 거의 동시에 나쟈는 머릿속에서 두 수를 곱해 '확인'을 했다. 두 수의 곱은 분명히 4899999991이었다. 다시 말해 4899999991을 나누어떨어지게 하는 두 수인 것이다.

─아아, 알아냈어!

멤과 카흐의 운명수를, 그 문을 열어줄 '열쇠'가 되는 수를 찾아냈다!

"부탁이에요! 여기서 내보내줘요! 제발요!"

나쟈는 양손을 들어 유리관의 덮개를 두들겼다. 그러나 덮개는 튼튼했고, 나쟈가 외치는 소리도 유리로 된 벽에 막혀 바깥으로 나가지 못했다. 왜 아까 이곳에 갇히기 전에 좀더 저항하지 않았을까? 나쟈는 그렇게 후회하면서도 손과 발, 온몸을 이용해 관의 벽면 이곳저곳을 힘껏 두드리고 밀어보았다. 그러나 관은 꿈쩍 하지 않았고, 제단 근처에 있는 사제들도 이쪽에서 나는 소리를 깨닫지 못한 채 준비에 열중하고 있었다.

이윽고 사제 중 한 명이 제단 앞에서 빛나는 대검을 높이 들고 기도를 올리기 시작했다. 다른 사제들도 무릎을 꿇고 기도했다. 신전의 램프에서 나온 빛에 대검이 번쩍 빛을 냈다. 나쟈는 불길한 예감이 들었다. 아니, 예감이 아니었다. 저 대검은 틀림없이 자신을 죽이기 위한 것이었다. 사제들의 기도가 끝나고, 대검을 든 사제가 이쪽으로 다가왔다. 향로를 손에 든 사제들도 한명 한명 그의 뒤를 따랐다. 대검을 들고 있는 사람은 바로 얼마 전에 나쟈의 성인식을 주도했던 대사제였다. 같은 인물이 지금 나쟈를 죽이러 다가오고 있는 것이다. 대사제는 나쟈가 있는 관의 바로 옆까지 오더니 검을 잡지 않은 쪽 손으로 유리관 덮개의 중앙 부근을 만졌다. 그러자 그곳에 길쭉한 틈이 나타났다. 딱 대검을 찔러넣을 수 있을 정도의 틈이. 바로 나쟈의 심장이 있는 위치에.

"안 돼요! 제발 살려줘요!"

나쟈는 눈물을 흘리며 젖 먹던 힘까지 짜내서 소리쳤다. 이번에는 뚜껑의 틈 사이로 나쟈의 목소리가 들렸을 것이다. 대사제는 기도를 올리면서 괴로운 표정을 지었다. 그러나 아주 잠시 움직임을 멈췄을 뿐 기도를 중단하지는 않았다. 그리고 대검의 끝을 하늘로 향하며 한층 낮은 목소리로 짧은 기도를 올린 뒤, 다시 검 끝을 아래로 향했다.

"그대의 몸속에 흐르는 모든 피에 그대의 수를 맡겨, 그대의 형제인 리햐르트의 몸속에 쌓아올릴지니."

—아아…….

이젠 끝이구나. 기껏 답을 찾아냈는데…….

—미안해, 멤.

나도 결국 왕비에게 이용만 당하다 죽을 운명이었구나. 대검이 유리관 덮개의 틈을 향해 천천히 내려왔다. 그 검 끝을 보고, 나쟈는 두려움에 정신을 잃어갔다. 얼굴이 창백해지고, 눈앞이 캄캄해졌다.

"누구냐! 저 놈! 저 놈 잡아라!"

정신을 잃기 직전이었던 나쟈는 밖에서 들리는 소리에 다시 정신을 차렸다. 대사제는 아직 대검을 들고 있었지만, 눈은 이쪽을 향하고 있지 않았다. 그의 시선을 따라가자, 당황한 모습으로 신전 한구석을 향해 달려가는 다른 사제들이 보였다.

뭐지? 무슨 일이 일어난 거야? 정확히는 보이지 않았지만, 어째서인지 혼란에 빠진 사제들 사이로 누군가가 뛰쳐나오는 것이 보였다. 그 인물은 엄청난 속도로 이쪽을 향해 달려왔다. 사제들은 뒤를 쫓았지만 따라잡지 못했다. 나쟈의 관 옆에 있던 대사제는 급히 나쟈 쪽으로 몸을 돌리더니 서둘러서 대검을 나쟈의 몸에 꽂으려고 했다. 그러나 이쪽으로 달려온 그 인물은 나쟈의 관 위를 가볍게 뛰어넘어 대사제 옆에 착지하더니 대사제의 손에서 대검을 낚아챘다.

—누구지?

본 적이 없는 사람이었다. 다만 젊은 여성이라는 것은 알 수 있었다. 턱까지만 내려온 짧은 은색 머리카락. 그런데 그녀가 걸치고 있는 가운은 분명히 눈에 익은 것이었다.

—저건 내가 자수를 놓은 가운인데!

그것은 리햐르트를 위해서 만들고 있었던 짙은 초록색 가운이었다. 분명히 방의 서랍 속에 넣어뒀을 텐데 어떻게……. 저 사람은 대체 누구지?

은발의 여성은 잠시 대사제와 몸싸움을 벌이다 대사제의 복부를 대검 자루로 힘껏 가격했다. 대사제는 비틀거리며 쓰러졌다. 그러나 곧 다른 사제들이 저마다 무기를 들고 여성과 나쟈의 관을

둘러쌌다. 나도, 그리고 이 여성도 더는 도망칠 곳이 없구나. 나쟈
는 그렇게 생각했다.

그때, 은발의 여성이 갑자기 대검을 내려놓더니 나쟈의 관 위로
가볍게 뛰어올랐다. 그리고 마치 자신의 몸으로 관을 감싸듯이 양
손과 양 무릎을 유리 덮개에 댔다. 이 순간, 나쟈는 정면에서 그녀
를 볼 수 있었다. 가늘고 긴 목에 자그마한 얼굴. 끝이 살짝 위로
올라간 홑꺼풀의 눈. 아름다운 여성이지만 역시 아는 사람은 아니
었다. 그러나 그녀가 가슴에 손을 넣어 뭔가를 꺼냈을 때, 목 아래
부분에 또렷하게 보이는 것이 있었다.

상처였다. 음력 초하루의 다음 날에 뜬 달처럼 살짝 휘어진 가
는 선 같은 상처.

―저 상처는!

나쟈가 놀라는 동안에도 사제들은 관 위의 여성을 향해 달려들
고 있었다. 사제 중 한 명이 여성을 향해 검을 들어올렸다.

"피해요!"

나쟈는 여성에게 소리쳤지만, 여성은 피하지 않았다. 그 대신 나
쟈를 보면서 아주 잠깐이지만 살짝 웃었다. 그리고 품에서 꺼낸
것을 나쟈에게 향했다.

거울이었다. 나쟈가 자신의 방에 놓아두었던 그 거울.

나쟈는 거울 속으로 빨려들기 시작했다. 유리 덮개도 나쟈를 막
지는 못하는 듯, 나쟈의 몸은 거울을 향해 빨려들었다. 거울에 빨
려들기 직전, 나쟈는 다시 한번 은발의 여성을 보았다. 그 목 아랫
부분에 난 상처도. 그리고 자신도 모르게 그녀를 향해 이렇게 말
했다.

—비앙카 언니.

◈

카흐가 피를 토했다. 이것은 그의 운명수가 이미 원래의 100분의 1 이하로 줄었음을 의미했다.

　—'운명수의 거품화'가 상당히 진행되었어. 이젠 언제 죽더라도 이상하지 않아.

　카흐는 작업대 위에 누워서 괴로운 듯 숨을 몰아쉬었다. 그 모습을 보는 멤은 참담함을 감추지 못했다. 거울 저편에서는 왕비가 또다시 이쪽에 지시를 내리려 하고 있었지만, 더 이상 카흐를 움직이게 해서는 안 된다.

　—이렇게 된 이상, 이판사판으로 도박을 해보는 수밖에 없어.

　밖으로 나가기 위한 문을 여는 '열쇠', 즉 나쟈가 자신과 카흐의 운명수를 찾아내서 이곳에 돌아올 거라는 기대는 멤도 다른 요정들도 이미 포기한 상태였다. 그래서 '힘으로 문을 열어젖히고 도망친다'는 최후의 도박을 해보기로 결심한 것이다. 성공하리라는 보장은 없다. 다만 지금까지 힘으로 문을 열려고 시도한 적이 없었던 것 또한 사실이다. 그랬다가는 즉시 거울벌레가 나타나 모두를 죽일 것임을 알고 있었기 때문이다. 그러나 지금, 그 여자의 명령에 따라서 '작업'을 하면 카흐는 틀림없이 죽는다. 그렇다고 작업을 거부하면 거울벌레가 나타난다. 선택의 갈림길에 놓인 멤과 다른 요정들은 작업을 거부하는 쪽을 선택하고 거울벌레의 공격을 피하면서 어떻든 문을 열고 탈출해보자고 생각했다.

　문이 열리지 않는다면 아마도 모두가 죽을 것이다. 그러나 멤은 이미 각오를 굳힌 상태였고, 카흐가 자고 있는 동안 기멜과 달레트, 자인에게도 이야기를 했다. 누구도 멤의 생각에 반대하지 않았다. 다들 요정왕을 모시는 신관이 되었을 때부터 이미 죽음을 각오하고 있었던 것이다.

"……멤."

카흐가 부르는 목소리에 멤은 고개를 숙여 카흐를 바라보았다.

"카흐, 말하면 안 돼."

"명령……이 왔잖아. 작업……을 해야…….."

카흐는 일어서려고 했다.

"안 해도 돼, 카흐."

"그러면 안 돼."

카흐는 다시 자신을 재우려는 멤의 손을 제지하고 몸을 떨면서 일어섰다. 얼굴은 창백했지만 웃고 있었다.

"멤한테는 아직 시간이 있어. 다른 모두에게도…….."

"그런 건 이제 상관없어."

"안 돼……. 다들 콰리즈미 숲으로……, 차디 왕이 있는 곳으로 돌아가야지. 틀림없이 지금도 우리 모두를 기다리고 있을 거야."

멤이 뭐라고 대답해야 할지 고민하는 사이, 카흐는 천장을 바라보았다.

"나도……, 외롭게 혼자 죽기는 싫어. 하지만……, 모두가 '저런 놈들'한테 잡아먹히도록 만들고 싶지는 않아."

멤도 천장을 올려다보았다. 반짝반짝 빛나는 거울 같은 몸에 무수한 가시가 돋친 거대한 지렁이 다섯 마리가 천장 부근을 날고 있었다. 저놈들이 바로 '거울벌레'이다.

─왔구나.

'주인'의 명령을 따르지 않으면 놈들이 나타난다. 거울벌레는 한동안 천장 주변을 날다가 일정 시간이 지나면 요정들의 생명을 빼앗으러 내려온다. 이것이 거울 속 세계의 규칙이다.

"멤, 어떻게 할 거야?"

달레트가 거칠게 콧김을 내쉬며 물었다. 옆에 있는 기멜도 위를 올려다보며 말했다.

"저는 준비가 됐습니다."

멤은 자인을 바라보았다. 그도 늘 앉아 있던 장소에서 뛰어내렸다.

"나도 준비됐어. 멤, 너는?"

멤은 고개를 끄덕였다. 오직 한 명, 카흐만이 괴로운 표정으로 고개를 가로저었다.

"안 돼……. 다들……, 그러지……, 마……."

"넌 얌전하게 있어. 우리가 저 문 너머로 데려가줄 테니."

멤은 카흐의 머리에 손을 대고 가볍게 통통 두드렸다. 옛날부터 카흐를 타이를 때면 하던 동작이다. 그러자 카흐는 조금 곤란한 듯한, 수긍할 수 없다는 듯한 표정을 지으며 입을 다물었다. 그리고 다음 순간, 대량의 피를 토하며 바닥에 쓰러졌다.

"카흐!"

모두가 카흐에게 달려갔다. 카흐는 몇 차례 심하게 기침을 한 뒤 움직임을 멈췄다. 달레트가 비통한 표정으로 외쳤다.

"죽은 거야?"

자인이 몸을 숙이고 카흐의 몸에 손을 댔다.

"아니, 아직 살아 있어! 자, 멤. 빨리 지시를 내려줘!"

자인의 말을 들은 멤은 배에 힘을 꽉 주었다.

"달레트하고 기멜은 카흐를 문으로 데려가! 그리고 나와 자인이 거울벌레를 유인하는 동안 몸으로 문을 여는 거야! 알았지, 자인?"

"알았어."

멤과 자인은 거울벌레의 주의를 끌면서 문으로부터 최대한 멀리 떨어진 곳으로 이동했다. 거울벌레 다섯 마리는 한동안 천장을 선회하면서 이쪽의 모습을 지켜보았는데, 어느 순간 갑자기 한 마리가 하강해 자인을 향해 다가왔다.

—옷 속으로 들어가면 그것으로 끝이야.

벌레의 형태를 띤 악령은 대부분 옷의 소매나 칼라, 옷자락 등 열린 부분을 통해서 침입한다. 이 거울벌레도 마찬가지이다. 놈들이 옷 속으로 들어오면 피부가 가시에 상처를 입다가 결국에는 몸의 중심에 바람구멍이 나고 말 것이다.

자인은 자신을 향해 다가온 거울벌레를 양손으로 저지하려고 했다. 그러나 손으로 만진 순간, 그놈은 속도를 높여 자인의 오른쪽 어깨에 부딪쳤다. 자인의 어깨에서 피가 뿜어져 나왔다.

"자인!"

멤은 그 거울벌레를 향해 달려갔다. 그러나 다른 거울벌레가 내려와 멤의 등을 스치고 지나갔다. 멤의 옷이 찢어지면서 피가 배어 나왔다. 멤은 용감하게 그 거울벌레와 싸우려고 했지만, 또다른 놈이 등 뒤에서 달려들었다. 멤은 그놈을 피하면서 문 근처에 있는 달레트와 기멜을 향해 외쳤다.

"거긴 어때? 문은 열릴 것 같아!?"

"아니! 젠장, 꿈쩍도 하지 않아!"

분한 마음으로 가득한 달레트의 대답을 듣고 멤은 생각했다.

— 우리의 생은 여기까지인 건가. 아니야, 아직 포기하기는 일러.

"자인, 너도 문으로 가서 여는 걸 도와줘! 거울벌레는 나 혼자 유인할 테니!"

어깨에서는 여전히 피를 흘리고 있던 자인은 멤에게 불안한 시선을 보냈지만, 곧 고개를 끄덕이고 문 쪽으로 달려갔다. 멤은 혼자서 거울벌레들을 바라보며 섰다. 거울벌레 다섯 마리가 모두 멤을 향해 달려들었다.

— 나는 이제 틀렸는지도 모르지만, 제발 너희는 모두 여기서 탈출해!

멤이 비장한 각오를 굳힌 바로 그 순간이었다. 동굴 한구석에 작고 동그란 빛이 나타나더니 그곳에서 누군가가 뛰쳐나왔다.

"나쟈!"

멤은 놀란 나머지 소리쳤다. 나쟈는 동굴 바닥에 엉덩방아를 찧어 아픈 듯 얼굴을 찡그렸지만, 멤을 발견하자 급히 일어나더니 멤을 향해 달렸다.

"멤! 너하고 카흐의 운명수를 알아냈어! 문을 열 방법을 알아냈다고!"

"정말이야!?"

"꺄악!"

나쟈가 비명을 질렀다. 거울벌레들이 일제히 나쟈를 향해 날아든 것이다.

"나쟈! 그놈들이 가까이 오지 못하게 해! 옷 속으로 들어가면 그것으로 끝이야!"

그러나 너무 늦은 경고였다. 이미 나쟈의 치맛자락 근처까지 와 있었던 거울벌레 한 마리가 나쟈의 무릎에 몸을 부딪친 것이다. 나쟈는 쓰러졌다.

"젠장!"

멤은 절규했다. 그런데 기묘한 일이 일어났다. 나쟈에게 몸을 부딪쳤던 거울벌레가 귀청이 찢어질 것만 같은 불쾌한 소리를 내는가 싶더니 머리부터 둘로 갈라지면서 바닥으로 떨어진 것이다.

"저건……."

갈라진 거울벌레는 동굴 바닥에 얼룩으로 변해서 움직임을 멈췄다. 그러는 사이에 나쟈는 다시 일어섰다. 다른 거울벌레 두 마리가 이번에는 양 소매를 노리고 달려들었지만, 그 사실을 모르는지 나쟈는 멤을 향해 소리쳤다.

"너하고 카흐의 운명수는 **70003**하고 **69997**이야!"

"소매를 막아!"

멤이 외쳤지만, 거울벌레 두 마리는 나쟈의 소매에 도달했다. 그런데 다음 순간, 마치 튕겨나가듯이 나쟈로부터 멀어지더니 역시 머리부터 갈라지며 바닥에 떨어졌다.

"뭐가 어떻게 된 건지 모르겠지만, 어쨌든 재 정말 대단한데!?"

멀리서 보고 있던 달레트가 흥분했다. 그러는 사이 자인이 문에 멤과 카흐의 운명수를 손가락으로 적었다. 그러자 그전까지 꿈쩍도 하지 않던 문이 삐걱거리면서 바깥쪽을 향해 열리기 시작했다. 달레트와 기멜은 즉시 카흐를 문 너머로 옮겼다. 자인이 외쳤다.

"멤! 나쟈! 너희도 빨리 이쪽으로 와!"

"너희는 문 너머에서 기다리고 있어! 금방 갈 테니까!"

그러는 사이에도 남은 거울벌레 두 마리가 나쟈에게 달려들고 있었다. 한 마리가 나쟈의 옷깃을 노리고 날아갔지만, 옷깃에 닿은 순간 머리부터 둘로 갈라졌다. 멤은 나쟈 쪽으로 달려가면서 어떤 사실을 깨달았다.

— 거치문(톱니무늬)······이구나.

나쟈가 입은 옷의 열린 부분에는 작은 삼각형이 톱니처럼 나열된 문양이 장식되어 있었다. 나중에 자수를 넣은 것인지 만들 때부터 실로 짠 것인지는 알 수 없지만, 그 문양이 거울벌레를 막아주고 있었다. 악령을 물어뜯는 '이빨'이 되어서.

— 하지만 보통 퇴마 문양이 효력을 발휘하는 건 각 부분당 한 번뿐이야.

그리고 거울벌레는 아직 한 마리가 남아서 나쟈를 뒤쫓고 있었다. 그놈이 나쟈의 등 쪽 옷깃을 통해서 옷 속으로 들어가려고 한 순간, 멤은 나쟈의 오른손을 잡고 공중으로 높이 날아올랐다. 그러나 거울벌레는 다시 그들을 추격했다.

"따라잡히겠어! 멤! 더 빨리!"

문 앞에서 멤과 나쟈를 기다리고 있던 자인이 외쳤다. 자인의 말대로 거울벌레는 바로 근처까지 다가와 있었다. 멤은 전속력으로 날았지만, 나쟈를 잡고 나는 까닭에 거울벌레보다 빠를 수는 없었다. 이대로는 거울벌레에게 따라잡히거나 거울벌레까지 문을 통과하게 된다. 대체 어떻게 해야······.

"멤!"

나쟈가 멤을 불렀다.

"지금 너랑 얘기나 나누고 있을 시간 없어! 그러니 조용히 있어!"

"그런 게 아냐! 왜 아까 지렁이들이 나한테서 떨어진 거야?"

나쟈는 아까의 일을 물어보는 것이었다. 멤이 대답했다.

"네 옷의 문양 때문이야. 거치문, 그러니까 삼각형의 문양이 너를 악령으로부터 지켜준 거야."

"그렇다는 건, 저 가시투성이 지렁이가 퇴마 문양에 약하다는 말이네?"

"그렇기는 한데, 네 옷의 거치문은 이미 힘을 잃었어. 양 소매, 옷깃, 치맛자락까지, 거치문이 있는 모든 부위에서 거울벌레를 몰아냈거든."

"하나만 더 물어볼게! 삼각 문양이 아니면 안 되는 거야?"

무슨 뜻이지? 멤이 나쟈를 바라보자 나쟈의 발밑까지 따라온 거울벌레가 보였다. 나쟈는 자유로운 왼손을 허리로 가져가더니 벨트를 풀었다. 그 벨트에 장식된 문양을 본 멤은 나쟈의 의도를 깨달았다.

— 미로문(迷路文).

나쟈는 발밑까지 다가온 거울벌레를 향해 벨트를 던졌다. 그러자 거울벌레는 벨트에 빨려 들어가듯이 모습을 감췄다!

"됐어! 퇴마 문양이 효과가 있었어!"

"마음 놓긴 일러! 저건 일시적인 효과밖에 없다고!"

미로문에는 악령을 미로에 빠뜨리는 효과가 있지만, 어지간히 잘 만든 것이 아닌 이상 악령을 미로 속에 묶어놓을 수 있는 시간은 1초가 채 되지 않는다. 그러나 몇 초가 지났음에도 거울벌레가 미로를 빠져나오지 못하는 것을 보면 나쟈의 벨트에 있는 미로문은 효과가 확실한 듯했다. 멤은 나쟈에게 꽉 잡으라고 말한 뒤 있는 젖 먹던 힘까지 쥐어짜며 속도를 높였다. 이제 조금만 더 가면 자인이 기다리고 있는 문에 도착한다.

"자인, 우리는 이대로 문을 통과할 테니까 먼저 들어가!"

자인은 고개를 끄덕이고 문 안으로 들어갔다.

"나왔어!"

나쟈의 말대로, 벨트의 '미로'를 탈출한 거울벌레가 다시 멤과 나쟈를 추격했다.

― 문까지 앞으로 3초……. 2초……. 1초…….

"지금이야! 문을 닫아!"

문을 통과한 멤은 곧바로 멈추지 못하고 계속 날아가면서 뒤를 돌아보았다. 달레트가 왼쪽 문을, 기멜과 자인이 오른쪽 문을 있는 힘껏 미는 모습이 보였다. 그러나 반짝반짝 빛나는 거울벌레의 머리가 문 사이로 비집고 들어온 탓에 문을 완전히 닫을 수가 없었다. 기멜이 외쳤다.

"자인! 계속 문을 밀어주십시오!"

자인이 고개를 끄덕이자 기멜은 문에서 몸을 떼고 물러섰다. 미는 힘이 약해지자 거울벌레는 몸을 더욱 밀어넣었고, 자인과 달레트가 인상을 잔뜩 쓰며 온힘을 다해 문을 밀었지만 당장이라도 문이 열릴 것만 같은 일촉즉발의 상태가 되었다. 그런데 바로 이 때, 기멜이 도움닫기를 하더니 양 문의 중간을 향해 몸을 날렸다. 그러자 문은 엄청난 소리를 내면서 일순간 반대쪽으로 확 젖혀졌다. 거울벌레의 몸통은 기멜의 몸통 박치기에 날아가버렸고, 양쪽 문 사이에 끼어 있던 머리는 몸통에서 뜯어져 그대로 바닥으로 떨어졌다. 문에 충돌한 기멜은 그 반동으로 튕겨져나가 큰대자로 뻗었지만, 덕분에 문은 완전히 닫혔다.

"살았다……. 문 밖으로 나왔어……."

속도를 줄이면서 멤이 중얼거렸다. 이제 자유이다. 더는 그 여자의 노예가 아닌 것이다.

"어쩐지 주위가 밝아지는 것 같아."

나쟈의 말처럼, 문이 완전히 닫히자 주위가 서서히 밝아져 잘 보이게 되었다. 그들이 있는 곳은 희고 매끄러운 벽에 둘러싸인 돔 형태의 공간으로, 정면의 벽 중앙에는 대기(大氣)를 상징하는 소용돌이가 담쟁이덩굴의 잎을 휘감고 있는 콰리즈미 숲의 문장(紋章)이 보였다. 8년 전, 그들이 거울로 들어가기 전에 지나온 장소가 틀림없었다. 그리고 이 공간을 밝히고 있는 빛의 근원은 벽 위쪽에 있었다.

"멤, 저길 봐! 저거……."

나쟈가 손으로 가리킨 방향을 보니 작고 둥근 거울이 있었다.

"저거, 내 거울 아니야?"

빛의 근원을 손가락으로 가리키는 나쟈에게 멤이 대답했다.

"맞아. 저게 출구가 되어줄 거야."

멤은 다른 이들을 그 자리에 멈추게 하고 혼자서 거울에 다가가 바깥의 상황을 살폈다. 거울 밖은 안전할까? 경계심을 풀지 않던 멤은 어떤 인물의 모습을 확인하고 안도감을 느꼈다. 자신들을 종종 격려하고 '구원자'의 존재, 즉 나쟈의 등장을 예언했던 검은 옷의 여자를 본 것이다. 여자의 오른쪽 눈과 멤의 눈이 마주치자 검은 옷의 여자는 멤을 향해 말없이 고개를 끄덕였다. 그것만으로도 멤은 여자가 하고 싶은 말을 알 수 있었다.

—아아, 정말 다행이야. 이쪽은 안전하니 걱정하지 마.

"어때, 멤? 나가도 될 것 같아?"

나쟈가 멤에게 말을 걸었을 때, 검은 옷의 여자는 이미 거울에서 모습을 감춘 뒤였다. 이윽고 거울이 내는 빛은 더욱 크고 강해지면서 멤과 나쟈, 문 옆에 있는 기멜과 달레트, 자인, 그리고 누워 있는 카흐를 감쌌다.

"이 빛은……뭐지?"

나쟈의 질문에 멤은 마음속으로 이렇게 대답했다.

—우리를 해방시켜줄 빛이야. 우리는 이제 밖으로 나갈 거야. 현명하며 고귀한 '구원자'와 함께.

왕비는 거울 앞에서 초조하게 기다리고 있었다.

"어떻게 된 거야! 왜 답을 보내주지 않는 거지? 빨리 '운명수의 분해' 결과를 보여달란 말이야!"

왕비가 아무리 화를 내도 거울은 전혀 반응하지 않았다. 왕비의 초조함은 더욱 커졌다. 리햐르트를 되살릴 수 있음이 확실해진 이상, 한시라도 빨리 그 한심한 남편의 반역을 저지해야 했다.

—그럴 생각만 있었다면 언제라도 당신에게 저주를 걸어서 죽일 수 있었어. 그럼에도 자비를 베풀어서 지금까지 살려줬는데, 그 보답이 고작 이런 거란 말이야!?

멍청한 남편은 엘데 대공국의 힘을 빌려서 조만간 이곳을 공격할 생각임이 틀림없다. 그전에, 자신에게 칼끝을 겨눈 바로 그날

136

에 남편의 숨통을 끊어놓아야 한다. 그런데 어째서인지 거울이 말을 듣지 않는 것이다.

— 빌어먹을 요정 놈들, 왜 이렇게 게으름을 피우고 있는 거야!

'노예들'은 대체 무엇을 하고 있단 말인가? 내 명령을 따르지 않으면 바로 죽게 되는데.

그때, 바깥이 소란스러워졌다. 자신을 부르는 목소리도 들렸다. 왕비가 밖으로 나가니 복도에서 근위병들이 소란을 피우고 있었다. 그 모습을 본 왕비가 "대체 무슨 일이냐!"라고 호통을 치자 근위병들은 무릎을 꿇고 보고했다.

"그게……. 신전에 누군가가 침입해서 나쟈 님이 모습을 감췄습니다."

왕비는 자신이 방금 들은 말을 전혀 이해할 수가 없었다. 근위병은 계속 횡설수설했다.

"침입자는 전혀 본 적이 없는 은색 머리카락의 여자였습니다. 그 여자가 나쟈 님께 뭔가를 하자 나쟈 님의 모습이 사라져서……."

"그런데 여기서 뭘 하고 있는 거냐! 얼른 그 여자를 붙잡아 오지 않고!"

"그게, 이미 도망쳤습니다."

"그래서 나쟈는 어떻게 되었지?"

"발견하지 못했습니다."

근위병의 보고를 믿을 수가 없었던 왕비는 병사들에게 비키라고 일갈하고 서둘러 신전으로 향했다. 근위병들은 왕비의 뒤를 졸졸 쫓아갔는데, 그 모습도 왕비를 짜증나게 했다.

— 이 놈이고 저 놈이고 도움이 되는 놈이 하나도 없어! 다들 머

릿속이 텅텅 비어서 방해만 된다니까!

분노를 터뜨리며 도착한 신전에서는 사제들이 어쩔 줄 몰라 하며 우왕좌왕하고 있었다. 리햐르트는 뒷전인 채 그저 허둥대고만 있는 사제들. 왕비는 그들에게 상황을 설명하라고 호통을 쳤지만, 그들은 나쟈가 어디로 사라졌는지는 말하지는 못하고 그저 자신들의 잘못이 아니라며 변명을 늘어놓을 뿐이었다.

"변명은 이제 듣고 싶지 않아! 그런 건 아무래도 상관없으니 다들 나쟈를 찾도록 해! 지금 당장!"

왕비의 분노에 사제와 근위병들은 모두 덜덜 떨며 즉시 수색에 들어갔다. 왕비는 외쳤다.

"마틸데! 마틸데는 어디 있느냐!?"

"여기 있습니다."

어디에 있었는지, '검은 마틸데'가 곧바로 모습을 드러냈다. 왕비는 화난 목소리로 명령했다.

"'벌'을 이용해서 나쟈를 수색해라! 지금 당장!"

"분부대로 하겠습니다."

이런 상황에서도 마틸데는 냉정하게 대답하고 재빨리 밖으로 나갔다. 왕비는 제단 오른쪽에 놓인 유리관을 바라보았다. 리햐르트는 변함없이 창백한 얼굴로 관 속에 누워 있었다. 왕비는 그쪽으로 달려가 관을 껴안았다. '가여운 우리 리햐르트. 빨리 나쟈를 붙잡아서 널 되살려줄게.'

왕비는 반드시 나쟈를 찾아낼 수 있으리라고 자신했다. 지금까지의 인생에서 자신의 뜻대로 일이 풀리지 않았던 적은 단 한번도 없었기 때문이다. 그 어떤 상황에서든 만사가 순탄하게 풀릴 것이라는 것을 약속받은 인생.

─내 운명수는 특별한 걸.

왕비는 자신의 수를 생각하면 언제나 기분이 좋아졌다. 이런 상황에서도 자신의 수는 희망을 가져다준다. 그때 근위병들이 자신을 부르는 목소리가 들렸다. 틀림없이 좋은 소식이겠지. 왕비는 고개를 들고 기대를 담아서 물었다.

"나쟈를 찾았느냐? 얼른 데려오너라!"

"왕비님……, 그게 아니라……, 사실은……, 약초밭의 약초를 모조리 도둑맞았습니다."

자신의 귀를 의심하는 왕비에게 근위병은 더욱 믿을 수 없는 말을 했다.

"하인들의 말로는 근위대장 트라이아가 '왕비님의 명령'이라면서 전부 베어갔다고 합니다. 트라이아는 그 약초들을 마차에 싣고 뒷문으로 빠져나갔다고……."

왕비는 눈앞이 캄캄해졌다.

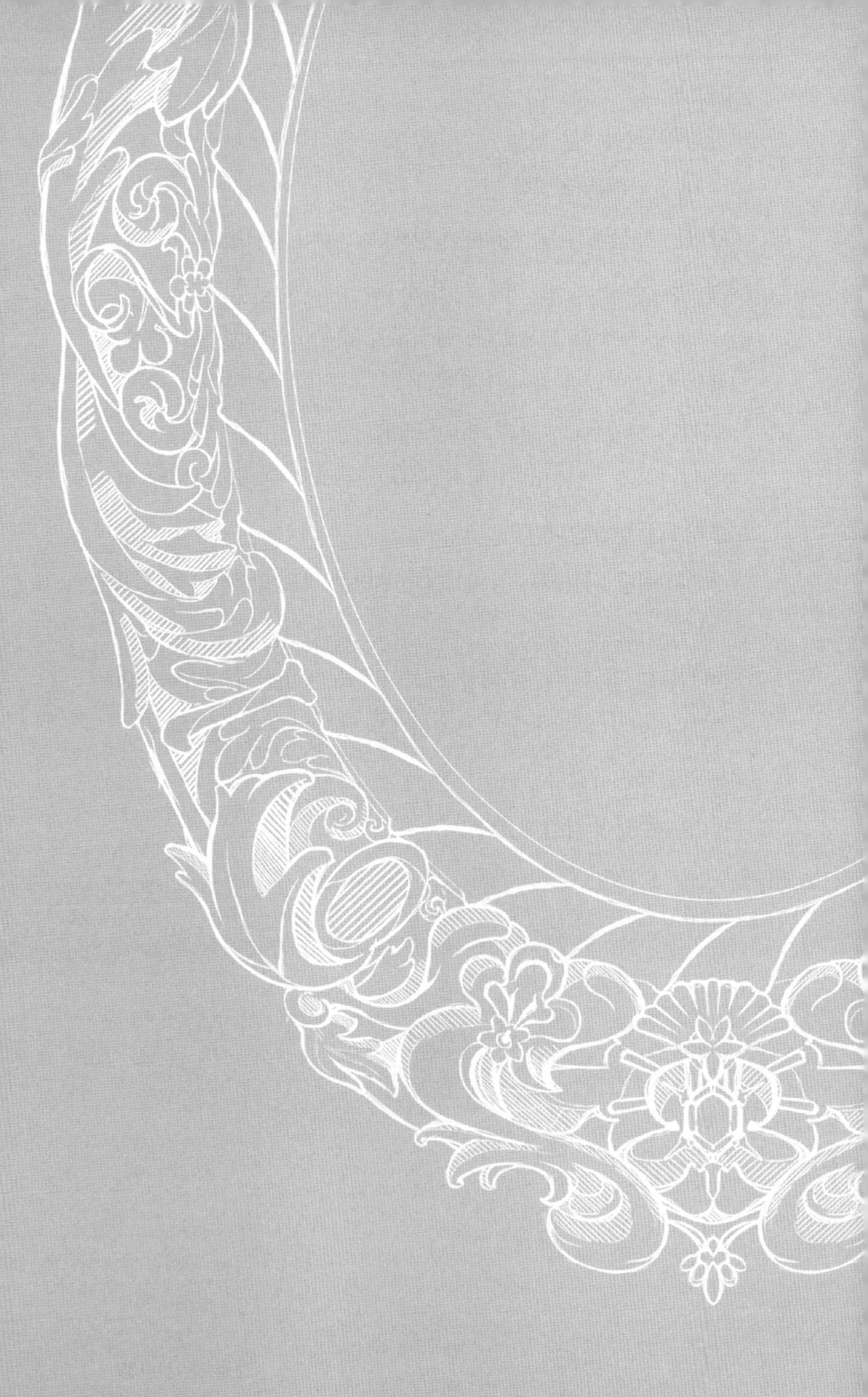

# 5

# 약속의 낙원

눈을 떴을 때, 나쟈는 자신이 '관 안에 있다'고 생각했다. 창문이 없어서 바깥은 볼 수 없었지만, 말발굽 소리와 덜컹거리는 수레바퀴 소리가 들렸다. 그리고 어렴풋하지만 풀냄새도 났다.

지금까지 벽에 기댄 채 자고 있었던 모양이다. 자신의 발밑에서 크게 코를 고는 소리가 들렸다. 유심히 보니 기멜이 큰대자로 누워서 자고 있었고, 그 너머로는 벽을 보고 누워 있는 자인의 등이 보였다.

나쟈는 자신이 잠들기 전에 있었던 일들을 기억해내기까지 조금 시간이 걸렸다. 나쟈와 요정들은 거울을 통해서 어떤 숲속으로 나왔는데, 마차와 함께 근위대장 트라이아가 그들을 기다리고 있었다. 처음에 나쟈는 트라이아가 왕비의 명령을 받고 자신을 잡으러 왔다고 생각했다. 그러나 트라이아는 고개를 젓더니 "저는 왕비의 적이며, 나쟈 님의 편입니다. 지금부터 나쟈 님을 안전한 장소로 모셔다 드리겠습니다"라고 말했다. 또한 멤을 비롯한 요정들에 대해서도 이미 알고 있었던 듯, 병에 걸린 카흐를 눕히기 위한 작은 침대와 부상을 치료하기 위한 도구, 그리고 식량과 물도 준비해놓고 있었다. 이에 금방 트라이아를 신뢰한 요정들은 망설이는 나쟈를 재촉해 함께 마차에 올라탔다. 마차가 출발한 뒤로 나쟈는 요정들의 부상 치료와 카흐의 간호를 돕다가 잠이 들었고, 방금 눈을 뜬 것이다.

"일어났어?"

오른쪽 위에서 목소리가 들렸다. 목소리가 들린 쪽을 바라보니 한 단 높은 곳에 달레트가 앉아 있었고, 그 옆에는 카흐가 누워 있는 침대가 있었다.

"카흐는 괜찮아?"

"의식은 없지만 아직 살아 있어. 위험한 상태인 건 변함이 없지만, 그곳을 빠져나왔으니 아직 희망은 있지. 일단 카흐가 그 끔찍한 곳에서 죽지 않게 된 것만으로도 기쁜 일이야. 그래서 말인데……고마워."

항상 벌레 씹은 표정을 짓고 있는 달레트가 보기 드물게 온화한 표정으로 나쟈에게 고마움을 표했다. 나쟈는 조금 멋쩍어하면서 달레트에게 물었다.

"우린 지금 어디에 있는 거야?"

"나도 잘은 모르지만, 상당히 먼 곳까지 온 것만큼은 분명해."

이윽고 말발굽 소리가 느려지더니 마차가 멈췄다. 그리고 나쟈가 기대고 있던 벽의 바로 옆에서 바람이 들어왔다. 그때 비로소 나쟈는 그곳으로 들어왔다는 것을 기억해냈다. 그리고 투구를 쓴 여성의 얼굴이 나타났다. 트라이아였다.

"나쟈 님, 일어나셨습니까? 몸은 좀 어떠신가요?"

"나는 괜찮아요. 그런데 왜 트라이아가 우리를……."

"그에 관해서는 언젠가 기회가 있을 때 천천히 말씀드리겠습니다. 일단 필요한 사항만 말씀드리면, 현재 우리는 국경을 넘어 엘데 대공국의 영토에 있습니다.

"그 말은……. 메르세인 성으로부터 상당히 멀리까지 왔다는 뜻이네요?"

"밤새 마차를 타고 달렸고, 아침에 잠시 쪽잠을 자고 깬 뒤에도 상당한 거리를 이동했습니다. 이곳에서는 메르세인 성은 물론이고 메르세인 왕국의 땅도 보이지 않습니다. 자, 제 손을 잡으십시오."

트라이아는 손을 내밀어 나쟈가 마차에서 내리는 것을 도왔다. 벌써 해가 상당히 기울어 있었다. 푸르른 산들을 바라보며 나쟈는 생각했다. 태어나서 처음으로 성을 벗어나 이렇게 먼 곳까지 왔다. 자신이 성을 떠나서 살 수 있으리라고는 생각해본 적도 없었는데, 막상 떠나보니 성에 있을 때보다 마음이 편해진 것 같은 기분이 들었다.

—왕비에게서 벗어났으니까.

트라이아는 마차 앞쪽으로 가서 말들을 돌보기 시작했다. 그중 한 마리에는 멤이 타고 있었다. 멤은 나쟈를 발견하자 말에서 내렸다.

"나쟈, 몸은 좀 어때?"

"난 아무렇지도 않아."

"그래? 다행이네. 너한테 고맙다는 말을 하고 싶어. 네가 바깥 세계에서 이렇게 믿음직한 협력자를 구했을 줄이야."

멤은 트라이아를 보면서 말했다. '믿음직한 협력자'란 트라이아를 의미하는 듯했다. 나쟈는 트라이아가 도와줄지는 전혀 몰랐다고 솔직하게 말하려 했지만, 그전에 멤이 먼저 입을 열었다.

"트라이아 님은 우리 콰리즈미 요정과 인연이 깊은 분이야. 아주 먼 옛날의 일이지만, 이 분의 선조가 당시의 요정왕을 구한 적이 있거든. 요정왕은 〈그림자〉한테 잡혀 있었는데, 트라이아 님의 선조가 요정왕을 〈그림자〉로부터 해방시켜주셨어."

—〈그림자〉. 『성스러운 전승』에 나오는 그 〈그림자〉를 말하는 것일까? 최초로 창조된 인간인 〈최초의 1인〉을 유혹한 존재. 나쟈가 트라이아에게 그렇게 묻자 트라이아는 계속 말을 돌보면서 말했다.

"네, 『전승』에 나오는 그 〈그림자〉입니다. 멤 님께서 말씀하신 대로, 저희 타라곤 가문의 선조는 〈그림자〉와 싸운 적이 있습니다. 그 선조는 당시 어떤 성주를 모시고 있었는데, 그 성주가 어느 날 갑자기 '나는 신이 되겠다'고 하더니 사람들을 닥치는 대로 죽이기 시작했다더군요. 제 선조는 그 폭거를 멈추기 위해 다른 가신들과 힘을 합쳐 성주를 처단했는데, 사실 그 성주는 측근 중 한 명이었던 젊고 아름다운 남성에게 조종을 당했던 것이었습니다. 그 남성의 정체가 바로 〈그림자〉였지요."

나쟈는 『전승』의 기술을 떠올렸다.

—〈최초의 1인〉은 낙원에서 아무런 불편함 없이 살고 있었는데, 어느 날 〈그림자〉의 유혹에 넘어갔다. 〈그림자〉는 말했다. 〈축복받은 수〉를 가지고 있다 한들 너는 언젠가 늙어서 죽을 수밖에 없단다. 불로의 신들이 가진 것 같은 더 좋은 수를 갖고 싶지 않

니?라고.

〈최초의 1인〉은 〈그림자〉의 말을 듣고 〈불로의 신들의 수〉를 원하게 된 것이다. 그 상황은 지금 트라이아에게서 들은 성주의 이야기와 분명 유사하다. 다만 〈그림자〉는 신전의 벽화에 그려진 것처럼 형체가 또렷하지 않은 검은 아지랑이 같은 것이 아니었던가? 인간으로 변신한다는 이야기는 들어본 적이 없었다. 나쟈가 그렇게 말하자 트라이아는 대답했다.

"분명히 벽화 등에는 〈그림자〉가 명확한 형체가 없는 존재로 그려져 있습니다. 하지만 사실은 인간이나 요정을 집어삼킴으로써 그 모습이 될 수 있다고 합니다. 다만 완전한 형태를 갖추려면 한 명을 집어삼키는 것으로는 부족하고 두 명은 삼켜야 한다더군요. 그래서 제 선조가 싸웠던 〈그림자〉는 영주의 측근 이외에 또 한 명을 삼켰는데, 그 한 명이 바로 요정왕이었던 겁니다."

트라이아는 자신의 선조가 〈그림자〉와 어떻게 싸웠는지 이야기했다. 〈그림자〉는 매우 강력했기 때문에 트라이아의 선조와 그의 부하들은 전멸 직전의 상황까지 몰렸다. 그래서 트라이아의 선조가 필사의 공격을 감행해 자신의 목숨을 대가로 〈그림자〉를 베었다고 한다.

"목숨을 대가로요?"

"네. 저희 타라곤 가문에서는 몸속에 커다란 '칼'을 지닌 자가 태어나는 경우가 있습니다. 그 선조도 그중 한 명이었지요. 그 칼은 자신을 죽인 상대를 향합니다. 〈그림자〉는 제 선조를 죽였지만 그 칼에 몸의 일부가 잘렸고, 이때 〈그림자〉가 집어삼켰던 성주의 측근과 요정왕이 풀려났다고 합니다."

멤이 끼어들었다.

"〈그림자〉는 명확한 형체가 없는 탓에 평범한 무기로는 벨 수 없는데, 타라곤 가문의 칼은 그놈을 멋지게 베었지. 덕분에 당시의 요정왕은 〈그림자〉로부터 풀려날 수 있었어. 그 용기는 우리 콰리즈미 요정들 사이에서 지금도 이야기되고 있지."

트라이아가 멤에게 말했다.

"저희 타라곤 가문에서도 콰리즈미 요정왕의 이야기가 전해지고 있습니다. 왕이 저희 선조에 대한 감사의 의미로 타라곤 가문에 준 '선물'도 말이지요."

트라이아는 이렇게 말하면서 살짝 웃었다. 나쟈는 트라이아가 웃는 모습을 처음 본 것 같았다. 또한 양팔의 보호구를 차고 있지 않은 트라이아의 굵고 늠름한 팔을 보자 나쟈의 마음속에서는 자연스럽게 존경심이 솟아났다.

"나쟈 님. 지금부터 〈낙원〉으로 갈 예정입니다."

"네? 낙원이요?"

갑작스러운 말에 나쟈는 어리둥절했다. 나쟈가 들어본 적이 있는 낙원은 『전승』에 나오는 그 낙원뿐이었다. 〈최초의 1인〉이 신에게 선물받아서 살다가 추방당한 장소. 설마 그곳은 아닐 것이라고 생각했는데, 트라이아는 바로 그 낙원에 가는 것이라고 말했다.

"『전승』에 나오는 낙원이 정말로 존재하는 거예요?"

"네, 그렇습니다. 엘데 대공국과 인접한 곳이지요. 저는 가본 적이 없지만, 들은 바로는 지극히 평범한 마을이라고 합니다. 멤 님은 가본 적이 있으신가요?"

"나도 없지만, 200년도 더 전에 가본 적이 있다는 나이 많은 요정에게 이야기는 들은 적이 있어. 험한 산맥 때문에 다른 지역과는 단절된 곳으로, 그곳의 장(長)에게 허락을 받은 자만이 들어갈 수 있다고. 그리고 인간들 사이에서는 〈최초의 1인〉이 낙원에서 추방당했다고 전해지는 모양인데, 우리 요정들 사이에서 전해져 내려오는 이야기는 조금 달라. 우리의 전승에서는 〈최초의 1인〉이 낙원에 유폐되었다고 전해지거든.”

“유폐되었다고? 추방된 게 아니라?”

“응. 그리고 〈최초의 1인〉의 직계 자손도 낙원을 떠날 수 없다고 해.”

“그런데 왜 그런 데를 가는 거야?”

나쟈의 의문에 트라이아가 대답했다.

“낙원의 장에게 카흐 님을 치료할 방법을 가르쳐달라고 부탁하기 위해서입니다. 카흐 님의 병의 원인은 운명수에 있다더군요. 낙원장은 인간이면서도 신들과 의사소통을 할 수 있는 까닭에 운명수에 관해 잘 알고 있다고 합니다. 게다가 낙원은 왕비의 눈으로부터 나쟈 님을 숨기는 데 가장 적합한 곳이기도 한 모양입니다.”

트라이아는 누군가가 그렇게 알려주었다는 식으로 말했다.

“카흐 님의 치료에 필요한 피보나 풀도 가지고 왔습니다. 성에서 키우던 걸 전부 베어왔지요.”

트라이아는 마차에 실려 있는 짐을 가리켰다. 산더미처럼 쌓인 피보나 풀이 커다란 천에 덮여서 고정되어 있었다.

“전 피보나 풀에 대해서 완전히 잊고 있었는데…….”

“어떤 분께서 피보나 풀도 부탁하셔서 가져왔습니다.”

“누구인가요?”

"제 입으로는 말씀드릴 수 없습니다. 다만 지금 가실 곳에서 그 답을 들으실 수 있을지도 모릅니다."

다시 출발한 지 얼마 되지 않아 마차가 좁은 산길로 접어들었다. 말을 몰고 있는 트라이아는 조금도 피곤한 기색을 보이지 않았지만, 그 오른쪽에 앉아 있는 멤과 왼쪽에 앉아 있는 나쟈는 때때로 쏟아지는 졸음을 이기지 못하고 꾸벅꾸벅 졸았다. 산길은 길게 이어졌고, 날이 어두워짐에 따라 새들의 울음소리가 음산하게 울려퍼졌다. 그리고 해가 진 것과 거의 동시에 산길이 끝났다.

"자, 이제 내리셔야 합니다."

또다시 꾸벅꾸벅 졸고 있던 나쟈는 트라이아의 말에 정신을 차렸다. 눈앞에는 울창한 숲밖에 보이지 않았다.

"여기가 낙원이에요?"

트라이아는 램프에 불을 붙이면서 대답했다.

"아닙니다. 낙원으로 들어가는 입구 중 하나입니다. 지금부터 낙원에 들어가기 위해 허락을 받아야 합니다. 멤 님, 뒤에 타고 계신 분들께 말씀해주십시오. 카흐 님도 일단은 내리셔야 한다고요."

"알겠어요."

멤은 날개를 움직여 마차 뒤쪽으로 날아갔다. 나쟈도 마차에서 내려 트라이아와 함께 끊어진 길을 향해 걸었다. 곧 멤도 다른 요정들을 데리고 왔다. 기멜과 달레트는 의식이 없는 카흐가 누워 있는 침대를 들고 있었다.

"나쟈 님, 죄송하지만 잠시 램프를 들어주시겠습니까?"

나쟈가 트라이아에게 램프를 받아들자 트라이아는 항상 쓰고 있던 투구를 벗어 겨드랑이에 끼웠다. 나쟈는 처음으로 트라이아의 얼굴을 제대로 본 것 같았다. 눈 주위의 검은 화장도 지금은 완전히 지워져서 가늘고 길게 째진 날카로운 눈매가 확실히 보였다. 얼굴은 크고 넓었지만 콧날은 오뚝했다. 아름답게 물결치는 긴 머리카락이 바람에 날려 얼굴을 감싸는 모습을 보면서 나쟈는 우아하고 아름답다는 느낌을 받았다. 트라이아는 고귀한 사람을 만날 때처럼 자세를 바로잡고 끊어진 길의 저편을 향해 주위의 나무들이 흔들릴 만큼 큰소리로 말했다.

"나는 '반골의 대도' 타라곤 가문의 피를 이어받은 트라이아라고 합니다. 메르세인 왕국의 메르세인 성에서 왔소. 낙원의 장을 뵙고 싶소."

그러자 갑자기 눈앞의 풍경이 일그러지더니 커다란 빛의 문이 나타났다. 그리고 그 너머에서 깨진 종이 울리는 것 같은 소리가 들렸다. 그 엄청난 소리에 나쟈는 자신도 모르게 몸을 움츠렸다. 근처의 나무에 앉아 있었던 새들도 놀라서 날아갔다. 그러나 트라이아와 요정들은 미동도 하지 않았다. 종은 아홉 번을 울린 뒤 멈췄고, 이어서 어떤 여성의 목소리가 들렸다.

—트라이아 님이라고 말씀하신 분. 그리고 함께 오신 분들. '사악한 기운을 몰아내는 종소리'를 견뎌낸 여러분이 사악한 자들이 아님은 잘 알았습니다. 용건을 듣도록 하지요.

"여기에 있는 저 트라이아와 메르세인 왕국의 공주인 나쟈 님, 그리고 콰리즈미 숲의 '신관'인 멤, 카흐, 기멜, 달레트, 자인 님은 메르세인 왕국의 왕비에게서 몸을 피해 이곳에 왔습니다. 자신을 '순환하는 수'라고 칭한 분께서 저희를 이곳으로 보내셨습니다."

—여러분에 관해서는 '순환하는 수'에게서 들었습니다. 병자에

게 치료가 필요하다더군요. 자, 들어오시지요.

트라이아가 뒤돌아보며 말했다.

"요정 여러분과 나쟈 님은 먼저 들어가십시오. 저는 뒤에서 마차를 끌고 따라가겠습니다."

나쟈와 요정들은 고개를 끄덕였다. 멤과 함께 '빛의 문'을 향해 걸어가는 나쟈를 새하얀 빛이 감싸는가 싶더니 이내 사라지고 다시 주위가 어두워졌다. 이윽고 눈이 어둠에 익숙해지자 옅은 어둠 속에서 감춰져 있던 마을이 보였다. 물 흐르는 소리가 들리는 완만한 언덕의 곳곳에 집들이 있었고, 그 집들의 문틈과 창틈에서는 밝은 빛이 새어나왔다. 여기저기를 날아다니며 나무와 풀꽃을 희미하게 밝히는 반딧불이들도 눈에 들어왔다.

"와……."

돌로 지어진 집에는 짚으로 만든 두꺼운 지붕이 얹혀 있었다. 모든 집의 출입구에는 빨간색 또는 검은색 계통의 커다란 천이 걸려 있었고, 그 위에는 소나 산양의 뿔이 장식되어 있었으며, 양 옆에는 파란색 도자기로 테두리를 만든 둥근 거울이 매달려 있었다. 자세히 들여다보니 천에 자수 또는 염색으로 작은 '눈[目]'의 문양을 빼곡하게 그려넣은 것을 알 수 있었다. 분명히 눈의 문양에도 사시를 막아주는 효과가 있었다. 또한 멤의 말로는 테두리가 파란색인 둥근 거울에도 사시를 반사하는 효과가 있으며, 동물의 뿔은 작은 악령을 막아준다고 한다. 그러고 보니 집뿐만 아니라 나무들에도 똑같이 생긴 둥근 거울이 매달려 있어서 반딧불이의 빛을 반사하고 있었다.

어디로 가야 할까? 모두가 그렇게 생각하고 있을 때, 근처의 집에 걸려 있는 거울에서 아까 들었던 여성의 목소리가 들렸다.

"저는 여러분 있는 곳에서 정면으로 보이는 언덕 위의 집에 있습니다. 그곳으로 오십시오."

그 집은 다른 곳보다 높은 언덕 위에 지어져 있었다. 다른 집들과 마찬가지로 초가지붕을 얹었지만 상당히 큰 집이었다. 현관문으로 생각되는 큰 문에는 다른 집과 똑같은 퇴마용 물건들과 함께 삼각형의 천 주머니 속에 솜을 집어넣어서 만든 장식이 걸려 있었는데, 그 안에 정향이나 운향 등을 넣었는지 향기가 흘러나왔다.

"들어오십시오." 현관문의 거울에서 목소리가 들렸다. 이에 트라이아와 멤이 집 안으로 들어갔고, 나쟈도 그 뒤를 따라서 들어갔다. 내부는 밖에서 보는 것보다 훨씬 넓었으며 잘 정돈되어 있었다.

간소하기는 하지만 그곳은 분명히 홀이었다. 안쪽에서 두 여성이 기다리고 있었다. 그리고 두 여성 사이로 보이는 벽에는 커다란 둥근 거울이 걸려 있었다. 오른쪽의 여성이 말했다.

"손님 여러분, 잘 오셨습니다. 저는 이 '낙원'을 통솔하는 장(長)이며, 옆에 있는 이 아이는 제 딸인 타니아입니다. 먼저 병자의 상태가 어떤지 보도록 하지요."

요정들이 카흐가 누워 있는 침대를 바닥에 내려놓자 낙원장은 그쪽으로 걸어갔다.

"그러면 이 젊은 분의 상태를 살펴보겠습니다."

어둠에 가려져서 잘 보이지 않았던 낙원장의 모습이 서서히 분명해졌다. 쉰 살 정도로 보이는 호리호리한 여성이었다. 눈초리와 입가에 깊은 주름이 보이기는 하지만 얼굴은 작고 윤곽이 뚜렷했으며, 살짝 치켜올라간 큰 눈은 깊은 빛을 담고 있었다. 섬세한 레이스가 달린 두건 사이로 보이는 머리카락은 옅은 갈색이었다. 폭이 넓은 소매에 흰 실로 자수를 놓은 검은색 윗옷은 소박하지만 낙원장의 기품을 더욱 돋보이게 했다. 아름다운 사람이구나. 나쟈는 이렇게 생각하다 어떤 사실을 깨닫고 동요했다.

—닮았어.

이 사람의 이목구비는 왕비와 닮았다. 머리카락의 색도 나이도 다르고 무엇보다도 주위에 풍기는 인상이 달랐지만, 이목구비만 보면 상당히 닮은 측면이 있었다.

한편, 침대에 누워 있는 카흐의 상태를 살피던 낙원장은 카흐의 자그마한 몸에 오른손을 댔다.

"이 분은 아직 젊은 나이인데도 생명이 다하려 하고 있군요. '운명수의 거품화'가 원인이지요?"

낙원장의 질문에 멤과 요정들은 고개를 끄덕였지만, 나쟈는 고개를 갸웃거렸다. '운명수의 거품화'가 뭐지? 나쟈가 궁금해하는 것을 알아챘는지, 낙원장이 설명을 덧붙였다.

"원칙적으로, 인간이나 요정이 살아 있는 동안 운명수가 변화하는 일은 없습니다. 병에 걸렸든 부상을 입었든, 생명에 지장이 없다면 육체가 약해지더라도 운명수는 줄지 않지요. 운명수가 변화하는 것은 인간이나 요정이 죽을 때뿐입니다.

다만 몇 가지 예외가 있는데, 그중 하나가 늙어서 수명이 얼마 남지 않은 요정에게 일어나는 '운명수의 거품화'입니다. '거품화'가 시작되면 운명수는 늘어나고 줄어들기를 반복하면서 서서히 작아지지요. 그리고 결국 그 운명수의 소유자는 죽음을 맞이하게 됩니다.”

트라이아가 물었다.

“그 말씀은, 운명수의 소유자가 살아 있는 상태임에도 운명수가 다른 수로 바뀔 수 있다는 의미입니까? 운명수는 분명히『거대한 서』에 적혀 있는 수와 연동되어 있을 텐데요. 그렇다면 운명수의 소유자가 아직 살아 있는데,『거대한 서』에 적힌 운명수가 바뀌는 경우가 있다는 말씀이십니까?”

낙원장은 트라이아에게 싱긋 웃으며 대답했다

“아, 당신은 타라곤 가문의 피를 이어받은 분이셨지요. 그래서 운명수에 관해 잘 알고 계시는군요. 말씀하신 대로『거대한 서』의 내용은 신의 심부름꾼들이 항상 감시하고 있기 때문에 쉽게 바꿀 수 있는 것이 아닙니다. 하지만 예외적으로 신의 심부름꾼들이 보고도 넘어가는 변화가 몇 가지 있습니다. 그중 하나가 ‘운명수의 거품화’지요. ‘신의 심부름꾼’은 ‘거품화’가 일으키는 1회 1회의 변동을 ‘자연스러운 변화’로 간주하고 무시한답니다.”

‘1회 1회의 변동’이라는 것은 또 무엇일까? 나쟈는 궁금했지만, 낙원장이 카흐를 보면서 심각한 표정을 지었기 때문에 물어볼 수가 없었다.

“이 카흐라는 분은……, 운명수가 벌써 52까지 줄어들었습니다. ‘거품화’가 이대로 계속된다면 내일 정오가 되기 전에 죽음을 맞이할 것입니다. 일단은 저희 ‘낙원의 주민들’이 힘을 모아서 신에게 기도를 올려야겠습니다. 신들께 카흐 님의 ‘거품화’가 자연의 섭리에 따라서 일어난 현상이 아니라 온당치 않은 이유로 일어난 것임을 말씀드리고 운명수를 원래의 수로 되돌려 달라고 부탁드려야 합니다."

멤이 물었다.

"그런데 피보나 풀은 언제 필요한 겁니까?"

"카흐 님의 운명수가 원래의 수로 돌아간 뒤입니다. 운명수가 원래의 수로 돌아가더라도 운명수가 크게 줄어들었던 탓에 쇠약해지고 손상되었던 육체는 회복되지 않습니다. 그래서 육체를 치료하기 위해 피보나 풀을 사용하는 것입니다. 다만 운명수가 원래의 수로 돌아가고 반나절 안에 치료를 해야 합니다. 그렇지 않으면 카흐 님을 살릴 수 없습니다. 한시도 지체할 수 없는 위급한 상황입니다. 먼저 운명수를 되돌리기 위한 기도를 시작하겠습니다."

낙원장은 홀에 장식된 커다란 거울을 향해 말하기 시작했다. 그 모습을 보며 멤이 중얼거렸다.

"저건 통신 거울이군. 과거에 콰리즈미 요정들이 낙원에 선물한 거야."

"통신 거울이라면 내가 가지고 있던 거울하고 같은 거야?"

"맞아. 다른 거울과 통신할 수 있지. 아마도 낙원장은 지금 저걸 이용해서 낙원 주민들을 부르고 있을 거야."

나쟈는 그렇구나 하고 고개를 끄덕였다. 그리고 동시에 자신이 갖고 있었던 작은 거울은 어디로 갔을지 궁금해졌다.

잠시 후 낙원장의 집에 수십 명이 모여들었다. 남녀노소 모두 낙원장과 같은 옷을 입고 있었다. 그들은 조용히 홀 안쪽의 문으로 들어갔다.

"지금부터 안쪽의 '성역'에서 이곳 주민들이 힘을 모아 신들께 기도를 올리려 합니다. 그 사이 여러분은 다른 방에서 쉬고 계십시오. 제 딸이 여러분을 모실 것입니다.”

낙원장의 딸 타니아가 앞으로 나와 “이쪽으로 오십시오”라며 안내했다. 타니아는 삼십대 정도의 여성으로, 부드럽게 웃는 동그란 얼굴이 인상적이었다. 타니아가 안내한 곳은 넓지는 않지만 차분한 분위기의 식당이었다. 타니아는 빵과 과일, 구운 고기를 가져와 식탁에 올려놓았다. 나쟈와 트라이아, 요정들은 타니아의 권유에 식사를 시작했다. 카흐가 걱정되어 아무 말도 하지 않았지만, 간소하면서도 맛있는 식사와 타니아의 정성스러운 접대에 몸과 마음이 치유된 것만큼은 분명했다. 식사가 끝나자 타니아는 그들을 다시 홀로 안내했다. 홀에서는 낙원장이 혼자서 기다리고 있었다.

“여러분, 기쁜 소식입니다. 기도를 올린 결과, 신들께서 저희의 부탁을 들어주셨습니다. 카흐 님의 운명수는 이미 원래의 수로 돌아갔습니다.”

낙원장의 말에 모두가 안도했다. 멤은 안도의 한숨을 길게 내쉬고 낙원장에게 고마움을 표했다. 그러나 낙원장은 말했다.

“문제는 지금부터입니다. 아까도 말씀드렸듯이, 운명수가 원래의 수로 돌아갔으니 즉시 육체의 손상을 치료해야 합니다. 그러려면 피보나 풀을 정확하게 조합해서 약을 지어야 합니다.”

낙원장이 나쟈를 바라보았다.

“나쟈. 당신이 하셔야 합니다.”

“제가요?”

나쟈뿐만 아니라 요정들도 자신의 귀를 의심했다. 멤이 말했다.

“낙원장님. 왜 나쟈가 해야 합니까? 저희 콰리즈미 요정들이 하면 안 되는 겁니까?”

“심정은 이해합니다. 하지만 이것은 신들의 의지입니다. 신탁에 따르면 요정 여러분은 부정하게 갇혔던 거울 속에서 빠져나온 지 얼마 되지 않은 탓에 아직 몸이 ‘더렵혀진’ 상태입니다. 그래서 여러분은 피보나 풀을 만져서는 안 된다고 합니다.”

멤이 반박했다.

“하, 하지만, 우리가 더렵혀지고 싶어서 더렵혀진 게 아니란 말입니다! 그 왕비한테 속아서……”

“네, 알고 있습니다. 신들께도 그렇게 말씀드렸습니다. 하지만 나쟈를 지명한 것은 신들의 의지입니다.”

이렇게 말한 뒤 낙원장은 또다시 나쟈를 똑바로 바라보았다.

“나쟈. 신들께서는 요정들을 구한 당신에 대해서도 좀더 확인을 하려 하십니다. 카흐 님을 살리려면 같은 요정들의 힘뿐만 아니라 인간이면서 그들과 깊은 연을 맺은 당신의 힘도 필요하다고 말씀하셨습니다. 할 수 있으시겠지요?”

나쟈는 당혹감을 느끼면서도 낙원장을 향해 고개를 끄덕였다.

낙원장은 나쟈에게 약의 조합법을 구체적으로 지시했다. 간단히 말하면 ‘카흐의 회복에 필요한 피보나 풀을 모으라’는 것이었다.

“피보나 풀에는 교배를 통해서 만들 수 있는 다양한 종(種)이 존재한답니다. 꽃을 한 송이만 피우는 F1과 F2가 출발점이 되어서, 이 둘을 교배시킨 종인 F3은 꽃을 두 송이 피우고, F2와 F3을 교배시킨 F4는 꽃을 세 송이 피우지요.”

나쟈는 이전에 같은 설명을 들은 적이 있었다. 성을 빠져나오기 전에 약초밭에서 시인 람디쿠스가 가르쳐주었다.

― 지금 나쟈 양이 보고 있는 풀은 바로 왼쪽의 두 구획에서 자란 풀을 교배시킨 것이랍니다. ……두 종류의 풀을 교배시켜서 만든 풀에서는 그 두 종류의 풀에서 피는 꽃의 수를 합친 수의 꽃이 피지요.

설명대로라면 피보나 풀이 피우는 꽃의 수는 F1부터 순서대로 1, 1, 2, 3, 5, 8, 13……이 된다. 그리고 지금 나쟈의 눈앞에는 F30까지 30종이나 되는 피보나 풀의 다발이 놓여 있었다.

각각의 종의 피보나 풀이 피우는 꽃의 수

F1종: 1  F2종: 1  F3종: 2  F4종: 3

F5종: 5  F6종: 8  F7종: 13  F8종: 21

F9종: 34  F10종: 55  F11종: 89  F12종: 144

F13종: 233  F14종: 377  F15종: 610  F16종: 987

F17종: 1597  F18종: 2584  F19종: 4181  F20종: 6765

F21종: 10946  F22종: 17711  F23종: 28657  F24종: 46368

F25종: 75025  F26종: 121393  F27종: 196418  F28종: 317811

F29종: 514229  F30종: 832040

F1부터 F10 정도까지는 다발의 크기가 나쟈의 손 안에 들어올 만큼 작지만, 점점 커지다가 832040송이나 되는 꽃을 피우는 F30종에 이르러서는 나쟈의 신장과 맞먹을 정도가 되는 긴 가지에 아주 작은 꽃이 풀 전체를 뒤덮듯이 빽빽하게 피어 있었다.

낙원장의 설명대로라면 '서로 이웃한 종'끼리만 교배가 가능한 모양이다. 다시 말해서 F1과 F2, F2와 F3은 교배시킬 수 있지만 F1과 F3, F2와 F4처럼 '서로 떨어져 있는 종'끼리는 아무리 교배시 켜도 새로운 종을 얻을 수 없다고 한다.

"그렇다면 피보나 풀에는 꽃을 네 송이 피우는 종이라든가 여섯 송이, 일곱 송이를 피우는 종은 없겠네요?"

나쟈가 이렇게 묻자 낙원장은 고개를 끄덕였다. 그리고 "피보나 풀을 몇 포기 골라서 그 꽃의 수의 합계가 카흐의 몸이 입은 손상 에 상당하는 수와 같아지도록 만드십시오"라고 지시했다. 카흐의 몸이 입은 손상에 상당하는 수는 본래의 운명수인 69997에서 방 금 전까지의 운명수인 52를 뺀 69945였다.

그러나 아무리 살펴봐도 69945라는 수의 꽃을 피우는 종은 보 이지 않았다. 그러므로 몇 포기를 조합해서 꽃의 수의 합계가 69945가 되도록 만드는 수밖에 없었다. 다만 어떤 조합이든 상관 없이 합계가 69945가 되도록 만들기만 하면 되는 것이 아니라 반 드시 두 가지 조건을 만족시켜야 했다.

첫째, 같은 종의 풀은 한 포기만 쓸 수 있다.

"극단적인 사례긴 합니다만, 가령 한 송이의 꽃을 피우는 F1종 의 풀을 69945포기 모으면 꽃의 합계는 분명히 필요한 수와 같아 집니다. 하지만 그런 조합으로는 약을 지어도 효과가 없습니다."

둘째, '서로 이웃하는 종'의 풀은 조합할 수 없다.

"가령 F2종의 풀을 골랐다면, F1종과 F3종의 풀은 고를 수 없 답니다."

다시 말해 하나의 종에서 고를 수 있는 풀의 수는 하나뿐이며,

아울러 서로 이웃하는 종의 풀은 고를 수 없다는 것이다. 나쟈에게는 너무나 어려운 문제로 느껴졌다. 게다가 그 조건을 따르면서 **69945**를 조합할 수 있는 방법이 애초에 존재하지 않는다면 어떡해야 하는지 걱정도 들었다. 나쟈는 낙원장에게 물었다.

"저기……, 말씀하신 조건을 따르면서 꽃의 수의 합이 딱 **69945**가 되도록 조합하는 '방법'이 정말로 있나요?"

"네, 물론이지요. 좀더 정확히 말씀드리면, **69945**뿐만 아니라 그 어떤 수라도 제가 말씀드린 두 가지 조건을 지키면서 골라낸 피보나 풀의 꽃의 합계로 표현할 수 있지요. 이에 관해서는 이미 인간과 요정의 현자들이 참임을 '증명'했답니다."

낙원장의 설명을 들으면서 나쟈는 방금 한 질문을 후회했다.

"저……, 죄송해요. 저 같은 게 낙원장님을 의심하는 듯한 말을 해서……."

나쟈가 시선을 내린 채 이렇게 말하자 낙원장은 조금 슬픈 표정을 지었다.

"'저 같은 게'라니요. 당신 자신을 누구와 비교하면서 그렇게 말한 건지는 알 수 없지만, 자기 자신은 둘도 없는 소중한 존재랍니다. 그렇게 말하면 당신 자신이 너무 가엾어져요."

나쟈는 깜짝 놀라서 고개를 들었다. 지금까지 자신에게 그런 말을 해준 사람은 아무도 없었다. 아니, 자신조차도 그런 생각을 해본 적이 없었다. 낙원장은 말을 이었다.

"게다가 다른 사람이 하는 말을 무작정 믿지 않고 의문을 품는 것은 참으로 중요한 자세랍니다. 방금 당신처럼 어떤 문제를 제시받았을 때 그 문제에 정말로 '답이 존재하는지' 물어보는 것도 매우 중요한 일이지요. 세상에는 답이 존재하지 않는 문제도 얼마든지 있거든요.”

낙원장은 창밖으로 시선을 향했다.

“본래는 방금 제가 말씀드린 ‘그 어떤 수라도 두 가지 조건을 지키면서 골라낸 피보나 풀의 꽃의 합계로 표현할 수 있다’는 것이 참임을 어떻게 증명하는지도 설명해드려야겠지만 지금은 그럴 시간이 없습니다. 일단 그것이 참이라는 전제 아래 피보나 풀을 모으는 작업을 시작해야 합니다. 그렇게 해주시겠지요?”

나쟈는 다시 마음이 무거워졌다. 무엇을 해야 할지는 어느 정도 감을 잡았지만, 피보나 풀을 어떻게 조합해야 **69945** 같은 큰 수를 만들 수 있을지는 짐작도 되지 않았다. 나쟈는 잔뜩 놓여 있는 피보나 풀의 다발을 보면서 정신이 아득해지는 느낌을 받았다.

― 동이 트기 전까지 필요한 풀을 모아야 해.

동이 트는 것과 동시에 약을 제조하는 작업이 시작된다. 낙원장이 방을 나가고 홀로 남은 나쟈는 마음을 다잡고 피보나 풀에 손을 뻗었다.

“나쟈 말인데, 괜찮을까?”

정적을 깨고 달레트가 말을 꺼냈다. 줄곧 카흐 걱정에 잠겨 있던 멤은 달레트의 목소리에 정신을 차렸다. 기멜이 달레트에게 대답했다.

“글쎄요……. 저는 괜찮을 거라고 생각합니다. 멤과 카흐의 운명수도 알아낸 사람이지 않습니까?”

"기멜이 그렇게 말한다면 그렇겠지만……. 그래도 역시 나는 걱정이 된단 말이지. 분명히 현명한 아이기는 해. 하지만 이제 겨우 13년을 살았을 뿐이잖아? 우리의 10분의 1도 안 된다고."

사실은 멤도 달레트와 같은 생각을 하고 있었다. 자인의 의견은 어떨까?

"자인, 넌 어떻게 생각해?"

멤의 질문에 자인은 이쪽을 바라보며 말했다.

"음……. 단언은 할 수 없지만, 그 애에게는 버거울지도 몰라."

그러자 달레트가 끼어들었다.

"역시 너도 그렇게 생각하지? 그것 봐, 멤. 도와주는 게 낫다니까. 너는 우리 신관들 중에서 가장 지위가 높으니까 콰리즈미 숲에서 관리하는 『절차의 서(書)』의 내용을 전부 알고 있을 거 아냐? 당연히 피보나 풀의 계산에 사용할 수 있는 절차도 알고 있을 테고."

"……맞아."

"그렇다면 네가 그 아이한테 '방법'을 가르쳐줘야 해."

달레트 옆에서 기멜도 "저도 동감입니다"라고 거들었다. 그러나 멤은 주저했다.

"그래도 되는 걸지……."

자인이 말했다.

"일반적으로, 누군가가 신들에게 부여받은 사명에, 다른 누군가가 '개입하는 건' 용납되지 않아."

"하지만 그건 신들이 금지한 게 아니라 우리 요정들이 정한 규칙 아니야?"

달레트의 질문에 자인도 "뭐, 그럴지도 모르지"라고 대답했다.

"내가 아는 한, 과거에 그런 개입을 했다가 벌을 받았다든가 좋지 않은 일이 일어났다든가 했던 전례는 없어. 그리고 뭐, 상식적으로 생각해보면 설령 벌을 받는다고 해도 개입을 당한 쪽이 아니라 개입을 한 쪽이 받을 테고."

자인이 이렇게 말하자, 달레트는 멤에게 더욱 힘주어 말했다.

"어이, 멤. 역시 네가 조합하는 방법을 가르쳐줘서 그 아이를 도와야 해. 그런다 해도 실제로 약초를 고르는 건 그 아이니까 괜찮지 않겠어?"

"하지만……."

그러고 싶은 마음은 굴뚝같았지만 멤은 아직 결심이 서지 않았다. 달레트는 미간을 찌푸리며 괴로운 표정으로 말했다.

"생각해봐. 만에 하나 그 아이가 약초를 잘못 고르기라도 한다면 카흐는 죽고 만다고. 나는 그런 결과는 절대 받아들이고 싶지 않아. 게다가 카흐가 죽으면 그 아이가 얼마나 자신을 책망하겠어? 그리고 말이야, 우리 중에서 그런 상황을 가장 피하고 싶은 건 바로 멤 너 아니야?"

"잠깐 생각할 시간을 줘."

멤은 그렇게 말하고 날개를 움직여 날아오르더니 창문을 통해서 방을 나갔다.

눈앞에 '낙원'의 밤 풍경이 펼쳐졌다. 언덕의 완만한 비탈, 언덕 아래를 흐르는 강, 그 너머에 있는 호수, 저 멀리 어렴풋이 보이는 산맥, 그리고 그 산맥 위에 떠 있는 달이 보였다.

과거에 멤은 낙원에 가보았다는 늙은 요정의 이야기를 카흐와 함께 들은 적이 있었다. 늙은 요정은 낙원이라고 해도 과거의 찬

란함은 사라졌으며 그곳의 장에게는 오히려 감옥 같은 곳이라고 말했다. 그곳의 장, 그러니까 〈최초의 1인〉의 직계 자손은 신들의 지시가 있기 전까지는 그곳을 떠날 수 없다고 했다. 멤은 참 괴롭겠다는 생각을 하면서 이야기를 들었지만, 카흐는 대체 어떤 부분에 흥분한 것인지 콧김을 거칠게 내쉬며 "난 반드시 낙원에 가볼 거야! 멤도 같이 가자. 약속한 거야?"라고 말했다. 그랬는데 이런 식으로 함께 오게 될 줄이야……. 멤은 주먹을 꽉 쥐었다.

─그 아이가 약초를 잘못 고른다면 카흐는 죽고 말아.

─게다가 카흐가 죽으면 그 아이가 얼마나 자신을 책망하겠어?

아까 달레트가 한 말이 귓가를 맴돌았다. 멤은 드디어 마음을 정했다.

─방법만 가르쳐주는 거야. 실제로 풀을 고르는 건 나쟈지 내가 아니니까 괜찮을 거야.

설령 그것이 금지된 행위여서 신들이 벌을 내린다고 해도 그 벌을 받는 것은 나쟈가 아니라 자신이다. 멤은 자신이 벌을 받는 것은 두렵지 않았다.

─벌은 내가 받으면 되는 거야. 나 혼자 받으면 돼.

멤은 나쟈가 있는 방을 향해 걷기 시작했다.

나쟈는 손에 들고 있던 피보나 풀을 원래의 위치에 돌려놓았다.

─조금만 더 해보면 뭔가 감을 잡을 수 있을 것 같은데…….

"그 어떤 수라도 서로 이웃하지 않은 종에서 한 포기씩 고른 피보나 풀의 꽃의 합계로 표현할 수 있다." 그러나 그밖에는 어떤 단서도 없었다. 나쟈는 일단 적당히 풀을 골라보는 방법부터 시작했다. 서로 이웃한 종은 고를 수 없다는 점만 주의하면서 적당히 골라본 것이다. 현시점에서 카흐의 운명수와 일치하는 조합은 아직 발견하지 못했다. 그러나 이 조합 저 조합을 시험해보는 사이에 왠지 조금은 감을 잡은 것 같은 기분이 들었다.

─혹시 이렇게 하면 될지도……. 그런데 왜 그런 거지?

동이 트기까지는 이제 시간이 얼마 남지 않았다. 일단 머릿속에 떠오른 방법을 시도해보기로 결심한 나쟈는 심호흡을 하고 피보나 풀에 팔을 뻗었다. 그런데 바로 그 순간, 바깥에서 자신의 이름을 부르는 소리가 들렸다. 나쟈가 일어나서 문을 열고 시선을 내리자 멤이 올려다보고 있었다.

"멤! 무슨 일이야?"

"나쟈, 아무 말도 하지 말고 듣기만 해. 피보나 풀은 '욕심쟁이 방법'으로 고르면 돼. 그러면 답이 나오게 돼 있어."

멤의 표정이 너무나 절박해 보였기 때문에 나쟈는 말을 끊을 수가 없었다. 멤은 설명을 계속했다.

"내 말 잘 들어. 먼저 치료에 필요한 수, 그러니까 **69945**보다 적은 수의 꽃이 피는 종 가운데 꽃의 수가 가장 많은 걸 한 포기 골라. 그런 다음 **69945**에서 그 꽃의 수를 빼고, 그 뺀 값에 대해서도 똑같이 하도록 해. 그러니까 그 수보다 적은 수의 꽃이 피는 종 가운데 꽃의 수가 가장 많은 걸 한 포기 고르라는 말이야. 이걸 반복하면 합계가 정확히 **69945**가 되도록 고를 수가 있어. 알았지? 그리고 이 방법을 나한테 들었다는 건 누구한테도 말해선 안 돼."

나쟈가 말했다.

“사실은 나, 지금 멤이 가르쳐준 방법이랑 완전히 똑같은 방법을 시도해볼 생각이었어.”

“뭐야……, 그랬어?”

멤의 어깨에서 빠르게 힘이 빠지는 것이 보였다. 나쟈는 멤이 카흐를 생각해서 자신에게 조언을 하러 왔음을 깨달았다.

“내가 쓸데없는 소리를 했군.”

“아니야, 그렇지 않아. 솔직히 내가 떠올린 방법이 맞는 건지 자신이 없었는데, 멤이 ‘그게 옳은 방법’이라고 말해줘서 안심했어. 고마워.”

“그랬다면 다행이네. 어쨌든 시간을 빼앗아서 미안해. 하지만……카흐를 위해서라도 제발 잘 부탁해.”

멤은 이렇게만 말하고 떠났다. 나쟈는 크게 한숨을 내쉬었다. 멤이 ‘정답’을 가르쳐주었다. 그 사실에 나쟈는 크게 안심했다. 이제 멤이 가르쳐준 대로 하기만 하면 된다. 나쟈는 다시 피보나 풀이 있는 곳으로 향했다.

자신들의 방으로 돌아가려고 복도를 걷던 멤은 앞에 누군가가 있는 것을 깨닫고 걸음을 멈췄다.

“낙원장님.”

이런 시각에 무슨 일이십니까?……라고 물으려고 했지만, 그전에 낙원장이 입을 열었다.

“멤 님. 유감스러운 말씀을 드려야겠군요. 지금 나쟈에게 ‘방법’을 가르쳐주고 오시는 길이지요?”

멤은 등줄기가 서늘해졌다. 역시 '개입'해서는 안 되었던 것일까?

"……낙원장님은 제 행동을 다 내다보고 계셨군요. 그에 대해 벌을 받게 되는 겁니까? 만약 그렇다면 그 벌은 전부 제가 받겠습니다."

"아아, 멤 님. 당신은 그것까지 다 생각하고 자신이 벌을 받을 각오로 개입을 하셨군요. 당신의 심정은 충분히 이해합니다. 하지만 당신에게 벌이 내리는 것으로 개입에 대한 책임이 사라지지는 않습니다. 이번 작업의 경우, 개입이 있었던 데 대한 '책임'은 나쟈가 지게 됩니다."

멤은 자신의 귀를 의심했다. 이게 무슨 소리인가? 낙원장은 말했다.

"당신이 개입하기 전까지만 해도 나쟈는 그저 카흐 님을 치료하는 데 필요한 풀을 모으기만 하면 됐습니다. 하지만 당신이 개입하는 바람에 나쟈의 의무는 더욱 무거워졌습니다. 이제 나쟈는 당신이 가르쳐준 방법이 '왜 옳은지'까지 이해한 상태에서 풀을 골라야 합니다. 이해하지 못했다면 카흐 님은 회복되지 않을 겁니다. 설령 필요한 풀을 정확하게 모아서 약을 지었다 해도 말이지요."

멤은 경악했다.

"설마 그런 벌이 내릴 줄은……. 그 사실을 빨리 나쟈에게 알려야겠습니다."

"안 됩니다."

단호하게 말하는 낙원장을 멤은 놀란 표정으로 올려다보았다.

"나쟈에게 그 사실을 알려서는 안 됩니다. 나쟈는 누가 시켜서가 아니라 자신의 내부에서 자발적으로 의문을 느끼고 답을 찾아내야 합니다.”

멤은 절망했다. 누구든 좋은 방법을 배우면 별다른 생각 없이 그 방법을 쓰기 마련이다. 하물며 나쟈는 아직 열세 살밖에 되지 않은 소녀이다. 의문을 품을 리가 있겠는가?

─ 제발 나를 의심해줬으면…….

유일한 희망은 그것이었다. 그러나 과연 나쟈가 이제 와서 갑자기 자신을 의심하리라고는 도저히 생각되지 않았다. 현기증을 느낀 멤은 바닥에 무릎을 꿇고 고개를 숙였다.

“내가……, 괜한 짓을…….”

만약 카흐가 죽는다면 전부 내 책임이다.

“멤 님. 이렇게 된 이상 나쟈를 믿는 수밖에 없습니다.”

“…….”

멤은 아무 말도 하지 못했다. 머릿속은 온통 후회로 가득했다. 그러나 낙원장은 이렇게 말했다.

“이 또한 분명 신들의 뜻입니다. 힘든 상황이지만, 어떤 일이 일어나더라도 받아들여야 합니다.”

동이 트자 곧 약의 제조가 시작되었다. 나쟈가 고른 피보나 풀을 낙원장과 딸 타니아가 주문을 읊으며 잘게 다져서 일부는 굽고, 일부는 찌고, 일부는 삶은 다음 커다란 주발에 전부 담고 잘 섞었다. 약이 완성된 것은 해가 상당히 높이 뜬 후였다. 요정들은 낙원장의 지시에 따라 홀 안쪽에 있는 성역으로 카흐를 데려가 제단에 눕혔다. 모두가 카흐를 지켜보는 가운데 낙원장과 타니아, 그리고 약이 담긴 큰 주발을 든 나쟈가 성역에 들어왔다. 금빛으로 빛나는 향기로운 약을 보고 기멜과 달레트는 감탄의 한숨을 내쉬었다. 자인은 아무 말도 하지 않았지만, 가는 눈을 평소보다 크게 뜨고 있었다. 틀림없이 약에 기대를 걸고 있으리라. 멤만이 가슴에 손을 대고 미간을 찌푸린 채 비통한 표정을 짓고 있었다.

"그러면 시작하겠습니다."

낙원장이 제단 앞에 서서 이렇게 말했을 때, 멤은 도저히 견딜 수가 없었다.

—도저히 못 보겠어.

멤은 혼자서 도망치듯 그 자리를 벗어났다. 다른 요정들이 놀라서 멤을 쫓아가려고 했지만 낙원장에게 제지당했다. 멤을 제외한 일행 모두가 지켜보는 가운데 의식이 시작되었다.

멤은 상상했다. 피보나 풀로 만든 약을 카흐의 온몸에 붓는 모습. 기대감을 품고 바라보는 동료들. 그러나 카흐는 일어나지 않는다. 눈도 뜨지 못한다. 모두의 기대가 불안감으로 바뀌고, 이윽고 절망으로 변하는 모습이 눈에 선했다.

—카흐, 미안해.

나는 또다시 잘못을 저질렀다. 그리고 그 잘못에 카흐가, 동료들이 말려들었다. 멤은 결국 앉아 있을 힘도 없어져 그 자리에 쓰러지고 말았다.

그때, 등 뒤의 집에서 비명 같은 소리가 들렸다. 멤은 깜짝 놀라 돌아보았다. 안이 굉장히 소란스러웠다.

—아아, 역시…….

예상대로 최악의 상황이 벌어진 모양이었다. 그래서 모두가 소리 내어 울고 있는 것이다. 결국 이 순간이 오고야 말았구나. 가서 모두에게 말해야 해. 나쟈의 책임이 아니라 내 잘못이라고. 카흐가 이렇게 된 것은 내 탓이라고. 이렇게 생각한 멤은 일어서서 집 안으로 들어가려고 했다. 그러나 한 걸음도 옮기지 못하고 다시 쓰러졌다. 다리에 힘이 들어가지 않았다. 이제 카흐는 이 세상에 없다. 그런 생각만으로도 이렇게 힘이 빠질 줄이야. 멤은 손으로 바닥을 짚고 눈물을 뚝뚝 흘렸다. 뿌예진 시선 너머로 자신의 눈물이 지면에 흡수되는 것이 보였다.

"메엠!"

소란스러운 발소리와 함께 자신의 이름을 부르는 소리가 들렸다. 그리고 반사적으로 고개를 드는 멤을 누군가가 힘차게 끌어안았다. 그 기세에 밀려 쓰러진 멤은 머리를 바닥에 세게 부딪히는 바람에 정신을 잃을 뻔했다.

"으아아, 미안해!"

―이 목소리는 설마……!

자신을 내려다보고 있는 푸른 눈동자가 보였다.

"말도 안 돼……."

그 얼굴은 분명히 카흐였다. 놀라서 아무 말도 하지 못하는 멤의 뺨을 양손으로 때리면서 카흐가 말했다.

"미안해, 멤! 눈을 떠보니 곁에 멤이 없더라고. 그래서 나도 모르게 서두르다가……."

카흐의 뒤에서 동료들이 다가왔다. 멤은 상황을 파악했다. 아무래도 꿈은 아닌 모양이었다. 멤은 간신히 입을 열어서 말했다.

"……내가 전부터 그랬지. 서두르지 말라고……."

"응! 미안해! 이젠 안 그럴게. 그러니까 일어나, 멤."

그러나 일어날 수가 없었다. 멤은 쓰러진 채 양손으로 자신의 얼굴을 감쌌다. 그리고 한참을 그렇게 있다가 카흐가 "와!" 하고 환성을 지르는 소리에 비로소 눈물을 닦고 일어섰다.

"이것 좀 봐, 멤! 우리가 '낙원'에 있어!"

카흐의 말을 듣고 멤은 비로소 한낮의 낙원을 차분하게 바라보았다. 맑게 갠 하늘에 밝은 태양이 떠 있고, 언덕과 숲, 집들도 눈부시게 빛나고 있었다. 멤은 곧 그것이 여기저기에 걸려 있는 퇴마용 거울이 햇빛을 반사하기 때문임을 깨달았지만, 그래도 아름답다는 사실에는 변함이 없었다. 들에는 온갖 색의 꽃들이 흐드러지게 피어 있고, 맑은 강줄기가 향하는 곳에서는 거울처럼 잔잔한 호수가 보였다. 멤은 아직도 눈물이 가득한 눈을 카흐에게 들키지 않으려고 서둘러 얼굴을 감췄다.

"멤, 얼굴 그만 감추고 제대로 좀 봐."

"난 됐으니 너나 열심히 봐!"

눈물이 모두 멈출 때까지 멤은 그렇게 한참 동안 얼굴을 감추고 있었다.

카흐가 되살아난 뒤, 모두가 홀에 모여 신들에게 감사의 기도를 올렸다. 기도하는 동안에도 카흐는 멤에게 찰싹 달라붙어 있었다. 멤은 카흐 때문에 기도에 집중할 수가 없었지만, 이날만큼은 카흐에게 단호하게 행동하지 못했다. 기도를 마친 뒤, 낙원장이 나쟈에게 천천히 물었다.

"나쟈, 당신은 멤에게서 '방법'을 들었지요? 그후에 어떻게 하셨나요?"

낙원장의 질문에 나쟈는 얌전한 표정으로 대답했다.

"멤이 가르쳐준 방법을 일단 시험해봤어요. 그리고 그 방법대로 하면 답을 구할 수 있다는 걸 알았어요."

카흐의 치료에 필요한 수는 **69945**이다. 나쟈는 멤이 가르쳐준 대로 이 수와 가장 가까운 **46368**송이의 꽃을 피우는 F24종의 다발에서 풀을 한 포기 골랐다. 그리고 **69945**에서 **46368**을 빼면 **23577**이 나오는데, 이 수와 가장 가까운 종은 **17711**송이의 꽃을 피우는 **F22**이다. 다음으로 **23577**에서 **17711**을 빼면 **5866**이 나오며, 이 수와 가장 가까운 종은 **4181**송이의 꽃을 피우는 **F19**이다. 나쟈는 이런 식으로 뺄셈을 하고 그 결과 나온 수와 가장 가까운 종의 풀을 고르기를 반복했다.

$$69945 - 46368(F24) = 23577$$

$$23577 - 17711(F22) = 5866$$

$$5866 - 4181(F19) = 1685$$

$$1685 - 1597(F17) = 88$$

$$88 - 55(F10) = 33$$

$$33 - 21(F8) = 12$$

$$12 - 8(F6) = 4$$

$$4 - 3(F4) = 1(F2)$$

이렇게 해서 나쟈는 F24, F22, F19, F17, F10, F8, F6, F4, F2의

종에서 각각 한 포기씩 풀을 골랐고, 그 풀에서 핀 꽃의 수의 합은 정확히 **69945**였다. 낙원장은 또다시 물었다.

"하지만 당신은 그것으로 '끝'을 내지 않았습니다. 당신은 분명히 '어떻게 이 방법을 사용하면 답을 구할 수 있는 것일까?'를 생각하고 이해했을 겁니다. 그렇지요?"

나쟈가 대답했다.

"네. 멤에게 들은 '욕심쟁이 방법'을 썼더니 바로 답이 나오는 걸 보고 이런 생각을 했어요. '너무 술술 풀린다'고요."

"너무 술술 풀린다?"

"네. '욕심쟁이 방법'을 알기만 하면 아주 간단하게 답을 구할 수 있어요. 하지만 왜 이 방법이 두 가지 조건을 만족시키는 건지 궁금해졌어요."

멤은 나쟈의 말을 열심히 듣고 있었다. 그 의문을 품어준 덕분에 카흐를 살릴 수 있었다. 하지만 어떻게 의문의 답에 도달했을까?

"먼저 멤이 가르쳐준 방법을 **69945**가 아닌 다른 수에도 시험해봤어요. 그랬더니 역시 '같은 종류의 풀'을 두 포기 이상 사용하거나, '서로 이웃한 종'을 조합하지 않고 그 수를 만들 수 있더라고요. 이것이 우연인지, 아니면 뭔가 이유가 있어서인지 알고 싶어졌어요."

"그래서 어떻게 했나요?"

"그게, 어떤 수에서 그보다 꽃의 수가 적은 피보나 풀 가운데 그 수에 가장 가까운 종의 꽃의 수를 '뺀 값'을 생각해봤어요. **69945**를 예로 들면, 이 수보다 꽃의 수가 적은 피보나 풀 가운데 가장 가까운 종은 꽃의 수가 **46368**송이인 F24예요. '욕심쟁이 방법'에서는 69945에서 46368을 빼서 23577이라는 수를 이끌어내요.

만약 이 23577에 F24의 이웃인 F23, 그러니까 69945와 두 번째로 가까운 종이 피우는 꽃의 수가 포함되어 있다면 그 다음에 고르게 되는 종은 F23일 거예요. 하지만 F23종이 피우는 꽃의 수는 28657로, 23577보다 커요. 그러니까 69945에서 69945보다 작으면서 가장 가까운 수의 꽃을 피우는 종의 꽃의 수를 '뺀 값'보다 69945와 두 번째로 가까운 종이 피우는 꽃의 수가 더 큰 거예요."

즉, 69945 − 46368(F24) = 23577보다도 28657(F23)이 더 크다는 말이다.

"그래서 F24종을 고른 뒤에 F23종을 고르게 되는 일은 절대 없어요. 69945에서 F24를 '뺀 값'이 그보다 큰 수인 F23을 포함할 리가 없으니까요. 그리고 F24를 고른 뒤에 다시 한번 F24를 고르는 일도 없어요. 이건 뭐 당연하다고나 할까……."

"당연하다는 말은 그러니까 이런 뜻이지요? 69945에서 F24를 뺀 '값'이 F23을 포함하지 않는데 F23보다 큰 F24가 그 수에 포함되어 있을 리가 없다는."

낙원장의 보충 설명에 나쟈는 고개를 크게 끄덕였다.

"네. 그 말을 하고 싶었어요. 음……. 그래서 다음에는 왜 69945에서 F24를 '뺀 값'보다 F23이 더 큰 걸까 생각해봤는데, 그건 금방 알 수 있었어요. 69945보다 작으면서 가장 가까운 수의 꽃을 피우는 피보나 풀의 종이 F24라는 것은 69945라는 수가 F24가 피우는 꽃의 수와 F25가 피우는 꽃의 수 사이에 있다는 의미예요."

즉, 69945는 F24보다 크고 F25보다 작다. F24 < 69945 < F25라는 관계가 성립한다는 말이다.

"그리고 피보나 풀을 교배하는 원리를 생각하면, F25가 피우는 꽃의 수는 F24에 F23을 더한 거예요. 69945는 F25가 피우는 꽃의 수보다 작으니까, 여기에서 F24가 피우는 꽃의 수를 빼면 그 값은 반드시 F23이 피우는 꽃의 수보다 작아져요."

F25 = F24 + F23이라는 관계가 있으므로, F25 − F24 = F23이다. 69945 < F25이므로 양쪽에서 F24를 빼면 69945 − F24 < F25 − F24가 되며, 여기에 F25 − F24 = F23을 대입하면 69945 − F24 < F23이 성립한다.

"그러니까, 69945에서 F24가 피우는 꽃의 수를 '뺀 값' 속에 F23이 피우는 꽃의 수는 포함될 수 없어요. 따라서 F24와 이웃하는 F23을 고를 일은 없어요. 아, 물론 F23보다 큰 F24도 포함될 수가 없으니까 다시 한번 F24를 고를 일도 없고요."

나쟈는 더듬거리면서 대답했지만, 멤은 나쟈가 제대로 이해했음을 알 수 있었다.

"……그래서, 다음에는 그 '뺀 값'에 관해서도 똑같이 생각해봤는데……, 그 '뺀 값'과 가장 가까운 종의 꽃의 수를 뺀 값에도 두 번째로 가까운 꽃의 수는 포함될 수 없고, 그다음, 또 그다음도 마찬가지임을 알았어요."

낙원장은 만족스러운 표정으로 "이제 됐습니다"라고 말했다.

"기특하게도 거기까지 생각했군요. 어제 저는 당신에게 다른 사람이 하는 말을 무작정 믿지 않고 의문을 품는 자세가 중요하다고 말했습니다. 당신은 저의 조언을 곧바로 행동으로 옮겼지요. 멤이 가르쳐준 방법이 다른 수에 대해서도 답을 이끌어낸다는 걸 확인했을 뿐만 아니라 거기서 그치지 않고 '왜 그렇게 되는 것인가?'를 생각했습니다. 매우 훌륭한 자세입니다."

멤 옆에 찰싹 붙어 있는 카흐는 감탄스러운 듯 "이야, 나쟈 양은 정말 대단하구나"라고 중얼거렸다. 칭찬을 받아 얼굴이 빨개진 나쟈에게 낙원장이 말했다.

"우리 인간은 '몇 가지에 대해 어떤 것이 적용되는' 경험을 하면 자신도 모르게 '다른 모든 경우에 대해서도 이것이 적용될 거야'라든가 '언제 어느 때나 반드시 그럴 거야'라고 단순화해서 생각하는 경향이 있습니다. 하지만 실제로는 '그런 경우가 있다'라는 사례가 우연히 겹쳤을 뿐일 때도 많지요. 그리고 '다른 모든 경우에 대해서도 적용된다'라든가 '언제 어느 때나 반드시 그러하다'라는 것은 '왜 그렇게 되는가?'가 밝혀졌을 때에야 비로소 '증명된' 것이 된답니다.

이 세상에는 단순한 측면도 분명히 존재합니다. 하지만 모든 것이 그렇지는 않습니다. 그럼에도 사물을 단순화해서 파악하고 싶다는 유혹은 한시도 우리를 가만히 내버려두지 않습니다. 그리고 의문을 품는 것, 자신의 생각을 객관적으로 바라보는 것을 방해하지요. 특히 만사가 뜻대로 풀리고 자신에게 이로운 쪽으로 진행되는 동안에는 자신의 생각에 의심을 품기가 어렵기 마련입니다."

낙원장은 여기까지 말하더니, 문득 창밖을 바라보며 중얼거리듯이 말했다.

"……안타깝게도 제 언니는 그것을 이해하지 못했지요."

멤이 의아한 표정으로 낙원장에게 물었다.

"언니라니요? 낙원장님에게 언니가 계셨단 말씀이십니까? 분명히 낙원의 장은 〈최초의 1인〉의 직계 자손, 그러니까 장녀가 맡도록 정해져 있다고 알고 있습니다만."

낙원장은 조금 우울한 표정을 지으며 대답했다.

"네, 그렇습니다. 제 언니는 낙원에 머물러야 한다는 율법과 이곳의 장이 될 의무를 저버리고 떠났습니다. 그래서 제가 낙원의 장을 맡고 있는 겁니다."

그 대답에 요정들은 깜짝 놀랐다.

"그런 일이 있었을 줄이야……. 신들이 정한 율법을 어기는 끔찍한 행동을 하다니……."

"네. 실제로 언니의 행동 때문에 낙원은 커다란 희생을 치렀습니다. 선대 낙원장, 그러니까 제 어머니는 그 때문에 목숨을 잃으셨지요."

"끔찍한 이야기군요. 그런데 율법을 어긴 장본인인 낙원장님의 언니는 어떤 벌을 받았습니까?"

"언니는 벌을 받지 않았습니다. 이곳을 떠난 뒤에도 신들의 눈을 피해 다니면서 벌을 받지 않은 채 살고 있지요. 최근에 제 언니가 어떻게 살고 있는지는 저보다 여러분이 더 잘 아실 겁니다."

우리가 더 잘 알 것이라고? 무슨 의미인지 알 길이 없어 서로의 얼굴을 쳐다보기만 하는 요정들에게 낙원장이 말했다.

"제 언니는 여러분을 거울 속에 가두었던 장본인, 다시 말해 메르세인 왕국의 왕비입니다."

# 6

# 계략에 빠진 날

왕비가 자신의 언니라는 낙원장의 고백에 나쟈도 요정들도 놀라움을 감추지 못했다.

"여러분이 놀라는 것도 무리는 아닙니다. 언니가 저보다 훨씬 젊어 보일 테니까요. 저는 지금 예순한 살인데, 언니는 저보다 두 살이 많으니 예순세 살이겠군요."

나쟈는 이때 처음으로 왕비의 나이를 알았다. 그러나 나쟈의 눈에 왕비는 이제 겨우 20대 정도로밖에 보이지 않았다. 대체 어떻게 된 일일까? 낙원장은 그 이유가 운명수에 있다고 설명했다.

"제 언니는 특별한 운명수를 갖고 태어났습니다. 평범한 사람의 운명수는 다섯 자리에서 여섯 자리인데, 언니의 운명수는 열두 자리나 되었지요. 제 언니가 강인한 몸을 타고났고 젊음을 오랫동안 유지하고 있는 것도 운명수의 크기와 무관하지 않을 것입니다."

"운명수는 클수록 좋은 건가요?"

나쟈가 던진 솔직한 질문에 낙원장은 신중하게 대답했다.

"운명수에 관해서는 먼 옛날부터 연구가 되어왔지만, 아직 알지 못하는 부분이 더 많습니다. 다만 운명수의 크기와 생명력 사이에 어떤 관계가 있는 것만큼은 거의 확실한 듯합니다. 지금까지 알려진 사례를 봐도 큰 운명수를 가진 사람은 몸이 강인하고 오래 산 경우가 많지요. 물론 오래 산다고 해도 요정의 수명과는 비교할 바가 못 됩니다만……. 그렇지요, 멤 님?"

낙원장이 그렇게 말하자 멤은 고개를 끄덕였다.

"네. 인간은 아무리 오래 살아도 기껏해야 백 년 정도지만, 우리 요정은 평범한 자도 삼백 년은 삽니다. 장수하는 경우에는 오백 년 넘게 살기도 하고요."

"그렇게나 오래 살아?"

놀라는 나쟈에게 카흐가 말했다.

"우리 요정의 운명수는 〈축복받은 수〉거든. 인간의 운명수는 '금이 가 있기' 때문에 아무리 커도 한계가 있는 것 같아."

〈축복받은 수〉에 관해서는 『성스러운 전승』에도 언급되어 있다. "크고, 강하고, 흠이 없고, 금이 가는 일도 없으며, 그런 까닭에 그것은 〈불로의 신들의 수〉를 닮았다." 요컨대 그 자신과 1 이외의 수로는 나누어떨어지지 않는 '큰 본디의 수'라는 말이다.

"모든 인간의 시조인 〈최초의 1인〉은 본래 〈축복받은 수〉를 가지고 태어났습니다. 하지만 〈불로신의 수〉를 얻으려고 한 탓에 신들의 분노를 샀고, 이 때문에 그의 자손인 우리는 작고, 여리며, 금이 간 수를 받게 되었지요."

낙원장의 설명을 들으면서 나쟈는 성인식에서 했던 '문답'을 떠올렸다. "모든 인간의 어머니, 즉 〈최초의 1인〉이 지은 죄 때문에."

그 죄란 〈그림자〉의 유혹에 넘어가 〈불로의 신들의 수〉를 탐한 것이다.

"이후로 〈축복받은 수〉를 가진 인간은 태어나지 않는다고 알려져 왔습니다. 하지만 제 언니, 메르세인 왕국의 왕비는 자신의 운명수가 〈축복받은 수〉라고 생각합니다."

요컨대 왕비의 운명수는 열두 자리나 되는 큰 소수라는 말이다. "어머니께서는 신들에게 〈축복받은 수〉를 받으셨대." 예전에 나쟈는 비앙카 언니에게 이런 말을 들었다. 거대한 소수를 운명수로 가진 왕비는 실제로 특별한 인간일 것이다. 그렇다면 그렇게 큰 복을 타고난 사람이 왜 그런 잔악무도한 행위를 반복하는 것일까? 자신이 타고난 복을 다른 사람들에게 나눠주려고 하기는커녕 오히려 더 많이 갖고 싶어하고 그 욕심을 채우기 위해 '보석'을 모으고자 다른 사람을 저주해 죽이고 있는 왕비…….

나쟈가 이런 생각에 잠겨 있을 때, 낙원장이 말했다.

"하지만 사실 제 언니는 마음속에 커다란 공포를 끌어안은 채 살고 있습니다."

"네?"

"제 언니는 분명 다른 사람보다 많은 것을 갖고 태어났습니다. 하지만 언니의 마음속 깊은 곳에는 그것들이 사실은 자신의 것이 아닐지도 모른다, 언젠가 전부 잃어버릴지도 모른다는 두려움이 뿌리 깊게 자리하고 있습니다. 실제로 이것은 단순한 기우가 아닌 진리입니다. 이 세상에 태어난 그 누구라도 뭔가를 영원히 소유할 수는 없습니다. 언젠가는 재산이나 젊음, 지위, 건강, 몸, 마음, 운명수 같은 '소유물'을 전부 잃게 되지요. 그런 의미에서 생각하면 자신의 것이라고 확실하게 말할 수 있는 것은 존재하지 않는다고 할 수 있습니다. 사실 우리는 태어날 때부터, 아니, 태어나기 전이나 죽은 뒤에도 무엇 하나 소유하고 있지 않은 겁니다. 하지만 겁이 많은 언니는 그 진실을 직시하지 못하고 있습니다. 그래서 더 많은 것을 자신의 소유물로 만들려고 하는 겁니다.”

나쟈에게는 아직 이해하기 어려운 이야기였다. 낙원장은 말을 이었다.

“그리고 언니는 자신의 운명수에 관해서도 ‘오해’를 하고 있습니다. 이것은 참으로 불행한 일입니다.”

◈

**464052305161.**

왕비는 이 숫자를 몇 번이고 떠올렸다.

— 나의 〈축복받은 수〉.

크고, 강하고, 흠이 없고, 금이 가는 일도 없으며, 그런 까닭에 불로의 신들의 수를 닮은 수. 인간으로 태어난 자들 중에서 〈축복받은 수〉를 받은 자는 〈최초의 1인〉을 제외하면 자신뿐이다. 게다가 이 수는 인간의 운명수는 말할 것도 없고 요정들에게 주어진 수와 비교해도 압도적으로 크다.

이 수의 소유자인 자신은 다른 누구보다 행복한 인생을 살아갈 것이다. 그렇지 못하다면 ‘비정상’이다.

그런데 지금, 남편이 자신에게 반기를 들었고, 믿고 의지하던 아들은 죽었으며, 아들을 되살려줄 터였던 양녀는 홀연히 모습을 감췄다. 그리고 무엇보다도 ‘도구’를 잃었다. 왕비는 거울을 바라보았다. 거울은 이제 왕비의 명령에 반응하지 않는다. 왜지? 거울 속에 있는 요정들이 전부 죽은 것일까? 요정들이 죽는 날이 언젠가 반드시 찾아올 것임은 알고 있었다. 그러나 예상했던 것보다 너무 빠르다. 요정이 다섯 놈이나 있지 않았는가? 한두 놈쯤은 이미 죽었을지도 모르지만, 마지막 한 놈이 죽을 때까지 거울은 계속 명령을 따를 터였다. 그렇다면 다른 가능성은? 설마 도망친 것일까? 아니, 그럴 가능성은 없다. 그놈들이 '출구'를 열 수 있을 리가 없다. 왕비를 머리를 감쌌다.

'저주'는 왕비에게 보석을 모으는 수단인 동시에 매우 중요한 무기였다. 물론 왕비의 몸은 주제도 모르는 괘씸한 암살자들이 어떻게 할 수 없을 정도로 강인했다. 그러나 세상의 커다란 흐름을 자신에게 유리한 방향으로 흐르도록 제어하려면 저주의 힘이 필요했다. 저주에 필요한 재료인 고대의 불도마뱀의 화석 가루와 녹주석 층에 고여 있던 물, 금색 반점을 가진 혈석, 소수벌의 독을 손에 넣기 위해 메르세인 국왕의 아내가 되었다고 해도 과언이 아니다. 그리고 8년 전에 드디어 콰리즈미 요정에게서 '연산 거울'을 빼앗은 뒤로는 모든 일이 순조롭게 진행되고 있었다.

—그랬는데 왜 거울이 작동을 안 하는 거야!

가까운 시일에 공격해올 남편의 군대에 정면으로 맞서는 것은 어려운 일이다. 게다가 성의 수비를 주도해야 할 근위대장 트라이아까지 모습을 감췄다. 그것도 대량의 피보나 풀과 함께!

—아아, 나는 왜 이렇게 불행할까!

왕비는 자신의 불행을 생각하며 거울 앞에서 눈물을 흘렸다. 자신에게는 아무런 잘못이 없다. 잘못은 전부 다른 자들에게 있다.

자신을 따르지 않거나, 적대하거나, 반기를 들거나, 도망치는 하찮은 것들.

—이놈이고 저놈이고 나보다 보잘것없는 '수'밖에 갖고 있지 못한 주제에…….

왕비의 마음은 서서히 슬픔에서 분노로 물들어갔다. 그리고 자신을 이렇게까지 화나게 하는 괘씸한 자들에게 둘러싸인 자신의 처지를 생각하자 또다시 슬픔이 밀려왔다.

"왜 그렇게 슬피 울고 계십니까."

갑자기 뒤에서 들린 목소리에 왕비는 깜짝 놀랐다. 뒤를 돌아보니 방문이 열려 있고, 문 밖에 시인 람디쿠스가 서 있었다.

"아아, 와줬구나!"

지금까지 아무리 불러도 어째서인지 이 '실험실'만큼은 들어오려고 하지 않던 시인이 지금 이곳에 있다. 나를 위해서 와준 것이다.

시인의 얼굴을 본 순간, 왕비는 거의 무의식적으로 '우는 방식'을 바꿨다. 눈물이 더욱 아름다워 보이도록. 자신이 가련하고 사랑스러워 보이도록. 그런 다음 몸의 힘을 빼고 비틀거리면서 시인을 향해 걸어갔다. 시인도 방 안으로 들어와 왕비의 몸을 꽉 끌어안고 울림이 풍부한 목소리로 말했다.

"이야기는 들었습니다. 어려움에 처하신 모양이더군요. 하지만 왕비님의 잘못은 하나도 없습니다."

시인의 말을 들은 왕비는 마음속 깊은 곳에서 다시 기쁨이 솟아나는 것을 느꼈다. 이런 불행한 상황에서도 나는 이 젊고 아름다운 사내를 지배할 힘을 갖고 있구나. 그 확신과 우월감은 언제나 왕비에게 힘을 주었다. 시인은 왕비를 달래듯이 왕비의 머리카락을 쓰다듬으며 말했다.

"하지만 리햐르트 왕자님의 문제는 그렇다 쳐도, 국왕은 늘 그래왔듯이 저주를 걸어서 없애면 되지 않습니까?"

시인은 왕비의 비밀을 알고 있는 몇 안 되는 사람들 중 한 명이다. 시인은 지금까지 여러 나라를 떠돌아다닌 까닭에 주술이나 마술에 관한 지식도 풍부했다. 그래서 왕비는 어느새 시인을 좋은 의논 상대로 여기게 되었다. 왕비는 어리광을 부리는 아이처럼 "으응, 나도 그러고 싶어. 그런데 거울이 말을 안 듣잖아. 그래서 저주를 걸 수가 없어"라고 말했다. 본래 왕비가 이렇게 아이처럼 말하면 시인은 상냥하게 웃으면서 왕비를 위로해주었다. 그러나 지금은 사태가 심각하기 때문인지 진지한 표정으로 생각에 잠겼다.

"저게 전부터 말씀하셨던 그 '거울'인가요? 콰리즈미 요정들과 『분해의 서』가 들어 있다는."

왕비는 고개를 끄덕였다.

"거울이 말을 듣지 않는다는 건 어떤 원인으로 요정들이 사라졌다는 뜻이겠군요. 하지만 사라진 요정은 만들면 그만입니다."

"만든다고?"

"네. 예전에 책에서 읽은 적이 있습니다. 요정들을 만드는 방법을 말이지요. 만약 그 방법이 효과가 있다면 다시 거울을 사용할 수 있게 될지도 모릅니다."

갑자기 찾아온 희망에 왕비는 눈을 크게 떴다. 시인이 설명했다.

"일반적으로 요정들의 몸은 우리와 똑같은 '육체'와 네 자리에서 다섯 자리의 〈축복받은 수〉로 구성되는 '수체'로 구성됩니다. 이 가운데 요정들의 육체는 사람이 만들 수 없지만, '수체'는 만들 수 있습니다. 그리고 '수체'를 어떤 '빙의체'에 집어넣으면 진짜 요정처럼 움직이는 '인공 요정'을 만들 수 있지요.”

“인공……요정이라고?”

“네. 진짜 요정 정도의 내구성은 없지만, 어차피 망가져도 새로 만들면 그만이니 전혀 문제될 건 없습니다. 게다가 진짜 요정과 달리 도망치거나 반항할 우려도 없지요.”

멋진 아이디어라고 생각한 왕비는 인공 요정을 만드는 방법을 자세히 물어보았다.

“제가 읽었던 책에는 먼저 빙의체로 사용할 '인형'을 준비해야 한다고 적혀 있었습니다. 성기게 짠 삼베를 주머니 모양으로 만든 다음 그 안에 산양과 사슴의 뿔을 태운 재를 담고…….”

왕비는 귀를 기울여 시인의 설명을 들었다. 인형을 만드는 작업은 그렇게 복잡하지 않은 듯했다. 당장이라도 하인들에게 준비시킬 수 있을 것 같았다.

“다만 인형은 어디까지나 인공 요정의 '껍데기'일 뿐입니다. 인형 속에 넣을 '수체'를 생성해야 하는데, 이를 위한 '장치'를 만들 필요가 있습니다. 제가 맡겨주신다면 내일 밤까지는 만들어서 바치겠습니다.”

왕비는 기뻐하며 시인의 제안을 받아들였다. “응, 당신한테 다 맡길게. 당신이 틀린 적은 한 번도 없는 걸”이라는 달콤한 말을 곁들이며. 왕비는 마음이 하늘을 날 것만 같았다. 시인 덕분에……, 아니, 이 우수하고 아름다운 사내가 이렇게까지 하도록 만드는 자신의 힘 덕분에 이 궁지를 벗어날 수 있게 된 것이다.

그러나 왕비는 그밖에도 몇 가지 문제가 남아 있음을 떠올렸다.

첫째는 피보나 풀이었다. 피보나 풀은 본래 희귀한 풀로, 이 지역 일대에서는 오직 이곳 성에서만 재배하고 있었다. 그런데 그 귀한 피보나 풀을 트라이아가 전부 가져가버렸다. 시인이 말한 '요정을 만드는 방법'이 효과가 있어서 저주를 다시 걸 수 있게 되더라도 피보나 풀이 없으면 식수령이 가지고 돌아온 '칼'에 입은 상처를 치유할 수가 없는 것이다. 그 이야기를 하자 시인은 이렇게 대답했다.

"피보나 풀의 씨앗이라면 제가 가지고 있습니다. 여러 나라를 돌아다니면서 다양한 식물의 씨앗을 모았는데, 그중에 피보나 풀의 씨앗도 있지요. 그리고 제 기술이라면 하루 안에 교배종을 30세대까지 만들 수 있습니다. 다만 그러려면 피보나 풀의 관리를 제게 일임해주셔야 합니다만……."

왕비는 물론 그것도 승낙했다. 안 그래도 마틸데에게 맡기기보다는 시인에게 맡기는 편이 훨씬 안심이 되었다. 이렇게 궁지에 몰린 상황에서도 역시 구원의 손길을 내미는 자가 있다는 사실이 왕비를 만족시켰다.

그러나 문제는 또 남아 있었다. 바로 리햐르트였다. 이 말을 꺼내자 시인은 이렇게 말했다.

"리햐르트 님의 유체는 유리관 속에 넣어놓으면 당분간은 보존이 가능하지 않습니까? 그 사이에 나쟈 님을 잡아오면 해결되는 문제 같습니다만."

지금까지 시인의 말에 전혀 반대하지 않던 왕비도 이 대답에는 동의할 수 없었다. 리햐르트를 지금 당장 소생시키지 않으면 안심이 되지 않았다. 왕비가 그렇게 호소하자 시인은 조금 미안한 듯한 표정을 지었다.

"왕비님의 심정은 이해합니다. 만약 나쟈 님을 금방 찾지 못할 경우에는 제가 다른 방법을 찾아보겠습니다. 그런데 왕비님, 외람된 말씀입니다만……."

무슨 말을 하려는 것일까? 왕비가 귀를 기울이자 시인은 조금 머뭇거리면서도 확실하게 말했다.

"왕비님께 리햐르트 님이 정말 필요한 존재일까요?"

왕비는 귀를 의심했다. 감히 그런 말을 하다니! 왕비는 자신도 모르게 강경한 어조로 말했다. 무슨 말을 하는 거야? 당연히 필요하지. 리햐르트는 내 후계자라고. 그러나 시인의 표정은 변함이 없었다.

"후계자로서 필요하다는 말씀이시군요. 그렇지만 말입니다. 가령 이렇게 생각해보면 어떨까요? 왕비님께서는 훌륭한 운명수를 가지고 탄생하셨습니다. 하지만 그것은 어차피 〈축복받은 수〉에 불과합니다. '신의 수'는 못 되지요. 왕비님은 틀림없이 요정들처럼 오래 사시겠지만, 언젠가는 나이를 먹고 이 세상을 떠날 운명이신 겁니다."

왕비는 미간을 찌푸렸다. 그런 이야기는 듣고 싶지 않았다. 그러나 시인은 말을 계속했다.

"왕비님께서 언젠가 나이가 들어 세상을 떠나셔야 한다면 후계자는 필요합니다. 그러나 만약 왕비님이 늙지도, 죽지도 않으신다면 후계자는 필요가 없지 않습니까? 왕비님이 영원히 '여왕'으로서 이 나라를 다스리시면 되니까요."

시인의 말에 왕비는 깜짝 놀랐다. 그리고 그런 것이 가능하냐고 물었다.

"물론입니다. 다만 그러려면 다시 '저주'를 사용할 수 있게 되어야 합니다. 만약 인공 요정을 만드는 실험이 성공해서 다시 '거울'이 작동한다면……."

다음 말을 기다리는 왕비에게 시인이 말했다.

"왕비님의 운명수를 '신의 수'로 바꾸는 것은 어떨까요?"

왕비는 자신의 운명수에 대해 '오해'를 하고 있다. 낙원장이 그렇게 말하자 가장 먼저 멤이 반응했다.

"그게 무슨 말입니까? 설마 그 왕비의 운명수가 〈축복받은 수〉가 아니라는 의미입니까?"

낙원장은 멤을 보며 고개를 끄덕였다.

"그렇습니다. 제 언니는 그렇게 생각하고 있지 않겠지만, 〈축복받은 수〉가 아닙니다. 그런데 멤 님, 왜 그렇게까지 놀라신 건가요?"

낙원장과 멤이 무슨 이야기를 하고 있는 것인지 알 수가 없었던 나쟈는 멤 쪽을 바라보았다. 낙원장도 멤에게 설명을 재촉했다. 멤은 동료들의 얼굴을 둘러본 뒤, 더듬더듬 말을 시작했다.

"……낙원장님께서는 알고 계시리라고 생각하지만, 우리 콰리즈미 요정은 인간과 거의 같은 시기에 신들의 손에 창조되었습니다. 하지만 그때만 해도 요정들은 〈축복받은 수〉를 갖고 있지 않았습니다. 세계가 창조되었을 때의 신성한 기운, 즉 〈어머니 수〉에서 처음으로 만들어진 순수한 대기를 상징하는 수인 2의 배수를 운명수로 갖고 있었지요. 지금도 콰리즈미 요정의 왕족 중에는 커다란 2의 제곱수를 운명수로 가진 자가 태어납니다만, 그건 그때의 잔재입니다.

우리 요정이 〈축복받은 수〉를 얻게 된 건 〈그림자〉와 관계가 있습니다. 인간에게는 잘 알려져 있지 않을 터인데, 원래 〈그림자〉는 〈최초의 1인〉을 유혹하기 전에 우리 요정의 선조에게도 접근했습니다. 262144, 그러니까 2의 18제곱을 운명수로 가진 초대 요정왕에게 접근했던 것이지요. 그 요정왕은 〈그림자〉에게 잡혀갔지만, 그 유혹을 물리치고 자신의 힘으로 도망쳤습니다. 그리고 이 행동이 신들에게 인정을 받아서 우리 요정들은 신들의 신뢰를 얻게 되었지요. 그 결과 신들은 인간에게서 〈축복받은 수〉를 박탈하고 그 대신 요정에게 그것을 준 겁니다."

그런 경위가 있었을 줄은……. 인간 측의 『전승』밖에 몰랐던 나자는 흥미 깊게 이야기를 들었다.

"우리 요정들은 신들의 신뢰와 〈축복받은 수〉를 얻는 동시에 새로운 의무도 부여받았습니다. 첫째는 수를 조작하는 여러 가지 '계산의 절차'를 관리할 의무입니다. 과거에 제가 관리했고 그 여왕에게 이용당했던 『분해의 서』도 그런 '절차' 중 하나입니다. 그리고 둘째는 유혹에 약한 존재인 '인간'을 도울 의무입니다. 특히 신들의 의지를 체현하는 인간이 나타나면 그자의 바람을 최대한 들어줘야 하지요."

신들이 요정들에게 그런 일을 맡긴 이유는 시간이 지날수록 지상의 세계에서 신들의 영향력이 약해질 것임을 내다보았기 때문이라고 한다.

"긴 역사 속에서 수많은 인간들이 자신이야말로 신들의 의지를 체현하는 자라며 콰리즈미 요정을 찾아왔습니다. 하지만 그들 중 대부분은 적합한 자격을 가진 자가 아니었지요. 그런데 8년 전, 우리 숲에 그 왕비가 찾아왔습니다."

멤의 이야기에 따르면, 그때 왕비는 자신이야말로 신들의 의지를 체현하여 모든 인간을 구할 사명을 가진 자라고 주장했다.

"그 여자……, 그러니까 왕비는. 자신은 인간이지만 매우 큰 〈축복받은 수〉인 464052305161을 운명수로 갖고 있다고 말했습니다. 저희의 왕인 차디도, 왕의 신관이었던 저희도 그 주장에 놀라움을 감출 수가 없었습니다. 〈축복받은 수〉를 가진 인간이 나타났다는 것은 신들이 〈최초의 1인〉의 죄를 용서하고 다시 인간을 신뢰하기 시작했다는 의미이기 때문입니다. 그리고 만약 그것이 사실이라면 저희는 왕비를 도울 의무가 있었습니다.

하지만 아시다시피 큰 수에 대해 그것이 〈축복받은 수〉인지 아닌지, 그러니까 커다란 소수인지 아닌지를 판단하는 건 어려운 일입니다. 저희는 갑작스러운 상황에 당황했는데, 그 왕비가 이렇게 말했습니다."

—내 운명수가 축복받은 수라는 것은 작은 페르마 신께서 증명해주셨습니다. 나는 내 성의 사제들을 시켜서 판정의 의식을 몇 번이나 해보았지만, 판정 결과는 항상 같았어요.

나쟈는 무슨 말인지 알 수가 없어서 멤에게 물었다.

"작은 페르마 신께서 증명하셨다는 게 무슨 말이야?"

"'작은 페르마 신의 판정'이라고, 어떤 수가 소수인지 아닌지 판정하는 방법이 있어."

멤의 이야기에 따르면, '작은 페르마 신의 판정'은 다음과 같이 진행된다. 먼저 소수인지 아닌지 알아보려는 수와 공통의 약수가 1밖에 없는 수를 하나 고른다. 다음에는 그 수를 '알아보려는 수에서 1을 뺀 횟수'만큼 거듭해서 곱한 뒤, 그 답을 알아보려는 수로 나눈다. 그랬을 때 나머지가 1이 나왔다면 알아보려는 수는 소수이며, 나머지가 1이 아니라면 소수가 아니라는 것이다.

"예를 들면 5가 소수인지 아닌지 알아보고 싶을 때는 먼저 5하고 공통의 약수가 1밖에 없는 수를 골라. 이번에는 2를 골라볼게. 그리고 2를 5 – 1번, 그러니까 4번 거듭해서 곱해. 그러면 16이 되는데, 다음에는 이 16을 5로 나누는 거야. 그러면 나머지가 1이 나오지? 그러니까 작은 페르마 신의 판정에 따르면 5는 소수야. 실제로 5는 소수가 맞고."

나쟈는 머릿속으로 직접 계산해보았다. 분명히 소수인 5에 관해서는 '나머지 1'이라는 결과가 나왔다. 그렇다면 가령 소수가 아닌 9의 경우는 어떻게 될까? 9와 공통의 약수가 1밖에 없는 수로 2를 고른다. 다음에는 2를 9 – 1번, 즉 8번 거듭해서 곱한다. 그러면 256이 되는데, 이것을 9로 나누면 몫은 28, 나머지는 4가 나온다. 요컨대 나머지가 1이 아니므로 9는 소수가 아닌 것으로 판정되며, 이것은 사실과 부합한다.

나쟈는 고개를 끄덕이려다 곧 생각을 바꿨다. 자신은 지금 5와 9라는 두 가지 예만 살펴보았을 뿐이다. 정말로 모든 수에 대해 올바르게 판정할 수 있는 것일까? 그런 생각을 하고 있는데 멤이 낙원장에게 말했다.

"저는 차디 왕에게 신중하게 판정할 것을 진언했습니다. 방금 설명했듯이 작은 페르마 신의 판정에서는 '알아보려는 수와 공통의 약수가 1밖에 없는 수'를 사용합니다. 저는 그 왕비에게 지금까지 어떤 수를 사용해서 판정했는지 물어보았습니다. 그랬더니 그 여자는 2, 3, 4, 5 같은 작은 수만 대답하더군요. '그걸로 충분하지 않나요?'라면서 말이지요. 하지만 저는 다른 수로도 판정해볼 것을 차디 왕에게 진언한 겁니다."

차디 왕은 조금 떨떠름한 표정을 지었다. 왕비의 운명수가 너무 큰 탓에 작은 페르마 신에게 그 '판정'을 부탁하려면 대량의 공물이 바쳐야 했다. 가령 '알아보려는 수와 공통의 약수가 1밖에 없는 수'로 7을 골랐다면, 7을 464052305160번이나 거듭해서 곱해야 하기 때문이다. 그런 판정을 몇 번씩 하려면 요정들의 재산을 전부 쏟아부어도 모자랄 것이다. 왕은 멤의 진언에 좀처럼 고개를 끄덕이지 못했지만, 역시 신관인 카흐와 달레트, 기멜, 자인도 멤의 의견을 지지하자 결국 승낙하면서 이렇게 단서를 붙였다.

다섯 번. 다섯 번까지만 신에게 판정을 부탁하는 것을 허락한다고.

멤과 다른 신관들은 그 결정을 받들어 판정에 사용할 수를 신중하게 고른 뒤 며칠에 걸쳐 의식을 진행했다. 그리고 다섯 번 모두 작은 페르마 신에게서 돌아온 '대답'은 '나머지 1'이었다. 즉, 왕비의 운명수가 〈축복받은 수〉임을 뒷받침하는 결과가 나온 것이다. 차디 왕은 기뻐했지만, 멤은 여전히 수긍하지 못했다. 그래서 자신이 관리하는 『분해의 서』와 계산에 사용하는 특별한 거울인 '연산 거울'을 사용해 왕비의 운명수를 분해해보자고 제안했다. 『계산의 서』 안에 기록된 소수는 500개 정도에 불과하므로 그중에 왕비의 운명수를 나누어떨어지게 하는 것이 있다는 보장은 없지만, 그래도 혹시 모르니 시도는 해보아야 한다고 생각했던 것이다.

"그때 멤의 판단은 잘못된 게 아니었어."

자인은 그렇게 말했지만, 결과적으로 그 판단이 이후의 불행을 낳고 말았다. 멤이 『분해의 서』를 연산 거울 속에 설치하고 신관 다섯 명 모두가 거울 속으로 들어가자 그 기회를 노리고 있었던 왕비가 거울을 강탈한 것이다. 거울 속에서 멤은 왕비와 함께 온 늙은 시녀가 품에서 강렬한 독기를 내뿜는 돌을 꺼내는 것을 보았다. 그것은 요정들의 약점인 '장기석(瘴氣石)'이었다. 차디 왕과 호위 담당인 요드 등은 장기석이 내뿜는 독기에 곧 정신을 잃었고, 그 사이 왕비는 거울을 훔쳐 콰리즈미 숲을 빠져나왔다. 거울은 콰리즈미 숲을 벗어나면 그것을 가진 자의 소유물이 되며, 거울 속에 있는 요정들은 거울을 빠져나올 방법에 관한 기억을 모두 잃고 그 소유자의 노예가 된다. 그래서 멤을 비롯한 신관들이 왕비의 뜻대로 일할 수밖에 없었던 것이다.

멤은 그때를 떠올리며 입술을 질끈 깨물었다.

"다행히 우리는 거울 속에서 나오는 데 성공했고 카흐도 죽음의 구렁텅이에서 빠져나올 수 있었지. 하지만 내 마음속에는 지금도 후회가 남아 있어. 그때 왜 그 여자의 사악한 본성을 꿰뚫어보지 못했을까 하는 후회가."

자인이 말했다.

"멤, 어차피 그 여자는 어떤 식으로든 연산 거울과 우리를 왕에게서 빼앗을 생각이었을 거야. 네가 '작은 페르마 신의 판정'에 수긍하고 그 여자의 운명수를 〈축복받은 수〉로 인정했다면 차디가 그 여자의 바람을 들어줬을 테니까."

다른 동료들도 멤의 잘못이 아니라며 자인을 거들었다. 자인은 낙원장에게 말했다.

"방금 낙원장께서는 그 왕비의 운명수가 사실은 〈축복받은 수〉가 아니라고 말씀하셨는데, 분명히 저희가 작은 페르마 신에게 의뢰했을 때도 왕비의 운명수는 〈축복받은 수〉라는 대답이 돌아왔었습니다. 대체 어떻게 된 겁니까? 역시 작은 페르마 신의 판정은 신뢰할 수 있는 방법이 아닌 겁니까?"

낙원장이 대답했다.

"작은 페르마 신의 판정은 분명히 모든 소수에 대해 성립합니다. 하지만 소수가 아닌 금이 간 수 중에도 소수와 같은 결과가 나오는 수가 적지만 존재합니다.

가령 341이 소수인지 아닌지 알아보기 위해 341과 공통의 약수를 갖지 않는 수로 2를 골랐다고 가정해보겠습니다. 판정 절차대로 2를 340번 거듭해서 곱한 수를 341로 나누면 나머지는 1이 나옵니다. 하지만 341은 11과 31로 나눠떨어지는 수입니다. 즉, 사실은 소수가 아닌 금이 간 수인 겁니다."

요정들은 충격에 빠졌다. 그런 간단한 '예외'가 있었다니……. 낙원장은 말을 이었다.

"이럴 경우, '공통의 약수를 갖지 않는 수'를 이것저것 바꾸면서 판정해보면 올바른 결과가 나올 때가 있습니다. 341은 그 좋은 예입니다. 가령 '공통의 약수를 갖지 않는 수'로 2가 아닌 3을 고르고 3을 340번 곱한 수를 341로 나누면 나머지는 56이 됩니다. '소수가 아니다'라는 결과가 나온 것이지요."

"그렇다면 그 왕비의 수에 대해서도 더 다양한 수를 사용해서 '판정'해봤어야 했던 걸까요? 저희는 작은 페르마 신에게 다섯 번 밖에 의뢰하지 못했는데, 더 많이 의뢰할 수 있었다면 언젠가 '나 머지 1' 이외의 결과가 나왔을까요?"

멤의 질문에 낙원장은 고개를 가로저었다.

"제 언니의 운명수에 대해서는 작은 페르마 신의 판정을 아무리 많이 실시했더라도 결과가 똑같았을 겁니다."

요정들의 눈이 휘둥그레졌다.

"몇 번을 했어도 결과가 같았을 거라고요? 그건 또 무슨 말씀이 십니까?"

"그건 제 언니의 운명수가 가진 특수성과 관계가 있습니다. 금 이 간 수들 중에는 '공통의 약수를 갖지 않는 수'를 무엇으로 바 꾸든 나머지가 1이 되는 것이 존재합니다. 다시 말해 작은 페르마 신의 판정 결과가 소수와 똑같이 나오는 것이 있지요. 제 언니가 가진 수는 그런 수들 중 하나인 겁니다."

낙원장은 말을 이었다. 왕비의 운명수인 **464052305161**은 **4261**, **8521**, **12781**로 분해되는, 소수와 구별하기가 매우 어려운 '금이 간 수'라고.

하인들이 만들어온 얼굴도 손발도 없는 인형들이 작업대 위에 놓 여 있다. 안 그래도 국왕의 공격에 대비하느라 성이 혼란스러운 가운데, 겁을 잔뜩 집어먹은 하인들에게 호통을 쳐가면서 서둘러 만들게 한 것들이다. 인형 하나하나의 크기가 작은 까닭에 몸체를 만들 천은 쉽게 구했지만, 머리 부분을 채울 사슴과 산양의 뿔을 태운 재는 확보하기가 쉽지 않았다. 왕비는 하인들의 느린 작업 속도가 불만스러웠지만, 일단 **30**개를 모으는 데 성공했다. 그리고 지금, 시인이 만든 장치가 왕비의 실험대로 운반되고 있다.

"당장 구할 수 있는 재료로 급하게 만들기는 했지만, 분명 제대로 작동할 겁니다."

시인이 만든 장치는 형태가 기묘했다. 왼쪽 끝에는 액체를 붓기 위한 유리 깔때기가 달려 있었다. 그 아래에는 쇠로 만든 긴 관이, 정사각형 판을 가로로 눕혀놓은 듯이 생긴 속이 보이지 않는 쇠로 된 용기와 이어져 있었다. 쇠로 된 용기의 오른쪽에 달린 관은 도중에 아래로 향하는 관과 계속 오른쪽으로 향하는 관으로 나뉘었다. 그중 아래로 향하는 관은 도중에 끊어지고 그 아래에는 막자사발이 놓여 있었으며, 오른쪽으로 향하는 관은 위에 둥근 구멍이 뚫린 둥그스름한 질항아리와 연결되어 있었다.

시인은 품에서 작은 병을 몇 개 꺼냈다. 속에는 황금색 액체가 들어 있었다.

"그건 뭐야?"

"'소수벌의 꿀'입니다."

소수벌의 꿀? 왕비는 저주에 사용하는 '소수벌의 독'에 관해서는 잘 알고 있었지만, 꿀도 있다는 사실은 전혀 알지 못했다. 시인은 말했다.

"소수벌도 아주 소량이기는 하지만 꿀을 만듭니다. 마틸데가 벌오두막에 보관하던 꿀을 전부 가져왔지요."

시인이 가져온 병에는 각각 **2, 3, 5, 7, 11, 13, 37, 41**이라는 번호

가 적혀 있었다. 시인은 이것이 각각 2일 주기, 3일 주기, 5일 주기, 7일 주기, 11일 주기, 13일 주기, 37일 주기, 41일 주기로 태어나는 벌의 꿀이라고 말했다.

"꿀을 이만큼이나 구할 수 있어서 다행입니다. 특히 41번 벌의 꿀이 풍부한 것은 정말 행운입니다."

"이걸 어디에 쓰는 건데?"

"소수벌의 꿀에는 '수체'를 구성하는 물질인 '수체의 핵'이 들어 있습니다. 2일 주기로 태어나는 벌의 꿀에는 한 방울당 2개의 '핵'이 들어 있고, 41일 주기로 태어나는 벌의 꿀에는 한 방울당 41개의 '핵'이 들어 있지요. 그걸 이용하면 인공 '수체'를 만들 수 있습니다. 다만 단순히 소수벌의 꿀을 섞기만 해서는 작은 '수체'밖에 만들지 못합니다. 인공 요정을 움직이게 할 수 있을 만큼 큰 '수체'를 만들려면 이것을 효율적으로 증식시키면서 요정의 운명수인 〈축복받은 수〉가 되도록 만들어야 합니다. 그래서 이 장치를 만든 것이지요."

시인은 이렇게 말하면서 장치의 왼쪽에 있는 정사각형 철판 아래에 램프를 놓아 판을 가열하기 시작했다. 그리고 일단 시험 삼아 해보자면서 13번 소수벌의 꿀 한 방울을 왼쪽 끝의 유리 깔때기에 흘려넣었다. 이윽고 깔때기에서 정사각형 판을 향해 꿀이 흘러내렸다. 정사각형 철판은 달궈지면서 서서히 금색으로 변했고, 이윽고 정사각형 판에서 오른쪽을 향해 뻗은 가는 관도 금색으로 변하기 시작했다. 그리고 '분기' 부분의 아래로 향한 관에서 그 밑에 있는 막자사발로 무색의 액체가 한 방울 떨어졌다. 한편 옆으로 향하는 관은 오른쪽 끝의 둥그스름한 질항아리에 이르는 부분까지 금색으로 변했는데, 그러자 시인은 질항아리에 41번 소수 벌의 꿀을 한 방울 넣었다.

시인은 장치의 작동을 이렇게 설명했다. 정사각형의 철판은 소수벌의 꿀에 들어 있는 '수체의 핵'을 그 수의 제곱까지 증식시킨다. 증식된 핵은 관을 통해서 질항아리로 가는데, 도중에 그 일부, 정확히는 처음에 장치에 넣었던 것과 같은 수의 '핵'이 아래의 관을 통해 버려지고 나머지는 질항아리 속에서 41번의 꿀과 섞인다.

"방금 왼쪽 끝의 유리 깔때기에 넣은 '핵'은 13개입니다. 그것이 사각형 판 속에서 169개까지 늘어나서 오른쪽 끝의 용기로 가는데, 도중에 아래로 향하는 관을 통해서 13개가 버려집니다. 그리고 남은 156개의 '핵'이 여기 질항아리에 도달해서 41번 벌의 꿀 한 방울에 들어 있는 41개의 핵과 더해지지요."

즉, $13^2 - 13 + 41$이 된다는 것이다. 시인이 여기까지 말했을 때, 오른쪽 끝의 질항아리가 조금씩 흔들리기 시작했다.

"앗." 왕비는 작게 소리를 질렀다. 질항아리의 위에 뚫린 구멍, 즉 시인이 방금 41번 벌의 꿀을 넣은 곳에서 연한 푸른색으로 빛나는 투명한 구체가 거품처럼 모양이 변하면서 떠오른 것이다.

"이것이 인공 '수체'입니다."

시인은 인형 하나를 집어들더니 공중에 떠오른 인공 '수체'를 향해 다가갔다. 그러나 '수체'는 거품이 꺼지듯이 사라졌다.

"어머, 사라져버렸네."

"지금 만든 '수체'에 해당되는 수는 197입니다. 이것도 '금이 가거나 깨지지 않았다'는 의미에서는 〈축복받은 수〉가 맞습니다. 다만 인공 요정 속에 넣기에는 조금 작았던 모양입니다."

"그러면 더 큰 '수체'를 만들어야겠네. 빨리 만들어줘."

"네, 다음에는 왼쪽 끝의 깔때기에 넣는 꿀을 바꾸거나 넣는 양을 늘려봐야겠습니다. 어쨌든 인형에 넣으려면 최소한 어느 정도 크기의 '수체'가 필요한지 알아내서 지금 가지고 있는 꿀로 낭비 없이 최대한 많은 '수체'를 만들어야 합니다. 걱정하지 마십시오. 인형에 넣을 수 있는 '수체'는 반드시 만들 수 있고, '수체'를 넣은 인형은 요정의 모습이 되어서 움직일 겁니다."

왕비는 시인에게 수체의 '핵'이 더 많이 들어 있는 꿀을 구해서 장치에 넣으면 그런 번거로운 작업을 할 필요가 없지 않느냐고 말했다. 그러나 시인은 고개를 가로저었다.

"소수벌의 꿀은 원래 희귀한 겁니다. 게다가 긴 주기로 태어나는 벌일수록 꿀을 잘 안 만듭니다. 그래서 지금 수중에 있는 꿀로 최대한 효율적으로 큰 '수체'를 만들어야 하는데, 그러려면 이 방법이 가장 좋습니다. 그래도 41번 벌의 꿀이 상당히 많아서 다행이지요."

시인은 41번 벌의 꿀이 있으면 〈축복받은 수〉를 만들기가 쉽다고 말했다. 왼쪽의 깔때기에 집어넣는 '핵'의 수가 40개 이하일 경우는 오른쪽 끝의 질항아리에 41번 벌의 꿀을 한 방울, 즉 '핵'을 41개 집어넣으면 반드시 〈축복받은 수〉의 '수체'가 만들어진다는 것이었다.

"그런데 왜 왼쪽에 집어넣는 핵의 수를 '40개까지'로 한정하는 거야?"

"그보다 많아지면 〈축복받은 수〉 이외의 '수체'가 나오게 되기 때문입니다. 한 번이라도 그런 '수체'를 만들면 이 장치는 쓸 수 없게 됩니다."

왕비는 잘 이해가 되지 않았지만, 시인의 말이니 믿어도 될 것이라고 생각했다. 시인은 설명을 계속하려고 했지만 왕비는 이제 다 알았다는 듯이 말을 끊고 피보나 풀의 준비는 어떻게 되고 있는지 물었다.

"피보나 풀은 오늘 하루 동안에만 30세대의 종이 전부 싹을 틔웠습니다. 내일이면 수확할 수 있을 겁니다."

내일 수확이 가능하다면 남편이 공격해오기 전에 먼저 처리할 수 있을 것이다. 왕비가 아름다운 입술을 살짝 일그러뜨리며 웃었다.

"그런데 왕비님, 제가 드렸던 말씀에 관해 생각은 해보셨습니까?"

왕비의 운명수를 '더 좋은 수', 다시 말해 〈불로의 신들의 수〉로 바꾸면 어떻겠느냐는 시인의 제안에 관해 생각해보았느냐는 말이었다. 왕비는 그것은 〈최초의 1인〉과 같은 실수를 저지르는 것이라며 대답을 주저했다. 이에 시인은 "전승은 어디까지나 전승일 뿐입니다"라고 왕비를 설득했다.

"전승이 반드시 옳은 것은 아닙니다. 옛 이야기가 오랜 세월에 걸쳐 전해지면서 내용이 바뀌는 경우도 종종 있지요. 게다가 그 이야기가 통치자들이 백성의 저항심을 억누르기 위해 지어낸 것이라는 설까지 있습니다."

사실 시인이 이렇게 설득하지 않더라도 왕비는 이미 시인의 제안을 받아들일 생각이었지만, 입으로는 여전히 "안 돼. 못하겠어. 역시 무서운 걸"이라며 시인을 올려다보았다.

"게다가 나보다도 리햐르트가 더 걱정된단 말이야. 먼저 우리 불쌍한 리햐르트를 어떻게든 하지 않으면……."

시인은 눈이 부신 듯한 표정으로 왕비를 바라보았다. 왕비가 의도한 바로 그 시선이었다. 시인은 "아아, 어쩌면 이렇게 마음씨까지 고우실까……"라고 말했다.

"리햐르트 님은 제가 어떻게든 해드리겠습니다. 그러니 왕비님은 안심하고 왕비님의 일을 우선하심이 어떨까요?"

그 말에 왕비는 조금 고민하는 척했지만, 그것은 어디까지나 표면적인 행동일 뿐이었다. 리햐르트를 살리기보다 자신이 〈불로의 신들의 수〉를 얻는 쪽을 우선한다. 왕비는 이미 마음속으로 그렇게 결정한 상태였다.

어제 시인에게 "리햐르트가 정말 필요한 존재인가?"라는 질문을 받은 뒤, 왕비는 다시 생각해보았다. 왜 지금까지 리햐르트를 소중하게 대해왔을까? 물론 후계자라는 이유도 있었지만 단순히 그 이유만은 아니었다. 무엇보다도 리햐르트가 아름다우면서 자신을 위협하지 않는 존재이기 때문이었다. 딸인 비앙카도 아름다울 뿐만 아니라 오히려 리햐르트보다도 더 자신에게 순종적인 아이였지만, 그 아이는 '여자'인데다가 자신을 지나치게 닮았다. 아름다운 여자는 누구든 자신에게 위협이 된다. 하지만 아들인 리햐르트는 성장하면 훌륭한 사내가 되어 여자인 자신을 지켜주리라. 왕비는 줄곧 그렇게 생각해왔던 것이다.

그러나 성장한 리햐르트가 최근 들어 자신의 말을 듣지 않게 되면서 통제하기가 점점 더 버거워진 것 또한 사실이었다. 물론 예전부터 그런 경향이 있기는 했지만 어렸을 때는 사랑스러운 새끼 고양이나 강아지가 가끔 말썽을 부리는 정도로만 생각했는데, 지금은 내심 아들이 꼴 보기 싫을 때가 있었다. 다만 그래도 역시 아들이 없으면 노후가 외로울 것 같아 두려웠고, 그래서 어떻게든 리햐르트를 살려내려고 했던 것이다. 그런데 시인의 말처럼 불로불사가 될 수 있다면, 다시 말해 노후를 걱정할 필요가 없어진다면 아들이 있든 없든 상관이 없지 않은가?

— 왕비님께서 영원히 '여왕'으로서 이 나라를 다스리시면 되니까요.

어제 시인이 한 말이 떠오르자, 왕비는 마음속으로 이렇게 중얼거렸다.

'하긴 그 말도 맞네'라고.

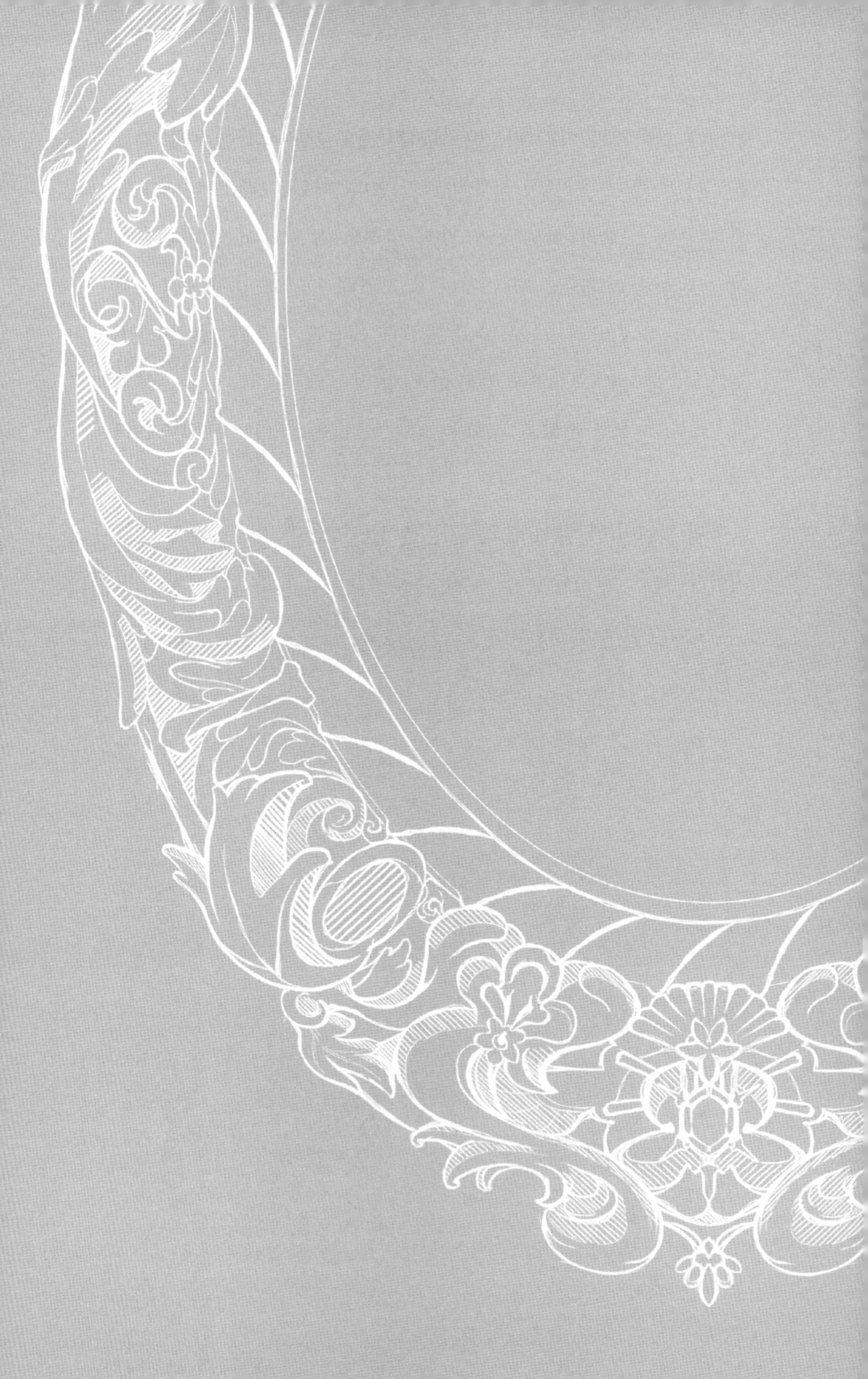

# 7

# 운명의 삼각문

이튿날, 나쟈는 동이 트기 전에 눈을 떴다. 전날 거의 잠을 이루지 못했음에도 평소와 거의 같은 시각에 눈을 뜬 것이다. 그리고 지금 자신이 있는 곳이 성이 아니라는 사실에 새삼 놀랐다.

나쟈가 지내는 곳은 침대와 탁자가 있고 큰 창문이 나 있는 기분이 좋아지는 방이었다. 침대 옆에는 갈아입을 옷이 준비되어 있었다. 일어나서 입어보니 낙원장과 타니아가 입고 있던 옷과 똑같은 디자인이었는데, 다른 점은 검은색이 아니라 예쁜 옥색이라는 것이었다. 이렇게 밝은 파란색 옷을 입어본 적이 없었던 나쟈는 조금 당황했지만, 목둘레의 옷깃 아래와 넓은 소매에 장식된 아름다운 자수에 자신도 모르게 웃음을 지었다.

해가 떠서 주위가 밝아졌을 무렵, 밖에서 문을 살짝 두드리는 소리가 들렸다. 나쟈가 응답하자 "나쟈, 일어난 거야? 들어가도 돼?"라는 카흐의 목소리가 들렸다. 나쟈는 급히 머리를 가다듬고 침대보와 이불을 반듯하게 정돈하고 창문을 열어 신선한 아침 공기를 받아들인 뒤에 문을 열었다. 나쟈가 시선을 내리자 이쪽을 올려다보고 있는 카흐의 얼굴이 보였다. 카흐도 새 옷을 입고 있었다. 틀림없이 낙원장과 타니아가 준비해준 옷이리라.

"아침부터 심심해서 네가 일어나기를 기다렸어."

"심심하다니, 멤이나 다른 요정들하고 놀면 되잖아?"

"그게……."

멤과 다른 요정들은 이곳 낙원의 중심부에 있는 호수에 갔다고 한다. 그 호수에는 특별한 힘이 있어서, 운이 좋으면 어디에 있는지 알지 못하는 상대와도 연락을 할 수 있다는 것이다. 카흐는 방 안으로 들어와 침대 위에 폴짝 올라앉고는 이야기를 계속했다.

"멤이랑 다른 친구들은 콰리즈미 숲하고 연락을 시도하는 중이거든."

"콰리즈미 숲이라면 너희의 고향 말이구나. 여기에서 멀어?"

"멀리 있을 때도 있고, 가까이 있을 때도 있어. 지금은 멀리 있는 모양이야."

카흐의 설명을 잘 들어보니 콰리즈미 숲이라는 곳은 부정기적으로 이곳저곳으로 '이동'을 하는 모양이었다.

"우리 요정들은 하늘에서 내려오는 순수한 대기가 많은 곳을 좋아하는데, 우리가 사는 숲은 그런 공기가 많은 장소를 찾아서 제멋대로 이동해. 뭐 그래도 우리 요정들은 숲을 거의 떠나지 않으니까 평소라면 숲이 움직이더라도 별 문제가 없지만, 지금 같은 때는 정해진 곳에 있지 않다는 게 불편해."

카흐의 말로는 거울 속에 있을 때부터 다들 고향 숲을 걱정했다고 한다.

"특히 우리의 왕인 차디가 걱정이었어. 현명한 왕이니까 우리 신관들이 없어도 괜찮을 거라고 말들은 했지만, 그래도 걱정을 안 할 수는 없잖아. 그래서 멤이랑 다들 빨리 호수에 가서 어떻게든 숲의 상황을 알아보려는 모양이야. 그래서 나도 가려고 했는데, 나는 따라오지 말라고 하더라고. 거의 죽을 뻔하다가 어제 겨우 회복됐으니 좀더 쉬라면서."

"요정의 왕이라면 자인의 형제였던가?"

"응. 자인의 쌍둥이 형이야. 하지만 차디는 우리는 물론이고 자인과도 다른 특별한 운명수를 갖고 있어."

대부분의 요정은 네 자리에서 다섯 자리의 소수, 즉 〈축복받은 수〉를 운명수로 갖고 태어난다. 그러나 차디 왕의 운명수는 2의 제곱수라고 한다.

"우리 요정은 원래 〈어머니 수〉로부터 처음 만들어진 대기에서 탄생했는데, 그 대기를 상징하는 수가 '2'야. 먼 옛날에 〈그림자〉의 유혹을 물리친 뒤로는 우리에게 〈축복받은 수〉가 주어졌지만, 지금도 요정의 왕족 중에는 '2'와 관련된 운명수를 가진 자가 태어나곤 해. 우리는 그걸 먼 과거에 존재했던 고귀한 피를 이어받은 이가 나타났다고 생각하지. 그리고 실제로 그런 요정은 예외 없이 훌륭한 왕이 됐어. 뭐, 좋기만 한 건 아니지만……."

"좋기만 한 건 아니라니? 수명이 짧기라도 해?"

"그렇지는 않아, 수명은 우리와 거의 차이가 없어. 아니, 오히려 우리보다 조금 더 길다고 할 수 있어. 다만 표적이 되기 쉽다는 문제가 있어."

"표적이 되기 쉽다고? 누구한테?"

"〈그림자〉한테."

나쟈는 낙원으로 오는 길에 들었던 멤과 트라이아의 대화를 떠올렸다.

"그러고 보니 먼 옛날에 요정왕이 〈그림자〉에게 먹힌 적이 있다는 이야기를 멤한테 들었어. 그런데 트라이아의 선조가 〈그림자〉의 몸을 베어서 구해줬다고."

"응. 그건 두 번째 '유괴'였어. 그전에 있었던 첫 번째 '유괴' 때는 아직 신들의 영향력이 강했던 것 같아. 그래서 왕이 혼자의 힘으로 도망칠 수 있었지만, 두 번째는 먹히고 말았지."

"〈그림자〉는 정체가 뭐야? 인간이나 요정을 집어삼켜서 그 모습을 빼앗을 수 있다고 들었는데."

"〈그림자〉에 대해서는 나도 잘 몰라. 본 적도 없고. 악령의 일종인 모양인데, 실제로 〈그림자〉의 정체가 뭔지는 알 수 없는 것 같아. 확실한 건 〈그림자〉가 운명수가 없는 불길한 존재라는 것과 인간이나 요정을 두 명까지 집어삼킬 수 있다는 것, 그리고 어째서인지 때때로 요정의 왕을 노린다는 것 정도야."

"왜 요정의 왕을 노리는 걸까?"

"그것까지는 잘 모르겠어. 하지만 어쨌든 차디 왕은 〈그림자〉가 자신을 노리지 않을까 굉장히 두려워했어. 차디의 운명수는 2의 18제곱인 262144인데, 이건 최초로 〈그림자〉에게 잡혀갔던 왕과 두 번째로 잡혀갔던 왕과 같은 운명수거든."

카흐가 여기까지 이야기를 했을 때, 나쟈는 갑자기 주위의 공기가 일그러지는 듯한 느낌을 받았다. 자신의 머리 위에서 공기가 무겁게 짓누르는 듯한 압력의 변화. 이와 함께 등줄기가 서늘해지고 손이 미세하게 떨리기 시작했다. 그리고 잠시 후, 나쟈는 자신의 내부에서 솟아오르는 어떤 감정을 인식했다. 그것은 분명 공포였다.

이런 변화를 눈치 챈 것은 나쟈만이 아닌 듯했다. 카흐도 창밖을 노려보았다.

"이 느낌……."

카흐는 날개를 움직여 창문 쪽으로 날아갔다.

"나쟈, 저걸 봐! 저기!"

나쟈는 몸서리를 한 번 치고 일어나 창밖을 바라보았다. 그곳에는 어떤 생물이 있었다. 도마뱀처럼 생긴 반투명한 회색 생물이.

"식수령!"

그 괴물이 이쪽을 향해 날아오고 있었다. 나쟈의 이마에서 식은 땀이 흐르고 어깨와 양팔은 경직되었다. 그런데 이쪽으로 날아오던 식수령이 갑자기 방향을 바꿨다.

"저쪽……, 집 뒤쪽으로 가는 것 같아. 나쟈, 우리도 따라가자!"

카흐는 다리가 얼어붙어서 움직이지 못하는 나쟈의 손을 잡고 날아올랐다. 나쟈의 몸은 가볍게 공중으로 떠올라, 카흐와 함께 문을 빠져나가고 복도를 지나서 집 밖을 향해 날아갔다. 현관을 나온 카흐는 그대로 속도를 줄이지 않은 채 집 뒤쪽으로 날았다. 집 뒤쪽은 숲이었다. 곧게 뻗은 커다란 나무들이 전후좌우로 거의 같은 간격을 유지하며 서 있었는데, 식수령은 그 나무들을 요리조리 피하면서 안쪽을 향해 날아갔다. 이윽고 나무들 사이에 서 있는 한 사람이 보였다. 식수령의 표적은 그 사람인 것 같았다.

"저건 낙원장님이잖아!"

평소와 같은 복장에 후드가 달린 검고 긴 망토를 걸친 낙원장은 나무와 나무 사이에 서서 자신을 향해 날아오는 식수령을 똑바로 바라보고 있었다. 낙원장을 향해서 날아가는 식수령의 몸이 갑자기 부풀어오른 것처럼 보였다. 나쟈는 곧 그것이 식수령이 입을 벌렸기 때문임을 깨달았다. 물론 낙원장을 삼키기 위해서이다.

나쟈가 비명을 지르려던 바로 그때, 낙원장은 몸에 걸친 검은 망토를 재빨리 움직였다. 일순간 망토의 등 부분에 있는 문양이 앞으로 나왔다. 망토의 밑자락부터 윗부분에 걸쳐 그려진, 금색으로 빛나는 커다란 정삼각형의 문양이었다.

―삼각형? 거치문인가?

다음 순간, 물이 든 가죽 주머니가 터지는 듯한 소리가 들리며 주위의 공기가 흔들렸다. 나쟈와 카흐는 그 소리와 함께 식수령의 몸이 산산이 부서지는 모습을 목격했다. 낙원장은 아무 일도 없었다는 듯이 망토를 걸친 채 서 있었다.

"낙원장님도 그렇고 저 망토도 그렇고, 정말 대단하네."

카흐가 이렇게 감탄하면서 나쟈를 잡은 채 낙원장에게 날아가려고 하자, 낙원장이 말했다.

"그 이상 가까이 오시면 안 됩니다. 또 올 겁니다."

그 말을 들은 카흐와 나쟈는 낙원장으로부터 조금 떨어진 나무 쪽에 내렸다. 그 직후, 또다시 그 '압력'이 공기를 지배했다. 나쟈가 뒤돌아보자 낙원장의 말처럼 다른 식수령의 모습이 보였다. 게다가 이번에는 열 마리가 넘었다.

"저렇게나 많이……."

그놈들은 일제히 낙원장을 향해 날아들었다. 차례차례 덤벼드는 악령들을 낙원장은 눈썹 하나 까딱하지 않고 검은 망토로 격퇴했다.

"대단해……."

"하지만 저걸 봐. 망토가 망가지려 하고 있어."

카흐의 말처럼 낙원장의 검은 망토는 테두리가 회색으로 변하며 부서지고 있었다. 마치 가장자리부터 불타서 재가 되어 흩어지듯이 손상 부위가 점점 넓어졌다. 그리고 열 마리 정도를 격퇴하자 긴 망토는 산산이 흩어지며 사라졌다.

"망토가……, 망가졌어……."

그러나 식수령은 아직 남아 있었다. 나쟈는 너무 긴장한 탓에 속이 울렁거렸지만, 낙원장의 표정은 평온했다. 그리고 다음 식수령이 낙원장 근처까지 왔을 때, 낙원장의 등 뒤에서 타니아가 나타났다. 타니아는 실이 그물처럼 얽혀 있는 둥근 고리를 여러 개 들고 있었다.

"아하, 포령망(捕靈網, 고스트캡처)을 쓰려는 거구나."

"저 그물이 포령망이야?"

"응. 이름 그대로 악령을 붙잡을 수 있는 그물이야. 악령에 대항할 수 있는 무기로 유명해."

타니아는 낙원장 옆에 서서 코앞까지 다가온 식수령의 머리를 향해 고리를 던졌다. 머리가 그물에 걸리자 식수령은 기세를 잃고 바닥에 떨어졌다. 마치 지면에서 강한 힘이 끌어당기기라도 한 듯이. 카흐는 그것을 보고 흥분하며 손뼉을 쳤다.

타니아는 그 뒤에도 같은 방법으로 세 마리를 붙잡았다. 그러나 가지고 있는 그물은 그것이 전부였고, 식수령은 아직 한 마리가 남아 있었다. 낙원장은 타니아에게 말했다.

"타니아, 나머지 한 놈은 '제곱의 진'으로 물리치도록 하자꾸나."

"네. 준비는 해놓았어요, 어머니."

낙원장과 타니아는 자신들을 향해 날아오는 식수령에게 등을 보이더니 숲 안쪽으로 재빨리 이동했다. 카흐와 나쟈도 그 뒤를 쫓아갔다.

"낙원장님과 타니아 님은 어떻게 하려는 걸까?"

불안해진 나쟈가 그렇게 묻자, 카흐는 곰곰이 생각하는 듯하더니 이렇게 중얼거렸다.

"낙원장님이 아까 '제곱의 진'이라고 하셨지? 아마도……."

카흐가 말을 제대로 끝내기도 전에, 낙원장과 타니아가 갑자기 멈춰 섰다. 커다란 나무 네 그루가 마치 정사각형의 꼭짓점처럼 똑같은 간격으로 서 있는 장소였다. 그 나무 네 그루에는 옅은 빛을 내는 직사각형의 부적이 붙어 있었다. 카흐는 "역시 그랬구나"라고 말했지만, 나쟈는 무슨 말인지 전혀 이해할 수가 없었다.

낙원장은 나무 네 그루가 만드는 정사각형 공간의 한가운데에 앉았다. 타니아는 그곳에서 벗어나 카흐와 나쟈가 있는 곳으로 왔다. 타니아가 그들의 옆까지 왔을 때, 식수령이 낙원장을 향해 빠르게 달려들면서 반투명한 몸을 부풀렸다. 낙원장을 통째로 삼키기 위해 턱을 크게 벌린 것이다. 가까이서 느껴지는 식수령의 압력에 나쟈는 정신을 차릴 수가 없었다. 너무나 두려운 나머지 서 있기도 힘들었다.

"걱정할 필요 없으니 안심하고 지켜보세요."

타니아는 나쟈의 어깨를 부드럽게 어루만지며 조용히 말했다.

너무 무서워서 눈을 감고 있었던 나쟈는 타니아의 말에 눈을 떴다. 그러자 앉아 있던 낙원장의 모습이 일순간 여러 개로 늘어나서 정사각형의 공간에 퍼지는 것처럼 보였다. 식수령은 중앙에 있는 '낙원장의 모습'을 향해 달려들어 집어삼키더니 아까보다 느려진 속도로 주위를 선회하기 시작했다. 마치 출구를 찾는 것 같은 모습이었다.

—낙원장님은!?

낙원장의 모습은 정사각형의 공간에서 완전히 사라졌다.

"잘 보고 계세요. 오른쪽하고 왼쪽에서 나타날 거예요."

타니아의 말처럼 정사각형 공간의 오른쪽과 왼쪽에 낙원장의 모습으로 생각되는 형체가 하나씩 나타났다. 이 두 '형체'는 서로를 끌어당기듯이 움직이더니 중앙에서 합쳐졌고, 이윽고 아까와 같은 자세로 조용히 앉아 있는 낙원장이 보였다. 낙원장은 눈을 떴다.

"타니아, 수고했다. 그러면 어서 빨리 그 악령을 땅속에 봉인하자꾸나."

타니아는 정사각형의 공간으로 들어가 그곳에 구멍을 파기 시작했다. 한두 번 파본 것이 아닌 듯, 눈 깜짝할 사이에 깊고 큰 구멍이 생겼다. 낙원장은 타니아의 작업을 지켜보더니 계속 천천히 선회하고 있는 식수령을 향해 주문을 외웠다. 그러자 식수령은 구멍 속으로 쑥 빨려들어갔다. 식수령이 구멍 속으로 들어간 것을 확인한 타니아는 어디선가 사람 머리 크기의 둥근 돌을 가져와서 구멍을 막고 돌을 빨간색 끈으로 둘둘 감은 뒤 그 위에 흙을 덮고 다졌다. 그리고 작업이 끝나자 낙원장에게 "식수령의 봉인, 완료했어요”라고 보고했다.

낙원장은 타니아를 향해 고개를 끄덕인 뒤 나쟈와 카흐를 바라보았다.

“두 분 모두 놀라셨으리라 생각합니다만, 걱정 마십시오. 저는 이렇게 아무런 상처도 없습니다.”

카흐가 낙원장에게 물었다.

“혹시, 낙원장님을 습격한 그 식수령들은 왕비가 보낸 건가요?”

왕비가? 나쟈는 놀랐지만, 낙원장은 태연하게 대답했다.

“네, 그렇습니다. 카흐 님께서는 잘 알고 계시는군요.”

“거울 속에서 봤거든요. 왕비가 8년 전부터 매일 똑같은 운명수의 인간을 노리고 식수령을 보내는 것을요. 매일 아무리 적어도 스무 놈은 보냈을 거예요. 하지만 그 악령들이 돌아온 적은 단 한 번도 없어서 어떻게 된 건지 궁금했었는데, 전부 낙원장님이 퇴치하신 것이었군요.”

왠지 신이 난 표정으로 말하는 카흐와 대조적으로 나쟈는 할 말을 잃어버렸다. 그 왕비가 자신의 동생을 저주하기 위해 식수령을 보내고 있었단 말인가? 그것도 이렇게나 많이.

“저, 포령망은 전에도 본 적이 있지만 그 망토는 처음 봤어요. 삼각문이 악령을 물어뜯는다는 건 알고 있었지만 그런 강력한 문양이 있을 줄은…….”

“그 삼각문은 ‘운명의 삼각문’이라고 불리는 것입니다. 악령의 공격을 막아주는 가장 강력한 문양이지요.”

“저희 왕한테도 그 문양을 가르쳐주고 싶네요. 그 망토만 있으면 왕도 〈그림자〉가 자신을 노리지 않을까 걱정할 필요가 없을 것 같아요. 하지만 그 망토가 망가지고 포령망이 다 떨어진 뒤에 낙원장님이 식수령에게 자신의 '수체'를 일부러 먹일 줄은 생각도 못했어요. 그건 '운명수의 복원'이지요?"

"네, 그렇습니다. 다만 '운명수의 복원'을 위해서는 사방에 특별한 부적을 붙인 정사각형의 공간 속에 있어야 하지요."

나쟈는 다시 한번 나무 네 그루에 붙어 있는 부적을 바라보았다. 전부 얇은 나무판에 천을 덧붙여서 만든 것 같았다. 첫 번째 부적에는 갈색 바탕에 하얀색으로 도마뱀붙이의 문양이 그려져 있고, 그 밑에 수많은 실이 드리워져 있으며, 실 끝에는 도마뱀붙이의 꼬리 모양을 한 금속이 매달려 있었다. 타니아가 다가와 "도마뱀붙이 문양은 재생의 상징이랍니다. 이 천은 씨실과 날실을 '홀치기 염색'으로 물들인 거예요"라고 설명했다. 그 설명을 듣고 나쟈는 깜짝 놀랐다. 가까이에서 자세히 들여다보아도 홀치기 염색 특유의 '불규칙한 테두리'가 보이지 않았던 것이다. 참으로 정교한 가로세로 무늬였다. 천의 가장자리에 수놓인 기하학 문양도 인상적이었다.

두 번째 부적에는 흰색 바탕에 감색으로 새의 문양이 그려져 있고, 아래에는 새의 날개 모양을 한 금속이 달려 있었다. 세 번째 부적에는 짙은 초록색 바탕에 하얀색으로 '빵을 찢는 손'이 그려져 있고, 아래에는 작은 손 모양의 금속이 달려 있었다. 그리고 네 번째 부적에는 흰색 바탕에 빨간색 고리 두 개가 그려져 있고, 고리 두 개를 8자 형태로 이어붙인 모양의 금속이 아래에 잔뜩 매달려 있었다. 타니아의 설명에 따르면 새는 삶과 죽음을 연결하는 자를, '빵을 찢는 손'은 나누는 것을, '고리 두 개'는 육체와 혼을 하나로 이어주는 것을 상징한다고 한다. 카흐가 낙원장을 향해 중얼거리듯 말했다.

"그렇다는 건……, 낙원장님의 운명수는 '제곱분할 복원수'군요."

"그렇습니다."

"인간 중에 그런 사람이 존재한다는 건 알고 있었지만, 실제로 만난 건 처음이네요."

아무래도 카흐는 뭔가 아는 것이 있는 모양이었다. 어리둥절한 표정을 짓고 있는 나쟈에게 카흐가 설명했다.

"'제곱분할 복원수'라는 건 제곱, 그러니까 자신을 두 번 곱해서 나온 수를 한가운데에서 잘라 둘로 나눈 다음 그 둘을 더하면 다시 원래의 수로 돌아가는 수야."

카흐는 예를 들면 45라든가 297이 그런 수라고 말했다.

"45를 제곱하면 2025잖아? 이걸 한가운데에서 자르면 20과 25로 나뉘는데, 20과 25를 더하면 어떻게 될까?"

"그야 45가 나오지. 어, 정말이네? 원래의 수로 돌아왔어."

나쟈는 카흐가 말한 또다른 예인 297에 관해서도 생각해보았다. 297을 제곱하면 88209가 된다. 그런데 이것은 다섯 자리의 수이므로 한가운데에서 잘라 둘로 나눌 수가 없지 않은가? 나쟈가 묻자 카흐는 이렇게 대답했다.

"아, 자릿수가 홀수일 때는 앞부분을 뒷부분보다 한 자리가 작게 나누면 돼. 그러니까 88209는 88하고 209로 나누는 거야."

나쟈는 다시 계산해보았다. 88과 209를 더하면 297이 된다. 분명히 원래의 수로 되돌아왔다. 이런 것이 있었구나 하고 감탄하는 나쟈에게 낙원장이 말했다.

"제 운명수는 **499500**입니다. 제곱분할 복원수 중 하나지요. 덕분에 부적을 붙인 정사각형의 공간, 그러니까 '제곱의 진' 안에 있는 한은 제 '수체'가 아무리 식수령에게 잡아먹히더라도 원래대로 돌아갈 수 있습니다."

그리고 일단 '수체'를 먹은 식수령은 먹기 전보다 움직임이 둔해지기 때문에 지면에 파묻고 특별한 봉인을 하면 그곳에 가둘 수 있다고 한다. 타니아가 '제곱의 진'의 지면을 바라보며 말했다.

"어머니. 이곳도 슬슬 한계네요. '진'의 위치를 다시 바꾸지 않으면 식수령을 파묻을 곳이 없겠어요."

나쟈가 타니아에게 물었다.

"이곳에 식수령이 그렇게 많이 묻혀 있나요?"

"네. 꽤 오래 전부터 악령이 매일 오고 있고, 하루에 다섯 마리 정도는 꾸준히 묻고 있거든요."

타니아의 이야기로는 낙원장의 집 뒤쪽 일대의 지면에 1만 마리 이상이 묻혀 있다고 한다. 그 말을 들은 카흐는 의아한 표정을 지으며 낙원장에게 물었다.

"왜 굳이 땅에 파묻는 건가요? 그대로 보내줘도 될 텐데요. 낙원장님의 운명수를 먹은 놈들은 어차피 왕비한테 돌아갈 뿐이잖아요?"

"맞습니다. 하지만 그럴 수가 없습니다."

"어째서죠? 낙원장님의 운명수 속에 '보석'이 많이 들어 있기라도 한 건가요? 그 여자한테 보석을 넘겨주기 싫다는 이유라면 이해가 되지만……."

"그렇지는 않습니다. 제 운명수를 구성하는 소수는 2가 두 개, 3

이 세 개, 5가 세 개, 37이 한 개입니다. 이 가운데 3이 보석이기는 하지만, 그래봐야 후추 한 알 정도의 크기에 불과하지요.”

“그렇다면 더더욱 이해가 안 되네요. 게다가 5하고 37은 ‘칼’이잖아요? 그대로 식수령을 돌려보내면 그 칼들이 왕비를 공격할 텐데요. 오히려 그 여자한테 반격할 좋은 기회잖아요.”

카흐의 말에 낙원장은 조금 난처한 표정을 지으며 대답했다.

“그건 신들이 제게 주신 율법을 거스르는 일입니다.”

“어떤 율법인데요?”

“‘신들의 허락이 있기 전까지 낙원을 떠나서는 안 된다. 그리고 그 누구도 해쳐서는 안 된다’는 율법입니다.”

설령 그 상대가 자신을 죽이려고 하는 자라고 해도 해쳐서는 안 된다는 말인가? 낙원장의 대답을 듣고 카흐는 아무 말도 하지 않았다. 나쟈도 생각에 잠겼다. 율법이라고는 하지만 왕비를 해치지 않으려고 애쓰는 낙원장. 그런 사실도 모르고 매일같이 낙원장을 저주로 죽이려 하는 왕비. 아니, 알고 있다 해도 왕비는 전혀 개의치 않을 것이다. 마음이 복잡해진 나쟈 앞에서 낙원장은 조용히 하늘을 올려다보았다.

“어쨌든, 언니가 다시 제게 식수령을 보냈다는 건……. 저주를 재개했다는 뜻이겠군요.”

◈

정보 수집을 위해 어제부터 낙원을 떠나 있었던 트라이아는 오전 중에 낙원장의 집으로 돌아왔다. 낙원장은 홀에서 혼자 트라이아를 기다리고 있었다. 트라이아는 투구를 벗고 한쪽 무릎을 꿇은 자세로 낙원장에게 보고했다.

"어젯밤, 메르세인 국왕이 사망했다고 합니다. 국왕뿐만 아니라 국왕이 머문 성에 있었던 사람들도 모두 죽어 큰 소동이 벌어졌습니다. 틀림없이 왕비가 저주로 죽인 것이겠지요."

심각한 표정으로 보고를 하는 트라이아에게 낙원장이 조용히 대답했다.

"역시 그랬군요. 제게 식수령을 보낼 여유가 있는 걸 보면 긴급히 처리해야 할 적은 이미 처리한 거라고 생각하고 있었습니다."

"그런데 왕비가 어떻게 저주를 다시 시작할 수 있었을까요? 거울 속에 있던 요정들은 거울을 탈출했고, 성에서 재배하던 피보나 풀도 전부 제가 가져왔습니다. 두 가지 모두 그리 쉽게는 구할 수 없을 텐데요."

"그것은 저도 잘 모르겠습니다. 하지만 사실은 사실로 받아들이는 수밖에 없지요."

트라이아가 낙원장에게 물었다.

"그런데 낙원장님. '순환하는 수'와는 연락해보셨습니까? 메르세인 성을 탈출하던 날, 그분께 '통신 거울'을 돌려드렸습니다만."

낙원장은 고개를 끄덕였다.

"네. 이 홀의 통신 거울을 통해서 그녀의 거울에 연락할 수 있었습니다. 나쟈와 요정들이 무사하다는 소식을 듣고 일단은 안심한 것 같더군요. 하지만 그 건에 관해서는 역시 생각을 바꿀 마음이 없는 듯했습니다."

낙원장이 그렇게 말하자 트라이아는 어깨를 축 늘어뜨리며 바닥을 내려다보았다.

"역시 그런가요……."

"트라이아 님, 실망하실 필요는 없습니다. 그녀가 생각을 바꾸지 않으리라는 건 이미 알고 있지 않았습니까? 저도 지금까지 그녀의 마음을 돌리려고 얼마나 노력해왔는지 모릅니다. 하지만 제 말을 듣지 않았습니다. 반드시 왕비를 죽이겠다면서……."

낙원장은 이렇게 말하며 시선을 살짝 내리깔았다. 트라이아가 물었다.

"하지만 어떻게 왕비를 죽이려는 걸까요? 무기나 독으로는 왕비를 죽일 수 없을 텐데요."

"그녀는 '저주로 죽일 생각'이라고 말했습니다. 식수령을 보내겠다더군요."

"저주로요? 하지만 왕비의 운명수는 굉장히 큰 수가 아닙니까? 그건 무리가 아닐까요?"

"제 언니의 운명수가 굉장히 큰 수인 것은 분명합니다. 게다가 본인은 그 수가 〈축복받은 수〉, 그러니까 커다란 소수라고 믿고 있지요. 만약 정말 그렇다면 제 언니를 저주하는 것은 실질적으로 불가능합니다. 식수령을 만드는 데 필요한 소수벌을 구할 수 없으니까요."

왕비의 운명수는 464052305161이다. 만약 이것이 소수라면 464052305161일 주기로 태어나는 소수벌의 독이 필요하다. 그러나 464052305161일이나 되는 주기로 태어나는 소수벌이 있을지 없을지도 알 수 없으며, 설령 있다 해도 손에 넣을 확률은 지극히 낮다. 그런 벌은 수십억 년에 한 번밖에 태어나지 않기 때문이다.

"실제로 제 언니는 자신이 저주로 죽을 일은 없다고 생각합니다. 하지만 사실 제 언니의 운명수는 소수가 아닙니다. 4261, 8521, 12781이라는 세 소수로 '분해'를 할 수 있는 수지요."

"그렇군요. 그렇다면 '순환하는 수'께서 왕비를 저주로 죽이려 한다는 건 그 주기로 태어나는 소수벌을 이미 손에 넣었다는 의미일까요?"

"'순환하는 수'는 이곳에 있을 때 이미 4261번과 8521번 벌의 독을 가지고 있었습니다. 그리고 지금부터 12781번 벌의 '알'을 찾겠다고 말했지요. '그 벌은 5년 후쯤 태어날 테니까……'라면서 이곳을 떠난 것이 지금으로부터 정확히 5년 전이군요."

낙원장의 이야기를 듣고 트라이아는 생각했다. '순환하는 수'는 틀림없이 그 약초밭 옆의 벌오두막에서 왕비 몰래 왕비를 죽이기 위한 벌을 키웠으리라고.

—성에서 나쟈 님을 도망치게 한 지금도 그분은 혼자서 은밀하게 왕비에 대한 반역을 준비하고 계시는구나.

그녀는 왕비가 나쟈를 노릴 가능성이 있는 한 왕비를 죽이려는 생각을 바꾸지 않을 것이다. 나쟈를 지키기 위해서. 트라이아는 그녀와 헤어지기 직전에 자신이 그녀에게 했던 말을 떠올렸다. "앞으로 나쟈 님은 제가 무슨 일이 있더라도 반드시 지켜드리겠습니다. 그러니 얼른 성을 떠나십시오." 그러나 그녀는 단호하게 고개를 가로저었다. 트라이아는 그날을 떠올리며 또다시 고개를 푹 숙였다.

"전부 제 탓입니다. '순환하는 수'께서는 제게 나쟈 님을 지킬 힘이 없다고 생각하시는 겁니다. 그래서 왕비를 죽여 걱정의 근원을 없애려는 것이겠지요."

“그렇지 않습니다, 트라이아 님. 그런 것이 아닙니다.”

고개를 든 트라이아에게 낙원장이 말했다.

“‘순환하는 수’가 나쟈를 지키고 싶어하는 건 분명합니다. 그 마음에는 한 점의 거짓도 없습니다. 하지만 그와 동시에 왕비를 증오하는 것도 사실입니다. 그래서 설령 나쟈의 안전이 완전히 보장되더라도 왕비를 죽이려 할 겁니다. 자신의 인생에서 왕비를, ‘어머니’를 흔적도 없이 지워버리기 위해서 말이지요.”

홀에서 낙원장이 트라이아와 이야기를 나누는 사이, 낙원장에게 잠시 밖으로 나가 있으라는 말을 들은 나쟈는 타니아와 함께 집을 나와 앞뜰을 걸었다. 맑게 갠 하늘에서는 따뜻한 햇볕이 내리쬐었고, 안개도 없어서 완만한 비탈과 그 아래를 흐르는 강, 호수, 그 너머의 산들까지 또렷하게 보였다. 그러나 나쟈의 관심을 끈 것은 정원에 널어놓은 수많은 천들이었다. 다양한 색의 천들이 산들바람에 날리고 있었다.

“예쁘다…….”

자신도 모르게 중얼거리는 나쟈를 보면서 타니아가 살며시 웃었다.

“나쟈 양은 베짜기라든가 자수를 잘 하시지요? 이곳에 도착했을 때 입은 옷을 보고 금방 알았어요.”

타니아의 칭찬에 나쟈는 빨개진 얼굴로 고개를 끄덕였다.

“하지만 전 지금까지 이곳에 있는 것 같은 무늬의 천은 짜본 적이 없어요.”

"이곳에 있는 천의 대부분은 평범한 천과는 달라요. 의식이라든가 퇴마를 위한 천이거든요. 아, 저거 보이죠? 오늘 아침에 식수령의 공격을 막다가 망가진 어머니의 망토를 대신할 새 망토예요."

타니아는 이렇게 말하며 커다란 천 가운데 하나를 가리켰다. 아랫자락에서 위를 향해 커다란 정삼각형 문양이 하나 그려져 있었다. 오늘 아침에 본 망토는 검은색 바탕에 금색 실로 삼각형을 수놓은 것이었는데, 이것은 흰색 바탕에 파란색 삼각형이었다. 다만 단순한 파란색이 아니라 진한 감색에서부터 연한 파란색까지 다양한 파란색이 사용되었다. 그리고 테두리는 파란 천으로 장식되어 있었다. 나쟈는 이끌리듯 천으로 다가가 가까이서 삼각형 문양을 살펴보았다.

"이거……, 자수네요."

"네. 그것도 매듭 자수예요. 손이 참 많이 가는 방식이지요."

타니아가 말한 대로였다. 삼각형 문양을 이루고 있는 것은 작디작은 실매듭이었다. 매듭을 빼곡하게 나열해서 커다란 삼각형을 만든 것이다.

"이건 누가 만들었나요?"

"저와 어머니가 함께 만든 거예요. 하지만 다른 분들이 만들어주실 때도 있어요. 오늘 아침에 보셨듯이 망토는 식수령을 열 마리 정도 물리치면 망가지는 소모품이거든요."

"이것도 거치문의 일종인가요?"

나쟈가 이렇게 묻자, 타니아는 기쁜 듯한 표정을 지었다.

"잘 아시네요. 맞아요. 거치문은 악령을 물어뜯는 '이빨'이지요. 그리고 이 '운명의 삼각문'은 그중에서도 특별한 문양이에요. 그런데 나쟈 양, 이 문양을 이루는 '매듭'이 몇 개나 될 거 같아요?"

나쟈는 모르겠다며 고개를 저었다. 실제로 일일이 세어보고 싶은 마음조차 들지 않을 만큼 많았다. 그러나 타니아는 금방 답을 말했다.

"499500개예요."

499500. 나쟈는 그 수의 의미를 금방 깨달았다.

"낙원장님의 운명수네요."

"그래요. '운명의 삼각문'이라는 건 그것을 몸에 지닌 사람의 운명수가 들어 있는 삼각문을 의미해요. 그러니까 그 사람에게만 효과가 있는 전용 퇴마 문양인 셈이지요. 그래서 강력한 거예요."

나쟈는 천을 더욱 자세히 들여다보았다. 삼각문의 꼭짓점에는 매듭이 하나 있고, 그 아래에는 매듭 두 개가 옆으로 나란히 있었다. 그리고 그 아래로 내려갈수록 세 개, 네 개, 다섯 개, 여섯 개, ……와 같이 규칙적으로 매듭의 수가 늘어났다.

"이거……. 그저 단순히 매듭 자수로 삼각형을 만든 게 아니라 위에서부터 규칙적으로 매듭의 수가 늘어나네요."

"맞아요. 이 삼각문은 그렇게 만들어야 효과가 있거든요."

"하지만 그렇게 해서 낙원장님의 운명수인 499500개로 정확하게 삼각형을 만들 수 있다니, 신기해요."

"그건 어머니의 운명수가 **999**번째 '삼각수'이기도 하기 때문이에요."

나쟈가 '삼각수'에 관해서 물어보자 타니아는 **1, 3, 6, 10**, ……처럼 **1**부터 시작해 삼각형을 형성하는 점의 수가 '삼각수'라고 대답했다.

"삼각수라는 건 **1**부터 순서대로 수를 더한 '합'이기도 해요. 가령 **3**은 **1**과 **2**를 더한 수고, **6**은 **1**과 **2**와 **3**을 더한 수예요. **10**은 **1**과 **2**와 **3**과 **4**를 더한 수이고요."

나쟈는 타니아의 설명을 이해하면서 동시에 낙원장의 운명수에 관해 생각했다. 낙원장의 운명수는 '제곱분할 복원수'라는 특수한 수였다. 그런데 이렇게 깔끔한 삼각형을 이루는 수이기도 했다니…….

"낙원장님의 운명수는 정말 대단한 수네요."

"그래요. 하지만 어머니는 항상 이렇게 말씀하셨어요. 운명수라는 건 그 사람이 타고난 여러 특징들 중 하나일 뿐이라고요."

"하지만……."

나쟈는 부러움을 느꼈다. 자신의 운명수가 '리햐르트를 살리기 위한 수단'일 뿐임을 생각하면 더더욱 그랬다.

"부러워하는 마음은 저도 이해해요. 하지만 운명수는 스스로 선택할 수 있는 게 아니잖아요? 저 역시 딱히 특징이 없는 평범한 운명수라서 예전에는 더 멋진 수를 갖고 싶어했어요. 하지만 지금은 제 운명수를 좋아한답니다."

이렇게 말하며 빙긋 웃는 타니아를 보자 나쟈는 마음이 조금 편해졌다.

"그리고 이 삼각문 말인데, 어머니 같은 '삼각수'의 소유자만 쓸 수 있는 건 아니에요."

"그건 무슨 뜻이에요?"

"잠깐 이리 와볼래요?"

타니아는 더 안쪽으로 가서 널려 있던 천 하나를 가져왔다.

"이것도 '운명의 삼각문'이에요. 다만 이건 제 전용이지요."

감색 천의 아랫자락에 녹색 실로 수를 놓은 삼각문 세 개가 장식되어 있었다.

"낙원장님의 망토에는 삼각문이 한 개뿐이었는데 이 천에는 삼각문이 세 개네요."

"제 운명수는 '삼각수'가 아니기 때문에 정확하게 삼각형 한 개로는 표현할 수 없어요. 하지만 삼각형 세 개로 나누면 매듭의 수와 제 운명수를 일치시킬 수 있지요. 그러니까 제 '이빨'은 세 개인 셈이에요."

"그렇다면 운명수가 삼각수가 아닌 사람에게도 '운명의 삼각문'을 장식한 망토를 만들어줄 수 있다는 건가요?"

"물론이죠. 다만 '이빨'의 수는 최대 세 개까지로 정해져 있어요."

"세 개까지……."

그런 제한이 있다면 누구나 이 천으로 악령으로부터 몸을 보호할 수 있는 건 아니지 않은가? 나쟈가 이렇게 말하자 타니아는 고개를 가로저었다.

"이 세상의 모든 수는 한 개나 두 개, 또는 세 개의 '삼각형'으로 표현할 수 있어요. 그러니까 '누구나' 이런 천으로 자신을 지킬 수 있지요. 그 사람의 운명수를 알고 어떤 삼각수가 몇 개 필요한지만 알면요."

"정말인가요?"

요컨대 누구라도 무서운 '저주'에 대항해 몸을 지킬 수 있는 수단이 있다는 뜻이다. 타니아가 말했다.

"그래서 저희는 이 문양을 바깥 세계의 사람들에게 널리 알리려고 노력했지만, 별다른 성과가 없었어요. 애초에 바깥 세계에는 자신이나 타인의 운명수를 정확히 아는 사람이 적거든요. 어머니는 신들의 축복을 받았기 때문에 다른 사람을 만져보기만 해도 그 사람의 운명수를 알 수 있지만, 낙원 밖으로 나갈 수가 없으니 그들을 만나서 가르쳐줄 수도 없고요. 그래서 하다못해 사시를 피하는 올바른 방법만이라도 외부에 알리려고 하고 있지만, 그것도 생각처럼 잘 되지가 않네요."

나쟈는 타니아의 이야기를 들으며 안타까움을 느꼈다. 그때 갑자기 세찬 바람이 불어왔다. 그러자 널려 있던 천들이 소리를 내며 바람에 휘날렸는데, 나쟈는 그 천들 사이에서 다른 것보다 훨씬 큰 천을 발견했다. 흰색 바탕에 금색의 커다란 삼각문이 장식된 천이었다. 그 크기는 망토라기에는 너무 커서, 방바닥에 까는 카펫이 아닐까 싶을 정도였다.

"저건……?"

나쟈가 그 천을 가리키자 타니아는 이렇게 대답했다.

"아아, 저거요? 저건 제 이모, 그러니까 왕비를 위해서 만들었던 망토라고 해요."

"네?"

"할머니께서 옛날에 만드셨다고 들었어요. 집 안에 보관하기만 하면 천이 상하기 때문에 어머니께서 저렇게 가끔 널어놓으세요."

나쟈는 자신이 들은 말을 잘 이해할 수가 없었다. 왜 낙원장은 왕비를 위해서 지은 망토를 아직도 보관하고 있을까? 아무리 친언니라고는 해도 왕비는 매일 자신에게 저주를 거는 적이 아닌가? 나쟈가 무슨 생각을 하고 있는지 표정만 봐도 알 수 있다는 듯, 타니아가 말했다.

"지금 왜 저걸 아직도 보관하고 있느냐고 생각했지요? 이해해요. 저도 예전에 똑같은 생각을 했었거든요."

나쟈는 솔직하게 고개를 끄덕였다.

"낙원장님은……, 왕비를 싫어하시지 않나요?"

"싫어한다는 말이 적절한지 어떤지는 잘 모르겠지만, 적어도 좋은 감정은 없으실 거예요. 왕비는 〈최초의 1인〉의 직계 자손인데다가 큰딸이기 때문에 원래는 이곳을 벗어나지 않고 계속 살아야 했어요. 그럼에도 율법을 어기고 떠나버렸지요."

타니아의 이야기를 들어보니, 낙원에서 태어난 〈최초의 1인〉의 직계 자손은 '〈그림자〉의 유혹을 피하기 위해' 신들의 허가가 있기 전까지는 낙원을 떠날 수 없다고 한다. 선대 낙원장의 큰딸인 왕비는 본래라면 그 율법을 따라야 했다. 그러나 그런 딸을 가엾게 여긴 왕비의 어머니는 신들에게 기도를 올려 딸이 잠시 동안 낙원을 떠나도 된다는 허락을 받았다. 다만 여기에는 조건이 하나 있었는데, 만에 하나 딸이 낙원으로 돌아오지 않으면 그 대가로 어머니인 자신의 목숨을 바친다는 것이었다.

"왕비의 어머니, 그러니까 제 할머니는 그런 위험을 감수하면서까지 딸의 소원을 들어준 거예요. 물론 딸이 약속대로 돌아오리라고 믿어 의심치 않았기에 그렇게 하셨던 거겠죠. 하지만 딸은 낙원 밖으로 나간 순간 아무렇지도 않게 약속을 어겼다고 해요."

그 결과 왕비의 어머니는 죽음을 맞이했고, 동생인 현재의 낙원장이 왕비 대신 낙원에 머무르게 되었다고 한다.

타니아의 이야기를 들으면서 나쟈는 자신의 내부에서 고통스러운 감정이 퍼지는 것을 느꼈다. 떠올리고 싶지 않은 왕비의 말이 자꾸 머릿속을 맴돌았다.

—사실 그게 너의 유일한 가치란다.

사람을 사람으로 생각하지 않는 왕비. 그 왕비의 손에 죽은 비앙카. 그리고 깊은 상처를 받은 자신. 분함과 분노와 슬픔이 나쟈의 마음을 납덩이처럼 무겁게 만들었다. 나쟈는 점점 숨을 쉬기가 괴로워졌다.

—역시 나는 견뎌낼 수가 없어.

나쟈는 깨달았다. 자신은 옛날부터, 왕비의 악행을 정확히 알기 전부터 줄곧 왕비에게 상처를 받아왔음을. 그리고 분명히 왕비를 미워하고 있었음을. 그 미움의 무게는 나쟈의 마음이 견뎌낼 수 없을 만큼 컸다. 그래서 감정을 봉인해왔던 것이다. 자신의 내부에서 소용돌이치는 어두운 감정을 없었던 것으로 치부하고 싶었다. 그러지 않고서는 도저히 제정신을 유지할 수 없을 것 같았다.

그 어두운 감정에 사로잡히면 자신의 정신은 틀림없이 무너져내릴 것이며, 여기에서 그치지 않고 다른 사람들까지도 파괴해버릴 것만 같았다.

성을 떠나 왕비로부터 멀어졌지만 마음의 상처는 치유되지 않았다. 나쟈는 이것을 명확히 자각했다. 지금도 왕비 같은 사람이 있다는 사실에, 그리고 그런 사람이 존재하는 이 세상에 상처받고 있다.

이런 나쟈의 마음을 아는지 모르는지, 타니아는 계속해서 말을 이어갔다.

"……그러니까 왕비는 자신의 어머니와 동생을 희생시켜서 자유를 얻은 거예요. 그러면서도 오랫동안, 그것도 매일같이 끈질기게 식수령을 보내고 있지요. 식수령이 오기 시작했을 때부터 지금까지 어머니는 변함없이 태연한 표정을 짓고 계세요. 하지만 저는 왕비에게 화가 나서 도저히 참을 수 없을 때가 있어요. 그래서 한번은 어머니에게 이렇게 말했죠. '아무리 신들의 율법이 그렇다고는 하지만, 아무런 반격도 하지 않는 건 참을 수가 없어요. 아니 그전에, 어떻게 피를 나눈 동생한테 이런 짓을 하는 인간이 있을 수 있는 거죠?'라고요."

나쟈는 타니아가 어떤 심정으로 그런 말을 했는지 충분히 알 수 있었다.

"그랬더니 낙원장님께서는 뭐라고 말씀하셨나요?"

"이렇게 말씀하시더군요."

—피를 나눴든 나누지 않았든, 사람이 사람과 '좋은 관계'를 유지하는 건 굉장한 노력이 필요한 어려운 일이란다. 그 어려움을

극복하지 못하고 좌절하는 사람이 있는가 하면 처음부터 극복하려 하지 않는 사람도 있지. 그런 사람에게 상처를 받았을 때, 상대를 억지로 용서할 필요는 없어. 상대를 미워하는 마음을 부정할 필요도 없고. 다만 '내가 무엇을 할 것인가?'라는 점은 생각해야 한단다.

"그래서 전 '당연히 되갚아 줘야죠'라고 말했어요. 그랬더니 어머니는……."

―물론 되갚아주는 것도 하나의 선택지가 될 수 있지. 하지만 그러지 않는다는 선택지도 있단다. 난 내가 무엇을 할 건지 생각할 때마다 내가 자유로운 존재임을 느낀단다. 자유로운 존재이기에 당장의 감정에 휩쓸려서 언니에게 앙갚음을 하는 게 아니라 신들의 의지를 따르는 자로서 '타인을 해치지 않는다'는 율법을 지키는 쪽을 선택하는 거란다.

나쟈는 그 말을 듣고 낙원장의 위대함을 새삼 깨달았다. 그러나 동시에 수긍이 가지 않는 부분도 있었다.

"하지만 그건 낙원장님이시니까 가능한 선택이네요."

즉, 평범한 사람인 자신에게는 불가능한 일이라고 생각한 것이다. 그러자 타니아는 기쁜 표정을 지었다.

"저도 어머니에게 똑같은 말을 했어요. 저한테는 불가능한 일이라고요. 하지만 어머니는 말씀하셨어요. 어떤 때라도 자유로운 마음으로 행동을 선택할 필요는 없고, 그럴 수 있는 사람도 거의 없다고요. 정말 중요한 순간이 되었을 때 '지금 이 순간, 이 상황에서' 자신이 무엇을 할 건지 생각하면 된다고요."

―그러니까 지금 이 순간에 무엇을 할 것이냐 하는 문제에 집

중하면 된단다.

'지금 이 순간.' 분명히 그런 특정한 상황에서라면 자신도 낙원장처럼 행동할 수 있을 때가 있을지도 모른다.

나쟈는 아주 조금이지만 마음이 가벼워진 것 같았다. 낙원장의 마음을 완전히 이해한 것은 아니다. 하지만 자신의 내부에 있는 미움에 대처할 수 있는 가능성이 조금이나마 보인 것 같은 기분이 들었다.

왕비는 타인을 존중한다는 생각을 해본 적이 없을 것이다. 타인에게 상처를 주는 것 따위는 아무렇지도 않게 생각하는 사람이다. 그리고 그런 왕비에게 자신이 깊은 상처를 받은 것은 분명한 사실이다. 다만 그것과 자신이 '지금 이 순간' 무엇을 할 것이냐는 어쩌면 분리해서 생각할 수 있을지도 모른다. 충분히 주의를 기울일 수 있다면.

"타니아 님, 고마워요."

"네? 뭐가 고맙다는 거죠?"

"그게, 저……, 조금은 마음이 편해져서요."

"무슨 뜻인가요?"

나쟈는 머뭇거리면서도 자신이 지금 느낀 것, 생각한 것을 더듬더듬 이야기했다. 자신이 받았던 상처, 그리고 어두운 감정에 관한 이야기를 타인에게 하는 것은 참으로 괴로운 일이다. 그러려면 먼저 그것을 직시해야 하기 때문이다. 나쟈는 자신의 마음속에 있는 어두운 부분, 추악한 부분으로부터 눈을 돌리고 싶어지는 것을 참으면서 최대한 솔직하게 말했다. 그리고 타니아는 나쟈의 말 한마디 한마디를 진지한 표정으로 귀담아 들었다. 나쟈의 이야기가 끝난 뒤, 타니아는 하늘을 올려다보며 말했다.

"나쟈 양은 참 강한 사람이네요. 그거 알아요? 인간이 거울 속의 세계에 들어갈 수 있는 건 신들의 의지가 실현될 때뿐이에요. 그러니까 나쟈 양이 요정들의 거울 속에 들어갈 수 있었던 건 신들이 나쟈 양을 선택했기 때문이에요. 어머니는 이렇게 말씀하셨어요. 신들이 나쟈 양을 선택한 이유는 나쟈 양에게 자신의 마음속을 들여다볼 용기가 있기 때문이라고요. 지금 나쟈 양이 한 이야기를 들으니 어머니가 하신 말씀이 이해가 되네요."

타니아의 말에 나쟈는 뭐라고 대답해야 할지 알 수가 없었다. 그러나 마음속에서는 서서히 기쁨이 번졌다.

"전 나쟈 양은 틀림없이 잘 이겨낼 수 있을 거라고 생각해요. 오히려 걱정인 건 나쟈 양의 언니……."

타니아는 이렇게 말한 뒤 당황한 듯 황급히 입을 다물었다. 그러나 나쟈는 그 말을 흘려듣지 않았다. 그리고 곧 타니아가 무슨 말을 하려고 했는지 깨달았다.

"제 언니라면……, 비앙카 언니 말인가요? 혹시 비앙카 언니를 아세요?"

타니아는 매우 곤혹스러운 표정을 지었다. 방금 타니아는 분명히 '나쟈 양의 언니'에 대해 '걱정'이라고 말했다. 그 말은 설마…….

"살아 있나요? 설마 비앙카 언니가 살아 있는 건가요? 말씀해 주세요!"

애원하듯이 물어보는 나쟈에게 타니아는 말없이 고개를 끄덕였다. 비앙카 언니가 살아 있다니, 그런 믿을 수 없는 일이……. 그러나 여기까지 알게 된 이상 더 물어볼 수밖에 없었다.

"어디 있나요? 언니는 지금 어디에 있나요!?"

"……어머니가 나쟈 양에게는 절대 말하지 말라고 신신당부하
셨는데……."

타니아는 일어섰다.

"어쩔 수 없네요. 저랑 같이 어머니에게 가요."

# 8

# 순환하는 수

"분부대로 하겠습니다."

그녀는 왕비에게 공손하게 말했다. 그러나 왕비는 이미 다른 곳을 보고 있었다. 퉁명스럽게 일방적으로 명령을 내리고, 명령을 마치면 상대에 대한 생각은 의식에서 날려버리는 모양이다. 이 여자는 늘 그렇다. 그리고 이런 인간에게 '하찮은 존재'로 취급받으면서도 순종적인 종을 완벽하게 연기하고 있는 자신. 자신이 무엇을 하더라도 절대로 인정받지 못한다는 사실을 알고 있으며 그 사실에 상처를 받으면서도, 저 여자에게 필요하며 방해가 되지 않는 존재이고자 하는 노력을 멈추지 않는 자신.

─어린 시절의 나와 달라진 게 하나도 없구나.

자신의 '현재 모습'은 바로 그런 측면을 상징하는 것처럼 느껴졌다. 장식이라고는 달려 있지 않은 검은 옷. 안대로 절반을 감춘 얼굴. 자신은 그야말로 저 여자의 그림자이다. 어렸을 때부터 줄곧 그렇게 살아왔듯이. 그렇기 때문에 '그날' 가장 먼저 이 모습을 얻은 것이다. 그녀는 그렇게 이해하고 있었다.

이 모습이야말로 나의 본질이리라. 자신을 지배하는 자를 두려워하고, 그런 까닭에 무조건 복종하며 반쯤 공기와 같은 존재가 되어서 자비를 내려주기를 기다린다. 죽임을 당하지 않기 위해서. 살아남기 위해서. 그러면서도 동시에 상대의 방심을 틈타 숨통을 끊을 기회를 호시탐탐 노린다.

물론 '다른 모습'에도 자신의 성격은 반영되어 있다. 지금보다 '한 단계 위'의 모습인 밤색 머리카락의 어린 소녀는 항상 불안해하며 타인에게 무엇인가를 바라기만 하는 자신을, '두 단계 위'인 은발의 여성은 전투적인 모습의 자신을 나타낸다. '세 단계 위'와 '네 단계 위'의 모습도 있지만, 아직까지 그 모습이 되는 데 성공한 적이 없었기 때문에 어떤 모습인지는 알지 못한다. 당연히 '다섯 단계 위'인 원래의 타고난 얼굴로도 돌아간 적이 없다. 설령 돌아갈 수 있다고 해도 '그 여자를 쏙 빼닮은 자신'으로는 이제 돌아갈 생각이 없지만…….

역시 자신에게는 이 모습이 잘 어울린다. 표정의 변화가 거의 없는 지금의 얼굴은 내면에서 꿈틀거리는 증오를 감춰준다. 그리고 '검은색'을 몸에 두르는 이유는 마음속의 어두운 감정을 들키지 않기 위함이었다.

─나는 뭐든지 꿰뚫어볼 수 있어.

왕비는 입버릇처럼 이렇게 말했다. 참으로 한심하기 짝이 없는 사람이다. 정말 뭐든지 꿰뚫어볼 수 있다면 '이미 죽었어야 할 딸'이 이렇게 멀쩡하게 살아서 마음속에 증오를 숨긴 채 자신의 곁에 있다는 사실을 깨닫지 못할 리가 있겠는가? 왕비는 감정을 숨긴다는 것이 어떤 것인지 알지 못한다. 이유는 간단하다. 왕비는 자신의 생각을 그대로 드러내도 절대 비난받지 않는 인생을 살아왔기 때문이다. 그래서 타인이 얼마나 교묘하게 본심을 감출 수 있는지, 그리고 실제로 어떻게 감추는지 전혀 모르는 것이다. 그저 타인도 자신처럼 진짜 감정만을 겉으로 드러낸다고 생각한다.

며칠 전, 남편에게 배반당하고 아들을 잃은 왕비는 심하게 동요했다. 그렇게까지 정신적으로 궁지에 몰린 왕비를 보는 것은 처음이었기 때문에 그녀는 짜릿한 쾌감을 느꼈다. 증오심보다 오히려 이 감정을 숨기는 것이 더 어려웠을 정도였다. 그러나 그것도 잠시였다.

—그 여자가 저주를 다시 시작했어.

자신을 배반한 남편이 언제 공격해올지 모르는 상황에서도 왕비는 성의 방비를 신경 쓰기는커녕 또다시 소수벌의 독을 자신에게 요구했다. 그것도 여러 종류의 독을 대량으로. 그리고 오늘 아침, 엘데 대공국의 보호를 받고 있던 국왕이 죽었다는 정보가 들어왔다. 왕비가 저주로 죽인 것이 틀림없었다.

어떻게 저주를 다시 시작할 수 있었을까? 정확히는 알 수 없지만, 왕비가 총애하는 시인이 그 '실험실'을 수시로 드나들면서 왕비와 무엇인가 이야기를 나누고 있는 것 같았다. 그리고 실제로 그 시인의 주도 아래 '피보나 풀'의 재배가 다시 시작되었다. 국왕이 성을 떠난 뒤로 왕비는 예전보다도 더 시인의 말대로 행동하는 듯하다. 처음부터 방심해서는 안 될 인물이라고는 생각해왔지만, 그 사내의 정체는 대체 무엇일까?

그녀는 거주관을 나와 약초밭으로 향했다. 그 시인이 새로 심은 피보나 풀이 벌써 밭을 가득 채우고 있다. 표면적으로만 보면 그 사내의 행동은 전부 왕비를 위한 것처럼 보인다. 그러나 그녀는 알 수 있었다. 그 시인이 적어도 한 가지는 왕비를 속이고 있음을. 그녀는 풀을 내려다보았다.

　─이 '꽃의 수'를 보면……. 그 여자는 속일 수 있어도 내 눈은 못 속여.

　시인이 자신에게 푹 빠져 있다고 생각하고 있을 왕비가 그의 이 작은 배신을 눈치챘을 가능성은 없다. 자신의 매력을 과신한 나머지 상대를 과소평가하고 있는 것이다. 참으로 가소로울 따름이다. 그렇게 생각하자 무표정했던 그녀의 뺨이 살짝 움직이면서 한쪽 입꼬리가 경련을 일으키듯이 위로 올라갔다. 그러나 그럴 때면 이제는 아플 리가 없는 옛 상처가, '지금은' 왼쪽 눈의 위에 있는 그 상처가 마치 경고를 보내듯이 미세하게 욱신거린다. 그녀는 이내 정신을 차리고 무표정한 얼굴로 돌아갔다.

　그 시인은 적일까, 아니면 같은 편일까? 그녀는 잠시 생각하다가 그만두었다. 이제 조금만 기다리면 '독'이 곧 손에 들어오기 때문이다. 왕비에게 보낼 식수령을 만들기 위한 세 번째 소수벌의 독이.

　그녀는 벌오두막의 문을 열었다. 등불이 없어서 아무것도 보이지 않았지만, 벌들이 자신의 존재를 인식하고 일제히 이쪽으로 의식을 향하는 것이 느껴졌다. 이윽고 벌들이 날갯짓하는 소리가 들리기 시작했다.

　─작은 친구들아. 제발 내게 한 번만 더 힘을 빌려줘.

　그렇다. 무슨 일이 일어나든 며칠 뒤면 모든 것이 '끝난다.'

낙원장은 괴로운 표정으로 "끝까지 말하지 않으려고 했는데……"
라며 말을 꺼냈다.

"나쟈. 당신의 언니 비앙카는 지금도 살아 있습니다."

나쟈의 눈이 휘둥그레졌다.

"어디 있나요? 언니는 지금 어디에 있나요!?"

낙원장은 마음을 정한 듯, 일단 눈을 감았다가 뜨더니 나쟈의
얼굴을 똑바로 바라보며 말했다.

"비앙카는 지금도 메르세인 성에 있습니다. 좀더 정확히 말하면
4년 전부터 줄곧, 바로 당신의 곁에 있었습니다. 왕비의 눈을 속이
고 당신과 요정들을 구할 기회를 만들기 위해서 말이지요."

낙원장의 말에 홀 한쪽에서 듣고 있던 트라이아가 비통한 표정
을 지었다. 나쟈는 심한 혼란에 빠졌다.

"언니가 줄곧 성에 있었다니……, 대체 무슨 말씀이신가요?"

그때 카흐가 문을 열고 안으로 들어와 나쟈의 옆에 폴짝 앉았다.

"그 검은 옷을 입은 여성이 나쟈의 언니인 거죠?"

낙원장이 카흐에게 대답했다.

"카흐 님은 알고 계셨던 건가요?"

"네. 그 검은 옷을 입은 여성이 이따금 거울 저편에서 말을 걸었
거든요. 그 사람이 보통 사람이 아니라는 건 예전부터 알고 있었
어요. 나쟈처럼 거울 속으로 들어오지는 못해도 우리를 볼 수는
있는 것 같더라고요. 우리의 목소리가 들리지는 않았던 것 같지
만, 어쨌든 우리의 '사정'을 알고 있고 우리를 구할 계획을 세워놓

았다고 했어요.”

카흐는 여전히 알아차리지 못한 듯한 표정의 나쟈를 바라보며 “그 마틸데라는 사람 얘기를 하고 있는 거야”라고 말했다.

“마틸데? 설마⋯⋯.”

그도 그럴 것이, 마틸데와 비앙카는 완전히 다른 사람이었다. 마틸데도 아름다운 여성임에는 틀림이 없지만, 비앙카와는 얼굴도 체격도 달랐다. 게다가 마틸데는 ‘벌치기 일족’ 출신이 아니었던가?

“나쟈, 믿기 어렵겠지만 사실입니다. 8년 전에 ‘셈하는 아이’ 일을 하던 소녀들이 당신을 제외하고 모두 목숨을 잃은 사건이 있었지요? 그때 비앙카도 왕비에게 죽을 뻔했지만 기적적으로 목숨을 건졌습니다. 그리고 완전히 다른 사람의 모습을 손에 넣었지요.”

항상 무표정하고, 무서운 벌들을 조종하며, 왕비의 저주를 돕고 있던 마틸데가 그 마음씨 고운 비앙카 언니라는 말인가? 도저히 믿을 수가 없었다. 그러나 나쟈의 마음속에는 상황을 논리적으로 이해하려고 하는 또다른 자신도 있었다. 만약 마틸데가 비앙카라면 그 ‘거울을 찾아내라는 편지’를 쓴 사람도 마틸데임이 틀림없다. 물론 지정한 장소에 ‘거울’을 숨긴 사람도. 그리고⋯⋯. 나쟈는 트라이아에게 물었다.

“트라이아도 마틸데가 비앙카 언니라는 걸 알고 있었어요?”

트라이아는 미안해하는 표정으로 “네”라고 대답했다.

“한 가지만 더 물어볼게요. 신전에서 저를 구해준 사람은 비앙카 언니도 마틸데도 아닌 처음 보는 사람이었어요. 그 사람은 누군가요?”

"은발의 여성을 말씀하시는 겁니까?"

"네."

"그 사람도 비앙카 님의 또다른 모습이라고 합니다."

그 사람도……? 안정을 찾으려던 나쟈의 머릿속이 또다시 혼란에 빠졌다. 비앙카 언니에게 대체 무슨 일이 일어난 것일까? 하지만…….

—언니가 살아 있어.

그렇게 실감한 순간, 나쟈의 마음속에 비로소 강한 감정이 솟아올랐다. 비앙카 언니는 죽지 않았다. 게다가 다른 사람의 모습으로 줄곧 자신의 곁에 있어주었던 것이다. 나쟈는 도저히 눈물을 참을 수가 없었다. 그리고 낙원장도, 트라이아도, 카흐도, 잠시 동안 아무 말 없이 나쟈가 마음껏 울도록 내버려두었다. 이윽고 낙원장이 입을 열었다.

"비앙카는 '순환하는 수'의 소유자입니다. 원래의 운명수는 857142, 그리고 '마틸데'라는 이름의 벌치기의 모습을 한 지금의 운명수는 142857이지요."

나쟈는 눈물에 흠뻑 젖은 얼굴을 들고 물었다.

"'원래의 운명수'와 '지금의 운명수'라는 건 뭔가요?"

분명히 운명수는 어지간한 일이 없는 한, 변하지 않는 것이 아니었던가?

"『거대한 서』에 적혀 있는 운명수는 원칙적으로 변하지 않습니다. 하지만 예외적으로 일어나는 변화가 몇 가지 있어요. 그중 하나가 카흐 님의 몸에 일어났던 '운명수의 거품화'고, 또다른 변화가 비앙카의 운명수에서 볼 수 있는 '수의 순환'입니다."

"그게 어떤……."

"아까 제가 비앙카의 원래의 운명수는 857142고 지금의 운명수는 142857이라고 말했지요? 혹시 뭔가 느껴지는 게 없나요?"

857142. 142857. 나쟈는 곧 깨달았다.

"두 수 모두 순서만 다를 뿐 똑같은 숫자가 들어 있네요."

"그렇습니다. 그리고 857142는 142857을 6으로 곱한 수지요."

낙원장의 설명에 따르면 142857이라는 수는 그 2배부터 6배까지가 전부 '숫자의 순서만 서로 바꾼 수'라고 한다. 142857의 2배는 285714, 3배는 428571, 4배는 571428, 5배는 714285, 6배는 857142인 것이다.

"『거대한 서』를 감시하는 신의 심부름꾼들은 이들 수 사이의 변화를 봐도 무시해버립니다. 또한 이들 수의 소유자는 운명수가 변하더라도 몸에 해를 입지 않습니다. 대신 그때마다 겉모습이 바뀌지요."

"그래서……."

그래서 비앙카 언니가 '마틸데'의 모습이 되었다는 말일까?

"그리고 당신을 구한 '은발의 여성'도 비앙카의 또다른 모습입니다. 그 모습일 때의 운명수가 몇인지는 저도 모릅니다만."

낙원장은 처음 비앙카를 만났을 때의 이야기를 시작했다. 그것은 5년 전이었다고 한다.

"비앙카는……, 아니 정확히 말하면 '마틸데'의 모습이었지만 어쨌든 그녀는 '벌치기 일족'과 함께 이곳을 찾아왔습니다."

벌치기 일족은 벌을 키우면서 이곳저곳을 옮겨다니는 사람들이다. 그리고 몇 년에 한 번씩 낙원을 찾아온다고 한다.

"벌치기 일족의 말로는 식수령에게 쫓겨서 성을 도망쳐나온 비앙카를 자신들이 구했다고 합니다. 메르세인 성에서 도망쳐서 방황하던 비앙카가 그들이 키우는 벌의 무리와 만난 것이 그녀가 '변모한' 계기였다더군요."

낙원장의 이야기에 따르면, 벌치기 일족은 비앙카를 만나기 얼마 전에 왕비에게 불려가서 왕비의 요구로 귀중한 벌들과 그 벌을 관리할 젊은 일족을 빼앗기고 실의에 빠진 채 성을 나왔다고 한다. 그들이 비앙카를 만난 것은 그 직후였다.

"벌치기들은 이렇게 말했습니다. '벌들이 자신의 의지로 이 소녀를 구했다'고요. 정확히는 벌의 무리 중 몇 마리가 비앙카를 쏘았다더군요. 3의 소수벌이 세 마리, 5의 소수벌, 11의 소수벌, 13의 소수벌, 37의 소수벌이 한 마리씩이었다고 하는데, 모든 수를 곱하면 $3 \times 3 \times 3 \times 5 \times 11 \times 13 \times 37$이 됩니다."

나쟈는 필사적으로 암산을 했지만 카흐가 먼저 답을 말했다.

"714285인가요?"

"네. 그리고 소수벌의 독 때문에 비앙카의 운명수가 그 수만큼 줄어들었지요."

이번에는 나쟈도 금방 답을 구할 수 있었다. 857142 − 714285는 142857, 즉 '마틸데'의 운명수이다.

"평범한 사람은 소수벌한테 쏘인다고 해서 운명수가 변하지는 않습니다. 평범한 벌에게 쏘였을 때처럼 피부가 부어오르고 아플 뿐이지요. 하지만 비앙카는 달랐습니다."

벌들의 독 때문에 비앙카의 운명수가 바뀌자 비앙카를 쫓아오던 식수령은 그녀를 놓쳤다. 식수령은 비앙카의 원래 운명수인

857142를 노리고 날아온 것이었기 때문이다.

그후 비앙카는 벌치기 일족과 함께 살며 벌을 조종하는 방법을 익혔다. 그리고 서서히 성으로 돌아가겠다는 결심을 굳혀 갔다고 한다.

"5년 전, 벌치기 일족이 제게 비앙카를 데려온 이유는 성으로 돌아가겠다는 그녀를 단념시키기 위함이었습니다. 성으로 돌아갔다가 만에 하나 왕비에게 정체를 들키기라도 한다면 틀림없이 죽을 테니까요. 저도 설득해봤지만 끝내 생각을 굽히지 않았습니다."

비앙카는 이렇게 말했다고 한다. 성에는 아직 동생이 남아 있고, 동생이 성에서 도망치도록 도와야 한다고.

"저를 성에서 도망치게 하려고……."

"네. 비앙카는 왕비가 당신을 양녀로 삼은 이유를 알고 있었던 듯합니다. 리햐르트 왕자에게 좋지 않은 일이 생기면 왕비가 곧 당신을 죽이리라는 사실을 말이지요.

저는 결국 비앙카를 설득하기를 포기하고, 그렇다면 하다못해 도움이라도 되고자 이곳에 있었던 작은 '통신 거울'을 하나 주었습니다. 다만 그 통신 거울로 왕비의 거울 속에 있었던 요정들을 볼 수 있고, 당신이 통신 거울을 통해서 왕비의 거울 속으로 들어갈 수 있다는 사실은 저도 몰랐습니다. 그저 이따금 이곳과 연락할 수 있게 하자는 생각이었지요. 그런데 어떻게 알았는지는 모르겠지만 비앙카는 그 사실을 알아냈습니다. 그리고 그 통신 거울을 당신과 요정들을 해방시키는 데 이용했지요."

나쟈는 가슴이 아파왔다. 비앙카는 자신을 구하기 위해 위험을 감수했던 것이다. 그런데 왜 아직도 성에 남아 있는 것일까? 그 이유를 알 수가 없었다.

"그런데……, 저도 성에서 나왔고 요정들도 구했는데 언니는 왜 아직도 성에 있는 건가요?"

그렇게 물어보자 낙원장은 비통한 표정을 지었다.

"아아, 그것만큼은 말할 수가 없습니다. 만약 그 이유를 말하면 당신은 틀림없이 비앙카를 위해 성으로 돌아가겠다고 말할 테니까요. 하지만 저는 당신이 그곳으로 돌아가기를 원치 않습니다. 그리고 이것은 비앙카의 바람이기도 합니다. 그러니 부디 그것만은……."

나쟈는 고개를 가로저었다.

"제발 가르쳐주세요. 부탁이에요."

나쟈의 간절한 눈빛을 견딜 수 없었는지, 낙원장은 눈을 감고 말했다.

"비앙카가 성에 남은 이유는 증오 때문입니다. 비앙카는 조만간 왕비를 죽일 생각입니다. 왕비에게 식수령을 보내서 말이지요."

◈

수정구를 들여다보는 왕비의 입에서 감탄이 흘러나왔다. 대단해, 정말 대단해! 이렇게 편리한 것이 있었다니.

수정구는 메르세인 성에서 멀리 떨어진 엘데 대공국의 어느 농촌을 생생하게 보여주었다. 밭일을 하는 사람들의 모습도.

—이 마을은 '사시'에 대한 대비가 전혀 되어 있지 않네. 큰 실수를 한 거야.

이 수정구는 시인 람디쿠스가 어디에선가 가져와서 왕비에게 준 것이다. 이것이 보여주는 범위는 상당히 넓어서, 옆 나라 정도라면 어디든지 볼 수 있다. 사시에 대한 대비가 되어 있지 않은 곳에 한해서이지만.

수정구를 들여다보던 왕비는 거울 앞에 서서 운명수의 분해 결과를 확인한 뒤 바쁘게 소수벌의 독을 조합했다. 그리고 늘어놓은 검은 단지에서 차례차례 식수령이 튀어나오자 또다시 수정구를 들여다보았다. 식수령은 이동 속도가 빠르다. 두근거리는 마음으로 수정구를 들여다보고 있으니 몇 분도 지나지 않아 수정구가 비추고 있는 풍경 속에 식수령이 모습을 드러냈고, 사람들은 엄청난 혼란에 빠졌다. 식수령의 거대한 입에 통째로 집어삼켜져 힘을 잃고 마치 인형처럼 쓰러지는 사람들. 남녀노소 모두 속절없이 쓰러져갔다. 왕비는 그 모습을 보며 깔깔 웃다가 곧 심각한 표정으로 돌아갔다.

―지금부터가 큰일이네.

조금 있으면 실험실의 벽을 통해서 식수령들이 속속 돌아올 것이기 때문이다. 왕비는 눈을 감고 양 팔로 얼굴을 보호했다. 그러나 아무리 막으려고 해도 악령이 가지고 돌아온 '칼'은 왕비를 사정없이 할퀸다. 왕비는 폭풍우를 견뎌내는 큰 나무를 생각하면서 이를 악물고 모든 것이 끝나기를 기다렸다. 이윽고 식수령들은 왕비의 얼굴과 몸에 수많은 상처들을 남기고 전부 단지 속으로 들어가 사라졌다.

"아아, 너무 아파!"

왕비는 밖에까지 들리도록 일부러 큰소리로 말했다. 그러자 곧 시인이 방 안으로 들어왔다.

"이런 이런, 가엾게도 이렇게 상처투성이가 되시다니……."

"빨리 약을 발라줘."

"알겠습니다. 이미 준비했지요."

왕비는 눈을 감고 가만히 서서 피보나 풀로 만든 약을 자신의 상처 하나하나에 정성껏 발라주는 시인의 손길을 느꼈다. 약을 바르자 아픔도 상처도 금세 사라졌다. 지금까지 마틸데가 만들어 발라주던 약보다 시인이 만든 약이 훨씬 효과가 빠르게 느껴졌다. 이 약이 있기에 왕비는 지금처럼 많은 사람들을 단시간에 저주할 수가 있는 것이다. 이것은 시인에게 고마워해야 할 일이지만, 왕비는 다른 사람에게 고맙다는 말 따위는 하지 않는다. 오히려 어리광을 부리는 말투로 시인을 질책했다.

"어젯밤엔 어디 갔었어? 내가 혼자서 얼마나 외로웠는지 알아?"

시인은 이런저런 변명을 했지만, 왕비는 전부 무시하고 자신이 하고 싶은 말을 계속했다.

"근데 나 말이야, 당신한테 받은 수정구를 이용해서 어제 그 멍청한 남편놈한테 멋지게 저주를 날려줬다? 지금도 혼자서 이렇게 많이 저주했어. 나 칭찬 안 해줘?"

왕비는 시인에게 남편과 그의 애인이 어떻게 죽었는지 이야기했다. 어젯밤 기사들을 모아놓고 메르세인 성을 공격할 계획을 세우고 있던 남편이 갑자기 나타난 식수령을 보고 얼마나 두려움에 떨었는지도. 남편은 자신을 지켜주려고 하는 기사들은 물론이고 자신에게 도움을 청하는 애인까지 저버린 채 혼자서 도망치려고 했지만, 결국 식수령에게 먹혀 꼴사납게 죽고 말았다.

"나 말이야, 내가 보낸 식수령이 사람을 잡아먹는 걸 정말 오랜

만에 봤어. 예전에는 자주 봤는데 '거울'을 손에 넣은 뒤로는 본 적이 없었거든."

왕비는 요정의 연산 거울을 손에 넣기 훨씬 전부터 저주를 시도했다. 저주할 상대의 운명수를 사제에게 점치게 하고, 시녀장과 비앙카를 비롯한 셈하는 아이들에게 '운명수의 분해'를 시켰다. 왕비는 상대가 저주로 죽는 모습을 지켜보기 위해 종종 자신이 만든 식수령을 단지에 넣은 채 저주할 상대의 근처까지 가서 풀어놓곤 했는데, 저주가 성공하는 일은 매우 드물었다고 한다.

"요정의 거울을 손에 넣기 전에는 성공한 적이 거의 없었지만, 처음 성공했던 날은 지금도 잊을 수가 없어. 12년 전이었지……."

처음으로 다른 사람을 저주해서 죽인 기억을 왕비는 즐겁게 이야기했다. 그리고 시인은 그런 그녀를 황홀한 표정으로 바라보면서 "정말 멋지세요"라며 장단을 맞춰주었다.

"그런데, 제가 만든 거울은 제대로 작동했나요?"

거울 속에는 이미 시인이 만든 수백 명의 인공 요정들이 들어가 있었다.

"아무 문제도 없었어. 진짜 요정들보다 얘네들이 더 빨리 계산하더라."

왕비가 그렇게 말하자 시인은 도움이 되어서 영광이라고 말한 뒤, '보석'은 얼마나 모았느냐고 물었다. 왕비는 검은 단지를 들더니 붉은색 비단 위에 내용물을 쏟았다. 그러자 눈부신 빛을 발하는 크고 작은 보석들이 소리를 내며 쏟아졌다.

"호오. 큰 것도 꽤 있군요. 하지만 필요한 수를 생각하면 이 정도로는 턱없이 부족합니다."

필요한 수는 524287. 왕비는 이 수에 해당하는 만큼의 보석을 모아야 한다. 그 이유는…….

—이것이 내 새로운 운명수가 될 테니까.

이 수는 왕비가 가지고 태어난 운명수보다 훨씬 작다. 그러나 엄연한 〈불로신의 수〉이다. 다시 말해 불로불사, 영원한 젊음과 아름다움을 보증해주는 수인 것이다.

"왕비님께서는 모레 있을 탄생일 축하연에서 '그 건'을 공표하실 생각이시지요? 그 날짜에 맞추려면 서두르셔야 합니다."

맞아, 그래야지. 왕비는 모레 열릴 축하연을 상상했다. 나의 탄생일. 그리고 동시에 새로운 나로 다시 태어나는 날. 왕비는 시인이 재촉하는 가운데 또다시 수정구를 들여다보았다.

낙원의 '거울 호수'에 있는 요정 네 명은 혼란에 빠져 있었다. 멤과 자인, 달레트, 기멜은 동이 트기 전부터 기도를 올리며 잔잔한 호수가 콰리즈미 호수를 찾아내기를 기다렸다. 그리고 저녁이 되었을 무렵, 마침내 수면에 그리운 고향의 궁정이 비쳤다. 그러나 받아들이기 힘든 사실이 그들을 기다리고 있었다.

—차디 왕이 없다.

차디의 측근인 친위대장 요드는 몹시 괴로운 표정으로 그 사실을 멤에게 보고했다. 차디 왕은 멤을 비롯한 신관들과 거울을 왕비에게 강탈당한 직후 〈그림자〉에게 잡혀갔다는 것이다.

"〈그림자〉에게 잡혀갔다고!? 그게 무슨 말인가?"

놀라는 멤에게 수면 너머의 요드가 면목이 없다는 듯이 말했다.

"멤 님, 정말 죄송합니다. 저희도 계속 〈그림자〉의 뒤를 쫓고는 있지만 어디에 있는지 전혀 파악이 되지 않아서……."

요드는 차디 왕과 멤과 다른 신관들이 사라진 뒤, 대혼란에 빠진 콰리즈미 숲을 어떻게든 안정시키면서 왕을 찾아야 하는 까닭에 어려움이 많은 듯했다. 그것이 얼마나 힘든 일인지 이해하기에 멤은 요드를 나무랄 수가 없었다. 게다가 저녁 바람에 불어와 수면이 물결치면서 교신이 끊어져서 구체적인 이야기는 하나도 나누지 못했다.

"차디가 없다니……. 대체 어쩌면 좋지!"

달레트가 혼란에 빠진 나머지 자신의 머리를 쥐어뜯으며 소리쳤다. 기멜은 말이 없었지만, 창백한 얼굴만 봐도 상태를 알 수 있었다. 멤도 이 상황을 어떻게 받아들여야 할지 몰라 애를 먹고 있었다. 거울 밖으로 나오기만 하면, 그리고 카흐의 목숨을 살리기만 하면 모든 것이 해결되리라고 생각하고 있었다. 그랬는데 고향에서 기다리고 있는 줄 알았던 차디 왕이 없을 줄이야. 게다가 〈그림자〉에게 잡혀가는 최악의 사태가 벌어지다니……. 그러나 이 또한 사실이라면 사실로 인정하는 수밖에 없었다. 멤은 문득 고개를 돌려 자인을 바라보았다. 차디의 형제인 자인은 틀림없이 자신보다도, 아니 이곳에 있는 그 누구보다도 큰 충격을 받았을 것이다. 먼저 자인을 진정시켜야…….

그런데 멤의 눈에 들어온 자인은 미간을 찌푸리고 있기는 하지만 무엇인가를 곰곰이 생각하고 있는 것처럼 보였다. 원래 자인이 어지간한 일에는 동요하지 않는다는 것은 알고 있었지만, 지금의 자인은 멤이 생각해도 조금 이상하게 느껴질 만큼 차분했다. 멤이 자인에게 말을 걸자 달레트와 기멜의 시선도 자인 쪽을 향했다.

"어이, 자인! 침착해야 해! 네 심정은 이해하지만 지금은 혼란에 빠져 있을 때가 아니야! 우리가 곁에 있으니 진정하라고! 알았지?"

그러나 멤이 보기에는 그렇게 말하는 달레트보다도 자인이 몇 배는 차분해 보였다.

"자인. 뭔가 짚이는 거라도 있는 거야?"

멤이 이렇게 물어보자 자인은 멤을 흘끔 바라보았다. 그리고 시선을 내리깔면서 말했다.

"사실은……. 어쩌면 이런 일이 일어났을지도 모른다고 생각했었어. 다만 그냥 내가 예민해서 그런 건 줄 알았지. 아니, 그러기를 바랐다고 해야 하나……."

"대체 무슨 얘기야?"

"거울 속에 있었을 때……, 차디가 근처에 있는 것처럼 느껴진 적이 몇 번 있었어."

"뭐라고? 정말이야?"

자인은 고개를 끄덕였다. 요정들끼리는 어느 정도 가까이 있으면 모습이 보이지 않더라도 상대의 존재를 느낌으로 알 수 있다. 가까운 혈연이라면 그 느낌은 더욱 강해지는데, 하물며 차디와 자인은 쌍둥이 형제이다.

"……틀림없지?"

"유감이지만, 분명해."

자인은 아래를 내려다본 채 한숨을 쉬면서 말했다.

"내 생각에……, 차디는……, 우리의 왕은……, 아마도 메르세인 성의 어딘가에 있을 거야."

자인의 말에 다른 세 명은 크게 놀랐다. 기멜이 머뭇머뭇 말했다.

"차디는 〈그림자〉에게 잡혀갔지 않습니까? 그렇다면……, 〈그림자〉도 그 성에 있을 가능성이 높다는 뜻이군요?"

그 결론에 모두가 입을 다물었다. 그러나 침묵 속에서 모두의 마음은 서서히 한 가지 결심에 도달하고 있었다. 다시 한번 그 성으로 돌아가야 한다. 그 무서운 여자가 지배하는 성으로. 멤이 입을 열었다.

"……모두한테는 미안하지만, 카흐는 데려갈 수 없어. 카흐는 이미 너무 끔찍한 일을 겪었어. 그런 일을 또다시 겪게 하고 싶지는 않아."

다른 세 명도 멤의 말에 동의했다. 세 사람 모두 카흐는 여기서 기다리게 하자고 말했다. 그런데 그 직후, 멀리서 그들을 부르는 목소리가 들렸다. 카흐였다. 그들은 순간 뜨끔했다. 카흐에게 어떻게 설명을 해야 할까? 모두가 안절부절못하고 있는데, 카흐가 이쪽으로 달려오다가 갑자기 멈춰 서더니 다급한 표정으로 서쪽 하늘을 가리켰다.

"큰일 났어! 저길 봐!"

네 명은 동시에 카흐가 가리키는 방향을 쳐다보았다.

"저건……."

일순간 저녁 하늘이 일그러지는 것처럼 보이더니, 서서히 형체가 뚜렷해졌다. 벌레 떼인가? 아니, 벌레가 아니었다.

"식수령……."

식수령이 저렇게도 많이……. 모두가 자신의 눈을 의심했다. 그러나 그러는 사이에도 식수령의 무리는 하늘을 뒤덮어, 붉은 저녁

놀에 물들었던 하늘을 탁한 회색으로 더럽혔다. 자인이 낮게 중얼 거렸다.

"메르세인 성 쪽에서 온 놈들이야. 그리고 방향을 볼 때 저 놈들이 향하는 곳은 아마도 엘데 대공국의 수도……. 아니 잠깐, 저건……?"

자세히 보니 거대한 무리 속에서 다른 쪽으로 방향을 바꾸는 '점' 같은 것이 보였다. 아무래도 몇 마리가 무리에서 벗어난 모양이었다. 그리고 그 점은 서서히 커졌다.

—이쪽으로 오고 있어!

정확히는 언덕 위를 향하고 있었다. 낙원장의 집으로 가고 있는 것이다.

"또다시 낙원장을 노리는 걸까요? 오늘 아침에 왔던 놈들처럼."

기멜이 중얼거렸다. 멤도 그렇게 생각했다. 그러나…….

—왜 갑자기 불길한 예감이 드는 거지?

그 순간, 멤은 이미 언덕 위를 향해 달리고 있었다.

비앙카 언니가 왕비를 죽이려 한다고? 처음에 나쟈는 그 말을 도저히 믿을 수가 없었다. 마음씨 착한 비앙카 언니가 그런 끔찍한 짓을 할 리가 없다고 생각했다. 그러나 낙원장의 이야기를 듣는 사이에 나쟈는 자신이 몰랐던 언니의 마음, 왕비를 향한 강렬한 증오를 서서히 이해하게 되었다. 왕비가 싫다고 말했던 어린 자신에게 슬픈 표정을 지었던 비앙카 언니. "우리 어머니잖니"라고 말했던 비앙카 언니. 그 말에 거짓은 없었을 것이다. 비앙카 언니는 분명히 왕비를 어머니로서 흠모했다. 그러나 그런 만큼 자신을 대하는 왕비의 매정한 태도로 인해서 받은 상처가 더 깊었을지도 모른다.

그러나 왕비에게 식수령을 보낸다는 것은 위험하기 짝이 없는 일이다. 게다가 나쟈를 더욱 충격에 빠뜨린 것은 비앙카가 보낸 식수령이 왕비를 죽였을 경우 비앙카도 죽음을 피할 수 없다는 사실이었다. 왕비의 운명수를 구성하는 세 수인 **4261, 8521, 12781**은 전부 칼이다. 이렇게 큰 칼이 한꺼번에 돌아온다면 목숨을 구할 방법은 없다고 한다.

나쟈는 초조해졌다. 비앙카 언니가 그 계획을 실행하기 전에 말려야 한다. 그러나 메르세인 성으로 돌아가 언니를 설득하겠다고 말하는 나쟈에게 낙원장은 이렇게 말했다.

"당신의 심정은 충분히 이해합니다. 하지만 성이 위험한 장소라는 사실은 알고 있겠지요? 만에 하나 들키기라도 한다면 왕비는 당신을 죽일 겁니다."

그럼에도 나쟈가 뜻을 굽히지 않자 다시 말했다.

"저도 가능하다면 비앙카를 구하고 싶습니다. 그리고 당신이라면 그녀를 설득할 수 있을지도 모른다고 생각합니다. 하지만 아무런 준비도 없이 성으로 돌아가는 건 위험하기 짝이 없는 행동입니다. 왕비가 자신의 가장 중요한 무기인 식수령을 당신이나 비앙카에게 보낸다면 어떻게 할 겁니까?"

"그건……, 으음……."

곧바로 떠오른 것은 '운명의 삼각문'을 장식한 망토였다. 나쟈가 그것을 말하자 낙원장은 "분명히 망토는 강력한 방어구입니다. 하지만 식수령을 열 마리 이상 막지는 못합니다. 만약 그 이상을 보낸다면 어떻게 할 생각인가요?"라고 물었다.

"음……, 오늘 아침에 타니아 님이 식수령을 붙잡는 데 쓰셨던 그물을 사용한다든가……."

"포령망 말이군요. 하지만 포령망을 능숙하게 사용하는 건 결코 쉬운 일이 아닙니다. 그걸 사용할 수 있을 것 같나요?"

낙원장이 되묻자 나쟈는 잠시 머뭇거리다 억지로 고개를 끄덕였다. 해보는 수밖에 없다고 생각했다.

바로 그때, 나쟈 옆에 앉아 있던 트라이아가 천장을 올려다보더니 벌떡 일어섰다. 그리고 낙원장 쪽으로 다가가 뭔가를 말하려고 했다. 그러나 낙원장은 "알고 있습니다"라며 고개를 끄덕이고는 트라이아에게 돌아가서 앉으라고 말했다. 나쟈는 영문을 알 수가 없었지만, 얼마 지나지 않아 트라이아가 무엇에 반응했는지 알 수 있었다. 공기의 비정상적인 압력. 온몸의 털이 곤두서는 것 같은 느낌. 이것은 틀림없이 식수령이다.

—또다시 낙원장님을 노리고 왔구나.

그러나 낙원장은 타이나에게 무엇인가를 지시하기만 했을 뿐 일어나려고 하지 않았다. 나쟈가 보았을 때 지금 낙원장은 삼각문 망토를 두르고 있지도 않고, 그렇다고 이 홀에 '제곱의 진'을 만드는 부적이 붙어 있는 것도 아니었다. 안쪽의 선반에 포령망이 몇 개 놓여 있을 뿐이었다. 이대로는 위험하지 않을까?

타니아가 방의 구석에 있는 상자에서 무엇인가를 꺼냈다. 그것은 저녁놀처럼 붉은 천에 은실로 커다란 삼각문을 수놓은 망토였다. 나쟈는 한눈에 그것이 '운명의 삼각문'임을 알았다. 그러나 타니아는 어째서인지 그것을 낙원장이 아닌 나쟈의 어깨에 둘렀다.

"네? 저요? 아니 왜……."

낙원장이 나쟈에게 대답했다.

"그 망토는 이곳 낙원 사람들이 당신을 위해 서둘러서 만든 겁니다. 이제 곧 식수령이 올 텐데, 이번에 노리는 표적은 제가 아니라 바로 당신입니다."

설마! 그러나 낙원장의 말에 몸이 먼저 반응했다. 먼저 손이 조금씩 떨리기 시작하더니 등에서 한기가 느껴졌다. 낙원장은 나쟈에게 일어서라고 말했지만, 나쟈는 다리가 얼어붙어 제대로 일어설 수가 없었다. 보다 못한 트라이아가 나쟈에게 달려가서는 어깨를 부축해 일으켰다. 트라이아가 말했다.

"낙원장님! 나쟈 님을 어디로 모셔야 할까요?"

"어디로도 데려가서는 안 됩니다."

낙원장의 말에 트라이아도 나쟈도 할 말을 잃었다.

"나쟈. 방금 전에 비앙카를 돕겠다고 말했지요? 만약 그 말이 진심이라면 지금부터 찾아올 식수령에 혼자의 힘으로 맞서야 합니다. 트라이아 님도 도움을 줘서는 안 됩니다."

"하지만……."

트라이아는 불안한 눈빛으로 낙원장과 나쟈를 번갈아 바라보았다. 나쟈는 얼굴이 새파랗게 질렸으면서도 트라이아에게서 떨어져 혼자의 힘으로 섰다. 그 모습을 본 낙원장이 타니아에게 신호를 보내자 타니아는 나쟈에게 다섯 개 정도의 포령망을 건넸다. 즉, 이 포령망과 삼각문 망토로 식수령을 막아보라는 의미였다. 낙원장의 의도를 이해한 나쟈는 일단 심호흡을 했다. 폐에 공기가 가득 차자 마음이 조금이나마 차분해졌다. 그러나 벽에서 나타난 식수령 한 마리가 자신을 향해 날아오는 것을 본 순간, 나쟈는 완전히 혼란에 빠졌다.

나쟈는 비명을 질렀다. 자신의 내부에서 나오는 것이라고는 믿을 수 없을 만큼 커다란 비명이었다. 그러자 낙원장이 나쟈에게 호통을 쳤다.

"나쟈! 움직이면 안 됩니다! 똑바로 앞을 보세요!"

낙원장의 말에 나쟈는 일단 움직임을 멈췄다. 그러나 식수령은 이미 커다란 입을 벌리고 있었다. 정면에서 보는 식수령의 입 안쪽은 캄캄한 암흑이었고, 입 주위에는 바늘 같은 이빨이 빽빽하게 나 있었다. 나쟈는 두려운 나머지 눈을 감았다. 그러나 눈을 감아도 식수령이 내뿜는 압력 같은 것이 자신을 뒤덮어오고 있음을 느낄 수 있었다.

— 이젠 틀렸어.

"나쟈! 망토로 몸을 덮고 무게중심을 낮추세요! 힘껏 버티지 않으면 압력에 날아가고 말 겁니다!"

낙원장의 말에 몸이 자연스럽게 움직였다. 나쟈는 망토 자락을 당겨서 자신의 몸을 덮고 다리를 살짝 굽혀 무게중심을 낮췄다. 곧 몸의 측면에 통나무로 얻어맞은 것 같은 충격이 느껴졌다. 나쟈는 뒤쪽으로 비틀거렸지만, 넘어지는 것만큼은 피할 수 있었다. 트라이아가 말을 걸었다.

"나쟈 님! 괜찮으신가요!?"

나쟈는 숨을 가쁘게 몰아쉬며 고개를 들었다. 식수령의 모습은 보이지 않았다. 망토가 식수령을 격퇴한 것은 틀림없는 듯했다.

그러나 이 정도로 충격이 클 줄은 생각도 하지 못했다.

"조심하십시오! 또 옵니다!"

천장에서 또 한 마리가 모습을 드러냈다. 그놈은 모습을 드러내자마자 나쟈의 몸에 부딪쳐 산산이 부서졌다. 아까의 충격이 채 가시지 않은 상태에서 새로운 충격을 받은 나쟈는 옆으로 쓰러졌다.

"나쟈 님!"

나쟈는 몸의 통증과 마음의 동요를 억누르면서 호흡을 가다듬으려고 했다. 그러나 숨을 제대로 들이마실 수가 없었다.

"또……, 오기라도 하면…….."

말을 채 마치기도 전에 또다시 '압력'이 느껴졌다. 역시 오는구나.

"나쟈. 다음 식수령은 포령망으로 잡아야 합니다."

낙원장이 그렇게 말한 이유는 듣지 않아도 알 수 있었다. 삼각문 망토가 식수령을 격퇴할 수 있다고는 하지만, 이런 충격을 몇 번씩 연속으로 받으면, 몸이 견뎌내지 못하기 때문이다.

"포령망…….."

나쟈는 아픔을 참으면서 일어나 왼손에 들고 있던 포령망 중 하나를 오른손에 쥐었다. 옆에서 타니아가 조언해주었다.

"나쟈 님, 식수령을 포령망으로 붙잡으려면 식수령이 이동하는 방향과 수직이 되도록 망을 대야 해요. 그러니 식수령의 정면에 서서 눈을 떼지 말고 움직임을 지켜보세요!"

나쟈는 타니아의 조언대로 오른손에 포령망을 쥐고 식수령이 오기를 기다렸다. 서서히 커지는 식수령의 모습. 눈을 뜨려고 애썼지만 나쟈의 눈은 서서히 감기고 있었다. 너무 무서워서 도저히 눈을 뜨고 있을 수가 없었다. 온몸에 식은땀이 흐르고, 지면이 흔들리는 것 같은 착각이 들 만큼 온몸이 덜덜 떨렸다. 나쟈의 눈이 완전히 감겼을 때 식수령이 나쟈의 가슴에 강하게 충돌했고, 나쟈는 그 충격으로 뒤로 넘어졌다. 다만 트라이아가 재빨리 손을 뻗어 받쳐준 덕분에 머리를 바닥에 부딪치는 것만큼은 겨우 피할 수 있었다.

낙원장은 나쟈에게 걸어가 나쟈의 몸에 손을 댔다. 몸의 통증이 사라지는 것이 느껴졌다. 그러나 몸이 편해진 만큼 마음속에는 절망감이 커졌다.

—내 힘으로는……, 무리인가 봐.

이래서는 비앙카를 도울 수가 없다. 왜 내 몸은 말을 듣지 않는 것일까? 분한 마음에 눈물이 쏟아졌다.

"나쟈. 제가 봤을 때 당신은 식수령에 대해 커다란 공포를 안고 있는 것 같군요. 그 공포가 당신의 몸에 어떤 영향을 주는지는 당신도 잘 알고 있을 겁니다."

공포. 그렇다. 나는, 두렵다. 어째서일까? 내가, 약하니까. 내가, 하찮은 인간이니까. 보잘것없는 운명수밖에 갖지 못한 인간이니까. 낙원장님처럼 식수령에 맞설 수 없으니까. 나쟈는 눈물을 뚝뚝 흘렸다.

"제게도……, 제게도 낙원장님처럼 훌륭한 운명수가 있었다면……. 하지만……, 제 수는 전혀 쓸모가 없는 수라서……."

"나쟈!"

낙원장의 매서운 목소리에 나쟈는 깜짝 놀라 고개를 들었다.

"나쟈. 지금부터 제가 하는 이야기를 잘 들으세요."

낙원장의 표정과 목소리는 평소와 전혀 달랐다. 나쟈는 놀라서 눈을 크게 뜨고 낙원장을 바라보았다.

"제 말 잘 들으세요, 나쟈. 당신의 마음속에 공포가 자리하고 있는 건 분명합니다. 하지만 그렇다고 해서 '나는 약하고 보잘것없는 인간이야'라든가 '내 운명수는 형편없어'라고 생각할 필요는 전혀 없습니다. 당신이 해야 할 일은 자신의 마음속에 공포가 자리하고 있음을 인정하는 것, 그런 자신이 무엇을 할 수 있을지 생각하는 것, 이 두 가지뿐이랍니다."

"하지만……. 제가 약한 인간이고 저주에 맞설 수 있는 운명수를 갖지 못한 건 사실이잖아요? 제가 좀더 강하고 더 좋은 운명수를 가졌더라면 공포를 느끼지 않았을 거예요."

나쟈의 항변에 낙원장은 그렇지 않다고 말했다.

"아무리 강인한 육체를 가졌더라도, 아무리 강한 운명수를 갖고 태어났더라도 공포심은 있기 마련입니다. 강한 힘을 얻었다고 해서 공포가 사라지지는 않아요. 우리는 모두 마음속 깊은 곳에 공포를 안고 산답니다. 그 공포에 대해 우리가 할 수 있는 일은 그리 많지 않아요. 다만 반드시 피해야 할 일은 있습니다. 바로 공포를 빨리 지우고 싶은 나머지 자신의 능력을 뛰어넘는 사악한 욕망을 품는 겁니다."

"사악한? 욕망……."

"네. 당신이 방금 말한 더 좋은 운명수를 가졌으면 좋겠다는 것도 그중 하나랍니다. 같은 이야기를 어디선가 들어본 적이 있지 않나요?"

낙원장의 말에 나쟈는 문득 깨달았다. 그것은 『전승』에 나오는 〈최초의 1인〉이 저질렀던 과오가 아닌가?

"나쟈, 잘 들으세요. 공포 자체는 나쁜 게 아닙니다. 무엇인가를 무섭다고 생각하는 건 우리에게 아주 자연스러운 감정이에요. 하지만 공포를 빨리 지워버리고 싶다, 없는 것으로 만들고 싶다는 생각이 지나치게 강해지면 올바른 판단을 할 수 없게 됩니다. 그리고 결국은 사악한 유혹에 잡아먹히고 말지요."

"그렇다면 어떻게 해야 올바른 판단을 할 수 있을까요?"

"자신의 내부에 공포가 있음을 부정하지 말고, 그걸 전제로 자신이 할 수 있는 일이 무엇인지 생각해야 합니다. 당신은 식수령을 두려워하지만, 그 '두려워하는 자신'을 인정하면서 그런 자신이 할 수 있는 일은 무엇인지 고민해보세요. 자신의 운명수를 바꾸는 것처럼 비현실적인 방법이 아니라 견실하고 현실적인 방법을 말이지요."

견실하고 현실적인 방법. 그 말을 듣고 나쟈는 궁리해보았다. 방금 전에 자신은 두려운 나머지 몸을 거의 움직일 수가 없었다. 식수령을 직시하지도 못했다. 그러나 자신의 공포와는 상관없이 삼각문 망토는 식수령을 격퇴해주었다. 그것은 틀림없는 사실이다. 다만 문제는 그때 받는 충격이었다.

"으음……. 저기, 이런 건 어떨까요? 식수령과 부딪혔을 때 최대한 넘어지지 않도록 자세를 취한다든가……. 제 경우에는 서 있는 것보다 앉아 있는 편이 나을지도 모르겠어요. 그리고 으음……. 식수령과 부딪히면 굉장히 아프니까 망토 안에 뭔가 충격을 흡수할 수 있는 걸 덧입는 방법도 괜찮을 거 같고요. 솜을 넣은 옷이라든가 그런 걸……."

나쟈가 이렇게 말하자 낙원장의 얼굴이 밝아졌다.

"그것도 괜찮군요. 그밖에는요?"

"으음……."

나쟈는 열심히 궁리했다. 삼각문 망토는 분명 강력하지만, 한 벌로 많은 식수령을 막을 수는 없다. 그렇다면 두 벌이나 세 벌을 한꺼번에 걸치는 것은 어떨까? 그러면 두 배, 세 배의 악령을 막을 수 있을 것이며, 마음에도 더 여유가 생길지도 모른다. 그리고 여유가 된다면 비앙카 언니 몫의 망토도 가져가도록 하자.

—아하, 이런 의미였구나.

곰곰이 생각해보면 지금의 자신이라도 할 수 있는 일은 분명히 있다. 또한 아직도 좋은 아이디어가 더 있을 것 같은 기분이 들었다. 이것저것 궁리하기 시작한 나쟈에게 낙원장이 말했다.

"나쟈. 비앙카를 구하겠다는 결심을 바꿀 생각이 없다면 당신이 가지고 있는 것, 할 수 있는 것을 총동원해서 무엇을 어디까지 할 수 있을지 고민해봐야 합니다. 당신 자신과 비앙카를 모두 지키기 위해 무엇을 할 수 있을지를 말이에요."

드디어 나쟈의 마음이 안정을 되찾기 시작했다. 그리고 이 때, 멤과 다른 요정들이 방으로 뛰어 들어왔다.

"식수령이 이리로 오는 걸 봤습니다! 괜찮으신가요?"

낙원장에게 이렇게 묻던 멤은 여전히 가쁘게 숨을 몰아쉬고 있는 나쟈를 발견했다.

"아아, 역시 이번에는 나쟈를 노린 거였어!"

왠지 불길한 예감이 들었다고 말하는 멤에게 나쟈는 애써 웃어 보이며 "괜찮아. 이 망토가 지켜줬어"라고 말했다. 그러나 멤의 표정은 여전히 심각했다. 멤은 낙원장에게 엄청난 수의 식수령이 엘데 대공국으로 향했다고 보고했다. 그 말을 들은 트라이아는 상황을 살피고 오겠다며 밖으로 나갔다. 멤이 낙원장에게 물었다.

"낙원장님. 나쟈에게 식수령이 왔다는 건……. 왕비의 아들이 완전히 죽었다는 의미일까요?"

"그럴 가능성도 없지는 않다고 생각합니다. 다만 나쟈의 말로는 리햐르트 왕자가 유리관 속에 보존되고 있었다고 하더군요. 마법의 관은 한동안 사체를 죽은 직후의 상태로 유지시킬 수 있습니다. 그러므로 왕자의 소생이 이렇게 빨리 불가능해졌다고는 생각하기 어렵습니다. 어쩌면 왕비가 왕자를 포기했는지도……."

그러나 나쟈는 그럴 리가 없다고 생각했다. 왕비가 그렇게 애지중지하던 리햐르트를 포기한다는 것은 있을 수 없는 일이다. 그러나 낙원장은 이렇게 말을 이었다.

"아니면 다른 방법으로 되살려냈을 수도 있습니다. 하지만 나쟈의 피를 사용하지 않고 리햐르트 왕자를 되살렸다면……. 틀림없이 무서운 일이 일어났을 겁니다."

마틸데의 모습을 한 비앙카는 밤의 어둠 속에 몸을 감춘 채 성의 신전 부근을 헤맸다.

— 오늘 왕비가 이전보다 더 많은 수의 식수령을 보냈어.

그것도 아직 해가 지기 전에. 성에서 엄청난 수의 식수령이 날아가는 모습을 많은 사람들이 목격했기 때문에 성 안에서도 대혼란이 일어났다. 하인들도 근위병들도 크게 겁을 먹었다. 내막을 알 길이 없는 그들은 사제들의 보호를 받고자 성의 신전 앞으로 모여들었지만 신전 안에는 들어갈 수 없었다. 왕비의 명령을 받은 사제들이 그들을 신전 안으로 들어오지 못하게 막은 것이다. 그 조치에 화가 난 하인과 근위병들은 신관들과 실랑이를 벌였고, 자칫하면 폭동으로 번질 수 있는 일촉즉발의 상황이 되었다. 그런데 이때 시인이 나타나 사람들을 진정시켰다.

"여러분이 목격한 것은 성을 떠나는 '사악한 기운의 덩어리'였습니다. 왕비님의 탄생일을 앞두고 사제들이 지금 오랫동안 성에 자리 잡고 있던 사악한 기운을 성 밖으로 내쫓은 것이지요. 지금 그 중요한 의식을 치르는 중이라 여러분을 신전으로 들어오지 못하게 하는 것이니 부디 이해해주십시오."

시인이 쩌렁쩌렁한 목소리로 이렇게 말하자 다들 얌전해지더니 조금 안심한 듯한 표정으로 돌아갔다. 비앙카에게는 속이 빤히 들여다보이는 거짓말이었지만, 그 거짓말을 꿰뚫어본 사람이 거의 없었던 것도 사실이었다.

신전에서 무슨 일이 일어나고 있는지는 비앙카도 알지 못한다. 그러나 한 가지 확실한 것이 있었다.

—조금 전에 리햐르트의 몸이 신전에서 어딘가로 옮겨졌어.

왕비는 리햐르트를 포기한 것일까? 아니면 뭔가 다른 방법으로 되살리는 데 성공한 것일까?

—리햐르트.

어머니, 그리고 자신을 쏙 빼닮은 동생의 얼굴을 떠올릴 때마다 비앙카는 오른팔을 감쌌다. 원래 그곳에 있었던 상처가 '지금'은 왼뺨으로 이동했는데도. '순환하는 수'의 변화로 겉모습은 완전히 바뀌었지만, 그 상처만은 지워지지 않고 원래의 형태를 유지한 채 반드시 몸 어딘가에 남아 있었다. '밤색 머리카락의 여자아이'일 때는 왼쪽 넓적다리 뒤쪽에. '은발의 여성'일 때는 목 아랫부분에. 이 얼마나 얄궂은 일인가.

ㅡ결국 내가 나임을 보여주는 유일한 증거가 리햐르트가 남긴 상처라니.

이 상처는 비앙카에게 두 가지를 떠올리게 했다. 첫째는 리햐르트와 어머니에 대한 증오였다. 그날의 사건은 비앙카가 피를 나눈 가족인 그들을 진심으로 증오하도록 만들었다. 그리고 둘째는 '놀라움'이었다.

ㅡ나는 그때 나쟈를 감쌌어.

그것도 반사적으로. 리햐르트가 나쟈를 향해 검을 치켜들었을 때, 자신의 몸은 자연스럽게 나쟈를 보호하려고 움직였다. 그 결과 심한 부상을 입었지만 동시에 자기 자신에 대해 발견한 것도 있었다. 자신은 타인을 보호할 수 있으며 그 점이 어머니나 남동생과는 다르다는 사실을 알게 된 것이다.

왕비가 나쟈를 양녀로 맞이한다는 소식을 들었을 때, 일곱 살이었던 비앙카는 분노와 슬픔을 느꼈다. 비앙카는 자신이 절대 어머니에게 사랑받을 수 없음을 일찍부터 눈치 채고 있었다. 어머니가 자신에게 기대했던 것은 수를 다루는 능력이었다. 요컨대 어머니에게 자신은 '계산 도구'에 지나지 않았다. 그리고 비앙카가 네 살 때 리햐르트가 태어나면서, 비앙카는 절망감을 느꼈다. 그런데 이것도 모자라서 어머니가 양녀를 새로 들인다는 것이었다. 친딸인 자신이 있는데도 새로운 '여자아이'를. 겉으로는 절대 드러내지 않았지만, 비앙카의 마음속에서는 슬픔과 증오와 억울함이 소용돌이쳤다.

그러나 한 살밖에 안 된 나쟈를 본 순간, 비앙카의 내부에서 무엇인가가 달라졌다. 이렇게 작고 의지할 곳 없는 존재를 도저히 미워할 수가 없었다. 나쟈가 왕족으로 입양되었음에도 그에 걸맞은 대우를 거의 받지 못한 것, 즉 자신처럼 하인이나 다름없는 취급을 받는 것도 비앙카의 애정을 불러일으켰다. 아니, 정확히 말하면 그것은 애정이라기보다 동정이라든가 연민에 가까웠는지도 모른다. 그러나 나쟈는 그 애정에 보답해 자신을 완전히 믿고 따랐다.

나쟈와 보낸 나날은 참으로 즐거웠다. 그전까지 어머니에게 외면당하고 하인들에게는 두려움의 대상일 뿐이었던 자신에게 나쟈는 유일하게 마음을 터놓을 수 있는 상대였다. 나쟈는 겁쟁이에 울보였지만 사려 깊은 아이였다. 비앙카는 나쟈를 사랑했고, 그런 자신 또한 사랑했다. 어머니나 남동생과 달리 타인을 사랑할 수 있는 자신을. 그리고 이것은 왕비에 대한 어두운 감정을 잠시 동안 잊게 해주었다.

그러나 나쟈와 자매로서 함께 보낼 수 있었던 시기는 몇 년에 불과했다. 어차피 어머니에게 자신은 계산 도구에 지나지 않았다. 자신 역시 그 시녀장이나 다른 셈하는 아이들과 마찬가지로 어머니가 더 편리한 도구, 즉 요정의 연산 거울을 손에 넣은 순간 폐기될 존재였던 것이다. 그리고 왕비가 무서운 '목적'으로 나쟈를 입양했음을 알게 되었을 때, 비앙카의 증오심은 불타올랐다.

—그때 내 마음은 완전히 증오심에 잠식되어 있었지.

그녀가 마틸데로서 성으로 돌아왔을 때, 나쟈는 조금 성장했지만 전보다 더 내성적인 소녀가 되어 있었다. 그리고 어지간해서는 웃지 않았다. 나쟈가 매일같이 '자신의 묘'를 찾아오고 있음을 알고 있었던 비앙카는 이따금 '밤색 머리카락의 여자아이'의 모습으로 묘지를 찾아가 나쟈가 자신의 묘비를 향해서 하는 말을 엿들었다. 비앙카는 소수벌의 꿀을 마심으로써 짧은 시간이지만 운명수를 배가시켜 모습을 바꿀 수 있었는데, '마틸데'보다 한 계급 위, 즉 운명수가 두 배인 '밤색 머리카락의 여자아이'의 모습을 선택한 이유는 변신에 필요한 꿀의 양이 적어 가장 부담이 없었기 때문이다. 그곳에서 들은 나쟈의 말은 언제나 비앙카의 마음을 강하게 뒤흔들었다. 나쟈의 앞에 나타나 자신이 비앙카라고 말하고 싶은 충동을 몇 번이나 느꼈는지 모른다. 그러나 꾹 참았다. 그런다고 해서 나쟈가 안전해지는 것도 아니며, 오히려 위험에 빠뜨릴 가능성이 높았기 때문이다.

일단 나쟈를 왕비의 손이 닿지 않는 곳으로 피신시키는 것. 동시에 왕비에게서 저주를 위한 도구를 빼앗아 힘을 약화시키는 것. 비앙카는 마틸데의 모습으로 위장한 채 그 방법을 모색했다. 낙원장에게서 선물받은 작은 통신 거울은 때때로 왕비의 거울에 갇힌 요정들의 모습을 비춰주었다. 비앙카가 낙원장에게 그 사실을 알리자 낙원장은 이렇게 말했다.

―틀림없이 당신과 요정들 사이에 통하는 무엇인가가 있기 때문이겠지요.

분명히 비앙카는 왕비의 계산 도구로 이용되고 있는 그들의 모습에 과거의 자신을 투영하고 있었다. 다만 통신 거울을 통해 요정들의 모습을 볼 수는 있어도 그들의 목소리는 들을 수 없었는

데, 시간이 지나면서 자신의 모습이 이따금 요정들에게 보이며 자
신의 목소리가 그들에게 들린다는 사실을 알게 되었다. 그래서 비
앙카는 종종 그들을 격려했고, 그들이 안전하게 거울 속을 탈출
할 수 있도록 돕겠다고 강하게 맹세했다.

그러나 그들을 탈출시키는 것은 쉬운 일이 아니었다. 결국 비앙
카는 왕비에게 식수령을 보내기 위한 준비를 우선시하기로 했다.
왕비만 사라지면 모든 일이 해결되리라고 생각한 것이다. 그러나
최근 들어 사태가 급변했다. 요정들의 목숨이 위험해진데다가 리
햐르트 암살 계획까지 모의된 것이다. 비앙카는 초조해졌고, 고민
에 빠졌다. 그런데 그때, 자신의 거울이 나쟈의 존재에 강하게 반
응한다는 사실을 눈치 챘다. 그 요정들의 '작업실'로 통하는 거울
이 나쟈를 원하고 있음을 말이다. 비앙카는 이 사실에서 나쟈에
대한 신들의 의지를 읽고 그 의지를 따르기로 결심했다. 다만 그
것은 비앙카에게 '도박'이기도 했다.

다행히 도박은 성공했고, 또한 트라이아가 도움을 준 덕분에
나쟈와 요정들을 피신시킬 수 있었다. 거울을 통해 연락해온 낙원
장은 비앙카에게 나쟈와 요정들은 걱정하지 말라고 말했다. 그리
고 만약 당신이 낙원으로 돌아온다면 나쟈가 기뻐할 것이라고도.

비앙카의 마음은 흔들렸다. 그러나 왕비를 죽이지 않은 채 낙원
으로 갈 수는 없었다. 왕비가 살아 있는 한, 어디를 가든 안심하
고 나쟈와 행복하게 살기란 불가능하기 때문이었다. 게다가 자신
이 떠나면 왕비는 즉시 '벌치기 일족' 중에서 자신을 대신할 자를
데려올 것이다. 자신을 도와준 그들에게 피해를 줄 수는 없었다.

―아니, 그게 아니야.

비앙카는 고개를 저었다. 그것이 아니다. 그것은 자신이 실제로 이곳에서 벌을 키우며 왕비의 저주를 도왔던 이유가 되지 못한다. 나쟈가 성을 떠난 지금, 왕비의 죄 중 일부를 뒤집어쓰면서까지 자신이 이곳에 머무르고 있는 이유는 단 하나였다.

─그 여자를 없애지 않고서는 단 한 발자국도 앞으로 나아갈 수 없어.

만약 저주가 성공한다면 그 여자는 죽지만, 동시에 그 여자의 '칼'을 받아야 하는 자신도 죽게 된다. 그러나 어차피 자신의 존재를 부정하는 그 여자가 지배하고 있는 이 세상에는 자신이 머물 곳이 없었다. 지금까지 어디를 가든, 성에서 얼마나 멀리 떨어지든, 이 성에서 벗어났음을 실감한 적은 단 한번도 없었기 때문이다.

즉, 그 여자를 죽이지 않는다면 자신은 절대 이 성을 벗어날 수 없는 것이다.

문득 성문 쪽이 소란스러워졌음을 느꼈다. 말발굽 소리와 나팔 소리로 판단하건대 손님이 도착한 모양이다. 왕비의 탄생일 축하연에 초대받은 고귀한 사람들이 오늘 밤부터 내일 밤에 걸쳐 속속 도착할 것이다.

─모레.

그리고 '소수벌의 독'이 전부 갖춰지는 것도 그날이다.

─운명의 신이 화려한 무대를 마련해주신 셈이네.

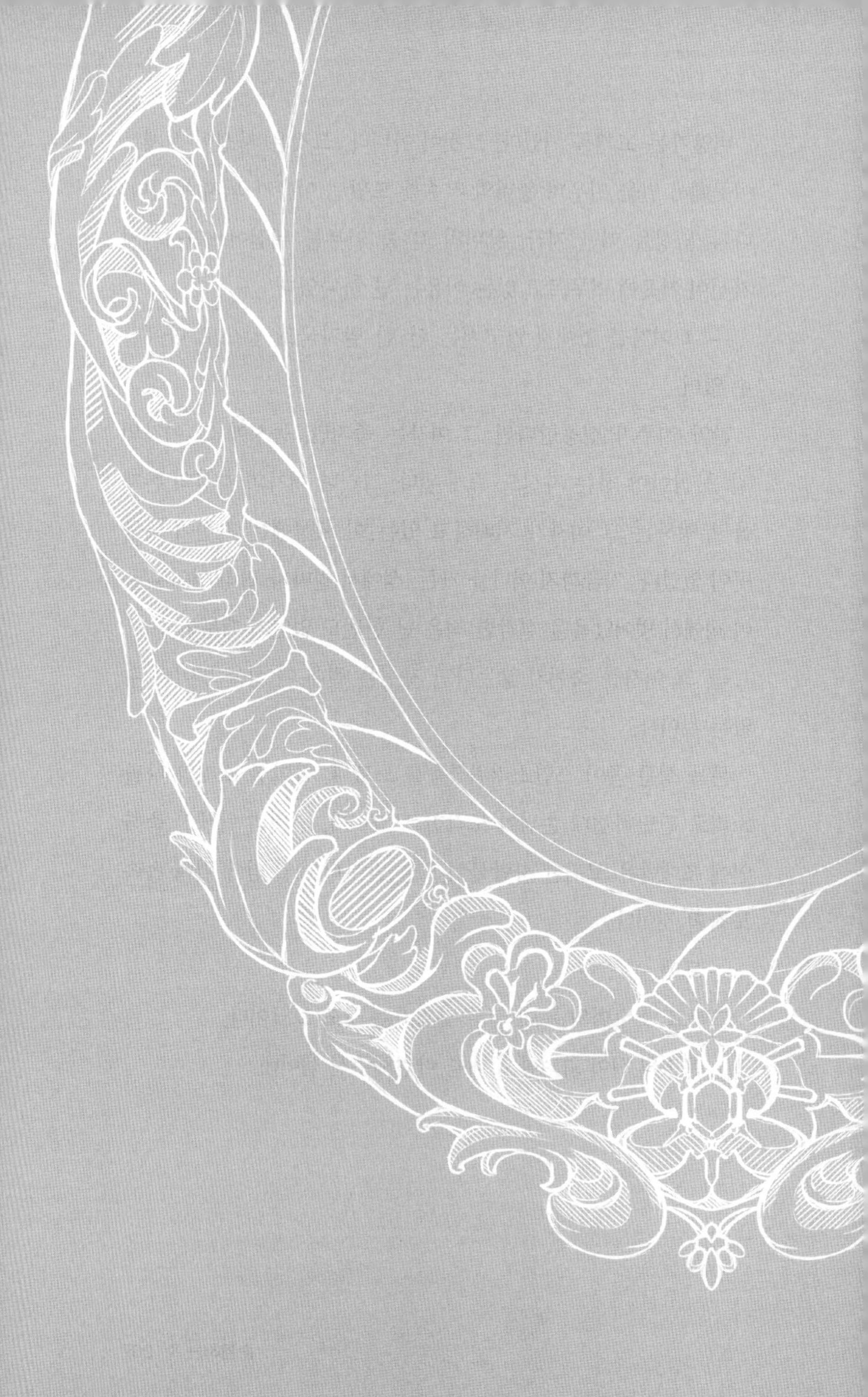

9

# 칼과 보석

나쟈는 무서운 꿈을 꾸고 있었다. 자신을 향해 날아오는 식수령. 울음을 터뜨리는 자신. 자신을 안아 올리는 누군가의 따뜻한 손. 그리고 식수령과 자신 사이에 서 있는 또다른 누군가의 커다란 등. 그러나 그 등은 속절없이 식수령에게 잡아먹히고 만다. 그리고 다른 식수령이 자신과 자신을 안아 올리고 있는 누군가를 통째로 집어삼킨다. 그 사람의 손에서 힘이 천천히 빠져 나간다. 나쟈는 커다란 비명을 지르며 눈을 떴다.

나쟈는 자신이 울고 있음을 깨달았다. 심장이 빠르게 고동치고, 숨을 쉬기도 힘이 들었다. 나쟈는 이불에 얼굴을 파묻은 채 잠시 그대로 있었다. 왜 그런 꿈을 꿨을까? 틀림없이 어제 저녁에 식수령에게 습격당했기 때문일 것이다.

마음이 가라앉자 꿈의 기억은 희미해지고 현실적인 문제들이 이것저것 떠올랐다. 나쟈는 침대 옆에 있는 탁자로 시선을 옮겨 그곳에 놓여 있는 망토를 바라보았다. 자신의 '운명의 삼각문' 망토였다. 전날 식수령의 습격으로 조금 손상되었던 부분은 이미 수선을 마쳤다. 오늘 해야 할 일은 자신을 위한 망토를 한 벌 더 만드는 것, 그리고 가능하다면 충격을 흡수해줄 천 조각이나 솜을 채운 튼튼한 윗옷을 만드는 것이다. 낙원장의 말로는 비앙카를 위한 망토는 이미 준비되어 있다고 한다. 그래서 나쟈는 일단 자신을 위한 준비에 집중하기로 했다.

빨리 작업을 시작해야 한다. 침대에서 일어나 창문을 열자 새벽녘의 희미한 빛과 함께 소리가 들려왔다. 새벽안개 너머로 사람의 모습이 보이고, 그들이 이야기하는 소리가 들렸다. 어쩐지 심각한 내용인 것 같았다.

무슨 일이라도 생긴 것일까? 나쟈가 옷을 갈아입고 밖으로 나가자 말고삐를 잡고 있는 트라이아가 낙원장과 타니아, 그리고 인근 주민 몇 명과 이야기를 나누고 있었다. 트라이아는 처음 보는 아이 한 명의 손을 잡고 있었고, 말 위에도 아이 두 명이 지친 듯 축 늘어져 있었다. 주민들은 그 아이들에게 손을 내밀어 내리게 한 뒤 아이들을 돌보았다.

"수도는 끔찍한 모습이었습니다."

트라이아는 초췌해진 얼굴로 낙원장에게 말했다. 어제 식수령의 무리가 향한 방향인 엘데 대공국의 수도에 가서 상황을 살펴보고 돌아온 것이었다.

"시가지뿐만 아니라 근처의 농촌에서도 살아서 움직이는 자는 거의 찾아볼 수 없었습니다. 생존자는 극소수에 불과합니다. 이 아이들은 부모를 잃어서 이곳으로 데려올 수밖에 없었습니다."

낙원장도 말이 나오지 않는 듯했다.

"자신을 배신한 메르세인 국왕을 저주해서 죽인 것도 모자라 그를 보호한 엘데 대공국의 백성들까지 저주하다니……."

그렇게 말하는 타니아의 목소리에서는 슬픔과 격렬한 분노가 느껴졌다. 나쟈도 믿을 수가 없었다. 왕비가 잔인한 사람이라는 사실은 이미 알고 있었다. 그러나 이렇게까지 잔인할 줄은……. 트라이아가 말했다.

"낙원장님. 살아남은 사람은 운명수 속에 커다란 칼을 가진 자들뿐이었습니다."

낙원장의 눈썹이 움찔했다. 그리고 말했다.

"그렇군요. 트라이아 님은 그걸 알 수 있으시군요."

"네. 운명수 자체는 알지 못하지만, 커다란 칼, 적어도 **200**보다 큰 칼이라면 느낄 수 있습니다."

"그런가요. 그 말인즉슨, 제 언니가 큰 칼을 가진 자를 제외한 사람에게는 모조리 식수령을 보냈다는 뜻이군요."

타니아가 낙원장에게 말했다.

"왕비가 왜 이런 짓을 한 걸까요? 단순히 엘데 대공국을 복종시키고 싶었다면 지배층만 죽인 다음 자국의 병사를 파견하는 것으로 충분했을 텐데요."

"엘데 대공국의 지배가 목적이 아니기 때문이겠지. 네 이모의 목적은 아마도 '보석'을 모으는 것이 아닐까 싶구나."

낙원장은 왕비에게 보석이 대량으로 필요해진 것이 아닐까 추측했다. 이에 트라이아가 의문을 제기했다.

"그 추측이 사실이라면, 보석을 모으는 이유는 뭡니까? 대체 보석에는 어떤 의미가 있는 겁니까?"

"보석은 특수한 소수를 실체화한 겁니다. 그것들은 작은 〈불로신의 수〉지요."

"불로신이라고 하면……, 영원히 늙지 않고 상처도 입지 않으며 죽지도 않는 신들을 말씀하시는 건가요?"

낙원장이 고개를 끄덕였다.

"실제의 불로신들이 가진 운명수는 굉장히 큰 수입니다. 가장 작은 것이 524287이니까, 못해도 여섯 자리는 되지요. 하지만 그보다 작은 수에도 〈불로신의 수〉와 같은 성질을 지닌 것이 있는데, 그런 수가 인간의 운명수 속에 들어 있는 경우가 있습니다. 그리고 그 수를 식수령이 '잡아먹음'으로써 실체화된 것이 바로 보석이지요."

낙원장의 이야기로는 다음과 같은 소수가 보석이 된다고 한다. 3, 7, 31, 127, 8191.

"3, 7, 31, 127, ……."

낙원장이 중얼거리는 나쟈를 바라보았다.

"나쟈. 그 수들에는 소수라는 점 이외에 또다른 공통점이 하나 있습니다. 무엇인지 알겠나요?"

나쟈는 곰곰이 생각해보았지만, 금방은 알 수가 없었다. 그런 나쟈를 보면서 낙원장은 말을 이었다.

"그 수 자체만 봐서는 알기가 힘들지도 모릅니다. 하지만 그 수에 1을 더해보면 무엇인가가 보일지도요."

1을? 나쟈는 다시 생각해보았다. 3에 1을 더하면 4가 된다. 7에 1을 더하면 8이 된다. 31에 1을 더하면 32가 된다. 127에 1을 더하면 128이 된다.

"4, 8, 32, 128, ……. 아! 전부 2를 여러 번 곱한 수네요."

"그렇습니다. 다시 말해 2를 거듭제곱한 수지요."

4는 2의 2제곱, 8은 2의 3제곱, 32는 2의 5제곱, 128은 2의 7제곱이다.

"그리고 8191에 1을 더한 8192도 2의 13제곱입니다. 2를 13번 곱한 수인 셈이지요."

"그러니까, 보석이라는 건 2의 거듭제곱에서 1을 뺀 수면서 또한 '본디의 수'이기도 한 수가 실체화된 것이라는 말씀이시군요."

그렇게 말하는 트라이아를 보면서 낙원장이 고개를 끄덕였다.

"그리고 그런 성질을 지닌 수 가운데 자릿수가 큰 것이 〈불로의 신들의 수〉가 됩니다."

"하지만 '본디의 수'면서 동시에 2의 거듭제곱에서 1을 뺀 수이기도 하다는 것에 대체 무슨 의미가 있는 겁니까? 특수한 수라는 것은 알겠습니다만……."

"〈불로의 신들의 수〉는 〈불멸의 신들의 수〉로 이어집니다. 가장 큰 가치는 이것이지요."

그 말을 듣고 나쟈는 자신이 성인식에서 암송했던 『전승』의 한 구절을 떠올렸다.

—〈불로의 신들의 수〉란 무엇입니까?

—〈불로의 신들의 수〉는 신성한 대기와 만남으로써 〈불멸의 신들의 수〉로 이어지며, 그런 까닭에 그것은 〈불로의 신들의 수〉입니다.

"불로신은 우리 인간처럼 늙거나, 병에 걸리거나, 상처를 입지 않습니다. 그러므로 아무 일도 없다면 영원히 살 수 있지요. 하지만 그들이 소멸될 가능성이 전혀 없는 것은 아닙니다. 그래서 불로의 신들은 오랜 세월에 걸쳐 자신들을 천상에 가득 차 있는 신성한 대기와 서서히 융합시킵니다. 그 융합을 통해 〈불로의 신들의 수〉는 불멸신의 그것으로 바뀌지요. 다시 말해 불멸신으로 새롭게 태어나는 겁니다.”

“그렇다면 불로신은 불멸신이 되기 전 단계인 셈인가요?”

“그렇습니다. 불로신은 소멸될 가능성이 있지만, 불멸신은 절대 소멸되지 않습니다. 『전승』에 나오듯이 그들에겐 부활 능력이 있기 때문입니다. 그리고 그 비밀은 바로 그들의 운명수에 있지요.”

— 〈불멸의 신들의 수〉는 자신의 주검에서 부활하며, 결코 소멸하지 않는다.

『전승』에도 분명히 그런 구절이 있었다. 그런데 ‘부활하며 결코 소멸하지 않는’ 운명수란 대체 어떤 수일까? 나쟈가 물어보자 낙원장은 이렇게 말했다.

“나쟈, 당신에게는 떠올리고 싶지 않은 괴로운 기억이겠지만 왕비가 죽은 리햐르트 왕자의 소생에 당신의 운명수를 이용하려고 했었지요? 당신의 운명수를 이용해 왕자를 되살릴 수 있는 이유는 당신의 운명수의 약수를 전부 더한 수가 리햐르트 왕자의 운명수와 같기 때문이었습니다. 그래서 왕비는 당신의 ‘피’를 이용하려 했던 겁니다.”

“네, 맞아요.”

“사실 불멸신의 부활은 그것과 비슷한 측면이 있습니다. 다만 불멸신의 부활에는 다른 이의 피가 필요 없습니다. 부활에 필요한 것들이 ‘자신의 주검’ 속에 이미 전부 들어 있기 때문이지요. 다시 말해 불멸신의 운명수는 자신의 약수를 전부 더한 수와 같은 수입니다. 좀더 정확히 말하면 '그 자신을 제외한 약수를 전부 더한 수가 그 자신과 같은 수'지요."

나쟈는 마음속으로 되뇌었다. "그 자신을 제외한 약수를 전부 더한 수가 그 자신과 같은 수." 타니아가 옆에서 말했다.

"가장 알기 쉬운 예는 6이에요. 6의 약수는 6 자신을 제외하면 1하고 2하고 3이지요? 그리고 1과 2와 3을 더하면 6이 되고요. 물론 불멸신의 운명수는 6보다 훨씬 큰 수겠지만요."

그러고 보니 '6'의 그 성질에 관해서는 전에도 생각해본 적이 있었다. 트라이아가 말했다.

"그러니까 보석이라든가 〈불로신의 수〉는 그런 〈불멸신의 수〉와 모종의 관계가 있는 것이군요?"

"네, 그렇습니다. 지금부터 제가 하는 이야기를 듣고 잠시 생각해주십시오. 보석의 3은 $2^2 - 1$, 다시 말해 2의 2제곱인 4에서 1을 뺀 소수입니다. 여기에 2의 1제곱, 즉 2의 2제곱보다 하나 작은 2의 거듭제곱수를 곱합니다. 그러면 어떻게 될까요?"

2의 1제곱은 2이다. 그러므로 3에 2를 곱하면 6이 된다. 즉, $(2^2 - 1) \times 2^1 = 6$.

"6이 되네요."

"네. 그리고 그건 이미 말했듯이 〈불멸신의 수〉와 같은 성질을 가진 수입니다. 다음에는 7에 관해 생각해보세요. 7은 $2^3 - 1$입니다. 2의 3제곱, 즉 8에서 1을 뺀 소수지요. 여기에 2의 2제곱, 그러니까 2의 3제곱보다 하나 작은 2의 거듭제곱수를 곱합니다."

즉, $(2^3 - 1) \times 2^2$. $7 \times 4$이다.

"28이 됩니다만."

"28 자신을 제외한 28의 약수를 전부 더하면 어떻게 될까요?"

28의 약수 가운데 28 자신을 제외한 약수는 1, 2, 4, 7, 14이다. 전부 더하면…….

"28이요."

그렇게 대답한 뒤, 나쟈는 이것도 〈불멸신의 수〉와 같은 성질을 지니고 있음을 깨달았다.

"이처럼 보석 또는 〈불로신의 수〉를 단서로 삼아서 〈불멸신의 수〉를 이끌어낼 수가 있는 겁니다."

낙원장은 말했다. 천상에 가득 차 있는 신성한 공기, 즉 〈어머니수〉가 직접 만든 대기를 상징하는 수는 '2'이다. 불로신은 긴 시간을 들여서 자신들의 운명수와 대기를 상징하는 '2'의 거듭제곱수를 융합시킨다. 그리고 그 최종 단계에서 지금 설명한 것과 같은 과정을 거치며 〈불로신의 수〉가 〈불멸신의 수〉로 바뀌게 된다고.

"어떤가요, 나쟈? 이해가 되었나요?"

그 말에 나쟈는 다시 한번 〈불로신의 수〉에서 〈불멸신의 수〉를 이끌어내는 과정을 확인하려고 했다.

"으음……, 어떤 〈불로신의 수〉가 있다면 그것은 2의 거듭제곱수보다 1 작은 수인 것이지요? 그러니까 먼저 그 〈불로신의 수〉에 1을 더한 수가 2의 몇 제곱인지를 생각해야 해요. 그리고 '몇 제곱인가?'를 알았다면 그보다 한 단계 작은 2의 거듭제곱수를 구하고 그것을 〈불로신의 수〉에 곱해요. 그러면 〈불멸신의 수〉를 이끌어낼 수 있어요. ……맞나요?"

"네, 맞아요. 그렇다면 가장 작은 〈불로신의 수〉인 524287을 단서로 〈불멸신의 수〉를 이끌어낼 수 있겠어요?"

나쟈는 생각에 잠겼다. 524827이 〈불로신의 수〉라는 것은 그 수에 1을 더한 524288이 2의 거듭제곱수라는 뜻이다. 524288은 2의 몇 제곱일까? 시간이 조금 걸리기는 했지만, 나쟈는 그것이 2의 19제곱임을 알았다. 따라서 그보다 한 단계 작은 2의 거듭제곱수, 즉 2의 18제곱과 524287을 곱하면 〈불멸신의 수〉를 이끌어낼 수 있다. 2의 18제곱은 262144. 524287 × 262144는……

"137438691328……인가요?"

"그렇습니다. 이것도 그 자신을 제외한 약수를 전부 더한 수와 같은 수지요. 자신의 주검에서 부활하는 불멸신의 수입니다."

트라이아가 낙원장에게 말했다.

"그렇군요. 〈불로신의 수〉와 〈불멸신의 수〉의 의미는 이제 이해했습니다. 그런데 왕비가 보석을 모으는 게 지금의 이야기와 관계가 있는 걸까요?"

"정확히는 알 수 없습니다. 다만 먼 옛날부터 전해져 내려오는 이야기 중에 이런 것이 있습니다. 일정 수의 보석을 모은 다음 특수한 흑마술을 사용해서 그 보석을 몸에 집어넣으면 인간의 운명수를 〈불로신의 수〉로 바꿀 수 있다는 이야기지요. 어쩌면……. 제 언니는 불로신이 되려고 하는 건지도 모르겠습니다."

트라이아는 눈썹을 찡그렸다.

"그게 사실이라면 〈최초의 1인〉과 다를 바가 없지 않습니까? 〈최초의 1인〉이 〈그림자〉의 유혹에 넘어가서 저질렀던 과오를 왕비가 되풀이하려 하고 있다는 말씀이십니까?"

"네. 그럴 가능성은 충분합니다. 어제 멤 님께 보고를 받았는데 메르세인 성에 〈그림자〉가 있을지도 모른다고 합니다."

〈그림자〉. 나쟈는 그 말을 듣는 순간 트라이아의 오른쪽 어깨에 힘이 들어가는 것을 보았다. 트라이아는 말했다.

"그렇습니까……. 그렇다면……, 타라곤 가문의 후예인 저는 성으로 돌아가야만 합니다."

◈

멤은 기멜, 달레트, 자인에게 말했다.

"트라이아 님은 오늘 오후에 말을 타고 출발해 내일 이른 아침에는 메르세인 성에 잠입할 예정이야. 내일은, 아침부터 왕비가 나라의 중진들을 모아놓고 잔치를 여는 모양이더군. 트라이아 님은 비앙카, 그러니까 그 검은 옷을 입은 여자가 그때 움직일 거라고 보고 그전에 그 여자를 설득해 성에서 피신시킬 계획이라고 하셨어. 그런 다음 왕비를 쓰러뜨리고 〈그림자〉를 찾겠다고."

자인이 물었다.

"그래서? 우린 어떻게 할 거야?"

"트라이아 님과 함께 이동할까 생각도 해봤지만, 결국 다른 경로로 가기로 했어. 이 집의 홀에 있는 거울 기억하지? 옛날에 우리 선조가 이곳에 선물한 통신 거울 중 하나 말이야. 그 거울 속을 지나서 성까지 갈 수 있……기는 한데……."

멤은 여기까지 말하고 세 명의 얼굴을 보았다. 그는 세 명이 반대하리라고 생각했다. 얼마 전까지 거울 속에서 고생만 하다가 죽을 뻔했는데 누가 또 거울 속으로 들어가고 싶겠는가? 그러나 세 명 모두 아무 말도 하지 않았다. 그리고 가장 반대할 것 같았던 달레트가 입을 열었다.

"뭐, 어쩔 수 없지."

기멜과 자인도 "하긴, 성벽을 넘어서 안으로 들어가는 건 어려울 것 같으니……"라는 말을 하며 고개를 끄덕였다.

"너희들……. 정말 괜찮겠어?"

"뭐, 그게 최선의 방법이잖아. 멤, 너도 거울 속에 또 들어가고 싶지 않은 건 마찬가지 아니야? 하지만 트라이아 님에게 부담 주기는 싫으니까 굳이 다른 경로로 성에 들어가려는 거고."

자인이 그렇게 말하자 멤은 고개를 끄덕였다.

"어쨌든, 다들 동의해줘서 안심했어. 그러면 이제 구체적인 이야기로 들어가자. 방금 말했듯이 이 집의 홀에 있는 거울을 입구로 삼을 생각인데, 문제는 어디로 나가느냐는 거야. 메르세인 성에는 '출구'로 삼을 수 있을 것 같은 거울이 몇 개 있는데……."

멤은 트라이아에게 받은 메르세인 성의 약도를 꺼내서 거울의 위치를 가리키면서 세 명과 의논했다. 그러나 좀처럼 의견이 일치되지 않았다.

"차디 왕, 다시 말해 〈그림자〉가 있는 곳에서 가까우면서 왕비하고는 멀리 떨어진 위치의 거울을 찾는 게 최우선이겠군."

"왕비뿐만 아니라 다른 인간들에게도 들켜서는 안 돼."

아무 거울이나 출구로 삼을 수 있는 것도 아니어서, 반드시 잘 닦인 거울이어야 했다. 성 안에 그런 거울은 대형 홀의 천장과 예배당 안쪽 등에 있는데, 문제는 하나같이 사람들의 눈에 띄기 쉬운 곳들이라는 점이었다. 사람들의 눈에 띄지 않는 곳에 있는 거울은 그 왕비의 실험실에 있는 것, 다시 말해 그들이 바로 얼마 전까지 갇혀 있었던 연산 거울 정도밖에 없었다. 네 명은 떨떠름한 표정을 지으면서도 그 가능성에 관해 이야기를 나누었다.

"내일 아침이라면 그 여자는 실험실에 없을 거야. 축하연이 열리는 대형 홀에 있을 테니까."

"그렇겠네요. 게다가 자인은 이따금 저 거울 근처에서 차디 왕의 기운을 느꼈다고 했잖아요? 그렇다면 차디 왕이 저 실험실 근처에 있을 가능성이 높지 않을까요?"

"그렇다면 그 가능성을 따져보자. '저 거울'을 통해서 메르세인 성으로 들어가려면 일단 『거대한 서』를 지나야 해. 문제는 저 거울로 통하는 뒷문을 찾을 수 있느냐인데, 그건 어떨 것 같아?"

멤이 기멜과 달레트에게 묻자, 둘 다 그건 문제가 되지 않는다고 대답했다.

"저와 달레트는 수도 없이 저 문을 드나들었습니다. 찾지 못할 일은 절대 없습니다. 그보다는 다른 문제가 마음에 걸립니다. 그 왕비가 저주를 재개했다고 하는데, 우리가 없는데 어떻게 저주를 재개한 걸까요? 혹시 새로운 요정을 잡아와서 일을 시키고 있는 건 아닐까요?"

"그 생각은 나도 했어. 어쩌면 왕비가 콰리즈미 숲에서 다른 요정을 잡아왔는지도 몰라. 하지만 다른 부족일 가능성도 있는데, 그럴 경우 과연 말이 통하는 상대일지가……."

"말이 통하지 않는다면 힘으로 해결하는 수밖에 없지. 그런 일이 일어난다면 나하고 기멜이 어떻게든 할 테니까, 멤하고 자인은 거울에서 나가 차디를 찾도록 해. 그런데 차디하고 〈그림자〉를 찾아내면 어떻게 할 거야?"

"낙원장님께 소형 통신 거울을 빌릴 거야. 트라이아 님도 같은 통신 거울을 하나 갖고 가신다고 하더군. 그러니까 〈그림자〉를 발견하는 즉시 트라이아 님께 연락하며……언?"

멤은 말을 끊었다. 자인이 멤의 등 뒤, 방 한구석에 있는 나무 상자를 수상한 눈으로 바라보았기 때문이다.

"왜 그래, 자인?"

멤이 묻자 자인은 한숨을 쉬면서 말했다.

"……하아. 멤, 넌 눈치 못 챘어? 우리 얘기 다 들었어."

"뭐?"

어리둥절한 표정을 짓는 멤을 무시한 채, 자인은 나무 상자를 향해 큰소리로 말했다.

"어이, 카흐! 거기 있지? 다 알고 있어!"

그러자 상자의 뚜껑이 덜컹덜컹 움직이면서 올라가더니 카흐가 얼굴을 내밀었다.

"……나 여기 있는 거, 알고 있었어?"

"아니, 방금 눈치 챘어."

멤은 한숨을 쉬었다.

"여기 오면 안 된다고 그렇게 말했건만……."

"뭐, 얘기를 듣는 정도는 괜찮잖아."

"너도 데려가 달라고 말하려는 거지?"

"으으응, 아니야."

카흐는 고개를 저었다.

"내가 있으면 다들 내 걱정을 하느라 마음대로 행동하지 못할 거 아니야? 그러니까 데려가 달라고는 안 할 거야. 솔직히 말하면 같이 가고 싶지만."

“그 말 정말이지?”

“응. 나 때문에 계획이 실패하는 건 나도 원하지 않아. 그 대신……. 나는 나대로 혼자 행동할 거야.”

“뭐!? 그건…….”

“안 된다고 말하려는 거지? 하지만 멤. 나도 어엿한 차디 왕의 신관이라고. 멤이 걱정하는 것도 잘 알아. 지금까지 줄곧 멤의 속만 썩여왔으니까, 하지만 그래도 난 내가 행동할 필요가 생기면 행동할 거야. 게다가…….”

카흐는 멤을 똑바로 바라보았다.

“난 요전에 멤하고 같이 거울 속에 들어갔던 걸 절대 후회하지 않아. 죽을 뻔했던 것도 후회하지 않고. 이건 결과적으로 안 죽었으니까 하는 말이 아니야. 설령 죽었다 해도 후회하면서 죽지는 않았을 거야.”

대꾸할 말을 찾지 못하는 멤보다 먼저 자인이 입을 열었다.

“알았어. 단, 무모한 행동은 절대 하지 않겠다고 약속해.”

“응. 무모한 행동은 안 해. 쓸데없는 짓도 안 할게.”

기멜과 달레트도 한마디씩 했다.

“우리가 모르는 사이에 카흐도 조금은 어른이 되었군요.”

“그러게 말이야. 이봐, 멤. 카흐를 믿어주자고.”

멤은 어쩔 수 없다는 듯, 말없이 고개를 끄덕였다.

◈

트라이아가 출발했다. 그리고 멤과 다른 요정들도 성에 잠입할 준비를 했다. 나쟈는 낙원장에게 트라이아와 함께 성으로 돌아가고 싶다고 말했지만, 낙원장은 그러면 트라이아가 자유롭게 행동할 수 없다며 허락하지 않았다.

"비앙카는 틀림없이 트라이아 님이 어떻게든 해주실 겁니다. 트라이아 님을 믿으세요. 지금은 자신의 몸을 지켜줄 도구를 완성시키는 것이 급선무입니다. 식수령이 당신을 또 습격하지 않으리라는 보장은 없으니까요."

나쟈는 낙원장의 말을 떠올리면서 천과 바늘을 잡은 손을 바쁘게 움직였다.

—이게 지금 내가 해야 할 일이야.

머리로는 이해하지만, 마음속에는 아직 단념하지 못하는 또다른 자신이 있었다. 나쟈는 그 생각을 떨쳐내기 위해 더더욱 일에 열중했다. 대체 얼마나 시간이 흘렀을까? 바깥이 캄캄해졌을 때 나쟈는 일단 손을 멈췄다. 그러자 마치 그때를 기다렸다는 듯 방문이 작은 소리를 내며 열리더니 카흐가 들어왔다.

"또 왕비가 식수령 떼를 보낸 모양이야. 이번에는 할—레온 왕국 쪽으로 보냈대."

"또……?"

왕비의 저주는 멈출 줄을 몰랐다. 이제는 거리낄 것이 없는 듯했다. 왕비는 정말 무서운 사람이다. 그리고 비앙카는 그 무서운 사람에게 맞서려 하고 있다. 그것도 혼자서. 나쟈는 손에 든 천을 힘껏 쥐었다.

"성으로 돌아가고 싶은 거지? 하지만 낙원장님이 못 가게 했고."

카흐의 말에 나쟈는 고개를 끄덕였다. 카흐는 날개를 파닥거리며 날아올라 나쟈 앞의 의자에 걸터앉았다.

"낙원장님이 나쟈를 못 가게 하시는 것도 이해는 돼. 그 성은 너무 위험하니까. 왕비가 있는 것만으로도 충분히 위험한데, 거기에 〈그림자〉도 있을지 모르니까. 그런 위험한 곳에 가려면 트라이아님 정도는 되어야 할 거야. 그 사람은 강하고, 식수령을 두려워할 필요도 없고, 필요하다면 〈그림자〉와도 싸울 수 있으니까."

"트라이아는 왜 식수령을 무서워할 필요가 없는 거야?"

"그 사람의 운명수에는 커다란 칼이 들어 있거든. 그러니까 어지간한 멍청이가 아닌 이상은 그 사람한테 식수령을 보내지는 않을 거야. 그랬다가는 돌아온 식수령한테 크게 다칠 테니까. 자칫하면 죽을 수도 있고."

그러고 보니, 오늘 아침에도 트라이아가 비슷한 이야기를 했다. 엘데 대공국의 수도에서 일어난 참극의 생존자들은 모두 '커다란 칼'을 갖고 있었다고.

"그 칼이라는 거 말인데, 운명수에 들어 있는 '본디의 수'의 일종이지?"

카흐는 고개를 끄덕였다.

"맞아. 칼이 되는 수는 작은 것부터 5, 13, 17, 29, 37, 41, ……로 이어져."

"5, 13, 17, 29, 37, 41? 왜 그게 칼이 되는 거야?"

"자세한 건 나도 몰라. 하지만 공통점은 있어. 넌 나눗셈이 특기였지? 이 수들을 각각 4로 나눠봐."

"으음……."

5를 4로 나누면 몫이 1이고 나머지가 1이 된다. 13을 4로 나누면 몫이 3이고 나머지가 1이 된다. 17은 몫이 4에 나머지가 1, 29는 몫이 7에 나머지가 1…….

"어……. 나머지가 전부 1이 되네?"

"응. 그리고 '4로 나누면 1이 남는 소수'는 전부 제곱수 두 개를 더한 것이기도 해."

"제곱수가 뭐야?"

"어떤 수를 제곱한 수를 제곱수라고 해. 가령 5는 1의 제곱과 2의 제곱을 더한 수잖아? 13은 2의 제곱과 3의 제곱을 더한 수고."

또한 17은 1의 제곱과 4의 제곱을 더한 수, 29는 2의 제곱과 5의 제곱을 더한 수이다.

"정말이네."

"그렇지? 어쨌든, 그런 소수가 운명수에 들어 있으면 저주를 받았을 때 칼이 돼서 저주를 건 사람에게 돌아가는 거야."

카흐는 말했다. 트라이아의 운명수에는 아마도 네 자릿수 이상의 칼이 들어 있는 모양이라고.

"평범한 사람은 200보다 큰 칼을 받으면 거의 살아남지 못해. 그 정도면 팔 하나는 잘려나갈 정도의 중상을 입게 되거든. 설령 상처를 입은 직후에 피보나 풀 같은 것으로 치료하려고 해도 그전에 피를 너무 많이 흘려서 죽게 될 거야. 물론 그 왕비의 몸은 굉장히 튼튼하지만, 그래도 트라이아의 '칼'을 받는다면 무사하지는 못하지 않을까?"

"그런데 카흐는 트라이아의 운명수를 어떻게 알고 있는 거야?"

"그야 워낙 유명하거든. 그 사람은 타라곤 가문이라는 전사 집안 출신이야. 그 가문 사람들은 먼 옛날부터 대대로 엄청난 적들과 싸웠는데, 그때마다 상대방의 숨통을 확실히 끊어놓았대. 그것도 마지막에 상대의 손에 죽음으로써 자신의 칼을 상대에게 되돌려주는 방법으로 말이야. 그 사람들은 식수령한테 운명수를 잡아먹힐 경우뿐만 아니라 다른 식으로 싸우다 죽을 경우에도 상대방에게 칼을 돌려줄 수 있는 거야.”

“그렇게 싸우는 방법도 있구나…….”

“어쨌든 그 사람은 정말 대단한 가문의 일족이야. 전에도 이야기했지? 과거에 〈그림자〉와 싸워서 당시의 요정왕을 구한 적이 있다고.”

나쟈는 트라이아가 얼마나 강한지 새삼 이해한 기분이 들었다. 트라이아라면 비앙카를 지켜줄 수 있을 것 같았다.

“그렇다면 역시 내가 할 수 있는 일은 없겠구나. 쓸데없는 짓 말고 트라이아와 요정들을 믿어야겠어.”

마음이 조금 놓인 나쟈는 이렇게 중얼거렸다. 그러나 카흐는 힘껏 고개를 가로저었다.

“나쟈 양, 그렇지 않아. 예상하지 못했던 일들도 얼마든지 일어날 수 있거든. 그러니까 우리 편이 강하다고 해서 나는 아무것도 하지 않아도 되는 건 아니야. 언제 내가 필요해질지 알 수 없으니 항상 준비하고 있어야 해.”

그리고 카흐는 만일의 사태가 벌어지면 자신도 성으로 갈 생각이라고 말했다.

“나쟈 양, 언니를 구하고 싶지? 그렇다면 언니를 구하기 위한 준비를 최대한 해놓아야 해.”

카흐는 이렇게 말하고 방을 떠났다. 혼자가 된 나쟈는 다시 바느질을 시작했다.

─ 비앙카 언니를 위해 내가 할 수 있는 일······.

비앙카를 위한 망토는 트라이아가 세 벌 정도 가지고 떠났다. 그러나 그밖에 무엇인가 할 수 있는 일, 해야 할 일은 없는 것일까? 나쟈는 머릿속으로 궁리하면서 열심히 바늘을 놀렸다.

◈

깊은 밤. 낙원장은 혼자서 홀에 조용히 앉아 있었다.

─ 오늘은 '악령'이 오지 않았어.

매일 같이 왔던 식수령이 오지 않았다. 언니가 어지간히 바쁜 모양이다. 아마도 〈불로신의 수〉를 얻기 위해서겠지. 그러나 원하는 바를 이룬 뒤에는 틀림없이 또다시 나를 죽이려 할 것이다.

지금까지 언니가 내게 보냈던 셀 수도 없을 만큼 많은 수의 식수령. 언니의 집념. 나에 대한 증오······.

언니가 아직 이곳에 있었던 시절을 생각하면 낙원장은 지금도 온몸의 피부가 뜯겨나가는 것만 같은 아픔이 느껴졌다. 언니는 어렸을 때부터 동생인 낙원장을 완전히 무시하고 마치 동생이 존재하지 않는 것처럼 행동했다. 언니가 동생의 존재를 인식하고 있음을 알 수 있는 것은 그녀가 때때로 어머니나 다른 어른들에게 이 말을 할 때뿐이었다.

─ 저런 것과 똑같이 취급하지 말아줘요.

'저런 것'은 바로 동생이었다. 언니는 어른들에게 "자매가 참 닮았구나"라는 말을 듣는 것을 싫어했고, 어머니가 동생을 감싸는 것도 싫어했다. 언니는 "나는 특별한 존재야"라고 말했다. 어머니도 다른 어른들도 언젠가는 낙원의 장이 될 언니를 배려해 동생인 자신을 최대한 언니에게서 멀리 떨어뜨렸다. 어머니는 낙원을 떠날 수 없는 운명을 가진 언니를, 앞으로 자유로워질 수 있는 자신보다 소중하게 대했다. 그래서 어린 시절의 낙원장은 자신은 태어나지 말았어야 할 존재가 아니었는지 고민한 적도 있었다.

어머니는 낙원 밖으로 나가고 싶다는 것을 제외한 언니의 바람은 모두 들어주었다. 언니와 자신이 곧 20대가 되려던 시기에, 할-레온 왕국에서 초대장이 날아왔다. 귀한 손님들이 모이는 연회에 낙원장의 둘째딸을 초청하고 싶다는 내용이었다. 즉 동생에게 온 초대장이었지만, 언니는 꼭 자기가 가야겠다며 고집을 부렸다. 어머니는 그 고집을 꺾지 못했다. 그래서 긴 시간을 들여 신들에게 기도를 올렸고, 마침내 사흘 동안 낙원을 벗어나도 된다는 허락을 얻었다. 언니가 낙원으로 돌아오지 않을 경우 자신의 목숨을 바쳐야 한다는 위험한 조건을 감수하면서까지. 어머니는 당연히 언니가 약속을 지키리라고 생각했겠지만, 그 믿음은 너무나 쉽게 배신당하고 말았다.

낙원장은 이 홀의 통신 거울에 비쳤던 언니의 얼굴을 지금도 기억하고 있다. 언니는 어머니에게 받은 소형 통신 거울을 통해 이쪽을 보고 있었다. 죽은 어머니, 그리고 어머니의 주검을 부둥켜안고 오열하는 자신을 무슨 신기한 구경거리라도 보는 듯한 표정으로 바라보고 있었다.

낙원장은 그때만큼 절망과 분노에 사로잡혔던 적이 없었다. 낙원장이 그 어두운 감정에 얽매이지 않을 수 있었던 것은 오직 신들의 도움 덕분이었다. 그때, 신들이 낙원장의 내부에 깃들었다. 그리고 낙원장의 입을 통해 언니에게 이렇게 말했다.

─어리석은 여인이여. 너는 자신을 특별하다고 생각하겠지. 그러나 너도 언젠가는 늙어서 죽을 것이다. 〈어머니 수〉인 〈수의 여왕〉이 창조한 모든 피조물과 마찬가지로 오래된 것이 되어 소멸할 것이다. 사실 너는 아무것도 아니다. 그 사실을 받아들이지 못하는 한, 네게 주어진 커다란 축복은 그대로 저주가 될 것이다.

신들의 그 말은 언니에 대한 마지막 경고였을 것이다. 그러나 언니는 공포에 떨다가 갑자기 심하게 화를 내더니 통신 거울을 깨버렸다. 그 뒤로 언니의 얼굴을 직접 본 적은 없었지만, 그래도 낙원장은 오랫동안 언니 때문에 심란해하고 괴로워했다. 마음이 흔들리지 않게 된 것은 자신이 신들의 의지를 체현하겠다는 각오를 굳히고도 상당한 시간이 흐른 뒤였다.

시간이 흐르면서 낙원장은 언니를 이해할 수 있게 되었다. 그러나 그것은 낙원장이 자신에 대해, 또 인간에 대해 깊게 이해한 결과일 뿐이었다. 인간은 모두 마음속에 두려움을 안고 있다. 그리고 그 두려움은 인간이 본래 자신에게 속해 있지 않은 것에 집착하고 매달리기 때문에 생기는 것이다. 물건. 재산. 능력. 건강. 젊음. 아름다움. 몸. 마음. 그리고 운명수. 이런 것들은 모두 인간이라는 존재의 본질이 아니다. 그러나 인간은 그것들을 자신의 것이라고 믿고, 자신의 본질이라고 믿으며, 그것들을 잃으면 자신은 자신이 아니게 된다고 믿는다. 그래서 그것들을 잃을까 두려워한다.

인간을 포함해 온갖 존재는 이 세계의 근원이기도 했던 하나의 수에서 만들어졌다. 인간은 태어나기 전에도, 살아 있는 동안에도, 죽은 뒤에도 그 수 자체일 뿐 다른 그 무엇도 아니다. 개인에게 주어진 운명수도 그 〈어머니 수〉가 일시적으로 취하고 있는 상태에 불과하다. 따라서 운명수가 개인에게 부여하는 겉모습, 능력, 마음의 형태도 일시적으로 나타났다가 사라지는 환상 같은 것이다.

— 그런 환상에 집착하고 매달리는 한, 우리는 진실로부터 도망치며 고통에 발버둥 칠 뿐…….

언니는 태어났을 때부터 줄곧 그렇게 괴로워하고 있다. 언니는 타고난 커다란 운명수를 자신의 것이라고 믿고, 그것이 가져다주는 겉모습과 능력을 자기 자신이라고 믿으며, 그것을 잃는 것이 두려워서 끊임없이 발버둥을 치고 있다. 그런 까닭에 더 높은 지위를, 더한 아름다움을, 영원한 젊음을, 더 좋은 운명수를 갖고 싶어한다. 갖고 싶어하는 것 자체는 잘못이 아니다. 문제는 언니가 자신의 내부에 있는 두려움과 괴로움을 직시하려 하지 않는 것이다. 언니는 자신의 내면을 똑바로 바라보지 못한다. 똑바로 바라보지 못하는 까닭에 공포와 고통은 언니의 내부에서 증폭되어 더 많은 것을 원하게 만들며, 인생을 자신의 뜻대로 제어할 수 있다고 착각하도록 만든다. 그리고 자신의 욕망이 이끄는 대로 행동하면 타인이 어떻게 되는지 되돌아볼 기회가 주어지지 않는다.

지상에 대한 신들의 영향력이 약해진 지금, 〈최초의 1인〉이 지었던 죄가 되풀이되려 하고 있다. 그것도 다른 사람이 아닌 언니의 손을 통해서. 낙원장의 마음속에 부정적인 감정이 번져나가기 시작했다. 슬픔. 분노. 지금 당장이라도 언니의 어리석은 행동을 막아야 한다는 의무의 탈을 뒤집어쓴 증오. 그리고 이와 동시에 만약 자신과 언니의 처지가 정반대였다면, 자신도 언니와 똑같이 행동했을지 모른다는 동정에 가까운 마음도 들었다.

이런 것들은 자연스러운 감정이기는 하다. 그러나 정도의 차이는 있을지언정 이런 감정은 언니와 똑같은 과오를 저지르게 만드는 것들이다. 언니를 경멸하든, 위에서 내려다보는 시선으로 불쌍히 여기든, 그것은 '언니와 다른 나'에 집착하는 것일 뿐이다. '늙고, 병들고, 죽어가는 사람들과는 다른 자신'에 집착하고 있는 언니와 다를 바가 없는 것이다.

그런 감정들로부터 자유로워지는 유일한 방법은 그런 감정에 사로잡히지 않으면서 동시에 도망치지 않는 것이다. 그 미묘한 균형 속에 진정한 자유가 있으며, 그 자유와 함께 행동하는 것이야말로 진정한 의미에서 삶을 사는 것이다. 그러나 그 균형을 유지하기는 너무나도 어렵다. 그리고 오늘은 특히 그것이 어렵게 느껴진다. 오랜 수련을 통해 키워왔던 고요한 마음을 어지럽힐 만큼, 언니가 저지르고 있는 죄의 크기는 낙원장을 압도하고 있었다.

지금 당장이라도 이곳을 떠나 직접 언니의 무모한 행위를 막고 싶은 마음이 간절했다. 그러나 그럴 수는 없었다. 그것이 신들이 정한 율법이기 때문이다. 자신의 의지로 지켜온 율법이 지금은 자신의 손발을 얽매고 있는 듯이 느껴졌다.

낙원장의 얼굴에 약간이지만 고통스러운 표정이 떠올랐다. 그런데 바로 그때, 누군가가 문을 두드리는 소리가 들렸다. 낙원장은 정신을 차리고 어깨에 들어갔던 힘을 뺐다. 자칫하면 어두운 감정에 잠식될 뻔한 위험한 상황이었다. 낙원장은 심호흡을 한 뒤 문을 두드린 누군가에게 응답했다. 그러자 나쟈가 문틈으로 얼굴을 내밀었다.

"저……. 들어가도 될까요?"

"무슨 일인가요?"

"그게……. 비앙카 언니, 아니 '마틸데'의 운명수에 관해 알아낸 게 있어서요."

낙원장이 들어오도록 허락하자, 나쟈는 낙원장의 정면에 앉아 이야기를 시작했다. 이 내성적인 소녀는 항상 조심스럽게 이야기한다. 하지만 명석하다. 그리고 지금 이 소녀가 이야기한 '발견'은 낙원장도 깨닫지 못했던 것이다. 낙원장의 눈이 점점 커졌다.

"나쟈. 분명히 당신이 말한 대로예요. 비앙카의 몸을 지켜줄 중요한 발견을 했군요."

"하지만 트라이아도 멤과 다른 요정들도 벌써 출발했잖아요? 제가 너무 늦게 발견한 건 아닐까요?"

나쟈는 조금 아쉬운 듯이 말했지만, 낙원장은 고개를 저었다.

"아닙니다. 그들이 가져간 통신 거울을 이용하면 작은 물체 정도는 즉시 주고받을 수 있어요. 비앙카를 지키는 역할은 트라이아 님이 맡기로 하셨으니, 트라이아 님에게 '그것'을 맡기도록 하겠습니다."

나쟈의 표정이 밝아졌다. 그 얼굴을 보면서 낙원장은 생각했다. 지금 이 아이는 내가 했던 말을 착실히 실행하고 있다고. 자신이 가지고 있는 것, 할 수 있는 일을 총동원해서 무엇을 할 수 있을지 궁리하고 있다고.

— 내가 할 수 있는 일…….

낙원장은 자신에게도 최후의 결단을 내릴 때가 다가오고 있음을 깨달았다. 언니에 대한 자신의 감정을 마무리할 때가. 죄 많은 언니에 대한 증오와 연민을 진정한 의미에서 뛰어넘을 때가. 자신을 이곳에 가두었던 신들이 자신에게 무엇을 바라고 있는지 감지

하고 그것을 자신의 몸을 통해서 실현할 때가 다가오고 있음을.

— 내가 가지고 있는 것, 할 수 있는 일을 총동원해서 무엇을 할 수 있는가.

낙원장은 나쟈에게 했던 말을 이번에는 자신을 향해서 다시 한 번 말했다. 그리고 일어나서 나쟈에게 말했다.

"그러면 트라이아 님에게 연락을 시도해보도록 하지요."

엘데 대공국과 메르세인 왕국의 국경 부근에 도달했을 때, 트라이아는 심상치 않은 기운을 느꼈다. 트라이아가 타고 있는 말도 그 기운을 느꼈는지는 그녀보다 조금 늦게 속도를 줄이더니 멈춰 섰다.

— 복병인가.

몰래 국경을 넘기 위해 일부러 이 깊은 산속의 짐승이 지나다니는 길을 선택했는데, '상대'에게 그런 것은 상관이 없었던 모양이다. 별빛에 비친 길 건너편, 나무들 중에서도 특히 줄기가 굵은 커다란 나무 뒤의 공기가 일그러져 있었다.

— 인간이……아니군.

그렇다면 무엇일까? 말에서 내린 트라이아는 허리에 찬 검을 뽑아 들고 그 나무 쪽으로 조금씩 다가갔다. 인간 이외의 것을 상대할 경우, 눈에 의지해서는 안 된다. '기운'이 모든 것을 말해준다. 트라이아는 온몸의 감각을 곤두세우면서 천천히 전진했다. 가까이 다가갈수록 공기의 일그러짐이 강해졌다. 그러나 나무 뒤쪽으로 돌아 들어갔지만 아무도 없었다. 그 대신 조금 떨어진 곳에 있는 다른 나무의 뒤에서 사람의 그림자가 나타났다. 그 모습은 분명 인간 남성이었다.

"너는……!"

놀라는 트라이아에게 그자는 살짝 웃음을 지었다. 트라이아가 성에서 몇 번이나 보았던 얼굴이다. 그러나 그자가 지금 내뿜고 있는 기운은 분명 인간의 것이 아니었다.

"네 정체는 무엇이냐?"

"당신이라면 대충 짐작이 갈 텐데요?"

그자가 아름다운 목소리로 이렇게 말하는 것을 듣고 트라이아는 깨달았다. 이 놈이 〈그림자〉임을.

— 요정들이 '성의 어딘가에 있다'고 말한 〈그림자〉가 바로 이 놈이었단 말인가?

이 모습으로 왕비에게 접근해 왕비를 유혹하고 있었던 것이다. 그러나 이렇게까지 또렷한 인간의 모습을 하고 있을 줄은…….

"보아하니 인간을 집어삼킨 모양이군."

트라이아가 그렇게 말하자, 형태를 갖춘 〈그림자〉는 아름다운 얼굴을 트라이아에게서 돌려 밤하늘을 올려다보며 말했다.

"뭐, 대충 그런 셈이지요."

그러나 이렇게까지 완전한 인간의 모습을 하고 있다는 건……. 아니, 그전에 성에 있을 때 '이 놈'의 정체를 전혀 눈치 채지 못했다는 것은…….

— 두 명이군. 이 놈은 한 명이 아니라 두 명을 집어삼켰어.

〈그림자〉가 완전한 형태를 갖추려면 한 명을 집어삼키는 것으로는 부족하다. 틀림없이 지금 이 놈의 내부에는 '두 명'이 있다. 한 명은 틀림없이 지금 이 놈의 '모습'인 젊고 아름다운 인간 남성이리라. 그리고 또 한 명은 아마도……. 이렇게 생각하는 트라이아에게 〈그림자〉가 웃음 띤 얼굴로 말했다.

"여기에서 당신을 만날 수 있어서 정말 기쁘군요. 요 며칠 매일 밤 당신을 기다리고 있었거든요. 틀림없이 한밤중에 국경을 넘어서 돌아올 거라고 생각했지요."

"나를 기다리고 있었다고?"

"네. 당신의 의도는 대충 알고 있습니다. 당신은 저와 왕비를 죽일 생각이시지요? 저를 죽이려는 것이야 그것이 당신 가문의 의무라고 생각하기 때문이겠지요. 하지만 왕비를 죽이려는 이유는 무엇인가요? 당신 가족의 복수를 위해서? 8년 전에 왕비가 저주해 죽이고 죄를 뒤집어씌운 '셈하는 아이들' 중에 당신의 조카딸도 있었다더군요. 그리고 당신의 오빠는 왕자에게 살해당했고요. 그들은 칼을 물려받지 못했더군요. 물려받았더라면 당신이 이렇게 복수하려고 고생할 필요가 없었을 텐데."

이 놈은 그런 것까지 알고 있단 말인가?

"닥쳐라. 타라곤 가문의 투쟁에 '복수'는 존재하지 않는다. 그리고 내 오빠와 조카딸의 혼은 이미 〈어머니 수〉의 곁에서, 우주의 중심인 유일한 최고신의 곁에서 편히 쉬고 있다."

트라이아가 이렇게 단언하자, 〈그림자〉의 아름다운 입가에 살짝 주름이 생겼다. 그러나 곧 원래의 표정으로 돌아갔다.

"그런가요? 그렇다면 당신이 왕비를 죽이려는 이유는 필시 세상 사람들을 지키고 싶다든가 그런 것이겠군요. 하지만 지금 당신이 왕비를 죽이도록 내버려둘 수는 없습니다. 그러면 제가 아주 곤란해지거든요."

<그림자>의 말이 끝나기도 전에 주변의 공기가 눈에 띄게 일그러지기 시작했다.

— 공격해오는 건가? 하지만 나를 죽이면 <그림자>도 내 칼을 받게 된다.

하지만 <그림자>가 그 사실을 모를 리가 없다. 그렇다면 어떻게 할 생각일까? 그러나 이것이 잘못이었다. 이 작은 망설임이 판단 속도를 늦추는 바람에 <그림자>에게서 날아온 무엇인가를 피하지 못한 것이다.

"앗!"

순식간에 검고 굵은 밧줄 같은 것이 트라이아의 양 손목과 양 발목에 달라붙더니 뒤쪽에 있는 나무의 줄기 속으로 파고들어 트라이아를 움직이지 못하도록 묶었다.

"잠시 그곳에서 쉬고 계십시오. 당신의 손발을 묶은 것은 과거에 당신의 선조가 잘라낸 제 몸의 일부분입니다. 이런 날이 올 때를 대비해서 간직하고 있었지요."

트라이아는 몸부림을 쳐보았지만 손발을 전혀 움직일 수가 없었다. <그림자>는 아름다운 얼굴을 일그러뜨리며 웃었다.

"당신이 이대로 말라 죽더라도 당신의 칼이 저한테 돌아오게 될지 궁금하군요. 하지만 설령 그렇다 해도 그때쯤이면 저는 이미 칼을 두려워할 필요가 없는 존재가 되어 있을 겁니다. 아니, 칼뿐만 아니라 다른 그 무엇도 두려워하지 않는 존재지요. 그리고 한 가지 더 말씀드리면, 당신이 죽이고 싶어하는 왕비는 내일이면 이 세상에서 사라집니다. 그러니 안심하고 저 세상으로 가시기를."

"……그게 무슨 말이냐!"

〈그림자〉는 트라이아의 질문에 대답하지 않고 그녀의 말을 향해 다가갔다. 말이 겁을 먹고 날뛰기 시작했다. 〈그림자〉는 말을 지긋이 바라보다가 이윽고 등에서 크고 검은 돌기를 여러 개 뻗더니 채찍처럼 휘둘러 말의 머리를 강하게 때렸다. 말이 쓰러지자 몸통에 동여맸던 짐이 바닥에 흩어졌다.

"호오, 저한테 위협이 되는 물건이 이것저것 있군요. 섣불리 만지는 건 위험하겠어요. 하지만⋯⋯, 이것만큼은 부숴야겠군요."

〈그림자〉는 짐 속에서 통신 거울을 찾아내자 등에서 튀어나온 돌기 중 하나로 내리쳤다. 그리고 거울이 깨지는 소리가 들렸다.

"그럼 안녕히. 타라곤 가문의 용감한 전사여."

트라이아는 〈그림자〉를 향해 소리를 질렀지만, 〈그림자〉는 이미 모습을 감춘 뒤였다.

성으로 돌아가자 여자가 껴안았다.

"또 성 밖으로 나갔던 거야? 정말 너무해. 도대체 매일 밤 성 밖에서 뭘 하는 거야?"

사소한 용무였는데, 이제 다 끝났습니다. 이렇게만 대답했다. 사실이기도 하고.

—나를 소멸시킬 수 있는 유일한 인간인 '반골의 대도'를 처리했으니까.

그러나 여자는 불만스러운 듯했다.

"내일이 나한테 얼마나 중요한 날인지 알잖아. 그런 중요한 날의 전날에는 같이 있어주면 안 돼?"

그렇게 말하는 여자에게 달콤한 말을 들려주었다. 여자는 여전히 불만스러운 표정이었지만, 내심 마음을 푸는 것이 느껴졌다. '지금의 모습'은 정말 편리하다니까.

이 여자. 〈최초의 1인〉의 자손이며 그의 죄를 그대로 체현한 존재. 이런 인간이 태어나기를 얼마나 오랜 세월 고대해왔던가. 이 여자가 '낙원'을 떠나 바깥 세계로 나왔을 때부터 나는 음으로 양으로 이 여자를 이끌어왔다. 어떤 때는 〈그림자〉의 모습 그대로 여자의 무의식에 영향을 끼치고, 또 어떤 때는 다양한 인간의 모습으로 말을 걸었다. 그리고 여자는 한 점의 의문도 없이 내가 이끄는 대로 행동해왔다. 내가 여자를 통해서 손에 넣고 싶었던 것. 그것들을 여자는 스스로 탐하고 손에 넣었다. 많은 사람들을 움직일 수 있는 왕족의 지위, '저주'를 걸 방법과 도구, 콰리즈미 요정의 연산 거울, 그리고 지금은 대량의 보석들.

여자가 그것들을 탐한 이유는 〈최초의 1인〉과 마찬가지로 마음 한구석에 자리한 공포 때문이다. 그러나 결국 그것들은 전부 나를 위해 준비된 것이다. 여자는 그 사실을 알지 못한다. 이 여자는 애초에 의심할 줄을 모른다. 항상 내가 하는 말을 아무런 의심도 없이 받아들인다. 그 이유는 명백하다.

—이 여자가 듣고 싶어하는 말만 해줬기 때문이지.

자신이 원하는 말에는 귀를 쫑긋 세우지만 원하지 않는 말에는 귀를 기울이지 않는다. 이것이 인간의 약점이다. 인간은 자신이 원하는 방향으로 일이 진행되는 동안에는 아무런 의문도 품지 않는다. 그리고 자신을 되돌아보지 않는다. 인간이 의문을 품는 것. 자신을 되돌아보는 것. 그것이 내가 가장 '원하지 않는' 일이다.

지금도 이 여자의 모습을 보면 바로 직전까지 보석을 모으고 있었음을 알 수 있다. 식수령이 가지고 돌아온 칼에 입은 상처가 얼굴과 손, 팔에 생생하게 남아 있었기 때문이다. 요즘 들어서 여자는 칼에 상처를 입는 것에 완전히 익숙해졌다. "그 약을 바르면 금방 나으니까"라며 아무렇지도 않게 생각한다.

"그래서, 필요한 보석은 다 모으셨습니까?"

그렇게 묻자 여자는 고개를 끄덕였다.

"간신히 다 모았어. 하지만 '내 몫'의 불도마뱀 가루는 다 썼어."

저주에 필요한 재료들 중 남은 것은 전부 '아들'에게 주었다고 한다.

"괜찮습니다. 이제는 여왕님께서 친히 '저주'를 거실 필요가 없으니까요."

다음부터는 리햐르트 님에게 맡기면 됩니다. 이렇게 말하자 여자는 어딘가 불만스러운 표정을 짓더니 '동생'을 해치우지 못했다며 투덜댔다. 어지간히도 동생을 죽이고 싶은 모양이다.

"그리고 혹시나 해서 '양녀'한테도 '악령'을 몇 마리 보내봤어. 그런데 안 돌아오더라고. 이미 죽은 모양이야. 뭐, 그 애는 이제 필요가 없으니 아무래도 상관없지만."

양녀. 나쟈의 이야기이다. 얼마 전에 그 소녀를 성벽 근처에서 발견했을 때, 어딘가 거동이 수상했다. 분명히 무엇인가를 감추고 있었다. 그러나 감춘 것이 무엇이고 그것으로 무엇을 할 생각이었는지 알아내기 전에 그 소녀는 모습을 감췄다. 아마도 트라이아가 도피시킨 것으로 보이며, 어쩌면 콰리즈미 요정들이 모습을 감춘 것과도 관계가 있을지 모른다. 그러나 지금 와서는 '아무래도 상관없는 일'이다. 그 소녀가 살아 있다고 해도 이쪽의 '계획'에 영향을 미치기는 이제 불가능하기 때문이다.

"여왕님, 이제 곧 우리에게 특별한 날이 시작될 테니 그런 이야기는 슬슬 그만두는 것이 어떨까요? 무엇보다 아침에 신전에서 열릴 의식을 준비해야지요. 그 의식이 끝나고, 여왕님께서 '신의 수'를 손에 넣으시면, 여왕님은 지금보다도 한층 더 아름다워지실 겁니다."

그렇게 말해주자 여자는 황홀함에 넋을 잃은 표정이 되었다. 그리고 "〈불로신의 수〉를 얻은 내게 어울릴 만한 의상을 하인들에게 만들게 했어. 빨리 당신한테 보여주고 싶어"라고 말했다.

"네, 저도 참으로 기대됩니다."

정말로 기대된다. 앞으로 몇 시간 후. 모든 것이 갖춰지고 모든 것이 성취될 그 순간이 이제 정말 얼마 남지 않았다.

— 왜 내게는 수가 없는가? 모습이 없는가?

이 세상이 만들어진 이래 나를 괴롭혀왔던 의문. 땅을 기어 다니며 자신에게 없는 '두 가지'를 찾아 헤맸던 세월들. 그러나 그 괴로움도 이제 곧 끝난다. 더는 '수를 가진 존재'인 신들, 요정, 그리고 인간을 질투할 필요도 없어진다.

— 요정도 인간도, 결국 내게 이용당하기 위해 존재할 뿐이니까.

또다시 바깥이 소란스러워졌다. 축하연에 참가할 새로운 손님이 도착한 것이겠지. 경사스러운 날을 축하하러 온 자들. 그리고 이 성을 두 번 다시 떠나지 못할 자들.

— 내일 축하연은 이 세상의 모든 자들에게 마지막 연회가 될 테니, 하다못해 즐겁게 놀기라도 하다가 죽도록 해주자고.

10

# 신이 되다

―뭔가 이상해.

그날 아침. '마틸데'의 모습을 한 비앙카는 어두운 벌오두막 속에서 눈썹을 찡그리고 있었다. 오늘 모아야 할 마지막 '독'을 채취할 수가 없었던 것이다.

원인은 알고 있었다. 슬슬 동이 틀 시간임에도 도저히 정상적이라고는 생각할 수 없을 만큼 주위가 어두웠다. 두꺼운 구름이 하늘을 뒤덮고 있기는 하지만 어둠의 원인은 그것만이 아닌 듯했다. 비앙카는 동쪽 하늘을 응시했다. 구름 너머로 보이는 아침 해는 기이한 형태로 일그러져 있을 뿐만 아니라 빛도 탁하고 붉은 기까지 감돌았다.

― 달이 태양을 가리는 현상이 일어난 걸까?

그 탓에 벌들의 활동이 평소와 달라졌는지도 모른다. 그러나 독을 채취하지 못하면 지금까지의 고생이 모두 물거품으로 돌아간다. 비앙카는 초조해졌다. 그런데 바로 그때, 과거에 낙원장에게 들었던 말이 뇌리를 스쳐 지나갔다.

"저는 당신의 계획을 도울 수가 없습니다. 가능하다면 신들께서 당신이 하려는 일을 멈춰주셨으면 좋겠네요."

낙원장의 말에는 자신을 향한 따뜻한 마음이 담겨 있었다. 비앙카는 그것을 느끼면서도 받아들일 수가 없었다. 오히려 낙원장에게 이렇게 말했다. 그 여자의 동생인 당신은 오랜 세월 그 여자 때문에 고통을 받아왔을 터인데 왜 복수를 하지 않느냐고.

"낙원장님은 그 여자를 이기고 싶지 않나요? 저는 그 여자한테 패배와 절망감을 안겨주고 멸시와 저주를 퍼부으면서 제 인생에서 영원히 묻어버리고 싶어요. 낙원장님은 그런 생각을 안 하시는 건가요?"

그러자 낙원장은 말했다. 상대를 죽이는 것이 승리가 아니라고.

"저는 제 언니가 그리 된 것을 안타깝게 생각합니다. 제 마음속에는 그런 언니를 경멸하는 마음도 있고, 딱하게 여기는 마음도 있습니다. 물론 언니의 어리석은 행동을 멈추고 싶습니다만 언니에 대해 당신만큼 살의를 느끼지는 않습니다. 그건 분명합니다."

비앙카는 더더욱 이해할 수가 없었다.

"어떻게 그렇게 차분할 수가 있는 건가요?"

그렇게 묻자 낙원장은 조용히 눈을 감으며 말했다.

"그것은 아마도 제가 당신보다 언니를 두려워하지 않기 때문일 겁니다. 두렵지 않은 자를 죽일 필요는 없으니까요."

그 말을 떠올리면 비앙카는 지금도 가슴을 부여잡지 않고서는 견딜 수가 없다. 비앙카의 마음속에 있는 공포를 정확하게 꿰뚫어본 말이기 때문이다. 그러나 당시의 비앙카는 그 사실을 인정할 수가 없었다. 그 대신 분노에 차서 이렇게 말했다.

"그건 낙원장님 개인의 문제가 아닌가요? 낙원장님 정도 되는 분이……, 아무리 낙원을 떠날 수 없다고는 하지만……, 사람들에게 온갖 악행을 저지르는 그 여자를 내버려두는 건 이해할 수 없어요."

"제가 움직이지 않는 이유는 무엇을 해야 좋을지 알지 못하기 때문입니다. 어디까지가 인간의 영역이고 어디까지가 신의 영역인지……. 저는 '그날'이 올 때까지 움직일 수 없고, 그날이 오면 신의 뜻대로 움직일 뿐입니다. 설령 그것이……, 저와 언니 그리고 이 세계에 어떤 결과를 가져오든지 말이지요."

비앙카는 그때 낙원장이 했던 말을 지금도 이해하지 못하고 있다. 다만 낙원장이 마지막에 했던 이 말만은 비앙카의 마음속에 강렬하게 각인되었다.

"저주와 축복은 동전의 양면과도 같은 겁니다."

그 순간, 갑자기 벌들이 날갯짓하는 소리가 커졌다. 생각에 잠겨 있던 비앙카는 이 소리에 퍼뜩 정신을 차렸다. 드디어 활동을 시작한 모양이다. 이제는 독을 채취할 수 있을 것이다.

— 내가 저 여자에게 보내려는 것은 무엇일까?

물론 내가 보내려는 것은 저주이다. 그러나 그것이 축복이기도 하다면……? 아니, 생각해선 안 돼. 어느 쪽이든 오늘 모든 것이 끝날 테니까. 그 여자의 인생도, 그리고 내 인생도.

비앙카는 머릿속에서 모든 생각을 떨쳐내고 벌들과 마주했다.

◇

"역시 난 여기가 마음에 안 들어."

달레트가 이렇게 말하기 전부터 멤 또한 같은 생각을 하고 있었다. 자인과 기멜도 마찬가지일 것이다.

기멜과 달레트가 앞장서서 날며 나머지 요정들을 이끌었다. 처음에 들어간 공간에서는 가는 관처럼 생긴 통로로 들어가 상하좌우로 꺾이는 통로 속을 날아갔다. 거울 속 세계가 전부 연결되어 있다고는 하지만, 바깥 세계에서의 거리가 멀면 거울 속 세계에서도 그만큼의 거리가 있다. 특히 이번에 거울 속으로 들어가기 위해 사용한 거울은 연산 거울이 아닌 까닭에 『거대한 서』에 도달하기까지 거리도 상당하고 갈림길의 수도 많았다. 기멜과 달레트는 오랫동안 『거대한 서』를 오갔기 때문에 대략적인 위치는 파악하고 있어서 갈림길에서 헤매는 일은 없었다. 그러나 그럼에도 불구하고 이동에는 상당한 시간이 걸렸다. 그들이 『거대한 서』가 있는 거대한 공간으로 빠져나온 것은 낙원을 떠나서 몇 시간이 지난 뒤였다. 바깥 세계에서는 이미 동이 텄을 것이라고 멤은 생각했다.

『거대한 서』 주변은 고요했다. '신의 심부름꾼'도 없었다.

"저것이군요. 저게 그 거울로 이어지는 뒷문입니다."

기멜이 앞쪽에 보이는 검푸른 문을 가리켰다. 그의 말투에는 약간의 불쾌함이 섞여 있었다. 무리도 아니다. 그러나 나아가는 수밖에 없다. 네 명이 뒷문에 가까이 다가가자, 갑자기 문이 열렸다. 그리고 안에서 두 개의 형체가 엄청난 속도로 튀어나왔다.

"으악! 저거 뭐야!?"

튀어나온 것은 날개 한 쌍이 달린 자들이었다. 키와 몸집은 자신들과 닮았지만 명백히 기이한 존재였다. '얼굴이 없었기' 때문이다. 둥근 머리는 달려 있지만 눈도, 코도, 입도, 귀도 없다.

그놈들은 이쪽을 무시하고 『거대한 서』를 향해 날아갔다.

"여기에서 나왔다는 건……. 저 놈들이 지금 그 여자가 부리고 있는 놈들인 건가?"

멀어지는 두 '기이한 존재'를 바라보면서 자인이 멤에게 물었다. 저것들은 절대 요정이 아니다. 저렇게 얼굴이 없는 요정이 존재한다는 이야기는 들어본 적이 없다. 그리고 무엇인가 굉장히 꺼림칙한 느낌이 들었다.

"확실한 건 알 수 없지만……. 어떤 흑마술을 이용해서 우리를 닮은 '모조품'을 만든 것 같군."

그리고 이 뒷문 너머에 있는 '그 거울의 공간'에도 저런 놈들이 있겠지. 기멜이 말했다.

"저 두 놈이 『거대한 서』를 향하고 있는 바로 지금이 기회인 것 같습니다. 두 놈 빼고 몇 놈이 더 있을지는 알 수 없지만요."

모두가 동의하고 뒷문으로 들어갔다. 그 공간이 가까워짐에 따라 멤의 마음 깊은 곳에 묵직한 느낌이 되살아났다.

—역시 카흐를 데려오지 않기를 잘했어.

"도착했습니다. 통로의 출구입니다."

기멜의 목소리에 위를 올려다보자 작게 빛이 보였다. 멤은 각오를 굳히고 다른 세 요정과 함께 위를 향해 날아갔다. 통로를 빠져나오자 그 공간이 펼쳐졌다. 여전히 벽에 붙어 있는 『분해의 서』, 작업대. 그런 것들은 이전과 변함이 없었다. 다만 다른 점이 두 가지 있었다. 하나는 그곳에 있는 자들이 얼굴 없는 요정들이라는 점, 그리고 다른 하나는 벽 위에 있는 '거울'의 형태였다.

"상당히 작아졌는걸."

그들에게 익숙한 거울, 즉 왕비가 그들에게 지령을 보내던 거울은 커다란 타원형이었다. 그러나 지금의 거울은 작은 점 같은 원형이다.

뭐지? 무슨 일이 일어나고 있는 거지? 네 명은 얼굴 없는 요정들이 눈치 채지 못하도록 벽에 찰싹 달라붙어서 조금씩 거울 쪽으로 이동했다. 그리고 거울을 통해서 바깥 세계를 내다보았다. 그들의 예상과 달리 바깥은 왕비의 실험실이 아니었다.

—대형 홀인가?

거울 너머로 보이는 것은 고상한 옥빛 벽에 둘러싸인 넓은 방이었다. 멤이 보았을 때 왼쪽에 있는 방 중앙의 바닥에는 하얀 원기둥 네 개가 거울을 붙인 아치형 천장을 지탱하고 있다. 그리고 그 주변에는 멋지게 차려입은 수많은 사람들이 있었다. 오른쪽의 벽에는 그 왕비의 모습을 그린 거대한 회화가 보이고, 그 앞의 옥좌에는 왕비가 앉아 있었다. 그리고 그 옆에는 검은 옷을 걸친 키 큰 남성이 서 있었다. 왕비가 있는 곳이 대형 홀의 가장 안쪽이라고 가정한다면 아무래도 이 거울은 홀 안쪽의 오른편 구석에 놓여 있는 것 같았다.

—왜 여기에 거울을 둔 거지?

거울의 표면에는 문자가 떠 있었다. 『거대한 서』 속의 위치를 나타내는 문자로, 거울을 기준으로 왼쪽, 왕비와 키 큰 남성의 정면에 있는 군중 중 한 명의 머리 위에 떠 있었다.

—저 인간 남자의 운명수가 적힌 장소를 나타내고 있는 건가?

멤은 아래를 내려다보았다. 방금 자신들이 빠져나온 통로에서

'얼굴 없는 요정' 두 놈이 돌아왔다. 그들이 돌아오자 다른 놈들도 움직이기 시작했다. 그들이 시작한 것은 틀림없이 '분해'였다. 저 인간의 운명수를 분해하고 있는 것이다.

지금은 거울 밖의 풍경이 정지되어 있다. 그것은 거울 속에서 '계산'이 시작되어 시간이 흐르는 속도가 바뀌었기 때문이다. 그러나 바깥의 대형 홀에는 식수령을 만들기 위한 재료도 도구도 보이지 않았다. 대체 무엇을 위해서 '분해'를 하는 것인가?

"멤."

생각에 잠겨 있던 멤은 자신을 부르는 자인의 목소리에 정신을 차렸다. 자인의 얼굴이 어딘가 창백해 보였다.

"왜 그래, 자인?"

"저 놈……. 저기 저 인간 남자……."

자인은 손가락으로 왕비 옆에 서 있는 남자를 가리켰다.

"그래, 저 인간 남자가 왜?"

"저 놈이야. 저 놈한테서 차디의 기운이 느껴져."

"뭐라고? 정말이야?"

"어이, 멤! 자인! 조심해! 놈들이 계산을 마쳤어! 이제 곧 '결과'를 들고 거울 쪽으로 올 거야!"

달레트의 말에 멤과 자인은 급히 거울에서 떨어졌다. 그리고 아래에서는 잘 보이지 않을 더 높은 곳으로 피신했다. 그들이 울퉁불퉁한 벽의 틈새에 몸을 숨겼을 때, 얼굴 없는 요정 하나가 거울 쪽으로 왔다. 그리고 거울 위에 '계산 결과'를 올려놓고 다시 돌아갔다. 그 '계산이 끝난' 순간, 거울 밖 세계의 시간이 흐르기 시작하면서 소리가 들리기 시작했다. 이야기를 나누는 사람들의 목소리. 악사들이 연주하는 음악. 그리고 저 여자, 왕비의 목소리가 또렷하게 들렸다.

"오늘 이렇게 여러분을 이곳에 모신 것은 중요한 사실을 알리기 위함입니다. 알려드릴 소식은 전부 세 가지입니다. 하나같이 참으로 기쁜 소식들이지요."

오랜만에 듣는 왕비의 목소리에 멤은 속이 울렁거렸다. 자신들과 트라이아, 나쟈가 성을 빠져나갔어도 저 여자에게는 아무런 타격이 없었던 모양이다. 그것을 목소리에서 확실히 느낄 수 있었다. 왕비는 계속 말했다.

"첫째는, 여러분도 이미 들으셨을 겁니다. 저를 배신했던 어리석은 남편과 남편에게 협력한 엘데 대공국의 백성들 모두 신의 노여움을 사서 죽었습니다. 이것으로 우리 왕국은 그 남자에게도, 엘데 대공국에도 더는 위협받지 않게 되었습니다."

왕비의 말에 성대한 박수가 쏟아졌다.

"둘째는 그 어리석은 사내를 대신해서 제가 이 왕국을 다스린다는 겁니다. 제가 여왕이 되어서 이 왕국과 영원히 함께 살아갈 겁니다."

이 말에 대한 반응은 성대한 박수가 아닌 웅성거림이었다. 청중들이 당혹스러워하는 것이 느껴졌다.

"영원히라는 것은 무슨 의미입니까?"

내빈 중 한 명으로 보이는 사람이 그렇게 묻자 왕비는 이렇게 대답했다.

"좋은 질문입니다. 사실 저는 방금 전에 '신의 운명수'를 손에 넣었답니다. 제가 〈축복받은 수〉를 가졌다는 사실은 알고들 계셨지요? 하지만 저는 마침내 그보다 더 멋진 수인 〈불로의 신들의 수〉 중 하나를 제 것으로 만들었습니다. 이것으로 저는 영원히 늙지도 죽지도 않고 이 나라를 다스릴 수 있게 되었습니다."

뭐라고? 멤과 요정들은 다시 거울 쪽으로 다가가 거울 바깥을 내다보았다. 군중을 향해 말하는 여자의 옆모습은 기쁘게 웃고 있었고, 게다가 전보다 더 빛이 나는 듯이 느껴졌다. 여자가 걸친 순백의 의상에는 금실로 커다란 백합 문양의 자수가 놓여 있었고, 길고 넓은 옷자락은 바닥까지 늘어져 있었다. 마치 결혼식에서 입는 예복처럼.

저 여자가 정말로 〈불로신의 수〉를 손에 넣었다는 말인가? 멤도, 다른 세 요정도 당황했다. 그러나 여자는 여기에서 그치지 않고 세 번째 '소식'을 알렸다.

"그리고 마지막 소식은, 제 옆에 있는 이 젊은 시인 람디쿠스가 저의 새로운 남편이 된다는 겁니다. 앞으로 여왕인 저와 제 남편이 함께 이 왕국을 다스리게 됩니다. 여러분은 저, 그리고 제 남편의 신하가 되는 겁니다. 지금부터 저는 신전으로 이동해 결혼식을 거행하려 합니다. 그러니 여러분도 참석해주십시오."

왕비가 이렇게 말하자 홀은 벌집을 쑤신 듯이 소란스러워졌다. 다들 왕비가 제멋대로 내린 결정에 수긍하지 못한 듯했다. 홀에 모인 군중은 왕비와 그의 새로운 남편인 검은 옷을 입은 사내에게 격렬하게 항의하기 시작했다. 이러다 폭동으로 발전하는 것은 아닐까? 멤이 그런 생각을 하고 있을 때, 왕비가 목소리를 높여 이렇게 말했다.

"어머머, 다들 찬성하지 않는 모양이네. 하지만 알았으니 됐어.

불로신이 된 내게 그런 신하는 단 한 명도 필요가 없으니.”

사람들은 너무나 뻔뻔한 왕비의 태도에 일순간 할 말을 잃었다. 그러자 왕비가 갑자기 이쪽, 즉 거울 쪽을 바라보았다.

“자, 리햐르트! 네 힘을 빌려다오!”

왕비가 이쪽을 향해 이렇게 명령하자 거울에 비친 바깥 세계가 갑자기 흔들렸다.

“뭐지 이거? 지금 거울이 걷고 있는 거야!?”

달레트가 말한 대로였다. 거울은 왕비 쪽을 향해 이동하더니, 왕좌 근처에서 갑자기 방향을 바꿨다. 홀에 모여 있는 사람들의, 불안한 표정으로 이쪽을 올려다보는 얼굴들이 보였다.

— 대체 무슨 일이 벌어지고 있는 거야?

그런데 이때, 갑자기 누군가가 멤의 오른발을 잡더니 아래로 끌어당겼다.

“으악!”

내려다보니 얼굴 없는 요정 하나가 자신의 오른발을 잡고 있었다. 자신뿐만이 아니었다. 달레트와 기멜, 자인도 각각 얼굴 없는 요정들에게 잡혀 있었다. 그리고 아래의 ‘작업대’에서는 자신들을 붙잡고 있는 네 놈 이외에도 다섯 놈 정도가 눈도 코도 입도 없는 얼굴로 이쪽을 올려다보고 있었다.

“젠장, 들켰군!”

“이렇게 된 이상 모두가 힘을 합쳐 저놈들을 해치우는 수밖에 없겠군요.”

달레트와 기멜의 말에 자인과 멤도 고개를 끄덕였다. 그들은 일제히 아래를 향해 날아가 적의 둥근 얼굴을 주먹으로 후려쳤다.

그때, 작은 거울에서 왕비의 목소리가 들렸다.

"이곳에 오신 여러분. 여러분 모두의 운명수를 잡아먹을 식수령은 이미 준비되어 있답니다. 이 리햐르트의 몸속에 말이지요."

비앙카는 검은 단지를 끌어안은 채 달리고 있었다. 단지의 뚜껑을 손으로 힘껏 누르고 있었지만, 그럼에도 단지는 부들부들 떨리고 있었다. '밖으로 나오고 싶어하는' 것이다.

—너를 당장 내보내고 싶은 건 나도 마찬가지야. 하지만 조금만 참아줘.

이 눈으로 직접 보지 않는다면 의미가 없다. 이 식수령이 그 여자를 '잡아먹는' 모습을.

비앙카는 여전히 마틸데의 모습을 하고 있었다. 다른 모습이 되기 위한 '소수벌의 꿀'은 며칠 전에 누군가가 벌오두막에서 가져가 버렸다. 누구의 짓인지는 알 수 없지만, 아마도 왕비의 명령을 받고 가져갔을 것이다. 사실 비앙카는 이제 다른 모습이 될 생각도 없었다. 이 '검은 마틸데'의 모습으로 그 여자의 최후를 지켜본다. 비앙카는 전부터 그렇게 정해놓고 있었다. 자신의 마음속의 어둠과 약함을 체현한 이 모습으로 그 여자를 해치운다. 그 여자는 자신의 충실한 종이 사실은 배신자였음을 깨달은 채로 죽는 것이다. 이렇게 생각했을 뿐인데 비앙카의 마음과 안대 속의 상처가 또다시 욱신거렸다. 그리고 나는 이 모습을 한 채 그 여자의 '칼'을 받고 죽는다. 그것으로 충분하다. 낙원장의 말도 더는 비앙카를 망설이게 하지 못했다.

그러나 대형 홀 근처까지 왔을 때, 비앙카는 이상한 기분이 들었다. 안이 왠지 소란스러웠다. 그리고 그 여자의 목소리가 들렸다. 잘은 들리지 않았지만, 이것만큼은 알아들을 수 있었다.

─불로신이 된 나에게 그런 신하는 단 한 명도 필요가 없거든. 자, 리햐르트! 네 힘을 빌려다오!

리햐르트라고? 비앙카는 귀를 의심했다. 저 안에 리햐르트가 있다는 말인가?

대형 홀에서 비명 소리가 들렸다. 홀의 문이 힘차게 열리며 내부의 불빛이 이쪽으로 흘러드는 동시에 이쪽을 향해 누군가가 뛰쳐나왔다. 내빈들 중 한 명이었다. 그러나 곧 머리가 둥근 반투명한 도마뱀이 그 사람을 집어삼켰다.

─식수령!

비앙카의 눈앞에서 손님 한 명이 '잡아먹힌' 것이다. 비앙카는 문 뒤로 재빨리 이동해 내부를 들여다보았다. 우왕좌왕하는 사람들. 겁에 질려 한구석에 웅크리고 있는 사람들. 공포에 질린 얼굴로 식수령을 향해 칼을 휘두르며 무의미한 저항을 하는 사람들. 그리고 그 너머.

─리햐르트!

홀 안쪽, 옥좌가 놓여 있는 장소에는 세 명이 서 있었다. 왕비, 그 시인, 그리고 리햐르트. 그러나 리햐르트는 이미 '인간'이라고 부를 수 있는 존재가 아니었다. 생김새는 분명 리햐르트였지만, 그 표정과 서 있는 모습은 아무리 봐도 살아 있는 인간의 그것이 아니었다. 마치 도자기로 만든 인형 같다고 비앙카는 생각했다. 그리고 검은자도 흰자도 없이 그저 은색으로 빛나고 있는 그의

'오른쪽 눈.'

—거울.

그 오른쪽 눈은 거울이었다. 비앙카가 그 사실을 깨달았을 때, 가만히 무표정하게 정면을 보고 서 있던 리햐르트가 갑자기 입을 벌렸다. 그리고 기이할 만큼 세로로 크게 벌어진 그 입에서 식수령들이 튀어나왔다.

—리햐르트가 식수령을!?

그렇다. 생각해보면, 리햐르트는 분명히 '사시'를 쓸 수 있었다. 사시를 쓸 수 있으면 자신이 바라본 상대의 운명수가 『거대한 서』의 어디에 있는지를 거울 속의 요정들에게 보여줄 수 있다. 그리고 거울이 있으면 '운명수의 분해'를 할 수 있다. 마지막으로, 리햐르트의 몸속에는 아마도 식수령을 만들기 위해 필요한 재료들이 전부 들어 있을 것이다. 요컨대 지금의 리햐르트는 저 여자가 오랫동안 이용해왔던 '실험실' 그 자체인 것이다.

상황을 파악한 비앙카는 어지러움을 느꼈다. 당장이라도 속이 뒤집어질 것만 같았다. 리햐르트는 인간으로 되살아나는 대신 괴물이 되어버린 것이다. 그것도 그저 식수령을 만들어낼 뿐인 괴물이. 왕비 쪽을 보니 왕비는 오른손을 시인의 팔꿈치에 걸치고 싱긋 웃으면서 식수령을 차례차례 토해내는 리햐르트를 바라보고 있었다. 그 얼굴은 전보다 더 생기 넘치고 빛나는 것 같았다.

비앙카는 심한 오한을 느꼈다. 견딜 수 없이 역겨웠다. 이것도 저 여자가 저지른 짓이다. 저 여자는 적어도 리햐르트만큼은 진심으로 사랑하지 않았던가? 아니, 그런 것이 아니었다. 저 여자에게는 리햐르트조차도 결국 편리한 도구에 불과했던 것이다.

비앙카가 보고 있는 동안에도 대형 홀 안의 내빈들은 차례차례 '잡아먹히고' 있었다. 이제는 살아서 도망치는 사람들의 수가 더 적었다. 그때 리햐르트가 식수령을 토해내는 것을 일단 멈췄다. 자세히 보니 리햐르트의 몸에 수많은 상처들이 나 있었다. 그것이 지금 저주로 죽은 사람들의 칼에 입은 상처임은 상상하기 어렵지 않았다. 그리고 조금씩이지만 상처가 작아지는 것처럼 보였다.

— 회복을 위해서 잠시 멈춘 것이구나.

그러는 사이에, 벽 쪽에서 떨고 있는 사람들을 향해 왕비가 말했다.

"어때? 이젠 나를 '여왕'으로, 그리고 이 시인 람디쿠스를 새로운 지배자로 받아들일 마음이 생겼어?"

그것은 질문도 권유도 아니었다. 지금 고개를 끄덕인들 그들이 목숨을 구할 수 있다는 보장은 없었다.

— 하려면 바로 지금이 기회야.

비앙카는 눈을 감아 모든 생각을 뿌리치면서 대형 홀의 밝은 조명 속으로 뛰어들었다.

'왕비'에서 '여왕'이 된 지금, 그리고 〈불로신의 수〉를 손에 넣은 지금, 왕비는 최고의 기분을 맛보고 있었다.

— 이제 나는 늙지도, 죽지도 않아.

지금 와서 생각해보면 지금까지 자신이 마음속 깊은 곳에서 노화와 죽음을 얼마나 두려워했는지 알 것 같다. 이것은 전부 그 멍청하고 주제를 모르는 동생 탓이었다. "너도 언젠가는 늙어서 죽을 것이다.” 그때 동생은 건방지게도 이렇게 내뱉으며 나를 깔보았다. 하찮은 인간 주제에, 보잘것없는 수밖에 갖지 못한 주제에 특별한 인간인 내게 공포를 안겨주었던 동생. 그러나 나는 마침내 그 공포까지 뛰어넘은 것이다.

마음속에 만족감이 차오른다. 언제나 나를 지탱해왔던 우월감. 이 세상의 그 누구보다도 강하고, 아름답고, 뛰어나다는 확신.

—하지만…….

여전히 마음에 걸리는 점이 딱 하나 있었다. 그것은 방금 자신이 어리석은 신하들에게 던졌던 말 속에 있었다. “저는 마침내 〈불로의 신들의 수〉 중 하나를 제 것으로 만들었습니다”라는 그 말 속에…….

—〈불로의 신들의 수〉 중 하나.

이것은 다시 말해 자신이 수많은 ‘불로의 신들’과 같은 위치에 섰다는 의미이다. 아니, 그것이 아니다. 새로 얻은 운명수 **524287** 은 〈불로신의 수〉로서는 가장 작은 수이다. 요컨대 같은 위치가 아니라 ‘맨 끝자리’인 것이다. 자신보다 큰 운명수를 가진 불로의 신들은 수없이 많으며, 그 위에는 ‘불멸의 신들’, 또 그 위에는 ‘유일한 최고신’, 〈어머니 수〉인 〈수의 여왕〉이 있다.

지금까지는 이런 생각을 해본 적이 없었다. 그러나 〈불로의 신들의 수〉를 손에 넣고 나니 이제는 이것이 신경 쓰여서 견딜 수가 없다. 어리석은 신하들이 쓰러져가는 모습, 그리고 자신을 위해 그렇게 하고 있는 ‘리햐르트’의 모습을 웃음 띤 얼굴로 바라보고 있으면서도 이 생각이 머릿속을 떠나지 않았다.

그 탓일까? 왕비는 가벼운 현기증을 느끼고 시인 쪽으로 쓰러졌다. 시인은 왕비를 떠받치면서 상냥한 목소리로 말했다.

"조심하십시오. 아직 '수'가 안정되지 않은 모양입니다. 아까 신전의 의식에서 여왕님의 몸속에 넣은 '보석'이 완전히 자리를 잡기까지는 조금 시간이 필요합니다."

시인이 말했다. 앞으로 몇 시간은 새로 손에 넣은 〈불로신의 수〉와 '지금까지의 운명수' 사이를 오가는 일이 벌어질 것이라고. 왕비는 순순히 "알았어. 조심할게"라고 말했다. 최대한 시인에게 아름답게 보이고자 교묘하게 표정을 지으면서.

신하들이 거의 쓰러졌을 때, 왕비는 남아 있던 자들을 향해 물었다. 자신을 여왕으로 받아들이겠느냐고. 어떤 대답이 돌아오든 저들의 생사는 자신이 쥐고 있다. 내키는 대로 살릴 수도 죽일 수도 있는 것이다. 그것을 생각하니 왕비의 기분이 다시 밝아졌다.

바로 그때였다. 눈앞에 '그녀'가 나타났다.

—마틸데?

검은 옷을 입은 시녀는 어딘가 평소와 조금 달랐다. 항상 무표정했던 얼굴은 명백히 분노로 경직되어 있었다. 그리고 그녀는 홀에 남아 있는 자들을 향해 외쳤다.

"이곳에 있으면 결국 죽을 뿐이에요! 다들 빨리 도망쳐요!"

벽 쪽에서 떨고 있던 사람들은 마틸데의 말에 등을 떠밀리듯이 문을 향해 달렸다.

그후, 마틸데의 눈은 왕비를 똑바로 노려보았다. 왕비는 자신의 눈을 의심했다. 저 자가 정말로 자신이 알고 있는 마틸데란 말인가? 그리고 다음 순간 깨달았다. 마틸데가 낯이 익은 색과 모양의 단지를 옆에 끼고 있음을. 그 단지는……

"위험해!"

시인이 왕비에게 그렇게 말했을 때, 마틸데는 단지의 뚜껑을 열었다. 그 안에서 반투명한 검은 그림자가 튀어나왔다.

— 식수령!

게다가 자신을 향해서 날아오고 있었다. 식수령이 큰 입을 벌렸을 때, 왕비는 자신도 모르게 소리를 질렀다.

"끼야아아아악!!"

왕비는 자신의 목에서 이렇게 크고 흉한 비명 소리가 나오고 있다는 사실을 믿을 수가 없었다. 자신을 향해 날아오는 식수령이 이 세상에 존재한다는 것도. 왕비는 그 악령이 내뿜는 압력에 짓눌려 뒤로 넘어졌다. 시인이 황급히 부축해 일으키려 했지만, 너무 무서워 눈을 뜰 수가 없었다.

그런데 이대로 잡아먹히리라고 생각한 순간, 식수령의 압력이 갑자기 약해졌다. 조심스럽게 눈을 떠보니 식수령은 자신이 아니라 천장 쪽을 향하고 있었다. 그리고 다음에는 방향을 틀어 맞은 편 벽을 향했다. 마치 먹잇감을 찾지 못해 방황하는 것 같았다.

"저 식수령은 여왕님의 '이전 수'를 노리는 모양입니다."

왕비를 안아 일으키면서 시인이 말했다. 시인의 미간에 주름이 잡혀 있었다.

— '이전 수'라고? 대체 무슨 말이야?

자신의 '이전 수', 즉 자신이 타고난 운명수는 〈축복받은 수〉, 다시 말해 매우 큰 '본디의 수'가 아니었던가? 그런 수에 대해 식수령을 만드는 것은 불가능한 일이다. 그 수에 대응하는 소수벌을 발견할 수 있을 리가 없기 때문이다.

왕비는 간신히 몸을 일으켜 마틸데를 바라보았다. 홀 중앙, 죽은 신하들 사이에 서 있는 마틸데의 시선은 식수령의 움직임을 따라가다 다시 왕비를 향했다. 그 새까만 오른쪽 눈이 왕비의 눈과 정면으로 마주쳤다. 그 시선은 왕비를 압도할 만큼 강했다. 마틸데가 말했다.

"당신, 자신의 운명수에 무슨 짓을 했나 보군? 아까 '불로신이 되었다'고 말한 걸 보면 〈불로신의 수〉를 손에 넣은 건가? 원래 당신의 수는 금이 간 커다란 수였어. 그런데 어떻게……."

'금이 간 커다란 수'라고? 영문을 알 수 없어 당황하는 왕비 옆에서 시인이 "이거 골치 아프게 됐군!"이라고 낮게 중얼거렸다. 이때 천장 부근을 떠돌던 식수령이 다시 이쪽을 향해 날아왔다. 또다시 왕비의 목에서 비명이 터져나왔다. 그러나 식수령은 또다시 왕비를 잡아먹기 직전에 엉뚱한 방향으로 몸을 틀었다. 시인이 다급한 목소리로 말했다.

"수가 '안정되기' 전에 이렇게 될 줄은……."

—무슨 말이야?

왕비는 시인에게 물었다. 자신의 목소리가 눈물에 젖어 있음을 깨달은 왕비는 크게 동요했다. 자신이 이 정도로 겁을 먹을 줄이야. 시인이 대답하기 전에 마틸데가 말했다.

"당신은 지금까지 자신의 수가 〈축복받은 수〉라고 생각해왔지? 하지만 그렇지 않아. 당신의 운명수 **464052305161**은 **4261**, **8521**, **12781**로 분해할 수 있다고. 어렵기는 하지만 저주가 불가능하지는 않아."

"마, 마틸데……. 너는……."

왕비의 의문에 대답한 것은 시인이었다.

"그렇군. 넌 비앙카였어. 왜 지금까지 눈치 채지 못했을까……."

비앙카! 그 이름에 왕비는 경악했다.

— 그럴 리가…….

왕비의 마음속 깊은 곳에서 새로운 공포가 솟아올랐다. 자신의 피를 이어받았고, 자신을 쏙 빼닮았으며, 게다가 자신보다 젊고, 아름답고, 현명했던 딸. 그 존재를 얼마나 불쾌하게, 위협으로 느껴왔던가. 그리고 딸이 '죽었다'고 확신했을 때 얼마나 안도했던가. 그런데 지금, 그 딸이 눈앞에 있다. 아니, 줄곧 '있었던' 것이다. 그것도 '바로 곁에'!

왕비의 온몸에 소름이 돋았다. 입에서 신음 소리인지 비명 소리인지 알 수 없는 소리가 저절로 흘러나왔다. 자신이 어떤 표정을 짓고 있는지 생각할 여유도 없었다. 그리고 쐐기를 박듯이 마틸데는 얼굴의 왼쪽 부분을 덮고 있던 안대를 풀었다. 그러자 왼쪽 눈꺼풀 중앙을 지나 세로로 난 길쭉한 상처가 드러났다.

왕비는 공포에 질린 나머지 리햐르트에게 매달렸다.

"리, 리햐르트! 저 애를! 비앙카를, 빨리 저주해줘!"

그러나 리햐르트는 아직 움직이지 않았다. '회복'이 덜 끝난 것이다. 마틸데는 새까만 두 눈동자로 왕비를 바라보며 당당하게 웃었다.

"난 죽는 건 두렵지 않아. 이미 당신한테 한 번 죽어봤거든. 그리고 어차피 당신이 저 식수령한테 잡아먹히면 당신의 칼을 받은 나도 죽을 수밖에 없어. 하지만 그렇게 되기까지는 시간이 조금 남아 있는 듯하니 당신에게 중요한 사실을 하나 더 가르쳐주지."

왕비는 자신을 바보 취급하는 듯한 비앙카의 말투에 화가 났지만, 아직 몸이 떨려서 목소리도 제대로 나오지 않았다. 게다가 또 다른 '중요한 사실'이란 게 대체 무엇이란 말인가?

"그건 말이지, 당신이 철석같이 믿는 저 사내가 당신을 배신했다는 거야. 당신은 저놈이 당신을 위해서 '피보나 풀'을 키운 줄 알고 있겠지? 그런데 정말 그럴까?"

그게 대체 무슨 말이야? 왕비는 휘둥그레진 눈으로 시인을 바라보았다. 시인은 굳은 표정으로 마틸데를 노려보고 있었다. 그 옆모습을 바라보고 있는데 갑자기 왕비의 왼손에 통증이 느껴졌다. 왼손을 보니 손등에 무수히 많은 상처가 나 있었고, 피가 흘러서 손이 새빨갛게 물들어 있었다.

꺅 하는 비명 소리가 목에서 나왔다. 그러나 상처는 곧 왼쪽 손목, 팔꿈치까지 퍼졌고, 아픔도 온몸으로 퍼졌다. 그리고……, 얼굴! 얼굴에서도 통증이 느껴지면서 따뜻한 액체가 얼굴 전체를 뒤덮는 것이 느껴졌다.

"이게 뭐야! 대체 어떻게 된 거야!" 시인은 왕비를 보았지만 대답하려 하지 않았다. 그 대신 마틸데의 얼굴을 한 비앙카가 왕비에게 대답했다.

"식수령이 가지고 돌아온 칼에 입은 상처를 치료하기 위해 시인이 당신한테 발라준 건 피보나 풀로 만든 약이 아니야. 피보나 풀하고 비슷하게 생긴 '뤼카 풀'로 지은 약이지. 뤼카 풀은 피보나 풀보다 빨리 자라지만, 약초로서는 효과가 거의 없어. 뤼카 풀로 만든 약을 바르면 당장은 상처가 빨리 낫는 것처럼 보이지만 그건 말 그대로 그렇게 보일 뿐이야. 실제로 상처를 아물게 하는 효과는 없어, 그리고 시간이 지나면 지금처럼 다시 벌어지고 말지."

비앙카는 시인에게 "당신, 그걸 알면서도 뤼카 풀을 키운 거지?"라고 물었다.

"피보나 풀이 아니라 뤼카 풀인 걸 어떻게 알았지?"

그렇게 물어보는 시인의 목소리는 평소의 아름다운 목소리가 아니라 조금 탁한 느낌이었다.

"꽃의 수를 보고 알았지. 피보나 풀은 꽃의 수가 1인 종으로 시작해서 다음도 1, 그다음은 2, 3, 5, 8의 순서로 늘어나지. 그런데 당신이 약초밭에 심은 풀은 최초 종의 꽃의 수가 1인 것까지는 같았지만 그다음 종에서 갑자기 3이 되었더군."

비앙카가 말했다. 뤼카 풀은 꽃의 수가 그후 4, 7, 11의 순서로 늘어나기 때문에 피보나 풀과 구별할 수 있었다고 말이다.

"왜? 왜 그런 '가짜 풀'을 나한테 쓴 거지?"

람디쿠스, 당신 나 사랑하잖아? 그렇지? 아름다운 드레스의 소매와 목덜미가 피로 물들어가고 그 안에 입은 속옷도 몸에서 흐르는 피에 흠뻑 젖어 피부에 달라붙고 있었지만, 그래도 왕비는 시인이 사랑의 말을 들려주기를 기다렸다. 이 세상에서 가장 아름답고 강한 자신에게 달콤한 사랑의 말을 들려주기를. 그러나 시인은 아무 말도 하지 않았다. 비앙카의 웃음소리가 울려퍼졌다.

"너무 웃겨서 참을 수가 없네. 당신, 지금까지 그 사내가 당신을 사랑하는 줄 알았지? 그런데 이걸 어쩌나? 사실은 이용당하고 있었을 뿐이야. 그 남자는 당신하고 똑같아. 다른 사람을 이용만 할 뿐 절대 사랑하지 않는다고!"

이용만 할 뿐 절대 사랑하지 않는다. 그 말을 하는 비앙카는 이미 웃고 있지 않았다. 비앙카의 눈빛에 또다시 증오와 분노가 서렸다. 그리고 이와 동시에 천장 부근을 떠돌던 식수령이 멈춰서더니 다시 왕비 쪽을 향했다.

"이런, 내 귀여운 '악령'이 또 당신을 인식한 모양이네. 혹시 모를 수도 있을 것 같아서 말해두는데, 표적을 잃어버린 '악령'은 몇 시간 동안은 표적을 찾아서 돌아다녀. 난 8년 전에 당신이 보낸 '악령'에 쫓겨다닌 적이 있기 때문에 잘 알지. 자, 과연 당신은 끝까지 도망칠 수 있을까?"

비앙카의 말이 끝나기도 전에 식수령은 왕비를 향해 곧바로 날아갔다. 그것을 본 시인은 탁한 목소리로 중얼거렸다.

"……안정된 뒤에 하려고 했는데……. 이렇게 된 이상 어쩔 수 없군."

시인은 그렇게 말한 뒤 마치 잠에 빠진 듯 눈을 감고 쓰러졌다. 놀란 왕비는 시인의 몸을 잡고 흔들었지만, 시인은 꿈쩍도 하지 않았다. 그 대신 방금 전까지 시인이 서 있었던 곳에서 낯선 목소리가 들렸다. 땅이 흔들리는 소리와 어린아이가 소곤거리는 목소리가 뒤섞인 것과 같은 기묘한 목소리였다.

—그 모습에는 더 이상 볼일이 없다. 대신 너를 삼키마.

뭐?

그곳에는 검은 아지랑이 같은 것이 있었다. 연기처럼 희미하게 보이던 그것은 갑자기 새까매지면서 넓게 퍼졌고, 가장자리가 다섯 갈래로 갈라지는가 싶더니 순식간에 왕비를 뒤덮었다. 왕비의 눈앞은 암흑으로 변했다. 그 직후 엄청난 충격과 함께 충돌한 무엇인가가 튕겨져나간 듯한 감각이 느껴졌고, '바깥의 목소리'가 이렇게 말하는 것이 똑똑히 들렸다.

　—소녀여. 네 식수령은 튕겨나갔다. 이제 그놈은 네 어미를 잡아먹지 못한다. 네 어미는 이미 내게 잡아먹혔기 때문이다. 알겠느냐? 내가 네 소원을 들어준 것이다. 네 잔혹한 어미는 두 번 다시 이 세상으로 돌아오지 못한다.

　밖에서 비앙카가 뭐라고 소리를 쳤지만 잘 들리지 않았다. 그리고 '목소리'가 다시 한번 말했다.

　—나에게 정해진 이름은 없다. 그러나 바로 지금, 나는 불멸의 신이 되었노라. 그리고 이 세상의 모든 존재를 소멸시킴으로써 세상에서 유일한 불멸신이 될 것이다. 인간도, 요정도, 다른 모든 신들도. 그러니 너도 안심하고 죽도록 해라.

　이렇게 말한 '목소리'는 옆에 있는 리햐르트에게 명령했다.

　—내가 되살린 나의 '작품' 리햐르트여. 네 시야에 들어온 모든 자들을 '저주할' 것을 허락하노라.

◈

복수의 달콤함에 도취되어 있었던 비앙카는 갑자기 시인 주위에 나타난 검은 아지랑이를 보고 현실로 돌아왔다. 그 검은 아지랑이는 시인의 몸을 '버렸다.' 그러자 아지랑이의 중심부에서 작은 사람의 형체가 보였다.

　—어린아이?

　이윽고 아지랑이가 새까매지자 작은 사람의 형체는 보이지 않게 되었다. 그리고 다음 순간, 아지랑이는 커다란 꽃처럼 펼쳐져 왕비를 집어삼키더니 곧 왕비의 모습을 띠기 시작했다. 그 모습은 방금 전까지 절망에 빠져 있었던 피투성이의 왕비가 아니었다. 홀 천장에 닿을 만큼 크고, 비취색으로 빛나는 모습이었다. 비앙카가 보낸 식수령이 그것을 향해 날아들었지만 강한 힘에 튕겨나갔다. 위쪽으로 튕겨나간 식수령은 천장에 빨려 들어가듯이 사라졌다.

비앙카는 그놈을 향해 소리쳤다. 너는 누구냐고. 그놈은 말했다. 나는 불멸신이 되었노라고. 그리고 리햐르트에게 '명령'을 내린 뒤 안개처럼 사라졌다. 홀로 남은 리햐르트의 거울을 끼워넣은 오른쪽 눈이 반짝였다. 비앙카가 그쪽에 주의를 기울였을 때, 등 뒤의 문 쪽이 소란스러워졌다. 홀 안의 소동을 감지한 근위병들이 온 것이다.

─이런!

리햐르트의 시선이 문에서 나타난 근위병들을 향했다. 비앙카는 소리쳤다.

"리햐르트의 눈에 띄면 안 돼요! 모두들 지금 당장 이곳에서 도망쳐요!"

그러나 근위병들은 상황을 이해하지 못하고 우두커니 서 있을 뿐이었다. 그런 근위병 중 한 명을 향해 리햐르트가 식수령을 토해냈다. 그 근위병은 곧 식수령에게 잡아먹혀 바닥에 쓰러졌다. 비앙카는 젖 먹던 힘까지 쥐어짜서 외쳤다.

"다들 빨리 도망쳐요!"

동료의 죽음에 놀란 근위병들은 도망치라고 말하는 비앙카의 말에 등을 떠밀리듯 황급히 도망치기 시작했다. 그러나 한 명이 발이 꼬여 넘어졌고, 여기에 휘말려 몇 명이 더 쓰러졌다. 머리를 바닥에 세게 부딪힌 자도 있었다. 비앙카는 리햐르트를 향해 소리쳤다.

"리햐르트! 나 여기 있어! 저주할 거면 나를 먼저 저주해!"

리햐르트의 '거울 눈'이 비앙카를 똑바로 바라보았다. 비앙카는 생각했다. 지금 저 거울 속에서는 틀림없이 내 운명수가 '분해되고' 있겠지. 그리고 잠시 후면 저 입에서 식수령이 튀어나올 거야. 그 사이에 근위병들이 모두 도망칠 수 있을까? 아니, 그건 아마도 불가능해.

— 한순간. 한순간이라도 좋으니 시간을 벌어야 해.

비앙카는 리햐르트를 향해 전속력으로 달려갔다.

요정들은 녹초가 되었다.

얼굴 없는 요정 하나하나는 그다지 강하지 않았다. 그러나 수가 너무 많았다. 한 놈을 움직이지 못하게 만들어도 곧바로 어디에선가 다른 놈이 나타났다. 그리고 움직이지 못하게 되었던 놈도 조금 시간이 지나면 다시 움직이기 시작했다.

"이거 한도 끝도 없군요."

얼굴 없는 요정 두 놈을 양 팔로 조르고 있는 기멜이 보기 드물게 숨을 헐떡이면서 말했다. 그 너머에서는 달레트가 다른 한 놈의 두 다리를 붙잡고 붕붕 돌리고 있었는데, 또다른 '얼굴 없는 요정'이 달레트의 목에 팔을 감았다. 목이 졸린 달레트는 괴로운 신음 소리를 냈다. 멤은 자신을 향해서 오는 '얼굴 없는 요정들'을 전부 걷어차고 달레트를 구하려고 했지만, 달레트는 목이 졸리면서도 목소리를 쥐어짜내 말했다.

"멤하고 자인은 이제 밖으로 나가! 여긴 나하고 기멜이 어떻게든 할 테니까!"

"둘이서 어떻게든 할 수 있는 상황이 아니잖아!"

안타깝게도 그것이 현실이었다. 네 명이니까 아직 버티고 있는 것이다. 인원이 줄어들면 감당해야 할 '얼굴 없는 요정'의 수가 급증하고, 그렇게 되면 잠시도 버티지 못할 것이다. 게다가 이미 피로도 축적된 상황이다.

"어이, 멤! 바깥에 그 여자가 있어! 검은 옷을 입은 여자, 나쟈의 언니 말이야!"

위쪽에서 '얼굴 없는 요정'을 무릎으로 걷어차면서 자인이 외쳤다. 멤은 거울 쪽을 바라보았다. 작고 둥근 거울 너머에 분명히 그 검은 옷을 입은 여자가 있었다. 나쟈의 언니 비앙카. 비앙카는 이쪽을 향해 달려오고 있었는데, 갑자기 움직임이 멈추더니 얼굴 위에 문자가 떠올랐다.

— 저건 『거대한 서』의 페이지를 가리키는 문자…….

즉, 비앙카의 운명수가 적힌 장소가 표시된 것이다. 이쪽을 향해서 오던 '얼굴 없는 요정들' 중 일부가 그것을 깨닫고 멈추더니 '제자리'로 돌아갔다. 그리고 그중 두 놈이 바닥에 난 구멍으로 들어가는 것이 보였다.

— 젠장! '분해'가 시작됐어!

멤은 달레트와 기멜을 향해 외쳤다.

"달레트! 기멜! '구멍'으로 들어간 놈들을 막아야 해! 놈들이 『거대한 서』에 도착하기 전에!"

'얼굴 없는 요정들'에게 붙잡혀 있는 기멜이 멤에게 외쳤다.

"저희가 없어도 괜찮겠습니까!?"

"어떻게든 해볼게! 이놈들은 검은 옷을 입은 여자의 운명수를 '분해할' 생각이야! 반드시 막아야 해!"

멤이 그렇게 말하자 달레트와 기멜은 거의 동시에 우렁차게 포효하며 자신들을 둘러싸고 있던 '얼굴 없는 요정들'을 날려버리고 '구멍'을 향해 전속력으로 날아갔다. 그러나 그들이 구멍에 도달하기 전에 구멍에서 '얼굴 없는 요정' 두 놈이 튀어나왔다. 손에는 운명수의 '사본'을 들고 있었다. 벌써 『거대한 서』에 다녀온 것이다.

"그놈들을 막아! '사본'을 빼앗아야 해!"

달레트와 기멜은 급강하해 두 놈을 머리부터 짓밟았다. 그놈들은 찌부러졌지만, 다른 한 놈이 즉시 '사본'을 집어들고는 벽 쪽으로 날아갔다. 달레트와 기멜은 둘이서 그놈을 붙잡았지만, 또다시 수많은 '얼굴 없는 요정들'이 그들을 둘러쌌다. 멤은 소리쳤다.

"자인! 넌 '사본'을 빼앗아!"

"알았어!"

그들이 날아가는 동안에도 달레트와 기멜의 주위에는 계속해서 '얼굴 없는 요정들'이 모여들었다. 그리고 달레트와 기멜이 붙잡고 있는 놈은 당장이라도 그들의 손을 뿌리치려고 했다. 마침내 그놈이 달레트와 기멜의 손을 뿌리치는 데 성공한 순간, 자인이 그놈의 손에서 '사본'을 낚아챘다. 그러자 '얼굴 없는 요정들'은 이제 자인을 둘러싸려고 모여들었지만, 멤이 그 앞을 가로지르며 놈들을 교란했다.

자인이 '사본'을 가로챈 순간부터 또다시 거울 밖에서 소리가 들리기 시작했다. 계산 절차가 중단되었기 때문임이 분명했다. 그러나 네 명 중 그 누구도 거울 밖을 볼 여유가 없었다.

—지금 우리가 할 수 있는 일은 시간을 버는 것뿐이야.

멤의 뇌리에 여전사의 모습이 스쳐 지나갔다.

—트라이아 님은 어디 계신 거지?

연회 전에 도착해서 그 검은 옷을 입은 소녀를 성에서 피신시킬 예정이 아니었던가? 멤이 그렇게 생각했을 때, 눈앞을 스쳐 지나간 '얼굴 없는 요정'이 자인의 얼굴을 강하게 때렸다. 자인은 순간 정신을 잃고 손에서 '사본'을 떨어뜨렸다. 그러자 그것을 다른 '얼굴 없는 요정'이 빼앗아 '작업대'로 날아갔다. 이에 또다시 거울 밖의 세계가 '멈췄다.'

'얼굴 없는 요정들'은 정신을 잃은 자인을 잡아 벽으로 집어던졌다. 자인은 쿵 하는 둔탁한 소리와 함께 벽에 부딪힌 뒤 그대로 바닥으로 떨어졌다.

"자인, 괜찮아!?"

달레트가 외쳤지만 자인은 움직이지 않았다.

"일단 계산부터 저지해야 해!", "알겠습니다!"

기멜과 멤이 작업대에서 계산을 시작한 놈들을 발차기로 날려버렸다. 또다시 거울 바깥에서 소리가 들렸다. 그러나 또다른 놈들이 작업을 이어받았다. 멤은 그놈들의 머리카락을 잡고 높이 날아올랐지만, 곧 수많은 '얼굴 없는 요정들'에게 둘러싸였다. 주위를 보니 달레트와 기멜도 같은 상황이었다. 그리고 아래에서는 또다른 놈들이 작업대로 모여들고 있었다. '계산'을 속행하기 위해.

—젠장, 이젠 힘이……

체념한 멤은 일순간 거울 쪽을 올려다보았다. 거울 너머에 있는 비앙카는 거울 쪽에서 뻗어나온 주먹에 복부를 강하게 얻어맞고 뒤로 날아갔다. 비앙카의 몸이 수많은 시체들이 널브러져 있는 바닥 위로 쓰러졌다. 멤은 마음속으로 비앙카에게 말했다.

— 미안해.

바로 그때였다. 비앙카의 품에서 작고 평평한 것이 떨어졌다. 거울, 그것도 예전에 나쟈가 이곳에 들어왔을 때 사용했던 그 거울이었다.

바닥에 떨어진 그 거울에서 두 개의 형체가 튀어나와 공중에 떠올랐다. 멤은 자신의 눈을 의심했다.

— 나쟈! 카흐!

어째서 둘이? 그러나 멤은 생각할 틈도 없이 뒤통수를 강하게 얻어맞고 정신을 잃었다.

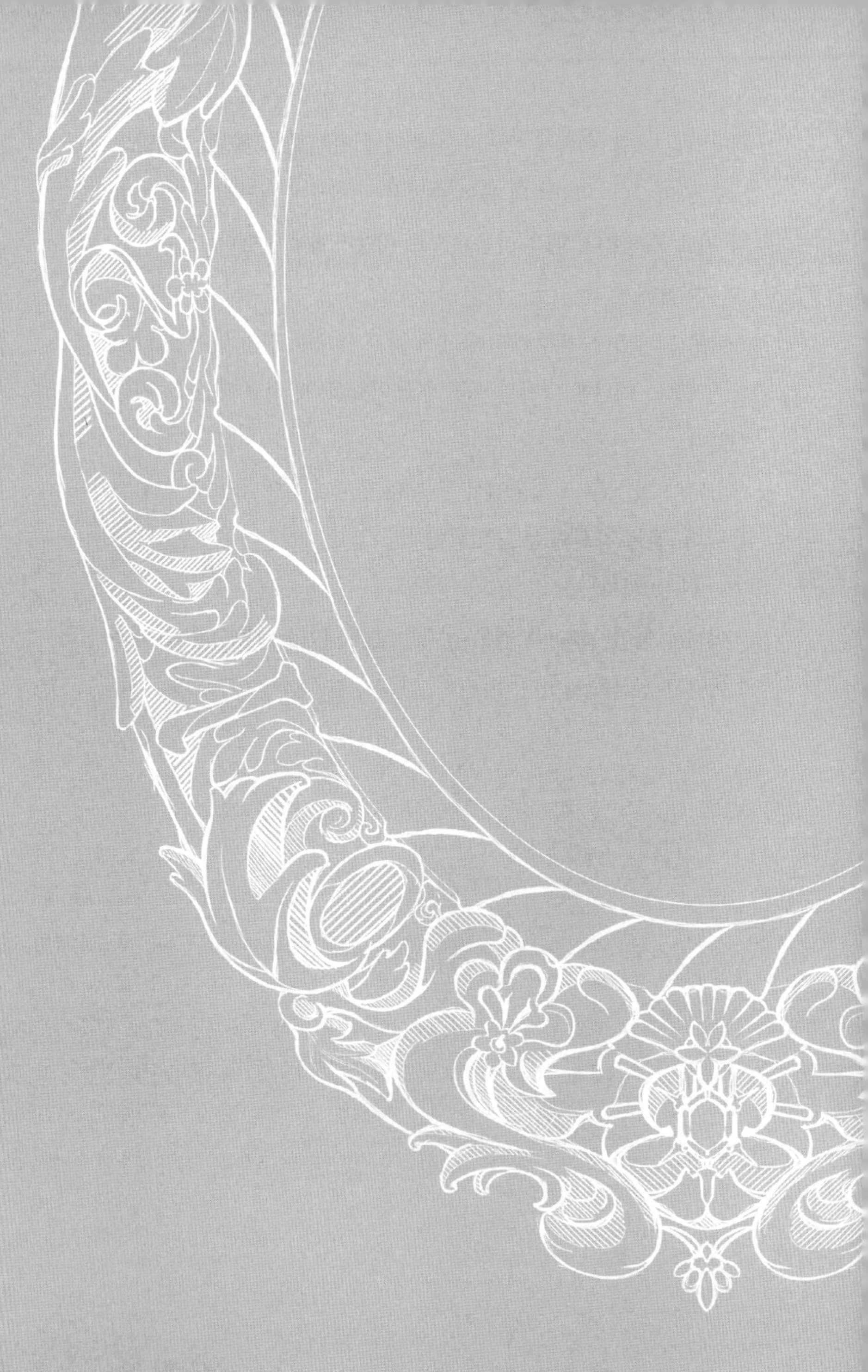

11

# 그림자의 정체

트라이아에게 맡겼던 통신 거울이 파손되었다. 낙원장이 그 사실을 깨달은 직후부터 나쟈와 카흐는 바빠지기 시작했다.

"트라이아 님에게 무엇인가 예상치 못한 일이 생겼을 가능성이 있습니다. 하지만 트라이아 님이라면 어떻게든 스스로 해결할 수 있겠지요. 문제는 성 쪽입니다."

낙원장은 그렇게 말하면서도 나쟈를 성에 보내는 것이 올바른 선택일지 고민하고 있었다. 그러나 결국은 성에 가겠다는 나쟈와 카흐의 강한 의지에 밀려 그들에게 비앙카를 구하는 역할을 맡겼다.

"나쟈는 비앙카를 구하는 데 집중하십시오. 그리고 카흐 님, 나쟈를 부탁드립니다."

나쟈와 카흐가 준비를 하는 사이 낙원장은 성역에서 신들에게 기도를 올렸다. 그 기도가 통했는지, 나쟈는 카흐와 함께 홀의 통신 거울 속으로 어려움 없이 들어갈 수 있었다. 이제 문제는 어떤 거울을 통해서 나갈 것이냐였는데, 카흐는 대담하게도 '비앙카가 갖고 있는 거울'을 출구로 선택했다. "최대한 빨리 비앙카를 만날 수 있는 곳으로 나가야 해. 안 그러면 너무 늦을지도 몰라." 카흐는 이렇게 말하며 그 거울을 출구로 결정했다.

그들이 거울 앞에 도착했을 때, 바깥의 상황은 이미 절박하게 흘러가는 듯했다. 비앙카가 거울을 옷 속에 감추고 있는지, 바깥의 모습은 전혀 보이지 않은 채 소리만 들렸다. 다만 소리를 통해서 비앙카가 누군가에게 강하게 얻어맞아 뒤로 쓰러진 것을 알 수 있었다. 그리고 다음 순간 거울 밖이 밝아지면서 주위에 널브러져 있는 수많은 시체들이 보이더니 곧 대형 홀의 천장이 보였다. 거울이 비앙카의 품에서 나와 대형 홀의 바닥에 떨어진 것이다.

"가자!"

카흐는 이렇게 말하는 동시에 나쟈가 고개를 끄덕일 틈도 없이 나쟈의 손을 잡고 날아올라 거울 밖으로 나왔다. 밖으로 나온 나쟈는 대형 홀의 안쪽에 서 있는 리햐르트의 모습을 발견하고 깜짝 놀랐다. 그리고 아래에는 시체들 사이에 쓰러져 있는 '검은 마틸데'가 있었다.

"비앙카 언니!"

"나쟈 양, 조심해! 저 녀석 뭔가 이상해!"

카흐가 가리킨 곳에 있는 리햐르트는 입을 크게 벌리고 있었다. 마치 얼굴을 세로로 찢고 있다는 착각이 들 만큼 크게. 그리고 입속에서 반투명의 커다란 도마뱀, 즉 식수령이 튀어나왔다. 나쟈의 등줄기에 전율이 일었다.

"나쟈 양! 저 식수령은 비앙카를 노리고 있어! 빨리 삼각문 망토를 비앙카에게 던져줘!"

카흐의 말에 나쟈는 팔에 안고 있던 '운명의 삼각문' 망토를 비앙카에게 던졌다. 망토는 쓰러진 비앙카의 몸 위에 펼쳐졌고, 비앙카에게 달려든 식수령은 그 망토에 부딪쳐 산산이 흩어졌다. 그러나 비앙카는 움직이지 않았다.

"언니가……!"

"정신을 잃은 것 같아. 저길 봐! 왕비의 아들의 눈에 거울이 있어. 나쟈 양, 조심……."

리햐르트는 카흐가 말을 끝내기도 전에 이미 입을 벌리고 있었다. 또다시 입에서 튀어나온 식수령이 비앙카를 향해 날아가 삼각문 망토에 몸을 부딪쳤다.

"아아……, 언니!"

"나쟈 양, 또 나오려고 해! 저 놈, 기어이 비앙카를 죽일 생각이야. 빨리 '그 방법'을 써야겠어!"

나쟈는 고개를 끄덕였다. 낙원에서 만들어놓은 비앙카용 망토는 여러 벌 있었지만, 그 대부분을 트라이아가 갖고 출발했기 때문에 나쟈가 가져온 것은 예비로 남겨놓았던 한 벌뿐이었다. 게다가 포령망의 갯수도 한계가 있는 까닭에 리햐르트가 식수령을 계속 토해낸다면 비앙카는 결국 잡아먹힐 수밖에 없다.

─'그 방법'……. 먼저 '정사각형의 장소'를 찾아야 해!

생각을 하기에 앞서 몸이 먼저 움직였다. 나쟈는 정신을 잃은 비앙카를 뒤에서 잡고 시체들을 피하면서 잡아끌어 대리석 기둥 네 개가 둘러싸고 있는 장소의 중앙으로 이동했다. 그러는 사이에도 식수령은 비앙카의 몸에 덮인 망토의 삼각문에 몸을 부딪치고는 산산이 흩어졌다. 그 충격은 비앙카의 몸을 통해서 나쟈에게까지 전해졌다. 삼각문 망토가 아직 완전히 망가진 것은 아니지만, 그 충격만으로도 비앙카에게 타격을 입히고 있음은 틀림이 없었다. 그 사실을 눈치 챘는지, 카흐가 나쟈에게 말했다.

"나쟈 양, 포령망을 나한테 줘! 내가 식수령을 막을 테니까 나쟈 양은 빨리 '준비'를 시작해!"

나쟈는 카흐에게 포령망 다발을 던졌다. 그리고 품속에 손을 넣었다.

— 먼저 기둥 네 개에 부적을 붙여야 해.

나쟈가 알기로는 대형 홀의 네 기둥은 분명히 정사각형을 이루고 있었다. 나쟈는 시체에 발이 걸려 휘청거리면서도 첫 번째 기둥으로 가서 첫 번째 부적을 붙였다. '재생'을 상징하는 도마뱀붙이의 부적. 부적은 빨려들듯이 기둥에 달라붙더니 희미한 빛을 발했다.

나쟈는 벽을 따라서 두 번째 기둥으로 이동했다. 그러는 사이에도 카흐가 포령망으로 식수령을 붙잡는 모습이 보였다. 카흐는 날개를 움직여 비앙카의 주변을 교묘히 날아다니며 식수령의 정면에서 기다리다가 포령망으로 식수령을 붙잡았다. 포령망에 잡힌 식수령들은 차례차례 바닥에 쓰러졌다. 나쟈는 카흐의 기술과 집중력에 감탄했지만, 30개 넘게 가져온 포령망이 이제 얼마 남지 않았음을 깨달았다.

— 서둘러야 해.

두 번째 부적에는 삶과 죽음을 연결하는 '새'가 그려져 있다. 나쟈가 두 번째 기둥에 이것을 붙였을 때, 카흐가 포령망으로 또다시 식수령을 붙잡았다. 그러나 이번에는 포령망에서 손을 놓는 타이밍이 조금 늦어졌다. 그 바람에 몸무게가 가벼운 카흐는 식수령이 포령망에 붙잡힌 채 날아가는 기세를 견디지 못하고 함께 떨어져 시체 사이의 단단한 바닥에 등을 부딪쳤다. 카흐의 입에서 고통스러운 신음 소리가 흘러나왔다.

"카흐!"

"나는……, 괜찮으……니까……, 빨리……."

나쟈는 혼란에 빠졌다. 머릿속이 새하얘져서 어떻게 해야 할지 아무런 생각도 나지 않았다. 그러자 멍하니 서 있는 나쟈에게 카흐가 말했다.

"지금……, 해야 할 일을……."

여기까지 말한 카흐는 완전히 정신을 잃었다. 그러는 사이에도 리햐르트가 토해낸 식수령들이 계속해서 비앙카에게 달려들었다. 삼각문 망토도 더는 버티기 힘든 상태였다. 나쟈는 시체에 발이 걸리면서도 서둘러 세 번째 기둥으로 이동했다. 나쟈가 '빵을 찢는 손'이 그려진 세 번째 부적을 기둥에 붙였을 때, 비앙카의 몸을 덮었던 망토가 재가 되어 흩어졌다.

—이런!

이미 리햐르트는 다음 식수령을 토해내려 하고 있었다. 그 악령이 비앙카를 집어삼키기 전에 네 번째 기둥에 '부적'을 붙일 수 있을까? 아니, 그것은 불가능하다. 그렇다면 지금 해야 할 일은 무엇일까?

나쟈는 바닥을 내려다보았다. 손에 닿는 곳에 방금 카흐가 떨어뜨린 포령망이 하나 떨어져 있었다. 나쟈는 그것을 손에 들고 비앙카 앞에 서서 비앙카를 향해 날아오는 식수령을 바라보았다.

—무서워…….

다리가 후들거렸다. 틀렸어. 못할 것 같아. 하지만…….

— 일단은 똑바로 바라보는 거야.

나쟈는 감고 있던 눈을 떴다. 미끈미끈한 반투명의 회색. 크게 벌린 입. 바늘 같은 이빨. 금색으로 빛나는 반점. 그것이 자신을 향해 다가오고 있는 모습을 보고 있기만 해도, 심장이 빠르게 고동치고 온몸을 쥐어짜는 것처럼 괴로웠다. 그러나 나쟈는 눈을 감지 않았다. 그러는 사이, 자신이 보고 있는 것이 식수령인지 아니면 자신의 몸과 마음의 변화인지 모호해졌다. 이윽고 나쟈는 깨달았다.

— 식수령은 무서워. 하지만……. 내가 무서워하고 있는 것은 식수령만이 아니야. '내가 무서워하고 있다는 것' 그 자체도 무서워하고 있어.

그렇게 깨달은 순간, 나쟈의 호흡이 깊어졌다. 나쟈는 그 호흡에 맞추듯이 포령망을 자신의 몸 앞으로 내밀었다.

◈

어디에선가 낯익은 목소리가 들렸다. 본인은 진지하지만 어딘가 장난치는 것처럼 들리는 목소리. 그것은 틀림없이 나이 차이가 많이 나는 자신의 '육촌'의 목소리였다. 늘 엉뚱한 짓을 해서 내 속을 썩이는…….

— 저 녀석, 또 뭘 하고 있는 거야…….

멤은 자신이 꿈속에 있음을 어렴풋이 이해하고 있었다. 저 녀석의 목소리는 꿈속에서 들리는 것일까? 아니면……. 그 목소리는 한동안 누군가를 향해 절박하게 소리치고 있는 듯이 들렸다. 멤이 정신을 되찾으면서 목소리는 점점 커졌고, 목소리가 고통으로 가득 찬 신음 소리로 변했을 때 멤은 완전히 정신을 차렸다.

—카흐!

눈을 떠보니 자신은 벽 근처에 쓰러져 있었다. 저 멀리 바닥에 엎어져 있는 자인의 모습이 보였고, 그 너머에서는 기멜과 달레트가 숨을 헐떡이며 떼 지어 몰려오는 '얼굴 없는 요정들'과 싸우고 있었다. 그리고 자신의 머리 위에는 '거울'이 있었다. 멤은 날개를 움직여 그쪽으로 날아갔다. 아프지 않은 곳이 없었지만, 거울을 통해 대형 홀을 들여다본 순간 아픔 따위는 기억에서 지워졌다.

대형 홀에는 변함없이 수많은 시체들이 있었다. 다만 아까와 다른 점은 그 시체들과 함께 수십 마리나 되는 식수령이 여기저기에 쓰러져 있다는 것이었다. 그것들은 포령망에 붙잡힌 채 꿈틀대고 있었다. 홀 중앙에는 그 검은 옷을 입은 여자가 쓰러져 있고 여자의 몸에는 삼각문 망토가 덮여 있었는데, 식수령이 차례차례 날아와 망토에 몸을 부딪치고는 산산이 흩어졌다. 그리고 검은 옷을 입은 여자로부터 대각선 왼쪽, 홀의 구석 부근에 카흐가 의식을 잃고 쓰러져 있었다.

그때 멤은 조금 전 자신이 정신을 잃기 전에 보았던 나쟈와 카흐의 모습을 떠올렸다. 멤은 나쟈를 찾았다. 나쟈는 카흐와 반대쪽, 멤이 보았을 때 대각선 오른쪽에 위치한 기둥 옆에 서 있었다. 그리고 기둥에 무엇인가 작고 네모난 것을 붙였다. 기둥에 달라붙은 그것은 흐릿하게 빛을 내기 시작했다.

—저건 분명히……. 그런데 왜?

저 부적이 무엇인지는 알고 있었다. 저것을 네 귀퉁이에 붙인 정사각형 공간, 즉 '제곱의 진' 속에서는 '제곱분할 복원수'의 복원이 가능해진다. 카흐의 이야기로는 낙원장의 운명수가 바로 그 수였다고 한다. 하지만 왜 지금 이곳에 저것을 붙이는 것일까? 나쟈가 붙이는 것을 보면 검은 옷을 입은 여자, 비앙카라는 여자를 구하기 위해서임은 짐작이 되지만…….

— 비앙카, 아니, 마틸데의 운명수는 142857.

멤의 두뇌는 신속하게 계산에 들어갔다. 이것을 제곱하면 20408122449. 앞의 다섯 자리와 뒤의 여섯 자리로 분할하면 20408과 122449. 20408과 122449를 더하면……, 142857.

— 아아, 그렇구나!

알았다! 멤이 나쟈의 의도를 알아차렸을 때, 거울 바로 아래에서 새로운 식수령이 튀어나왔다. 그리고 검은 옷을 입은 소녀의 몸에 덮인 삼각문 망토에 부딪쳐 산산이 흩어졌지만, 그와 동시에 망토도 재가 되어 사라졌다. 네 번째 기둥으로 향하던 나쟈는 그것을 보고 표정이 굳었다. 거울 아래에서는 또다시 새로운 식수령의 머리가 모습을 드러냈다.

— 위험해!

나쟈는 네 번째 기둥으로 향하던 것을 멈추고 비앙카의 앞에 서서 식수령을 똑바로 바라보았다. 두 다리는 후들거리고 있었지만, 그래도 똑바로 서서 눈을 돌리지 않고 포령망을 앞으로 내밀었다.

나쟈가 포령망을 던지자 식수령은 비앙카의 몸에 도달하기 전에 그물에 걸려 땅으로 떨어졌다. 그러나 거울 아래에서는 새로운 식수령이 나오려 하고 있었다.

— 큰일이군. 나쟈에게는 이제 포령망이 없어!

이제 와서 나쟈가 네 번째 기둥에 부적을 붙이기에는 기둥이 너무 멀리 떨어져 있었다. 멤은 동료들에게 소리쳤다.

"기멜! 달레트! 나 먼저 밖으로 나갈게! 너희도 자인을 데리고 얼른 밖으로 나오도록 해!"

멤은 그들의 대답을 기다리지 않고 거울을 통해서 밖으로 뛰쳐나갔다. 그리고 공중에 떠 있는 채로 나쟈를 향해 외쳤다.

"나쟈! 네 번째 부적을 나한테 던져!"

나쟈는 휘둥그레진 눈으로 멤을 바라보았다. 그러나 곧 멤의 의도를 깨닫고 있는 힘껏 네 번째 부적을 던졌다. 멤은 그것을 정확히 받았다. 두 개의 고리가 그려진 부적. '육체'와 '수체'를 하나로 묶어주는 것의 상징. 부적 아래에도 금속 고리 두 개를 이어붙인 장식이 잔뜩 매달려 있었다.

멤은 전속력으로 네 번째 기둥을 향해 날아갔지만, 그러는 사이에도 새로운 식수령은 비앙카를 향해 날아갔다.

―늦기 전에 붙일 수 있을까!?

비앙카 쪽을 바라볼 여유 따위는 이미 없었다. 그러나 시선의 끝자락으로 나쟈가 비앙카 쪽으로 움직이는 것이 보였다. 늦든 늦지 않든 언니와 함께하려는 것이다.

―그렇다면 나도!

멤은 부적을 든 손을 뻗어 네 번째 기둥에 댔다.

나쟈가 비앙카의 몸을 감싸안았을 때, 식수령은 이미 커다란 입을 벌리고 있었다. 마치 나쟈까지 집어삼키려는 듯했다. 네 번째 부적은 멤에게 맡겼지만, 나쟈 역시 멤 쪽을 볼 여유는 없었다. 나쟈는 무의미한 줄 알면서도, 비앙카와 식수령의 사이에 끼어들 듯이 비앙카를 감쌌다.

— 언니가 잡아먹힌다면 나도 함께…….

그러나 식수령은 나쟈의 몸을 슬쩍 피했다. 그것이 비앙카를 집어삼키려는 순간, 비앙카의 어깨를 잡고 있던 나쟈의 손에서 감촉이 사라졌다. 식수령은 마치 비앙카를 머리부터 집어삼켰다는 듯이 움직이더니 심하게 몸부림치며 리햐르트에게 돌아갔다. 그리고 리햐르트의 주위를 빙글빙글 돌며 그 '칼'로 리햐르트에게 상처를 두 개 입힌 순간, 나쟈의 손에 다시 따뜻한 체온이 느껴졌다. 눈을 떠보니 비앙카가 방금 전과 같은 장소에 방금 전과 변함없는 모습으로 '돌아와 있었다.'

"언니!"

"……다행히 늦지 않은 모양이군. 그건 그렇고, 저 여자의 수도 제곱분할 복원수였을 줄이야……."

네 번째 기둥 쪽을 바라보니 상처투성이인 멤이 가쁘게 숨을 몰아쉬면서 기둥 아래에 몸을 기대고 있었다.

"멤!"

"아직 안 끝났어. 저 놈을 쓰러뜨려야 하잖아?"

멤은 리햐르트 쪽을 보면서 "말이 안 나오는 괴물이군"이라고 중얼거렸다. 리햐르트는 아까부터 변함없는 자세로 서 있었는데, 그 오른쪽 눈에서 세 개의 형체가 튀어나왔다. 기멜과 달레트가 정신을 잃은 자인을 데리고 나온 것이었다. 모두 심한 상처를 입었다. 멤은 비틀거리면서도 다시 날아오르더니 그들과 나쟈를 향해 말했다.

"내 말 잘 들어! 지금부터 포령망으로 붙잡은 식수령을 전부 해방시킬 거야!"

기멜과 달레트는 거칠게 숨을 몰아쉬면서도 고개를 끄덕였다. 그리고 자인을 홀의 구석에 눕힌 다음 식수령을 붙잡고 있는 포령망을 흔들어서 악령을 놓아주려고 했다.

"잠깐! 지금 뭘 하는 거야?"

당황하는 나쟈에게 멤이 말했다.

"저 괴물을 쓰러뜨려야 하잖아. 뭐, 굳이 이러지 않아도 네 언니를 향해서 식수령을 계속 토해내다 보면 틀림없이 망가지겠지만, 이러는 편이 훨씬 빠르거든."

그렇게 말한 뒤 멤은 조용히 "네 언니의 능력을 이용해서 미안하지만, 이해해줘"라고 말했다. 나쟈는 멤의 의도를 이해했다. 이윽고 달레트와 기멜이 놓아준 식수령들이 차례차례 비앙카에게 달려들었다. 또한 리햐르트가 새로 토해낸 식수령들도 가세했다. 나쟈는 머리로는 이해하면서도 그 광경을 똑바로 바라볼 수가 없었다. 그러나 엄청난 수의 식수령들이 비앙카에게 몰려들었다가 떠난 뒤에도 비앙카는 원래의 모습 그대로 그 자리에 있었다. 그리고 비앙카에게서 떨어진 식수령들은 리햐르트에게 몰려들어 리햐르트의 주위를 선회했다. 수십 마리나 되는 식수령들이 일제히 선회하는 모습은 회오리바람을 연상시킬 정도였다.

이윽고 선회를 마친 식수령들이 하나둘 사라지자 다시 리햐르트가 서서히 모습을 드러냈다. 얼굴과 몸에 무수히 많은 상처를 입었다. 리햐르트는 다시 앞으로 발을 내디디려 했지만 다음 순간

와르르 소리를 내며 무너져내렸다. 바닥에는 얇은 도자기 같은 파편과 함께 반짝반짝 빛나는 작고 동그란 '거울'이 있었다.

"……이 녀석, 더는 인간이 아니었군. 아니, 생물조차 아니었던 모양이야."

그렇게 말하던 멤은 이제 더는 남은 힘이 없는지 비틀거리며 바닥에 주저앉았다. 그때, 나쟈에게 안겨 있던 비앙카가 신음 소리를 내며 팔을 움직였다. 이윽고 눈꺼풀이 열리고, 검은 눈동자가 나쟈를 바라보았다.

◈

"언니!"

자신을 부르는 누군가의 목소리는 눈물에 젖어 있었다. 비앙카는 목소리의 주인공이 나쟈임을 깨달았다.

"나쟈!"

비앙카는 혼란에 빠졌다. 왜 나쟈가 이런 곳에 있으며, 자신의 모습은 여전히 '검은 마틸데'일 텐데 왜 나쟈가 자신을 '언니'라고 부르는 것인가? 비앙카가 물어보기 전에 나쟈가 눈물로 범벅이 된 얼굴로 이렇게 말했다.

"언니, 나……."

그 순간 비앙카는 깨달았다. 나쟈는 낙원장에게 자신의 이야기를 들은 것이다. 그리고 자신이 가장 두려워했던 일, 즉 나쟈가 이곳으로 돌아오는 것이 현실이 된 것이다. 비앙카는 자신의 힘으로 일어나면서 나쟈에게 말했다.

"나쟈, 이런 데 있으면 안 돼! 지금 당장 여기서 나가도록 해!"

나쟈는 말을 잃었다. 그러나 지금은 재회의 기쁨을 맛보고 있을 때가 아니다. 무슨 일이 있어도 나쟈를 이곳에서 탈출시켜야 한다.

"나쟈, 언니 말 잘 들어! 지금은 상황이 매우 심각해. 나는 저 여자를 죽이려고 했어. 그렇게 할 수만 있다면, 모든 게 해결될 거라고 생각했어. 하지만 그 여자는……, 왕비는 자신의 운명수를 〈불로신의 수〉로 바꾼 뒤에 〈그림자〉에게 잡아먹혔어. 그리고 〈그림자〉가 자신은 이제 '불멸신'이 되었으니 지금부터 인간과 요정들을 멸망시키겠다고 했어. 그러니까 나쟈, 부탁이야. 지금 당장 안전한 장소로, 낙원으로 피신……."

갑자기 쿵 하는 소리와 함께 대형 홀의 대리석 바닥이 출렁이듯 흔들렸다. 벽에서 회반죽이 가루가 되어서 떨어져 내렸다. 나쟈가 말했다.

"지금 저 소리, 신전 쪽에서 났어!"

나쟈는 대형 홀을 둘러보며 멤을 찾았다. 그러나 멤은 바닥에 쓰러져 있었다. 나쟈는 멤에게 달려갔지만, 온몸이 상처투성이인 멤은 완전히 정신을 잃은 상태였다. 나쟈는 다른 네 요정들도 쳐다보았지만, 그들 또한 모두 정신을 잃고 쓰러져 있었다. 나쟈는 불안한 표정으로 비앙카를 바라보았다. 그러나 곧 심호흡을 하고 눈을 질끈 감았다 뜨더니 말했다.

"나……. 신전에 갔다 올게."

◈

트라이아는 진흙투성이의 몸을 질질 끌며 성벽을 향해 다가갔다. 오른손에서는 피가 흘러내렸는데, 나뭇잎 크기의 삼각형 칼이 손등을 뚫고 나와 있었다.

틀림없이 지금은 오전일 텐데 하늘이 어두웠다. 달이 태양을 가리는 현상으로 보이지만, 마치 밤 같았다. 검은 하늘 아래 우뚝 서 있는 메르세인 성의 작은 뒷문에 체중을 싣자 문은 아무런 저항도 없이 열렸다. 안으로 들어갔지만 부하 근위병들의 모습이 보이지 않았다. 성의 수비 체계를 잘 알고 있는 트라이아에게 이것은 비상사태를 의미했다.

— 이미 〈그림자〉가 행동을 개시했구나.

너무 늦은 것은 아닐까? 자신이 늦은 탓에 비앙카나 요정들, 그리고 부하와 하인들이 죽기라도 했다면……. 트라이아의 얼굴이 일그러졌다.

〈그림자〉의 속박에서 벗어날 수 있었던 것은 분명 행운이었다. 위대한 선조 중 단 한 명만이 성공했던 '살아 있는 상태에서 칼을 꺼내기'라는 위험한 기술을 성공시킨 것이다. 그것으로 먼저 오른손을 묶고 있던 그림자의 몸의 일부를 잘라내고, 이어서 다른 부분을 묶고 있던 것들도 끊어버릴 수 있었다. 그러나 그 칼을 꺼낸 대가로 오른 손등에서 많은 피를 흘렸다. 과거에 같은 기술을 성공시켰던 선조도 칼을 꺼내고 얼마 되지 않아 죽었다고 들었다. 결국 살아 있는 상태에서 칼을 꺼내든 죽은 뒤에 칼을 꺼내든 그것은 타라곤 가문의 피를 이어받은 자에게 죽음을 의미했다. 그러나 살아 있는 상태에서 칼을 꺼내는 데 성공하면 잠시 동안은 그것을 자신의 뜻대로 사용할 수 있다.

— 오른손에서 나온 것은 첫 번째인 '17'의 칼.

자신의 내부에 남아 있는 칼은 두 개. 여기에 생각이 미쳤을 때,

트라이아는 '기운'을 느꼈다. 가까이에 〈그림자〉가 있다. 트라이아는 이끌리듯이 어느 건물을 향해 걸어갔다.

―신전.

〈그림자〉는 이 안에 있다. 그러나 신전의 정문에 왼손을 댔을 때, 온몸에 강한 충격을 느낀 트라이아는 비틀거리며 뒤로 두세 발 물러섰다.

―사악한 '기운'을 둘러쳐서 이곳을 봉쇄한 것인가?

즉, 아무도 신전을 드나들지 못하게 만든 것이다. 그것 자체는 골치 아픈 일이지만, 동시에 상대의 상황을 알려주는 것이기도 했다. 다시 말해 〈그림자〉는 지금 자유롭게 행동할 수가 없으며, 이 신전 안에 틀어박혀 있어야만 하는 이유가 있는 것이다. 트라이아는 지금이 기회라고 생각했다.

트라이아는 피에 젖은 오른손을 들더니 손등에서 튀어나온 칼을 문에 힘껏 찔러넣었다. 그리고 포효하면서 오른손을 힘차게 내려 신전의 문에 수직으로 길게 칼자국을 낸 뒤, 일단 문에서 떨어져 옆으로 피한 다음 몸을 낮췄다. 그러자 문에 난 칼자국이 빛을 발하더니 큰 소리를 내며 폭발했다. 주위의 공기뿐만 아니라 지면까지도 크게 흔들렸다.

부서진 문을 통해서 밝은 빛이 새어나왔다. 안으로 뛰어드니 내부는 평소보다 아름답게 장식되어 있었다. 향이 피워져 있고, 수많은 양초들이 불을 밝히고 있었다. 마치 결혼식이라도 시작될 것 같은 모습이었다. 그러나 하객들이 있어야 할 장소에는 사제들의 시체가 뒹굴고 있었다.

트라이아는 정면의 제단을 바라보았다. 제단 앞에 거대한 여자의 모습이 보였다. 피부도 옷도 초록색이 섞인 하얀 빛을 내고 있었다. 그 얼굴은 왕비를 쏙 빼닮았지만, 크기는 도저히 인간이라고 생각할 수 없을 만큼 컸다. 그것은 〈그림자〉였다.

여자의 모습을 한 〈그림자〉는 우아하게 몸을 돌려 트라이아를 바라보았다.

— 네놈인가. 어떻게 여기까지 왔는지 모르겠군.

여자의 입에서 나오는 목소리는 인간의 목소리가 아니었다. 트라이아는 대답하지 않고 오른손의 칼을 겨눴다. 여자의 모습을 한 〈그림자〉는 조금 놀란 표정을 지었다.

— 오. 그런 것도 가능한가 보군. 하지만 그런 작은 칼로는…….

말을 마치기도 전에 〈그림자〉가 검은 물체를 날렸다. 어젯밤 트라이아를 나무에 묶었던 '그림자의 몸의 일부'가 틀림없었다. 그러나 똑같은 수법에 두 번은 당하지 않는다는 듯이, 트라이아는 그 중 몇 개는 민첩하게 몸을 움직여 피하고 또 몇 개는 오른손의 칼로 분쇄하면서 〈그림자〉를 향해 전진했다. 그리고 왼 손목에 힘을 모았다. 왼팔에서 격렬한 통증이 느껴졌고, 그와 동시에 팔꿈치에서부터 손목에 걸쳐 강렬하게 빛나는 커다란 삼각형의 '칼'이 나타났다. 두 번째인 '229'의 칼이었다. 칼이 튀어나온 부분에서 피가 뿜어져 나왔지만, 트라이아는 개의치 않고 곧바로 〈그림자〉에게 달려들더니 왼팔을 수평으로 휘둘러 그 하얀 목을 베었다. 〈그림자〉의 머리가 몸통과 분리되어 바닥에 툭 하고 떨어졌다. 그러나 몸체는 미동도 하지 않고 그대로 서 있었다.

—이 정도로 나를 없앨 수 있다고 처음부터 생각하지 않았겠지.

목이 없는 〈그림자〉의 등 뒤에서 검은 아지랑이가 나타났다. 아지렁이는 응축되면서 뾰족해졌다. 그리고 동시에 〈그림자〉의 목소리가 울려퍼졌다.

— 네놈이 감추고 있는 비장의 무기가 무엇인지는 이미 알고 있다. 첫 번째 칼이 '17', 두 번째 칼이 '229.' 그리고 마지막이자 가장 큰 칼은 '5557'이겠지. 안 그런가?

〈그림자〉는 그렇게 말하면서 등에서 뻗어난 검은 돌기를 사용해 자신의 '머리'를 바닥에서 줍더니 몸통 위에 다시 붙였다. 몸통 위에 또다시 아름다운 여자의 얼굴이 올라갔다.

— 유감스럽지만, 네놈의 가장 큰 칼로도 나를 없앨 수는 없다. 왜냐하면…….

〈그림자〉가 이미 승리를 확신한 듯 이렇게 말했을 때, 트라이아는 이미 그림자의 배후로 돌아 들어가 있었다. 트라이아도 방금의 '공격'으로 〈그림자〉를 처치할 수 있으리라고는 생각하지 않았다. 악령처럼 확실한 실체가 없는 존재를 소멸시키기는 어려운 일이다. 다만 불가능하지는 않다. 아무리 무질서해 보이는 존재라도 '중심'은 있다. 그 중심까지 완전히 둘로 베어버린다. 그렇게 하면 그 어떤 것이라도 소멸시킬 수 있다. 이것은 〈그림자〉도 예외가 아니다. 트라이아는 오른쪽 어깨에서부터 손목까지를 보호하고 있던 방어구를 벗었다.

— 드디어…….

각오를 굳힐 때가 왔다. 이미 오른쪽 어깨에서는 '최후의 칼'의 끝부분이 모습을 드러냈다. 지금까지와는 비교도 되지 않는 격렬한 통증과 함께 대량의 피가 뿜어져 나왔다. 그러나 트라이아는 신음 소리 하나 내지 않았다. 신전을 문을 향하고 있던 〈그림자〉

의 얼굴이 빙글 돌더니 트라이아를 향했다. 〈그림자〉는 트라이아를 인식하는 동시에 경악하며 말했다.

— 너, 너 이놈! 그 칼은 대체 뭐냐!?

그렇게 말하는 〈그림자〉의 얼굴, 아름다운 여자의 얼굴이 밝게 빛났다. 트라이아는 자신의 오른쪽 어깨에서부터 손목에 걸쳐 튀어나온 거대한 칼이 신전의 촛불을 반사시키고 있음을 깨달았다. 〈그림자〉의 얼굴이 공포로 일그러졌을 때, 트라이아는 몸을 있는 힘껏 날려서 최후의 칼을 〈그림자〉에게 꽂아넣었다. 〈그림자〉는 짧은 신음 소리를 낸 뒤 깨진 종이 울리는 듯한 목소리로 말했다.

— 그……칼의 크기는…….

트라이아는 왼쪽 입꼬리를 올리며 살짝 웃었다. 역시 〈그림자〉는 몰랐던 모양이다. 타라곤 가문의 칼 중에는 그것을 4배로 키우고 1을 더해도 여전히 칼인 것이 있다. 그리고 타라곤 가문의 선조들은 그 성질을 이용해서 칼을 거대화하는 능력을 요정들에게서 전수받았던 것이다. 당시 요정왕을 구해준 데에 대한 사례로.

— 원래의……칼은……5557. 하지만 이것은…….

"22229다."

트라이아는 그렇게 말하면서 남은 힘을 쥐어짜내 〈그림자〉의 몸을 대각선으로 갈랐다. 〈그림자〉는 중앙의 여자의 몸은 물론이고 그 주위에 펼쳐져 있는 검은 아지랑이까지 전부 두 조각이 난 채 제단 앞의 바닥에 쓰러졌다. 그리고 그 주위에 불분명한 검은 그림자가 펼쳐졌다. 이만큼 큰 칼을 맞고도 원래의 모습을 유지할 수 있는 존재는 없다. 설령 불로신이라고 할지라도 죽을 터인데 하물며 〈그림자〉 따위가 버틸 수 있을 리가 없다.

승리를 확신한 트라이아는 그대로 그 자리에 쓰러졌다. 그러나 얼굴은 자신이 해치운 적을 계속 바라보았다. 이겼다. 마침내……. 그런데 둘로 갈라진 〈그림자〉가 사라지지 않고 계속 움직였다. 트라이아는 놀라서 눈을 크게 떴다. 그러는 사이에도 〈그림자〉는 재생되어 원래의 모습으로 돌아가고 있었다.

"어째서……."

어째서인가? 22229나 되는 칼을 맞고도 왜 소멸되지 않는 것인가? 트라이아는 이제 목소리를 낼 힘도 없었지만, 〈그림자〉가 그 의문에 대답했다.

— 이거 안 됐군. 지금의 나는 네 칼 따위에 소멸당하는 수준의 존재가 아니다. 칼뿐만 아니라 그 무엇도 나를 소멸시킬 수 없다. 나를 갈기갈기 찢어도, 불태워도, 나는 내 주검에서 되살아난다. 왜냐하면 나는…….

"불멸신." 트라이아의 머릿속에 그 말이 떠오른 것과 거의 동시에 〈그림자〉가 말했다. 트라이아는 절망 속에서 의식을 잃었다.

"나쟈, 기다려!"

신전을 향해서 달리는 나쟈를 비앙카가 뒤쫓았다. 나쟈는 달리면서 비앙카를 돌아보며 말했다.

"무슨 일이 일어났는지만 보고 금방 올게! 언니는 쉬고 있어!"

"안 돼! 〈그림자〉가 널 죽일 거야! 불멸신이 된 뒤에 그놈은 이 세상의 모든 것을 소멸시키겠다고 했단 말이야! 이제 우리가 할 수 있는 일은 아무것도 없어!"

비앙카가 외치는 말을 들으면서 나쟈는 생각했다. 분명히 자신이 할 수 있는 일은 거의 없다. 하지만 '보고, 알' 필요는 있었다.

─⟨그림자⟩라는 건 대체 뭐지?

비앙카의 이야기에 따르면, 왕비는 ⟨불로신의 수⟩를 얻었다. 그리고 그 왕비를 집어삼킨 ⟨그림자⟩는 ⟨불멸신의 수⟩를 얻었다.

─⟨불로신의 수⟩를 얻은 왕비를 집어삼킨 ⟨그림자⟩가 어떻게 ⟨불멸신⟩이 된 걸까?

어떻게 된 일일까? 불로신이 된 왕비를 집어삼킨 ⟨그림자⟩가 자신도 불로신이 되었다면 그것은 쉽게 이해할 수 있다. 그런데 어떻게 불로신이 아니라 '불멸신'이 된 것일까?

─⟨불로의 신들의 수⟩란 무엇입니까?

─⟨불로의 신들의 수⟩는 신성한 대기와 만남으로써 ⟨불멸의 신들의 수⟩로 이어지며, 그런 까닭에 그것은 ⟨불로의 신들의 수⟩입니다.

그렇다. ⟨불로신의 수⟩는 ⟨불멸신의 수⟩로 이어진다. ⟨불로신의 수⟩에서 ⟨불멸신의 수⟩를 이끌어내는 방법을 낙원장님에게 배우지 않았던가? 나쟈는 필사적으로 기억을 더듬었다.

─그러니까……. ⟨불로신의 수⟩라는 건 분명히 '2의 거듭제곱에서 1을 뺀 수면서 소수인 것'이었어.

그리고 ⟨불로신의 수⟩에서 ⟨불멸신의 수⟩를 이끌어내려면 ⟨불로신의 수⟩에 '어떤 수'를 곱할 필요가 있었다. 그 수를 알아내려면 먼저 ⟨불로신의 수⟩에 1을 더한 수가 2의 몇 제곱인지를 알아야 한다. 그런 다음 그보다 한 단계 작은 2의 거듭제곱수를 구하는 것이다.

— 그러니까 〈불로신의 수〉에서 〈불멸신의 수〉를 이끌어내려면 2의 거듭제곱수가 필요해.

낙원장은 말했다. 2의 거듭제곱수를 얻기 위해 불로의 신들은 긴 시간을 들여 자신들의 운명수와 신성한 대기를 융합시킨다고.

그런데 〈그림자〉는 어떻게 한 것일까? 〈그림자〉도 불멸신이 되기 위해서는 틀림없이 2의 거듭제곱수가 필요했을 것이다. 〈그림자〉는 그것을 어디에서 손에 넣은 것일까?

— 다만 〈그림자〉의 표적이 되기 쉽다는 문제가 있어.

"아……."

이것은 카흐가 요정왕 차디의 운명수에 관해서 했던 말이다.

— 차디 왕의 운명수는 2의 18제곱인 262144. 최초로 〈그림자〉에게 잡혀갔던 왕이나 두 번째로 잡혀갔던 왕과 같은 운명수.

그리고 실제로 차디 왕은 〈그림자〉에게 잡혀갔다. 차디 왕은 2의 거듭제곱수를 가지고 있다. 게다가 트라이아도 이런 말을 하지 않았던가? 〈그림자〉는 '한 명'을 집어삼키는 것만으로는 완전한 형태를 갖추지 못하기 때문에 '두 명'을 집어삼킨다고.

— 그래, 알아냈어!

타쟈는 달리면서 비앙카를 돌아보았다.

"언니! 〈그림자〉 속에 요정왕이 있지는 않았어!?"

갑작스러운 질문에 비앙카는 놀라서 되물었다.

"요정왕?"

"응! 틀림없이 왕비와 함께 〈그림자〉에게 잡아먹혔을 거야!"

그 말을 듣자 비앙카의 머리에 떠오르는 것이 있었다. 〈그림자〉가 시인 람디쿠스의 몸을 버리고 왕비를 집어삼키기 직전, 그 속에서 어린아이의 모습 같은 것을 본 기억이 있다. 어쩌면 그것은 어린아이가 아니라 요정왕이었을지도 모른다. 비앙카가 나쟈에게 그렇게 말하자, 나쟈는 "역시 그랬구나!"라고 말하며 더욱 급하게 달렸다. 나쟈는 대체 무슨 생각을 하고 있는 것일까? 비앙카가 나쟈에게 물어보려고 할 때, 신전의 정면이 눈에 들어왔다. 커다란 나무문은 흔적도 없이 사라져버렸고, 그 앞에는 나뭇조각만이 흩어져 있었다. 나쟈가 입구로 들어가고 비앙카도 그 뒤를 따랐다. 그러나 두 사람 모두 곧 발을 멈췄다.

신전 중앙에는 트라이아가 엄청난 양의 피를 흘린 채 쓰러져 있었고, 신전 안쪽에는 거대한 왕비의 모습을 한 〈그림자〉가 이쪽을 향해 서 있었다. 비취색으로 빛나는 거대한 여자는 몸 중심에서부터 위쪽까지가 기묘하게 기울어져 있었지만, 서서히 원래대로 돌아가고 있었다. 비앙카는 몸의 중심을 베인 〈그림자〉가 '재생되고' 있음을 깨달았다.

"아아, 나쟈. 이젠 다 틀렸어. 이제 저놈은 죽지 않아……."

"언니, 저길 봐! 저기 오른쪽에 '갈라진 곳'! '팔'이 나와 있어!"

나쟈가 가리키는 곳을 보니 〈그림자〉의 몸 오른쪽에 작은 돌기가 보였다. 조금 있으면 아물려고 하는 상처에서 튀어나온 하얀 팔. 저 팔은……. 그렇게 생각한 순간 비앙카의 내부에서 오랫동안 익숙했던 어두운 감정, 즉 왕비에 대한 증오심이 또다시 되살아나 그녀의 몸을 경직시켰다. 그러나 비앙카가 우두커니 서 있는 동안에도 나쟈는 신전의 중앙을 가로질러 〈그림자〉를 향해 달려가고 있었다.

"나쟈! 기다려!"

〈그림자〉가 나쟈를 인식한 것은 나쟈가 달리기 시작한 지 몇 초가 지난 뒤였다. 비앙카는 나쟈를 뒤쫓으면서 〈그림자〉의 반응이 느리다는 것을 눈치 챘다. 비앙카는 〈그림자〉가 대형 홀에서 했던 말을 떠올렸다. "안정된 뒤에 하려고 했는데." 어쩌면 〈그림자〉는 아직 완전히 불멸신이 된 것이 아닌지도 모른다.

그러나 그렇게 생각한 것도 잠시, 곧 〈그림자〉의 등 뒤에서 검은 돌기가 날카롭게 뻗어나오더니 신전의 공기를 찢어버릴 기세로 나쟈를 향해 날아갔다.

"나쟈!"

비앙카가 말하기도 전에, 나쟈는 즉시 머리를 감싸고 무릎으로 신전 바닥을 미끄러져 나가면서 몸을 작게 웅크렸다. 검은 돌기가 나쟈의 등을 내려쳤지만, 그 직후 튕겨나가면서 산산이 흩어졌다. 그 충격은 거대한 여자를 조금이나마 비틀거리게 만들었다. 나쟈는 아픔을 참는 중인지 몇 초 동안 웅크리고 있었지만, 이윽고 다시 일어서 〈그림자〉를 향해 달렸다.

— 운명의 삼각문!

나쟈가 두르고 있는 파란 망토에는 사랑스러운 노란색의 삼각형 문양이 있었다. 저 망토가 나쟈를 지켜주었다. 아니, 나쟈는 망토가 자신을 지켜줄 것임을 알고 그 방어 효과가 최대한이 되도록 몸을 움직였던 것이다. 〈그림자〉는 또다른 돌기를 만들어서 나쟈를 내려치려 했지만, 나쟈는 그것이 자신에게 도달하기 전에 〈그림자〉에게 다가가 몸통의 오른쪽에 튀어나온 하얀 팔을 붙잡았다.

— 놓아라!

거대한 여자의 입에서 나오는 〈그림자〉의 목소리와 함께 나쟈의 몸을 검은 돌기가 덮쳤다. 돌기는 또다시 삼각문 망토에 닿아 산산이 흩어졌지만, 그 강한 충격은 나쟈에게 그대로 전해졌다. 나쟈는 아픔에 비명을 질렀지만 하얀 팔을 붙잡은 손을 놓지 않은 채 밖으로 빼내려고 잡아당겼다.

─나는……, 어떻게 해야…….

그 광경을 보면서도 비앙카는 그 자리에 우두커니 서 있었다. 움직일 수가 없었다. 나쟈가 구하려고 하는 '저 하얀 팔'은 이 세상에서 비앙카가 가장 미워하는 그 여자의 팔이었기 때문이다. 그러나 동생을, 나쟈를 도와야 했다. 나쟈를 지켜줘야 했다.

비앙카는 달리기 시작했다. 비앙카의 존재를 눈치 챈 〈그림자〉는 비앙카에게도 돌기를 뻗었다.

"언니, 오면 안 돼!"

언니에게는 몸을 지킬 망토가 없다. 나쟈는 그렇게 말하고 싶었을 것이다. 분명히 무모한 행동인지도 모른다. 나쟈는 자신의 망토가 아직은 자신을 지켜줄 수 있다는 것을 계산에 넣고 행동한 것이다. 영리한 동생이다. 한편 나는……. 어리석은 언니인지도 모른다.

비앙카는 민첩하게 돌기를 피하며 앞을 향해 달렸다. 나쟈는 휘청이면서도 하얀 팔을 열심히 잡아당기고 있었다. 왕비의 몸은 이미 어깨 부분까지 나와 있었고, 당장이라도 얼굴이 드러날 것만 같았다. 그러나 나쟈가 두른 삼각문 망토의 가장자리가 검게 변하기 시작했다. 한계까지 얼마 남지 않은 것이다. 비앙카는 나쟈를 향해 외쳤다.

"나쟈! 그 망토는 이제 얼마 버티지 못해!"

<그림자>의 돌기 공격을 몇 번만 더 받으면 망토는 파괴된다. 그러나 나쟈는 하얀 팔을 잡고 놓으려 하지 않았다. 오히려 비앙카의 말에 자극을 받은 듯이 더 힘껏 팔을 잡아당겼다. 그러자 왕비의 하얀 얼굴이 <그림자>의 몸속에서 절반쯤 모습을 드러냈다. 그 순간 또다시 <그림자>의 돌기가 나쟈를 공격했고, 그 충격에 나쟈는 비명을 질렀다.

—아아, 나쟈! 그딴 건 아무래도 상관없으니까…….

비앙카는 자신도 모르게 이렇게 말하려다 깜짝 놀라 입을 다물었다. 또다시 자신의 내부에서 어두운 감정이 퍼져 나갔다. 과거에 왕비가 자신에게 했던 말. 그리고 왕비에게 똑같은 말을 하려고 한 자신. 이런 상황에 그런 걸……. 그렇게 생각할수록 어두운 감정은 증폭되었다. 절반쯤 나온 왕비의 얼굴을 보자 그 감정은 더욱 강해졌다.

"언니, 위험해!"

나쟈가 그렇게 말할 때까지 비앙카는 자신의 이동 속도가 느려졌음을 깨닫지 못했다. 얼굴을 향해 정면으로 날아온 돌기는 간신히 피할 수 있었지만, 옆에서 날아온 또다른 돌기는 방어할 수가 없었다. 돌기에 맞은 비앙카는 신전 오른쪽 벽을 향해 날아갔다.

"언니!"

쓰러져서 정신이 몽롱한 비앙카의 머릿속에 <그림자>의 목소리가 울려퍼졌다.

—너는 그곳에 얌전히 있도록 해라. 동생을 도우려는 생각은 안 하는 편이 너를 위해 좋을 게다.

<그림자>는 말했다. 동생을 도우면 네가 이 세상에서 가장 증오

하는 여자를 또다시 이 세상으로 데려오게 된다. 그것은 네가 원하는 일이 아닐 것이다. 그렇지 않은가?

〈그림자〉의 말과 함께 여러 가지 기억이 머릿속을 스쳐 지나갔다. 사랑받고 싶었다. 내가 어머니에게 도움이 된다면 나를 사랑해줄 거라고 생각했다. 어머니가 시키는 대로 하려고 울면서 '계산'을 공부했다. 그러나 어머니는 나를 사랑해주지 않았다. 사랑을 주기는커녕 아무렇지도 않게 나에게 상처를 주고 나를 죽이려고 했다.

셈하는 아이들이 죽던 그날 밤. 어머니는 나를 부르더니 근위병들에게 내 목을 치라고 명령했다. 그럴 수는 없다고 거부하는 근위병들에게 어머니는 말했다. "이 아이가 죽는 꼴만큼은 내 눈으로 보고 싶단 말이야! 당장 죽이지 않으면 너희가 죽을 줄 알아!"라고. 그리고 절망에 빠진 내게 저주의 말을 퍼붓더니, 나쟈에 대해서도 '리햐르트의 예비부품'이라고 말했다. 그때 나는 어머니를 증오하게 되었다. 그리고 도망쳤다. 성에서 나왔다. 그러나 증오로부터는 도망칠 수 없었다. 어디를 가더라도, 아무리 시간이 흘러도 '성에서 나올 수 없었다.'

암흑처럼 어두운 감정이 비앙카를 지배해갔다. 그렇다. 어머니를 이 세상에서 없애버리는 것. 역시 그 방법밖에 없는 것이다. 〈그림자〉는……, 내……, 소원을…….

"이 놈이 하는 말을 들으면 안 돼, 언니!"

나쟈의 목소리가 아까보다도 멀게 느껴진다. 〈그림자〉는 이번에는 나쟈에게 말을 걸었다.

—네 언니는 사리분별을 할 줄 아는 모양이다. 하지만 동생인

너는 아직도 사정을 제대로 모르는 것 같구나. 내가 이 여자를 집어삼킨 건 너를 위해서이기도 하다.

그 말에 나쟈가 일순간 당황하는 것이 느껴졌다. 〈그림자〉는 그 틈을 놓치지 않고 말을 이었다.

─모르는 것 같으니 가르쳐주마. 나쟈, 너는 네 친부모가 어떻게 죽었는지 아느냐?

대체 나쟈에게 무슨 말을? 비앙카는 몸의 통증을 참으면서 어떻게든 얼굴을 제단 쪽으로 향했다.

─네 부모는 네가 밖으로 꺼내려 하는 여자에게 죽었다. 이 여자가 식수령을 사용해서 처음 죽인 대상이 바로 네 부모였지. 너를 넘기려고 하지 않는 네 부모를 '저주'의 실험 대상으로 삼았다.

하얀 팔을 잡아당기던 나쟈의 움직임이 멈췄다. 〈그림자〉는 쐐기를 박으려는 듯 말했다.

─이 여자는 즐거운 표정으로 내게 그 이야기를 들려줬단다. 식수령을 본 네 부모가 얼마나 공포에 떨면서 도망쳤는지, 어린 너를 지키려다 얼마나 허무하게 죽어갔는지를 말이다. 어떠냐? 너는 정녕 그런 여자를 도우려는 것이냐?

그 말을 들은 나쟈의 몸이 부들부들 떨리기 시작했다. 나쟈의 손은 당장이라도 왕비의 팔을 놓으려는 것처럼 보였다. 〈그림자〉는 그 틈을 노려서 조금씩 왕비의 얼굴과 어깨를 다시 삼켜나갔다.

─그래, 그래야지. 나쟈, 이제 손을 놓아라. 그러는 것이 네게도 최선…….

〈그림자〉가 그렇게 말했을 때, 나쟈가 무슨 생각을 했는지 다시 왕비의 손을 힘껏 잡더니 밖으로 끌어당겼다.

대체 왜! 〈그림자〉와 비앙카는 동시에 소리쳤다. 그러나 나쟈는 바닥을 힘껏 밟은 채 모든 힘을 쥐어짜내 왕비의 팔을 잡아당기면서 비앙카 쪽을 바라보았다. 그 얼굴은 눈물로 범벅이 되어 있었다. 나쟈는 울고 있었다.

— 너는 이 여자가 밉지 않은 것이냐!

나쟈는 〈그림자〉 쪽을 다시 바라보더니 울면서 외쳤다.

"왜 밉지 않겠어!? 미워! 너무 밉다고! 하지만!"

나쟈는 흐느끼면서 절규하듯이 외쳤다.

"하지만 이건 나 혼자만의 문제가 아닌 걸!"

그 말을 들은 비앙카는 상반신을 벌떡 일으켰다. 그 몸에 나쟈의 절규가 울려퍼졌다.

"난 이 사람이 정말 싫어! 하지만 지금 이 사람을 꺼내지 않으면 넌 더 끔찍한 짓을 할 거잖아! 난 네가 이 세상을 마음대로 하지 못하게 할 거야! 반드시!"

비앙카는 자신도 깨닫지 못하는 사이에 일어나 있었다. 머릿속에 나쟈의 말이 메아리쳤다. 다른 생각은 하나도 들지 않았다. 방금 전까지 그녀의 마음속을 지배하고 있었던 '어두운 감정'까지도. 지금 비앙카의 눈에는 나쟈가 잡고 있는 하얀 손밖에 보이지 않았다. 그것이 누구의 손인지도 생각하지 않았다. 그저 그것을 '지금' 〈그림자〉의 몸에서 꺼내야 한다는 생각뿐이었다.

비앙카는 나쟈에게 달려갔다. 그리고 나쟈가 붙잡고 있는 하얀 손의 손목 부분을 꽉 잡았다. 〈그림자〉가 외쳤다.

— 이 어리석은 아이들 같으니라고!

〈그림자〉는 절규와 함께 거대한 여자 모습의 등 뒤에서 새로운 돌기를 두 개 만들어 높이 치켜들었다. 이미 나쟈의 망토에 장식된 삼각문은 모양이 망가져 있었다. 이 상태로는 〈그림자〉의 공격을 막을 수가 없었다. 비앙카는 나쟈를 바라보았지만, 나쟈는 개의치 않고 더 힘껏 왕비의 손을 잡아당겼다. 다음 순간, 〈그림자〉가 나쟈를 향해 돌기들 중 하나를 휘둘렀다. 강한 충격음이 들리자 비앙카는 비명을 질렀다. 그러나 부서진 것은 〈그림자〉의 돌기였다. 나쟈의 망토는 재가 되어 흩어졌지만, 사라진 망토 안에 새로운 망토가 있었다. 나쟈의 빨간 머리카락을 닮은, 석양처럼 붉은 천에 은실로 자수를 놓은 당당하고 아름다운 '운명의 삼각문'이 모습을 드러냈다.

—아아, 나쟈!

비앙카는 안도감과 함께 이 현명한 동생을 꼭 안아주고 싶은 충동을 느꼈다. 궁지에 몰려 있는 것은 변함이 없지만, 비앙카는 자신의 내부에서 힘이 솟아나고 있음을 느꼈다. 그리고 모든 힘을 쥐어짜서 나쟈와 함께 왕비의 팔을 잡아당겼다.

그때, 왕비의 하얀 팔에서 무엇인가가 톡 하고 떨어졌다. 그것은 선명하게 빛나는 작은 돌, '보석'이었다.

—아니!

〈그림자〉뿐만 아니라 나쟈와 비앙카도 놀란 표정으로 보석을 바라보았다. 한 개, 또 한 개……. 보석은 계속해서 떨어졌다. 왕비의 팔에서 보석이 하나둘 솟아나서는 똑, 똑 떨어졌다.

비앙카는 생각했다.

—이건 왕비의 '운명수'가 원래의 수로 돌아가고 있다는 뜻이야.

나쟈와 비앙카가 잡아당기고 있던 왕비의 몸이 갑자기 가벼워지더니 〈그림자〉 속에서 쑥 하고 나왔다. 그 바람에 힘껏 잡아당기고 있던 나쟈와 비앙카는 뒤로 벌러덩 넘어지고 말았다. 그리고 왕비의 몸이 바닥에 떨어지는 동시에 비취색의 거대한 여자의 모습이 사라졌다. 다시 커다란 검은 아지랑이가 된 〈그림자〉는 당황한 듯 검은 돌기를 왕비에게 뻗어 그 몸을 안아올렸다. 그러자 왕비의 몸에서 엄청난 수의 보석이 쏟아졌다. 왕비의 머리와 얼굴, 몸에서 쏟아진 보석은 신전에 와르르 하는 소리를 퍼뜨리면서 〈그림자〉의 눈앞에 반짝거리는 산을 만들었다.

〈그림자〉는 무서운 목소리로 뭐라고 소리쳤다. 그리고 검은 아지랑이로 변한 자신의 몸의 중심에 왕비의 몸을 묻으면서 다른 돌기 몇 개로 보석들을 긁어모으려 했다. 나쟈는 왕비의 몸을 쫓아서 〈그림자〉 쪽으로 달려가려고 했지만, 비앙카가 나쟈를 막았다.

"나쟈, 잠깐 기다려! 뭔가 이상해!"

비앙카가 그렇게 말한 이유는 무엇인가 이상한 기운을 느꼈기 때문이었다. 나쟈도 움직임을 멈췄다. 얼마 후 그 기운은 뚜렷한 '압력'으로 변했다. 공기를 짓누르는 듯한 그 압력은 나쟈도 비앙카도 잘 알고 있는 느낌이었다.

"이 느낌은……, 식수령……."

나쟈의 말에 호응하듯이 신전의 벽 전체에서 반투명한 도마뱀이 나타났다. 그것은 틀림없이 엄청난 수의 식수령들이었다.

◈

밤이 계속되는 가운데 캄캄한 성지에서 조용히 기도를 올리던 낙원장은 희미한 천둥소리를 들었다. 작은 소리였지만, 벼락이 먼 곳이 아닌 근처에 떨어졌음은 분명했다. 그리고 벼락이 떨어진 장소에 무엇이 있는지, 낙원장은 잘 알고 있었다.

—집 뒤쪽의 숲. 그곳에 떨어졌구나.

자신을 죽이려고 언니가 보내온 엄청난 수의 식수령들. 자신의 수의 특성을 이용해 일부러 수를 '먹게 해서' 움직임을 둔화시킨 다음 흙 속에 봉인한 '악령들.'

그 봉인이 지금 풀렸다. 자신도, 타인도 아닌 신들의 의지로.

흙 속에 봉인했던 모든 식수령들이 나오는 것이 느껴졌다. 자신의 운명수를 구성하는 소수 중에는 5의 칼이 세 개, 37의 칼이 한 개 있다. 칼의 크기는 모두 더하면 52. 52의 칼을 가진 1만 마리 이상의 악령이 한꺼번에 나오는 것이다. 그들이 향하는 곳은 당연히 메르세인 성이다.

—역시 오늘이 그날이었어.

낙원장은 확신했다. 낙원을 떠나서는 안 되며, 그 누구도 해쳐서는 안 된다. 〈최초의 1인〉의 자손인 자신에게 부과된 의무가 명확하게 그 의미를 보여주는 날. 그날이 바로 오늘임을.

낙원장은 일어섰다. 그리고 옆에서 대기하고 있는 타니아에게 말했다.

"타니아, 그 천을 다오."

"네, 여기 있어요."

타니아에게서 천을 받아 들었다. 그 묵직한 무게를 느끼면서 낙원장은 홀로 이동하여 그곳에 설치된 커다란 통신 거울을 바라보았다.

—이제는 때를 기다릴 뿐.

그저 자신의 마음을 비우고. 자신의 의지가 아니라 신들의 의지가 실현되기를 바랄 뿐. 낙원장은 거울 앞에 서서 눈을 감았다 다시 떴다. 그러자 거울은 이곳이 아닌 풍경을 비추고 있었다. 아직 또렷하지는 않았지만, 신전의 내부처럼 보였다.

이윽고 그 모습은 서서히 또렷해졌다. 낙원장은 거울을 바라보면서 그저 때를 기다렸다. 자신이 움직여야 할 순간을.

신전으로 들어온 엄청난 수의 식수령들이 차례차례 〈그림자〉를 향해 머리를 들이박았다.

— 대체 뭐냐, 이놈들은!?

〈그림자〉는 혼란에 빠졌다. 왜 식수령들이 자신을 향해서 오고 있는 것인가! 너무나도 많은 악령들이 한꺼번에 들이박는 바람에 〈그림자〉는 신전 안쪽으로 날아가버렸다. 그리고 식수령들이 가져온 무수한 작은 칼들이 〈그림자〉의 몸을 뚫고 벽에 박혔다. 그러나 식수령의 수는 줄어들 줄을 몰랐다. 차례차례 들이박는 식수령들을 보면서 〈그림자〉는 마침내 깨달았다.

— 이놈들은……. 여자에게 돌아온 것이구나!

식수령들은 자신이 다시 몸속에 넣은 이 여자에게 돌아오고 있는 것이었다. 그리고 자신은 그 여파로 악령들이 가져온 칼을 받고 있다.

— 게다가 이놈들은 여자의 '수'를 먹으러 온 것이 아니야. 여자가 누군가에게 보냈던 놈들이 지금 일제히 돌아온 것이지.

식수령은 저주한 상대의 운명수를 노리고 날아가서 상대의 '수체'를 잡아먹고 나면 자신을 보낸 자의 운명수를 향해 돌아온다.

— 여자의 운명수가 원래의 수로 돌아간 탓이야.

아직 여자의 몸속에서 '수'가 안정되지 않았던 데다가, 방금 저 계집아이들 때문에 여자의 몸에서 보석이 떨어졌다. 원인은 그것이다. 어쨌든, 이대로는 위험하다. 여자를 몸속에 완전히 집어넣으면 식수령은 여자를 잃어버릴 것이다. 그러나 자신의 몸은 이미 무수히 많은 칼들에 베여 곳곳에 틈새가 생겨버렸다. 이래서는 몸속에 집어넣은 여자의 몸이 보일 수밖에 없으며, 식수령의 칼은 역시 자신이 받게 된다. 불멸신의 몸을 일시적으로 잃은 지금, 그런 사태는 피해야만 한다.

— 여자의 몸을 밖으로 꺼내는 수밖에 없겠군.

〈그림자〉는 계속해서 몸에 박히는 칼들의 방해를 받으면서도 자신의 내부에 '힘의 흐름'을 만들어냈다. 그리고 자신의 어디에서 나오는지 알 수 없는, 말로는 표현하기 어려운 커다란 외침과 함께 여자의 몸을 내던지듯이 자신의 내부로부터 '배출했다.' 〈그림자〉는 여자를 최대한 멀리 내보냈다. 식수령들은 방향을 바꿔 여자 쪽을 향했지만, 그 수는 그다지 많지 않았다. 아마도 돌아온 식수령 대부분을 이미 자신의 몸으로 받아냈던 모양이다. 실제로 수많은 칼들이 자신의 몸을 신전의 벽에 박아넣은 탓에 〈그림자〉는 움직일 수가 없었다.

— 움직여야 해. 다시 한번 불멸신이 되어야 해.

다시 한번, 여자를 불로신으로 바꾸는 것부터 새로 시작해야 한다. 〈그림자〉는 어떻게든 벽에서 몸을 떼어내려고 심하게 몸부림쳤다. 그러나 몸을 채 떼어내기도 전에 신전의 입구에서 날아오는 다섯 개의 형체가 보였다. 그것은 식수령의 형체가 아니었다.

— 요정 놈들!

하필 이런 상황에서! 그때 신전의 벽 쪽에 있던 계집아이들 중 한 명인 나쟈가 요정들을 향해 외쳤다.

"멤! 너희의 왕은 〈그림자〉 속에 있어! 몸속에 갇혀 있어! 그리고 나 말이야, 〈그림자〉의 정체가 뭔지 알아냈어!"

뭐라고! 나쟈의 말에 〈그림자〉는 지금까지 경험한 적이 없는 감정을 느꼈다. 그것은 인간으로 치환하면 바닥을 알 수 없는 공포인지도 모른다.

"〈그림자〉의 정체는……."

입 닥쳐! 〈그림자〉는 본능적으로 나쟈의 말을 가로막으려 했다. 그러나 이미 늦었다. 나쟈는 눈을 크게 뜨고 〈그림자〉를 바라보면서 큰 소리로 말을 이었다.

"〈그림자〉의 정체는 두 수의 '곱'이야!"

두 수를 몸속에 집어넣고, 자신은 그 '곱'이 된다. 그것이 〈그림자〉이다.

〈그림자〉는 움찔했다. 인간이 자신의 정체를 간파하고 폭로했다는 놀라움과 공포가 〈그림자〉의 몸을 위축시켰다. 요정들은 그 틈을 놓치지 않고 〈그림자〉의 왼쪽으로 돌아 들어갔다.

"여기 있어!"

요정왕과 똑같이 생긴 흑발의 요정이 가리킨 곳에는 작은 '발'이 나와 있었다. 다섯 요정은 그곳에 모여들어 발을 있는 힘껏 잡아당겼다. 〈그림자〉는 이때 비로소 제정신으로 돌아왔다.

— '이 녀석', 요정왕까지 잃을 수는 없다!

요정들에게 두 명이 더 가세했다. 나쟈와 비앙카였다. 요정 다섯 명과 인간 두 명이 힘을 합쳐서 요정왕 차디의 몸을 서서히 밖으로 빼내고 있었다. 힘이 약해진 〈그림자〉도 이렇게 된 이상은 뒷일을 생각하며 당하고 있을 수만은 없었다. 〈그림자〉는 마지막 힘을 쥐어짜서 검은 몸의 일부를 커다란 돌기로 바꿔 일곱 명을 향해 휘둘렀다. 일곱 명 모두를 쓰러뜨려 두 번 다시 일어나지 못하게 만들 생각이었다.

—이것으로 끝이다! '수'를 가진 어리석은 자들이여!

트라이아는 캄캄한 공간을 떠돌고 있었다.

상처를 입은 몸에서는 전혀 아픔이 느껴지지 않았다. 심지어 무게조차 느껴지지 않았다. 그저 자신이 어딘가로 이동하고 있다는 느낌만 들 뿐이었다.

—아무것도 없는 세계.

선조가 남긴 말들 중에 "무엇인가가 존재하게 되기 전의 세계"라는 것이 있었음을 트라이아는 어렴풋이 떠올렸다. 즉, 세계가 태어나기 전의 세계이다. 그러나 그런 세계를 "존재한다"라고 말해도 되는 것일까? 이것은 트라이아가 항상 의심했던 문제이다. 그리고 지금, 만약 자신이 그 세계에 있는 것이라면 자신이 존재한다고 말할 수 있는 것일까?

이 질문에 대한 답은 알 수 없다. 다만 이 공간의 저편에 분명히 존재하고 있는 무엇인가가 있었다. 그것은 빛이다. 트라이아의 몸은 그곳을 향해 이동하고 있었다. 빛과 어둠이 하나가 되는 지점에 이르렀을 때, 트라이아는 확신했다.

—이 빛이 모든 존재의 근원이구나.

모든 것이 여기에서 탄생하고, 이곳으로 돌아온다. 물체, 동물, 식물, 요정, 인간, 그리고 불로-불멸의 신들조차도. 빛 속에서 트라이아는 분명히 보았다. 한없이 광대하고 풍요로운 장소. 그곳에 사는 수많은 자들. 그곳에 존재하는 것은 개별적으로 '있는' 듯이 보이지만, 동시에 '본질적인 구별은 없는' 것도 확실했다. 즉, 이곳에 있는 모든 것은 이 빛 자체와 '같은' 것이다.

트라이아는 생각했다. 이 얼마나 멋진 곳인가. 그리고 깨달았다. 이것이 바로 불로신, 불멸신보다 높은 존재, 온갖 존재의 원천이자 정점이기도 한 '유일하며 최고의 신'임을. 즉, '온갖 것을 만들어 내는 어머니 수, 수의 여왕'임을. 그리고 인간의 삶을 마친 자신도 이곳으로 돌아와 또다시 '최고신'과 하나가 되는 것임을.

—트라이아.

그리운 목소리가 들렸다. 빛 속에 오빠가 서 있었다. 그 옆에는 오빠의 딸 유일다의 모습도 보였다.

—오빠. 역시 이곳에 있었구나.

트라이아는 눈물을 흘렸다. 나는 틀리지 않았다. 오빠와 조카 딸의 혼은 분명히 세계의 중심인 최고신의 곁에서 편히 쉬고 있었던 것이다. 오빠가 입을 열었다.

—트라이아. 나와 내 딸, 그리고 많은 사람들이 불행하고 불합리한 죽음을 맞이했다. 하지만 우주의 근원인 신께서는 우리를 버리지 않으셨지. 가장 위대한 유일신께서는 우리의 몸에서 우리 자신이 아닌 것, 우리의 본질이 아닌 것을 없앤 뒤 자신과 일치시켜

주셨단다. 우리는 이 세상에서 가장 위대한 유일신과 하나가 되어 안식을 얻었지. 보거라. 우리의 조상님들도 저렇게 이곳에서 편히 쉬고 계신단다.

트라이아는 마음속에서 환희가 솟아나는 것을 느꼈다.

—오빠. 나도 함께…….

트라이아는 오빠와 조카딸을 향해, 빛을 향해 나아가려 했다. 그러나 어째서인지 가까이 갈 수가 없었다. 트라이아는 당황했다.

—왜지? 왜 나는 그리로 가지 못하는 거야?

혹시 최고신께서 나를 거부하시는 건가? 그렇게 묻자 오빠는 고개를 저었다.

—그렇지 않아. '유일하며 최고의 신'께서는 그 누구도 거부하지 않으신단다.

—그렇다면 왜?

—이곳에 들어오기를 거부하는 건 바로 너 자신이란다.

트라이아는 놀랐다. 설마 그럴 리가. 그러나 오빠는 말했다.

—만약 네가 진심으로 이곳에 들어오기를 바란다면 신께서는 너를 받아들여주실 거다. 이 빛 속으로 들어와 유일신과 하나가 된다는 것, 그것은 곧 네가 태어날 때 얻었던 운명수를 버리고 '유일한 신의 수'를 받아들인다는 뜻이지.

—운명수를 버리고?

—그래. 운명수는 틀림없이 모든 존재에게 중요한 것이지. 하지만 그것은 본질이 아니란다. 어디까지나 최고신에게서 '일시적으로 빌린 것'이며, 불안정하고 취약한 '상태'에 불과해. 운명수라는 것은 인간에게나 요정에게나, 또 불로−불멸의 신들에게나 결국에는

포기해야 하는 '거짓된 모습'이란다. 그리고……. 내가 볼 때 너는 아직 네 운명수를, '칼'을 포기하지 못하고 있구나.

—아니야! 그렇지 않아! 난 이미 죽었는걸! 이젠 싸울 필요도 없는데 내게 왜 칼이 필요하겠어!

—그렇다면……. 왜 네 몸에는 아직 칼이 달려 있는 것이지?

오빠의 지적에 트라이아는 비로소 깨달았다. 자신의 오른 손등, 왼 손목, 그리고 오른쪽 어깨부터 손목에 걸쳐 칼이 달려 있음을.

—트라이아. 네 마음속에는 아직 싸울 의지가 남아 있는 모양이구나. 그렇기 때문에 칼을 포기하지 못하는 것이겠지.

트라이아의 머릿속에 기억이 되살아났다. 신전에서 〈그림자〉와 싸운 기억. 무서운 능력을 손에 넣은 〈그림자〉의 모습. 그리고 그 기억과 동시에 마음속에 솟아오르는 것이 있었다. 오빠가 말했다.

—내가 네게 해줄 수 있는 일은 두 가지란다. 첫째는 네 마음속에서 싸우려는 의지와 칼을 모조리 없애달라고 신께 부탁하는 것. 그러면 너는 평안을 얻고 우리와 함께 이곳에서 살 수 있지. 너는 지금까지 올바르게 살아왔으니까 그런 '중재'를 받을 자격이 있단다. 그리고 둘째는 너를 지금의 모습 그대로 전장으로 돌려보내주는 것. 그러니까 너를 살아 있는 자들의 세계로 돌려보내는 것이란다.

그것은 곧 '되살아남'을 의미했다. 그런 커다란 '축복'을 내가 받아도 되는 것일까? 트라이아가 당혹스러운 표정으로 말하자, 오빠는 이렇게 말했다.

—너를 되살리는 것이 축복인지 어떤지는 나도 잘 모르겠구나. '되살아난다'는 건 이 안식의 땅을 등지고 다시 그 불안정하고 본

질적이지 않은 세계로 돌아간다는 의미이기 때문이지. 게다가 네가 다시 죽어서 이곳에 왔을 때도 이 빛 속에 들어올 수 있다는 보장은 없단다. 그때 네가 자신의 운명수를 스스로 포기할 수 있는 사람이 되어 있을지, 혹은 지금처럼 내가 너에 대해 신께 부탁할 수 있을지는 그 누구도 알지 못해. 그런 의미에서 생각하면…….

오빠는 트라이아를 지긋이 바라보았다.

—'축복'과 '저주'는 동전의 양면 같은 것이란다.

자, 이제 너는 선택을 해야 한단다. 오빠의 재촉에 트라이아는 결심을 굳혔다.

—전장으로 돌아가겠어.

그것이 자신이 할 수 있는 최선의 선택인지는 알 수 없다. 그러나 트라이아는 그것이 지금 '해야 할 일'이라고 생각했다.

오빠에게 결심을 전한 순간, 오빠와 조카딸의 모습도, 빛도 보이지 않게 되었다. 트라이아는 또다시 온몸을 파고드는 강렬한 아픔을 느끼기 시작했다. 그리고 피 냄새도. 무거운 눈꺼풀을 들자 검은 아지랑이, 즉 〈그림자〉의 모습이 보였다.

# 더없이 관대한, 그러나 무엇보다 가혹한 심판

〈그림자〉에게 잡아먹힌 요정왕의 몸을 필사적으로 잡아당기고 있는 비앙카의 시야 끝자락에 무엇인가가 움직이는 것이 살짝 보였다. 그것은 신전 중앙 부근에 피투성이가 되어서 쓰러져 있던 트라이아의 몸이었다. 이윽고 트라이아는 몸을 일으켰다. 일어서기까지는 많은 시간이 걸렸지만, 일단 일어선 뒤의 움직임은 재빨랐다. 트라이아는 눈 깜빡할 사이에 앞으로 이동하더니 제단으로 뛰어올랐다. 그리고 제단을 박차며 더욱 높이 날아올랐다.

트라이아의 오른쪽 어깨에서 손목에 걸쳐 나와 있는 거대한 '칼'이 번쩍 하고 빛을 반사했다. 비앙카와 나쟈, 요정들은 그 빛에 순간적으로 시력을 잃었다. 그리고 나쟈와 비앙카, 요정들을 공격하려던 〈그림자〉는 트라이아의 돌격을 너무 늦게 알아차렸다.

"이야야야야야얍!"

〈그림자〉의 최상부까지 뛰어오른 트라이아는 우렁차게 포효하며 거대한 칼을 내리찍었다. 칼은 〈그림자〉를 뚫고 나와 신전의 벽에 박힌 뒤, 〈그림자〉와 벽을 수직으로 갈라놓았다. 〈그림자〉는 순식간에 반으로 갈라졌다.

금속을 긁는 것 같은 불쾌한 소리가 신전 안에 크게 울려퍼졌다. 둘로 갈라진 〈그림자〉는 넓게 퍼지는가 싶더니 갑자기 한곳으로 뭉쳤고, 결국에는 전혀 보이지 않게 되었다.

"차디!"

비앙카와 나쟈, 요정들 앞에 요정왕이 모습을 드러냈다. 자인이 가장 먼저 왕에게 달려갔다. 자인과 쏙 빼닮은 얼굴에, 머리카락이 새하얀 왕은 힘없이 눈을 뜬 뒤 자인의 부축을 받으면서 상반신을 일으켰다. 멤과 카흐, 기멜, 달레트는 왕 앞에 정렬해 공손하게 무릎을 꿇었다.

방금 전까지 〈그림자〉가 있었던 벽에는 트라이아가 숨을 몰아쉬면서 기대어 있었다. 칼은 이제 보이지 않았지만, 출혈은 여전히 심했다. 트라이아에게 달려간 나쟈는 자신의 옷을 찢어 상처를 동여맸다.

그런 가운데 비앙카는 홀로 미동도 하지 않은 채 신전의 오른쪽을 바라보고 있었다. 비앙카의 시선이 향하는 곳에는 왕비가 있었다. 이 신전에서 왕비의 '특등석'이었던 커다란 거울을 든 미의 여신상 앞, 반짝반짝 빛나는 '보석' 산 너머에 너덜너덜해진 드레스를 입은 상처투성이의 왕비가 쓰러져 있었다.

— 저 여자. 아직 죽지 않았어.

왕비의 몸은 힘없이 움직이고 있었다. 온몸을 부들거리면서 어떻게든 몸을 일으켜 세우려고 했다. 얼굴과 팔은 식수령에게 입은 상처로 피에 젖어 있었고, 금색 머리카락은 피로 더럽혀진 채 엉망이 되어 있었다. 왕비는 이제 전혀 아름답지 않다. 다만 그것은 상처나 출혈 탓이 아니었다. 왕비의 생김새와 체구는 지금까지와 별반 차이가 없었지만, 그 내부에서 솟아나던 강렬한 광채가 사라지면서 약하고 초라해 보였다.

아름답지도 강하지도 않은 약한 왕비. 그 모습을 보고 비앙카의 내부에서 또다시 새로운 증오가 소용돌이쳤다. 비앙카는 지금 당장이라도 왕비를 죽이고 싶은 충동에 사로잡혔다. 지금이라면 저 가는 목을 발로 짓밟기만 해도 왕비의 숨통을 끊을 수 있을 것이다. 이렇게 생각하자 비앙카의 내부에서 오싹한 감정이 퍼져 나갔다. 그리고 그 감정이 기분 좋게 느껴졌다.

— 자, 저 여자를 죽이는 거야. 벌레를 짓밟듯이.

비앙카의 내부에서 누군가가 명령했다. 그러나 비앙카는 움직일 수 없었다. 왕비를 바라보는 비앙카의 시선에 나쟈가 들어왔기 때문이다. 나쟈는 열심히 트라이아의 상처를 돌보고 있었다.

— 아아!

비앙카는 그 자리에서 무릎을 꿇고 머리를 감쌌다. 지금 나쟈는 그저 자신이 해야 할 일을 필사적으로 하고 있다. 그런 나쟈의 눈앞에서 증오에 사로잡혀 왕비를 죽이는 모습을 보여줄 수는 없다. 하지만 나는 지금까지 왕비를 죽이기 위해 살아왔다. 왕비를 죽일 수 없다면 나는 대체 어떻게 해야 하지?

그때였다. 신전의 창에서 거대한 회색 물체가 모습을 드러냈다. 비앙카는 저것이 아까 자신이 왕비에게 보냈던 식수령임을 깨달았다. 왕비를 잡아먹기 위해 돌아온 것이다.

— 보석이 왕비의 몸속에서 나와 왕비의 운명수가 원래의 수로

돌아갔기 때문이야.

저 산더미같이 쌓인 보석은 왕비의 운명수를 바꾸기 위한 재료였으리라. 〈그림자〉는 왕비의 몸속에 보석을 집어넣음으로써 왕비의 운명수를 바꾼 것이다. 그러나 그 보석들은 지금 왕비의 몸에서 사라졌다. 그리고 원래의 운명수로 돌아간 왕비를 식수령이 잡아먹으려고 하고 있다.

비앙카는 자신의 왼쪽 입꼬리가 움직이는 것을 느꼈다. 웃고 있다. 자신은 틀림없이 웃고 있다. 이것으로 왕비는 죽는다. 물론 그것은 자신의 죽음을 의미하기도 한다. 왕비의 '수'를 잡아먹은 식수령은 그 '칼'을 가지고 자신에게 돌아올 테니까. 하지만 상관없다. 그것으로 충분하다. 이로써 소원은 이루어진 셈이다.

식수령이 왕비를 향해 날아갔다. 약해져서 움직이지 못하는 왕비가 악령을 보고 비명을 질렀다. 아아, 이 얼마나 즐거운 광경인가! 그러나 이때 누군가가 식수령을 막으려는 듯 왕비의 앞에 섰다. 미의 여신상이 들고 있는 거울 속에서 나타난 그 자는 손에 커다란 천을 들고 있었다. 그리고 그 커다란 천을 왕비의 몸에 던졌다. 식수령은 그 천에 부딪친 뒤 강한 충격과 함께 산산이 흩어졌다.

—삼각문!

그 거대한 천은 온갖 마물을 물리치는 강력한 '운명의 삼각문' 망토였다. 그리고 그 망토로 왕비를 구한 자는…….

"낙원장님!"

나쟈가 달려갔다. 낙원의 장. 왕비의 동생. 그녀의 얼굴은 바닥에 흩어진 보석이 반사하는 빛을 받아 달처럼 빛나고 있었다.

낙원장은 자신에게 달려온 나쟈를 껴안고 따뜻한 말을 건넸다.

그 뒤에서는 왕비가 힘없이 고개를 숙이고 있는 듯이 보였다. 그리고 비앙카도 몸속에서 힘이 빠져나가는 기분이 들었다.

— 대체 왜?

왜 낙원장은 저런 여자를 구한 거지? 비앙카는 큰 상실감을 느끼면서 마음속으로 물었다. 그러나 비앙카는 이미 그 답을 알고 있었다. 낙원장의 대답은 늘 한 가지뿐이었기 때문이다.

— 신들의 의지.

낙원장은 인간으로서의 의지나 감정을 초월해서 신들의 의지를 따른 것이다. 그렇다면 저 여자를 살리는 것이 신들의 의지란 말인가? 비앙카는 이해할 수가 없었다.

그러나 낙원장이 왕비를 구한 순간부터 주위가 명백히 달라졌다. 지금까지 계속 어두웠던 하늘이 드디어 밝아지기 시작했다. 신전 안, 아니, 성 안과 밖, 그밖의 모든 곳을 뒤덮고 있던 불길한 공기도 서서히 정화되었다. 비앙카의 등 뒤에서는 요정들이 엄숙하게 기도문을 읊기 시작했고, 앞에서는 트라이아가 벽에 기댄 채 조용히 눈을 감고 있었다.

비앙카는 이 신성한 공기에서 불편함을 느끼고 있었다. 그것은 틀림없이 왕비도 마찬가지일 것이다. 욕망에 더럽혀진 왕비. 왕비에 대한 증오로 더럽혀진 자신. 그런 의미에서 왕비와 자신은 같은 부류인 것이다. 그리고 실제로 자신은 왕비를 죽인다는 목적을 위해 그동안 왕비의 '저주'를 도왔다.

도저히 이곳에 있을 수가 없어진 비앙카는 신전의 문을 향해 달리기 시작했다.

"언니!"

나쟈가 자신을 부르는 소리가 들렸다. 그러나 되돌아볼 수가 없었다. 비앙카는 그대로 신전을 뛰쳐나갔다.

◈

그로부터 이틀이 지났지만 비앙카는 돌아오지 않았다. 나쟈는 걱정이 되어서 몇 번이나 찾으러 나가려고 했지만 그때마다 낙원장이 허락하지 않았다. 낙원장은 매번 이렇게 말했다. "비앙카 걱정은 하지 않아도 됩니다. 그저 시간이 필요할 뿐이에요."

그러는 사이, 낙원장과 요정왕 차디가 중심이 되어서 왕비에게 어떤 심판을 내려야 할지 신들에게 물어보는 의식을 거행했다. 그런데 의식에서 받은 신탁, 즉 신들의 심판은 나쟈가 보았을 때 기묘한 것이었다.

왕비는 자신의 욕망을 위해서 너무나도 많은 사람들을 저주로 죽여왔다. 평범하게 생각하면 죽음으로 갚아야 할 것이다. 그러나 신들이 내린 심판의 내용은 왕비를 앞으로 100년 동안 메르세인 성의 탑에 유폐시키라는 것이었다. 보통 사람이라면 100년은 매우 긴 시간이지만, 보통 사람보다 훨씬 더 강한 생명력을 지닌 왕비에게는 그다지 긴 시간이 아니므로 살아서 탑을 나올 수도 있을 것이다. 아무리 생각해도 처벌이라고 하기에는 너무 관대했다. 나쟈뿐만 아니라 대형 홀에 모인 많은 사람들이 그렇게 생각했다.

게다가 더욱 기묘한 일이 일어났다. 요정왕 차디가 왕비에게 두 가지 물건을 준 것이다.

첫 번째 물건은 작고 둥근 거울이었다. 그것은 과거에 왕비가 저주를 걸어 사람들을 죽이는 데 사용했던 바로 그 거울을 〈그림자〉가 작게 만들어서 리햐르트의 눈에 끼워넣었던 것이다. 나쟈는 멤과 다른 요정들에게 그 거울 안에 '가짜 요정들'이 들어 있다는 이야기를 들었다. 물론 멤이 이미 그 안에서 『분해의 서』를 되찾아 왔기 때문에 설령 왕비가 그 거울을 갖고 있다고 해도 '운명수의 분해'에 사용하지는 못한다. 그러나 그 거울이 『거대한 서』와 연결되어 있는 것은 틀림없다. 따라서 어떤 '절차의 서'를 손에 넣는다면, 거울 안에 있는 '가짜 요정들'이 그 절차에 따라 계산을 실시하게 된다.

그런 위험한 도구를 왜 왕비에게 준 것일까? 나쟈는 의문을 느꼈는데, 요정왕 차디가 왕비에게 준 '두 번째 물건'을 보자 의문은 더더욱 커졌다. 두 번째 물건은 요정왕 차디가 지키고 또한 평생에 걸쳐 '검증할' 의무를 진 '절차의 서'였다. 차디 왕의 목걸이에 달린 책 모양의 금속 상자에 들어 있던 것이다. 차디 왕은 목걸이를 풀어서 왕비에게 주며 엄숙하게 말했다.

"이 서에는 온갖 것의 운명수를 우주의 근원이 되는 어머니이자 수의 여왕인 유일하며 최고의 신의 운명수로 바꾸기 위한 '절차'가 기록되어 있다고 알려져 있느니라."

그때까지 무기력하게 고개를 숙이고 있었던 왕비는 그 말을 듣자 깜짝 놀라서 고개를 들었다. 나쟈도, 그 자리에 있는 사람들도 모두 깜짝 놀랐다. 차디 왕은 말을 이었다.

"콰리즈미 요정의 고문서에는, 이 '절차의 서'를 이 거울 속에 넣고 누군가의 얼굴을 비추면 그 자의 운명수를 〈최고신의 수〉로 바꿀 수 있다고 전해진다. 그러나 이것이 모든 수에 대해 성립하는지는 아직 검증이 끝나지 않았느니라."

모두가 마른 침을 꿀꺽 삼키며 요정왕의 말을 들었다.

"본래라면 검증이 되지 않은 '절차'를 공개하는 일은 없지만, 이번만큼은 신들의 의지를 따라 네게 이 서를 맡기노라."

홀에서는 웅성거리는 소리가 커졌다. "도대체 왜……"라는 말도 곳곳에서 들렸지만, 차디 왕은 개의치 않고 이렇게 말했다.

"너는 이번에 〈불로신의 수〉를 얻고 싶다는 욕망에 사로잡힌 나머지 〈그림자〉의 유혹에 넘어가 많은 사람들을 죽였다. 그 죗값을 치르기 위해 네게 이 책과 거울을 주는 것이니라. 네가 탑 안에서 100년 동안 네게 〈최고신의 수〉를 가져다줄지도 모르는 이 도구들을 사용하지 않고 참을 수 있다면, 신들은 네가 죄를 뉘우쳤다고 보고 네 죄를 사해주실 것이다."

낙원장이 아름답게 장식된 작은 상자를 차디 왕에게 건넸다. 차디 왕은 작은 거울과 '절차의 서'를 그 안에 담아서 왕비에게 주었다. 그리고 왕비는 그 상자를 손에 든 채 탑으로 연행되었다.

나쟈는 이 심판을 도저히 이해할 수 없었다. 그런데 왼쪽에서 이렇게 중얼거리는 낮은 목소리가 들렸다.

"축복은, 저주……."

목소리의 주인은 근위대장 트라이아였다. 트라이아는 부상 때문에 오늘은 근위대장의 의무를 면제받고 양 팔에 커다란 붕대를 감은 모습으로 나쟈 옆에 서 있었다. 나쟈가 트라이아를 올려다보자 트라이아는 조금 멋쩍은 표정으로 "쓸데없는 소리를 해서 죄송합니다"라고 말했다. 나쟈는 고개를 젓고 트라이아에게 물었다.

"트라이아, 방금 한 말은 무슨 의미예요?"

"네? 제가 방금 중얼거린 말 말씀이십니까?"

"네."

"아, 그건……."

트라이아는 잠시 침묵하다 짧게 대답했다.

"언뜻 관대해 보이는 조치도 경우에 따라서는……, 가장 가혹한 벌이 될 수 있다는 의미입니다."

◈

나는 대체 어떻게 해야 하지?

'심판'이 내려지기 전까지, 왕비는 줄곧 자신에게 이렇게 물었다.

이제 왕비는 무엇을 믿어야 할지 알 수가 없었다. 자신이 지금까지 매달려왔던 것들, 자신의 〈축복받은 수〉도, 힘도, 아름다움도, 왕족의 지위도, 자신을 사랑해주는 사내도, 자신을 지탱해주었을 아들도, 이제는 모두 존재하지 않는다. 그중에는 처음부터 존재하지 않았던 것도 있다. 자신이 타고난 '수'는 〈축복받은 수〉가 아니었고, 의지했던 '시인'은 처음부터 자신을 배신하고 있었던 것이다.

— 나는 줄곧 승자의 인생을 살아왔어. 원하는 건 무엇이든 손에 넣었다고.

지금까지 계속 이렇게 생각해왔는데, 사실은 그렇지 않았던 것일까?

그리고 왕비에게 가장 큰 충격은 동생이 자신의 목숨을 구해준 것이었다. 자신이 줄곧 죽이려 했던 그 동생이. 이 일은 왕비의 마음에 아주 작지만 그전까지 느껴본 적이 없는 감정을 낳았다. 왕비는 생각했다. 설마 이것은…….

―후회?

내가 후회를? 왕비는 그것을 인정할 수가 없었다. 자신이 후회하고 있음을 인정한다면, 이는 곧 자신이 틀렸음을 인정하는 셈이 된다. 그리고 동생에 대해 패배를 인정하는 셈이 된다. 따라서 절대 그럴 수는 없었다. 하지만……. 왕비는 머릿속이 어지러워졌다. 태어나서 처음으로 자신의 행동을 돌아보고, '혼란에 빠진' 것이다.

그러나 그 혼란은 심판이 내려진 순간 끝이 났다. 요정왕에게 '도구'를 받은 순간, 왕비는 또다시 욕망에 사로잡혔다.

―역시 나는 다른 모든 것들을 굴복시키고 이 세계의 정점에 설 운명이었어.

요정왕은 '절차의 서'가 정말로 모든 자에게 효과가 있는지 검증되지 않았다고 말했다. 그러나 왕비에게는 확신이 있었다. 이 '서'와 '거울'은 틀림없이 자신의 운명수를 〈유일한 최고신의 수〉로 바꿔줄 것이라는.

―그리고 내가 '유일한 최고신'이 된다면 다른 하찮은 신들의 결정 따위에는 신경 쓰지 않아도 되잖아?

불로신과 불멸신을 제치고 자신이 우주에서 최고의 존재인 〈수의 여왕〉이 되는 것이다. 요정왕도 동생도 그 가능성을 생각하지 않은 것일까? 이렇게 어리석을 수가.

그렇게 생각한 순간, 또다시 동생을 향한 증오가 솟아났다. 저기 고상한 척하고 있는 저년, 날 구해줬다고 그걸로 나한테 이겼다고 생각하는 거야? 다른 놈들도 다 똑같아. 하나같이 나를 바보 취급하고 말이야. 내가 '최고신'이 되면 저놈들을 하나도 남김없이 없애주겠어. 아아, 정말 즐거울 거야……. 탑으로 연행되면서 왕비는 터져 나오는 웃음을 필사적으로 참았다.

탑에 갇힌 왕비는 혼자가 되자마자 상자에서 거울과 '절차의 서'를 꺼냈다. '절차의 서'를 작은 거울에 가까이 가져가자 거울 속으로 쏙 들어갔다. 거울의 표면은 복잡하게 물결쳤다. 그것이 잠잠해지기를 기다린 뒤, 왕비는 거울에 자신의 얼굴을 비췄다.

◈

나쟈는 벌오두막 근처를 지나서 이제는 완전히 시들어버린 약초밭을 통과해 성의 뒷문에 다다랐다. 근위병이 문을 열어주어서 성 밖으로 나가자 울창한 숲이 펼쳐져 있었다. "나쟈 님, 목적지까지 호위해드릴까요?"라고 묻는 근위병에게 나쟈는 "멤과 카흐가 함께 가니 괜찮아요"라고 말했다.

숲에 들어가자 안은 그다지 어둡지 않았다. 나무들 사이로 한낮의 햇빛이 부드럽게 내리쬐는 숲속을 걷던 카흐가 높은 나무 위에 달린 과일을 발견하고는 신이 나서 날아올랐다. 나쟈와 멤은 그런 카흐를 바라보면서 조용히 대화를 계속했다.

"운명수의 거품화?"

"그래."

멤은 걸으면서 설명했다.

"차디 왕이 왕비에게 준 '절차의 서'는 '콜라초의 절차'라고도 해. 왕이 말했듯이 인간이나 요정의 운명수를 〈최고신의 수〉로 변환하는 절차지. 하지만 그것이 일으키는 '효과'는 우리 요정에게 나타나는 병하고 같은데, 그 병이 '운명수의 거품화'야."

"그 병, 요전에 카흐가 걸렸던……."

"기억하고 있구나. 그 병에 걸리는 바람에 카흐는 거울 속에서 죽을 뻔했지. 그랬던 카흐를 네가 구해줬고."

"그런데 '운명수를 최고신의 수로 바꾸는 절차'의 효과가 요정의 병과 같다니, 대체 무슨 말이야?"

"그건……."

멤은 '콜라초의 절차'에 관해 설명했다. 일반적인 '절차'로는 『거대한 서』의 내용을, 즉 운명수를 고칠 수가 없다. 애초에 고쳐 쓰기를 가능하게 하는 절차는 매우 적고, 설령 고쳐 쓰더라도 『거대한 서』를 감시하는 신의 심부름꾼들이 수의 변화를 발견하는 즉시 되돌려놓기 때문이다. 그러나 '콜라초의 절차'의 경우는 『거대한 서』의 내용을 고칠 수 있으며, 신의 심부름꾼들도 '콜라초의 절차'를 통해서 일어난 수의 변화는 보더라도 무시해버린다고 한다.

"그건 어떤 변화야?"

"놀랄 만큼 간단한 변화야. 너무 간단해서 너도 듣고 나면 어이가 없을걸?"

그 변화라는 것은 이랬다. 수가 짝수일 경우는 '그 절반 크기의 수', 즉 원래의 수를 2로 나눈 수로 변화한다. 그리고 수가 홀수일 경우에는 '3을 곱해서 1을 더한 수'로 변화한다.

"운명수에 대해 이 변환을 반복하는 것이 바로 '콜라초의 절차'야. 다시 말해, 짝수면 2로 나누고 홀수면 3을 곱해서 1을 더하는 거지. 이걸 계속 반복하면 결국은……, 〈최고신의 수〉가 돼."

"정말이야?"

"이 절차가 정말로 모든 수에 대해 성립하는지는 아직 밝혀지지 않았어. 그걸 확인하는 것이 요정왕의 의무야. 하지만 지금까지 역대 요정왕이 검증해온 바로는 아직 예외가 발견되지 않았어."

"내 운명수도 그 '절차'를 밟으면 〈최고신의 수〉가 될까?"

"응. 네 운명수는 여섯 자리였지? 그 정도 크기의 수라면 예외 없이 〈최고신의 수〉가 돼."

조금 흥분된 나쟈는 머릿속에서 계산해보았다. 나쟈의 운명수는 124155이다. 이것은 홀수이므로 3을 곱해서 1을 더하면 372466이 된다. 이것은 짝수이므로 2로 나누면 186233이 된다. 이것은 홀수이므로 3을 곱해서 1을 더하면 558700이 된다. 나쟈는 고개를 갸웃했다.

"정말로 이걸 반복하면 〈최고신의 수〉가 되는 거야?"

"큰 수의 경우에는 최후의 수에 도달하기까지 꽤 시간이 걸려. 그러니까 좀더 작은 수로 시험해보는 게 좋아."

"작은 수로? 으음……."

나쟈는 10을 골랐다. 10은 짝수이므로 2로 나누면 5가 되고, 5는 홀수이므로 3을 곱해서 1을 더하면 16이 된다. 16을 2로 나누면 8. 8을 2로 나누면 4. 4를 2로 나누면 2. 2를 2로 나누면 1. 1에 3을 곱해서 1을 더하면 4. 4를 2로 나누면 2. 2를 2로 나누면 1.

"아……."

1에 3을 곱해서 1을 더하면 4. 4를 2로 나누면 2. 2를 2로 나누면 1. 다시 1이 되었다.

"이제 알겠어? 이 절차를 밟으면 언젠가는 반드시 1에 도달해. 그리고 일단 1에 도달하면 그다음에는 절차를 반복해도 결국 1로 돌아가게 돼."

나쟈는 다른 수도 시험해보자고 생각하고 7을 골랐다. 7은 홀수이므로 3을 곱해서 1을 더하면 22. 22는 짝수이므로 2로 나누면 11. 11은 홀수이므로 3을 곱하고 1을 더하면 34. 34를 2로 나누면 17. 17에 3을 곱하고 1을 더하면 52. 52를 2로 나누면 26. 26을 2로 나누면 13. 13에 3을 곱하고 1을 더하면 40. 40을 2로 나누면 20. 20을 2로 나누면 10. 여기까지 계산한 뒤, 나쟈는 방금 10에 대해서 같은 절차를 밟은 결과 1이 되었음을 떠올렸다. 그러므로 결과는 이번에도 1이다.

"역시 1이 되네. ……그렇다는 건, 설마 〈최고신의 수〉라는 게……."

"그래, '1'이야. '존재하는 것' 그 자체지. 온갖 수의 근원, 다시 말해 어머니야."

그리고 멤은 말했다. 인간이든 요정이든 신들이든 1에서 태어나며 결국은 1로 돌아간다고.

"인간이나 요정이 〈최고신의 수〉인 '1'을 받아들인다는 건 개인으로서의 삶을 마치고 존재 그 자체의 근원으로 돌아간다는 뜻이야. 뭐, 극단적으로 말하면 '죽는다'는 거지."

요정의 병인 '운명수의 거품화'는 수명이 얼마 남지 않은 요정에게 일어나는 자연스러운 현상이다. 한편 '콜라초의 절차'는 그것을 인공적으로 일으킨다. 이런 차이는 있지만, 그 효과는 양쪽 모두 같다. 즉, 운명수를 변동시키면서 최종적으로는 '1'로 만든다. '1'은 유일한 최고신의 수인 동시에 '개인으로서의 죽음'을 의미하는 수인 것이다.

"요전에 카흐는 거울 속에 차 있는 나쁜 공기 때문에 몸이 약해져서 아직 수명이 많이 남아 있었는데도 '운명수의 거품화'가 일어났어. 운명수가 변화해서 1에 가까워졌던 거지. 그래서 죽을 뻔했던 거야.”

멤은 나뭇가지가 휘어질 정도로 과일이 주렁주렁 열린 나무 근처를 날고 있는 카흐를 올려다보면서 조용히 그렇게 말했다.

나쟈는 생각했다. 만약 왕비가 〈최고신의 수〉를 얻는다는 유혹을 이겨내지 못하고 ‘거울’과 ‘서’를 사용해서 ‘콜라초의 절차’를 실행한다면……. 왕비도 ‘운명수의 거품화’와 같은 현상을 거친 끝에 죽고 마는 것일까? 그때 잘 익은 과일을 손에 든 카흐가 내려와서 이렇게 말했다.

“뭐, 왕비가 그저 평범하게 ‘숨을 거둘’ 뿐이라면 그나마 행복한 편일 거야.”

“무슨 말이야?”

“우리 살아 있는 존재에게 죽음은 너무나 두려운 일이지만, 더 넓은 관점에서 바라보면 ‘유일한 최고신과 동화하는’ 것이기도 해. 다시 말해 구원이기도 한 거야. 하지만 그 구원을 얻으려면 자신의 내부에 있는 여러 가지 것들을 버려야 해. 물론 운명수에 대한 집착도 말이야.”

카흐는 과일을 한 입 베어 물고는 이렇게 중얼거렸다.

“왕비가 과연 그럴 수 있을지…….”

요정왕에게 받은 거울에 얼굴을 비춘 직후, 왕비는 기분이 급격하게 좋아지면서 몸이 상쾌해지는 것을 느꼈다. 그 변화는 왕비에게 자신이 ‘유일한 최고신’에 가까워지고 있다는 확신을 주었다.

그러나 다음 순간, 기분이 급격히 우울해지고 온몸이 아팠다. 다만 그것도 오래 지속되지는 않았다. 이후에도 상쾌함과 불쾌함이 정신없이 반복되자 왕비는 심한 혼란에 빠졌다. 그리고 불쾌함뿐만 아니라 상쾌함도 서서히 고통이 되어갔다. 전체적으로는 자신의 내부에서 힘이 빠져나가고 있음은 명백했다. 마치 자신의 생명이 한순간 거품처럼 크게 부풀어올랐다가 다음 순간에는 쪼그라드는 것 같은 느낌이었다. 점점 고통을 견디기가 힘들어졌다. 그러나 왕비는 믿었다. 틀림없이 이 고통이 끝나면 〈최고신의 수〉를 손에 넣을 것이라고.

어느덧 왕비는 끝없는 어둠 속에 있었다. 어둠 속에서 왕비는 고통 이외의 것은 느낄 수 없게 되었다. 왕비는 허우적댔다. 그것도 아주 오래, 오랫동안. 그리고 이윽고 멀리서 빛이 보이기 시작하자 왕비는 고통을 잊어버렸다.

그것은 눈이 부실 정도의 빛이었다. 왕비는 생각했다. 저것이야말로 〈최고신의 수〉가 틀림없다고. 자신이 손에 넣어야 할 '수'가 틀림없다고. 끝이 없을 것 같았던 고통이 마침내 끝나고 희망을 발견한 것이다.

—나에게 가장 어울리는 운명수.

그러나 빛과 어둠이 하나가 되는 지점에 이르렀을 때, 왕비는 깨달았다. '이 빛'을 자신의 내부에 집어넣을 수 없다는 사실을. 반대로 '이 빛'이 자신을 내부에 담으려 하고 있음을.

—이게 대체 어떻게 된 거야!

왕비는 보았다. 빛 속에 수백, 수천, 아니 그보다 훨씬 많은 자들이 있는 것을. 그리고 깨달았다.

─안으로 들어가면 나는 '저것들과 똑같아질' 거야!

싫어! 그런 건 죽어도 싫어! 나는, 나만은 다른 누구와도 다르단 말이야! 특별하단 말이야!

왕비가 이렇게 외치자 빛은 사라지고 주위는 또다시 암흑으로 변했다. 빛이 보이는 동안 누그러졌던 고통이 몇 배로 강해지면서 왕비를 덮쳤다. 왕비는 고통과 분노를 이기지 못하고 외쳤다.

─이게 뭐야! 왜 내가 이런 벌을 받아야 하는 거야!

왕비의 외침은 입 밖으로 나오는 즉시 사라졌지만, 그래도 왕비는 이런 외침을 멈출 수 없었다. 그것이 고통을 증폭시킬 뿐임을 알면서도.

왕비는 깨닫지 못하고 있었지만, 왕비를 벌주고 있는 것은 다름 아닌 왕비 자신이었다.

◈

"⋯⋯그러니까 왕비는 자신의 본질이 '1'이고 다른 온갖 존재와 다르지 않음을 받아들어야 하는구나."

나쟈의 말에 멤은 고개를 끄덕였다.

"맞아. 그러지 못한다면 벌은 영원히 계속될 거야. 그러니까 그 판결은 더없이 관대해 보이지만 그 무엇보다 가혹한 벌인 거야. 특히 그 왕비 같은 인간에게는 말이지."

그리고 이렇게 덧붙였다.

"우리 요정도, 그리고 너희 인간도 여러 가지를 가지고 태어나. 하지만 언젠가는 그것들을 내려놓아야 하는 순간이 찾아오지. 그러지 못하면 가지고 있던 것이 오히려 고통의 씨앗이 되고 저주가 되고 말아.”

나쟈는 멤의 말을 복잡한 심정으로 듣고 있었다. 자신도 언젠가는 그런 상황에 직면해야 한다. 그것은 먼 미래일 수도 있고, 의외로 빨리 찾아올지도 모른다.

“난……, 괜찮을까?”

불안한 목소리로 말하는 나쟈에게 과일을 다 먹은 카흐가 대답했다.

“어렵게 생각할 필요는 없어. 예쁜 빛이 보이면 쓸데없는 생각은 그만두고 몸에서 힘을 빼면 돼.”

“카흐, 그런 무책임한 말은 하는 거 아니야.”

“무책임한 말이 아니야. 실제로 봤는걸. 요전에 죽을 뻔했을 때 말이야. 멀리서 보긴 했지만, ‘그곳’은 정말 아름답고 굉장히 즐거워 보였어.”

자신은 〈수의 여왕〉을 보았다고 카흐는 자랑스럽게 말했다. 멤은 카흐를 바라보면서 가볍게 웃었다. 나쟈도 그들을 보면서 키드득 웃었다. 오랜만에 찾아온 고요한 시간. 그러나 그것도 잠시, 또다시 카흐가 호들갑을 떨었다.

“아! 저기 있다!”

“앗!”

카흐가 가리키는 숲 너머를 바라본 나쟈는 사람의 모습을 발견했다.

“비앙카 언니!”

◈

숲의 깊은 곳에 있는 조금 열린 들판. 살짝 솟아오른 그 중앙에 비앙카가 서 있었다. 여전히 '검은 마틸데'의 모습을 한 비앙카는 검은 눈동자로 메르세인 성을 바라보았다. 비앙카의 등 뒤에서는 벌치기 일족이 당나귀, 짐과 함께 앉아서 그녀를 지켜보고 있었다.

이틀 전, 성을 뛰쳐나온 비앙카는 벌치기 일족과 재회했다. 먼 곳을 여행하고 있었던 그들은 얼마 전에 '심상치 않은 조짐'을 느끼고 메르세인 성을 향해 이동하고 있었다고 한다. 비앙카는 생명의 은인인 그들에게 모든 것을 이야기했다. 왕비는 패배했고 심판을 받을 것이다. 그러나 왕비뿐만 아니라 자신도 심판을 받아야 한다. 심판을 받지 않고서는 어디에도 있을 수 없다.

— 나는 영원히 성에서 나올 수 없어.

그전까지는 왕비를 향한 증오 때문에. 그리고 지금은 자신의 죄 때문에.

그렇게 말하면서 우는 비앙카에게 벌치기 일족이 말했다.

벌에게 심판을 맡기면 어떻겠느냐고.

과거에 소수벌들은 비앙카를 죽음으로부터 구했다. 신의 심부름꾼인 벌은 틀림없이 올바른 심판을 내려줄 것이다. 그들은 이렇게 말했고, 비앙카도 동의했다.

비앙카는 등을 곧게 펴고 서서 그때를 기다렸다. 이윽고 벌치기들의 짐수레 안이 소란스러워지더니 엄청난 수의 벌들이 밖으로 나왔다. 그리고 메르세인 성 쪽에서도 날갯짓 소리와 함께 벌오두막의 벌들이 날아오는 것이 보였다. 이윽고 수많은 벌떼가 비앙카를 둘러싸 그녀의 시야를 완전히 가렸다. 비앙카는 조용히 눈을 감았다.

"신을 따르지 않는 자, 거르스는 자는 신의 사자에게 최후를 맞이한다." 벌치기들의 오래된 전승처럼, 벌들은 틀림없이 나를 죽이겠지.

— 하지만 이 '작은 친구들'에게 죽는 것이라면 불만은 없어.

'친구들'에게 둘러싸인 비앙카는 조용히 '심판'을 기다렸다. 그러나 벌침이 피부를 찌르는 아픔은 느껴지지 않았다. 느껴지는 것은 머리 위에서 주르륵 떨어지는 액체의 감촉뿐이었다. 그 액체는 비앙카의 머리와 얼굴, 목, 몸통과 손발을 구석구석까지 적셨다. 눈을 감고 있는데도 황금색으로 빛나는 빛이 보였다.

— 이것은 설마……. 꿀?

어째서? 비앙카가 눈을 떴을 때, 벌떼는 그녀에게서 떨어져 작별을 고하듯이 주위를 몇 바퀴 돈 다음 벌치기들의 짐수레 속으로 빨려 들어가듯이 사라졌다.

뭐지? 지금 이 액체가 '심판'이었던 거야? 비앙카가 당혹스러워하고 있는데 멀리서 그녀의 이름을 부르는 목소리가 들렸다. 그리고 곧 숲속에서 나쟈가 달려오는 모습이 보였다. 나쟈의 뒤에는 요정인 멤과 카흐의 모습도 보였다.

멍하니 서 있는 비앙카 앞에 나쟈가 숨을 헐떡이며 멈춰 서더니, 눈이 휘둥그레져서 비앙카의 얼굴을 바라보았다. 그리고 무엇인가를 말하려는 듯이 입술을 움직이는 나쟈의 왼쪽 눈에서 눈물 한 줄기가 뺨을 따라 흘러내렸다.

"언니의 얼굴이……, 원래대로……."

뭐? 어리둥절해하는 비앙카를 나쟈가 꼭 껴안았다. 대체 무슨 일이 일어난 것일까? 나쟈에게 물어봐도 엉엉 울기만 할 뿐이어서 전혀 알 수가 없었다. 그때, 멤이 날개를 움직이며 비앙카의 눈높이로 날아오르더니 품에서 작은 거울을 꺼내 비앙카에게 보여주었다.

"아……."

거울 속에 비친 얼굴은 '검은 마틸데'가 아니었다. '밤색 머리카락의 여자아이'도, '은발의 여성'도 아니었다. 금색 머리카락에 하얀 피부의 여성.

—이것이 내 얼굴…….

비앙카는 또 한 가지를 깨달았다. 거울 속에 비친 자신의 얼굴에는, 나쟈의 빨간 머리카락이 덮고 있는 자신의 오른팔에 있던 초승달처럼 가늘고 긴 옛 상처가 사라졌음을. 지금까지 그 어떤 모습으로 바뀌더라도 반드시 어딘가에 남아 있었던 그 상처. 자신이 자신임을 말해주는 증표이자 자신의 증오의 상징이기도 했던 그 상처가 흔적도 없이 사라진 것이다.

"난……."

목소리가 떨렸다. 그리고 무슨 말을 해야 할지 알 수가 없을 만큼 가슴이 벅차올랐다. 그런 비앙카에게 벌치기 일족의 장로가 걸어와서 말했다.

"마틸데. 아니, 비앙카. 이것이 자네에 대한 신들의 의미이며 자네의 '친구'인 벌들의 의지라네."

그리고 이렇게 덧붙였다. 이것이 자네에게 축복이 될지, 아니면 저주가 될지는 자네에게 달려 있다고.

그때까지 그저 기쁨에 젖어 있던 비앙카는 그 말에 정신이 번쩍 드는 것 같았다. 그렇다. 이것이 반드시 축복이 되리라는 보장은 없는 것이다. 지금 자신이 분에 넘치는 연민과 은총을 받았음은 틀림없다. 그러나 이것이 자신을 행복으로 이끌어주리라는 보장은 없다. 반대로 자신을 추락시킬지도 모른다. 자신의 어머니, 커다란 운명수를 갖고 태어난 왕비가 오히려 욕망을 증폭시켰듯이.

— 축복이 될지, 저주가 될지…….

결국은 자신에게 달려 있는 셈이다. 자신이라는 약한 존재, 신뢰할 수 없는 존재, 어두운 감정에 지배당하기 쉬운 존재에게 운명을 맡긴다는 공포. 그런 생각이 든 비앙카는 자신도 모르게 몸을 움츠렸다. 그러자 자신을 붙잡고 울고 있던 나쟈가 고개를 들었다.

"언니, 괜찮아?"

너무 울어서 빨개진 나쟈의 눈은 어린 시절과 똑같았다. 하지만 울보에 겁쟁이였던 나쟈가 지금 이렇게 커서 자신을 걱정해주고 있다.

"……응, 괜찮아."

이렇게 따뜻한 감정을 느낀 것이 도대체 얼마 만일까? 비앙카는 자신의 감정의 변화에 놀라면서 마음속으로 같은 말을 되뇌었다.

— 그래, 괜찮아.

나쟈가 있으니 틀림없이 괜찮을 것이다. 저 멀리, '어머니'가 지배했던 성이 우뚝 서 있다. 내 마음속에는 그것이 불러일으키는 어두운 감정이 지금도 분명히 존재한다. 하지만 나쟈와 함께 있으면 그것에 휘둘리는 일은 없을 것이다. 그리고 언젠가 반드시 완전히 극복할 날이 찾아오리라.

그때 나는 진정한 의미에서 성을 나오게 될 것이다.

# 해설

이 책은 소설입니다. 실존 인물, 단체와는 어떤 관계도 없습니다. 또한 수비학(數祕學) 같은 실제로 존재하는 점술과도 관련이 없습니다.

지금부터 이 소설에서 다룬 수(특히 자연수)에 관한 몇 가지 용어들을 간단히 설명하려고 합니다. 자세한 내용을 알고 싶다면 관련 해설서 등을 읽어보시기 바랍니다.

아래에서 언급되는 '수'는 전부 1 이상의 정수를 가리킵니다.

◆ 약수, 소수, 합성수(첫 등장 : 제1장)

어떤 수 a가 어떤 수 b로 나누어떨어질 경우, 즉 a를 b로 나누었을 때 나머지가 0일 경우, b는 a의 약수(約數)라고 합니다. 예를 들면 6은 3으로 나누어떨어지므로 3은 6의 약수입니다. 모든 수에 대해 그 수 자신과 1은 그 수의 약수입니다. 모든 수는 그 수 자신과 1로 나누어떨어지기 때문입니다.

그 수 자신과 1 이외에는 약수를 가지지 않는 2 이상의 수를 소수(素數)라고 합니다. 소수는 작은 것부터 순서대로 2, 3, 5, 7, 11, 13, ……으로 이어집니다. 소설에서는 자릿수가 큰 소수가 '축복받은 수'로서 등장합니다. 또한 소설의 세계에서는 소수를 '본디의 수'라고 부르기도 하는데, 이것은 현실에서 사용되는 명칭이 아니니 유의

해주시기 바랍니다.

1도 소수도 아닌 수는 합성수라고 부릅니다. 소설에서 언급되는 '금이 간 수'가 합성수에 해당되는데, 이 또한 현실에서 사용되는 명칭이 아닙니다.


◆ 소인수 분해(제1장, 제2장)

수를 소수의 곱으로 나타내는 것을 소인수 분해라고 합니다. 예를 들면 78260은 $2 \times 2 \times 5 \times 7 \times 13 \times 43$이라는 소수의 곱으로 나타낼 수 있으므로, 이것이 78260의 소인수 분해입니다. 모든 수는 오직 한 가지 방법으로 소인수 분해됩니다.

소인수 분해를 하기 위한 방법들 중 하나로 가장 작은 소수(2)부터 순서대로 나눗셈을 해나가는 '나눗셈 시행법(Trial division)'이 있습니다. 소설에서 나쟈를 비롯한 '셈하는 아이들'이 했던 계산이나 거울 속에서 멤을 비롯한 요정들이 했던 계산이 바로 이 나눗셈 시행법입니다. 이것은 단순한 방법이지만, 큰 수를 소인수 분해할 경우 나눗셈의 횟수가 증가하기 때문에 시간이 오래 걸립니다.

나눗셈 시행법 이외에도 다양한 소인수 분해 방법이 고안되었지만, 큰 수의 소인수 분해를 빠르게 할 수 있는 방법은 아직 확립되어 있지 않습니다. 이런 소인수 분해의 어려움은 정보의 암호화에도 응용되고 있습니다.


◆ 과잉수, 부족수, 완전수(제2장)

그 수 자신을 제외한 약수의 합이 그 수보다 큰 수를 과잉수라고 부릅니다. 12의 '그 수 자신을 제외한 약수'는 1, 2, 3, 4, 6이며, 그

합은 16입니다. 그러므로 12는 과잉수입니다.

그 수 자신을 제외한 약수의 합이 그 수보다 작은 수를 부족수라고 부릅니다. 15의 '그 수 자신을 제외한 약수'는 1, 3, 5이며, 그 합은 9입니다. 그러므로 15는 부족수입니다.

그 수 자신을 제외한 약수의 합이 그 수와 같은 수를 완전수라고 부릅니다. 가장 작은 완전수는 6입니다('그 수 자신을 제외한 약수' 1, 2, 3의 합이 6으로 같기 때문입니다).

◆ 친화수(제3장)

두 수의 쌍에 대해 한쪽 수의 '그 자체를 제외한 약수의 합'이 다른 수와 같을 경우, 그 두 수를 친화수라고 합니다. 소설에서는 나쟈의 운명수 124155와 리햐르트의 운명수 100485라는 예가 등장했습니다. 가장 작은 친화수 쌍은 220과 284로, 220의 그 자체를 제외한 약수의 합은 $1+2+4+5+10+11+20+22+44+55+110=284$이며, 284의 그 자체를 제외한 약수의 합은 $1+2+4+71+142=220$입니다.

◆ 피보나치 수열(제3장, 제5장)

피보나치 수열은 1, 1이라는 두 항으로 시작해, 이전 두 항의 합이 다음 항이 되는 수열입니다.

$$1, 1, 2, 3, 5, 8, 13, 21, 34, 55, 89, 144, \cdots\cdots$$

위에서 보이듯이, 왼쪽에서 세 번째 항 2는 왼쪽에서 첫 번째 항 1과 두 번째 항 1의 합입니다. 또한 네 번째 항 3은 두 번째 항 1과 세 번째 항 2의 합입니다. 이 수열에 나타나는 수를 피보나치 수라고 부릅니다.

피보나치 수열에는 수많은 흥미로운 성질들이 있는 것으로 알려져 있습니다. 피보나치 수가 꽃잎의 수 등 자연계에서 자주 볼 수 있는 수라는 것도 그중 하나입니다. 또한 모든 수는 서로 이웃하지 않는 상이한 피보나치 수의 합으로 나타낼 수 있습니다. 참고로, 소설에서는 다루지 않았지만 어떤 수를 서로 이웃하지 않는 서로 다른 피보나치 수의 합으로 나타나는 방법은 한 가지뿐입니다. 이것은 제켄도르프의 정리(Zeckendorf's Theorem)라고 알려져 있습니다.

소설에서는 피보나치 수열이 만능 치료약인 피보나 풀에서 피는 꽃의 수로서 등장했습니다.

◆ 페르마의 소정리, 유사 소수, 카마이클 수(제6장)
지금부터 수 n과의 공통의 약수가 1밖에 없는 것을 수 a라고 표시하겠습니다.

페르마의 소정리는 다음과 같은 것입니다.

n이 소수라면 $a^{n-1} \equiv 1(\mathrm{mod}\ n)$

'$a^{n-1} \equiv 1(\mathrm{mod}\ n)$'이란 '$a^{n-1}$과 1은 n으로 나누었을 때의 나머지가 같다'라는 의미입니다. 따라서 이 경우는 '$a^{n-1}$'을 n으로 나눈 나머지가 1'임을 나타냅니다.

페르마의 소정리는 어떤 수가 소수인지 아닌지를 판정할 때 사용할 수 있는 정리 중 하나입니다. 수 n이 소수인지 아닌지 알고 싶을 경우, 수 a를 하나 고르고(이 a를 '밑'이라고 합니다) $a^{n-1}$을 구합니다. 다음에는 그것을 n으로 나눠서 나머지가 1이 되는지 알아봅니다. 만약 n이 소수라면 위의 정리에 따라 나머지가 반드시 1이 됩니다. 이것은 소설에서 '작은 페르마 신의 판정'이라는 명칭으로 등장합니다.

그러나 주의해야 할 점이 있습니다. 어떤 하나의, 또는 몇 개의 밑 a에 대해 $a^{n-1} \equiv 1(\mod n)$이 성립하더라도 n이 소수가 아닐 경우가 있습니다. 소설에서는 그 예로 **341**을 들었습니다. 밑 a로서 2를 고르고 $2^{(341-1)}$, 즉 $2^{340}$을 341로 나누면 나머지가 **1**이 됩니다. 이처럼 n = **341**에 관해서는 a = 2라고 했을 때, $a^{n-1} \equiv 1(\mod n)$이 성립하지만, **341** 자체는 **11**과 **31**로 나누어떨어지는 합성수이지 소수가 아닙니다. 이런 수 n을 '유사 소수'라고 부릅니다.

유사 소수가 소수가 아님을 확인하려면 밑 a를 다양한 수로 바꿔보는 방법이 효과적일 경우가 있습니다. 즉, 밑 a를 다양한 수로 바꿔서 위의 판정을 시도해보면 나머지가 **1** 이외의 수가 될 때가 있지요. 앞에서 예로 든 유사 소수 **341**도 밑 a로 **3**을 고르면 $3^{(341-1)}$, 즉 $3^{340}$을 **341**로 나눈 나머지가 **1**이 아닌 **56**이 되기 때문에 소수가 아님을 알 수 있습니다.

그런데 그중에는 밑 a를 어떤 수로 바꾸더라도 $a^{n-1} \equiv 1(\mod n)$이 성립하는 합성수가 존재합니다(이것은 페르마의 소정리의 역이 성립하지 않음을 의미합니다). 그런 수를 카마이클 수라고 부르며, 페르마의 소정리를 이용한 판정으로는 소수와 구별할 수 없습니다. 소설에서 등장하는 왕비의 운명수 **464052305161**은 그런 수입니다.


◆ 소수를 생성하는 식(제6장)

현재 소수를 전부 혹은 소수만 생성할 수 있는 식(함수)은 발견되지 않았지만, 상당히 많은 소수를 생성할 수 있는 식은 몇 가지가 알려져 있습니다. 그중 하나가 $f(x) = x^2 - x + 41$로, x에 **1**부터 **40**까지의

수를 넣으면 소수만을 생성합니다. 실제로,

$$f(1) = 1^2 - 1 + 41 = 1 - 1 + 41 = 41$$

$$f(2) = 2^2 - 2 + 41 = 4 - 2 + 41 = 43$$

$$f(3) = 3^2 - 3 + 41 = 9 - 3 + 41 = 47$$

$$f(4) = 4^2 - 4 + 41 = 16 - 4 + 41 = 53$$

$$f(5) = 5^2 - 5 + 41 = 25 - 5 + 41 = 61$$

……

$$f(13) = 13^2 - 13 + 41 = 169 - 13 + 41 = 197$$

……

$$f(40) = 40^2 - 40 + 41 = 1600 - 40 + 41 = 1601$$

이것은 모두 소수입니다. 참고로 $f(41) = 41^2 - 41 + 41 = 41^2$은 물론 소수가 아니며, 그 뒤로도 소수가 아닌 $f(x)$의 값이 많이 발견됩니다.

소설에서 이 식은 시인 람디쿠스가 만든 인공 요정을 만들어내는 장치에 등장합니다.

## ◈ 카프리카 수(제7장)

카프리카 수는 그것을 제곱한 수를 좌우의 자리로 분할해 두 개의 수로 간주하고 그 두 수를 더하면 원래의 수와 같아지는 특수한 수입니다(제곱한 수의 자릿수가 짝수일 때는 좌우를 절반으로 나누고, 홀수일 때는 왼쪽 부분이 오른쪽 부분보다 자릿수가 하나 적도록 분할합니다).

예를 들어보겠습니다.

$$45^2 = 2025 \rightarrow 2025를 20과 25로 나눈다 \rightarrow 20 + 25 = 45$$

$$297^2 = 88209 \rightarrow 88209를 88과 209로 나눈다 \rightarrow 88 + 209 = 297$$

소설에서는 '제곱분할 복원수'라는 명칭을 사용했지만 이것은 현실에서 사용되는 명칭이 아닙니다.


## ◈ 삼각수(제7장)

1, 3, 6, 10과 같이 삼각형의 형태로 배열된 점의 개수를 나타내는 수를 삼각수라고 합니다. 모든 수는 3개 이하의 삼각수의 합으로 나타낼 수 있습니다. 이것은 '가우스의 삼각수 정리'로 알려져 있으며, 소설에서 '운명의 삼각문'으로 등장합니다.


## ◈ 순환수(제8장)

소설에서 '검은 마틸데'의 운명수 142857은 그 2배부터 6배까지의 수에 같은 숫자가 들어 있다는 특수한 성질을 가지고 있습니다.

$$142857 \times 2 = 285714$$

$$142857 \times 3 = 428571$$

$$142857 \times 4 = 571428$$

$$142857 \times 5 = 714285$$

$$142857 \times 6 = 857142$$

단, $142857 \times 7$은 **999999**입니다.


## ◈ 메르센 수, 메르센 소수(제8장, 제9장)

메르센 수는 $2^n - 1$이라는 형태로 나타낼 수 있는 수, 즉 2의 거듭제곱보다 1이 작은 수입니다. 메르센 수 가운데 소수인 수를 메르센 소수라고 부릅니다. 메르센 소수로는 3, 7, 31, 127, 8191 등이 있습니다.

p가 소수이고 $2^p - 1$이 메르센 소수일 경우, $2^{p-1}(2^p - 1)$은 완전수

라는 것이 알려져 있습니다. 따라서 메르센 소수는 완전수를 발견하는 실마리가 됩니다.

소설에서는 3, 7, 31, 127 등의 작은 메르센 소수는 '보석'으로, 524287과 같이 자릿수가 큰 메르센 소수는 〈불로신의 수〉로 등장합니다.


◈ 피타고라스 소수(제9장)

소수 중에는 $4n+1$, 즉 어떤 수 $n$에 4를 곱하고 1을 더한 수로 나타낼 수 있는 것이 무한히 존재합니다. 그런 소수를 피타고라스 소수라고 부릅니다. 피타고라스 소수는 두 제곱수의 합, 즉 어떤 수 $a$, $b$에 대해 $a^2+b^2$으로 표현할 수 있는 수라는 것이 알려져 있습니다(반대로 $a^2+b^2$이 2 이외의 소수라면 그것은 반드시 피타고라스 소수라는 것도 밝혀졌습니다).

예를 들면 5는 $4\times1+1$로 나타낼 수 있는 피타고라스 소수입니다. 이것은 12과 22의 합입니다. 다른 예도 몇 가지 보겠습니다.

13 : $4\times3+1$이며, 또한 $2^2+3^2$

17 : $4\times4+1$이며, 또한 $1^2+4^2$

29 : $4\times7+1$이며, 또한 $2^2+5^2$

소설에서 피타고라스 소수는 운명수에 포함되어 있는 '칼'로 등장합니다.


◈ 뤼카 수열(제10장)

뤼카 수열은 피보나치 수열과 마찬가지로 뒤의 항이 앞의 두 항의 합이 되는 수열입니다. 다만 피보나치 수열은 첫 번째 항과 두 번째 항이 모두 1이었지만 뤼카 수열에서는 두 번째 항이 3입니다(첫 번째 항을 2, 두 번째 항을 1로 놓아서 2, 1, 3, 4, 7, 11,……로 정의하기도 합니다).

1, 3, 4, 7, 11, 18, 29, 47, 76, 123, ……

뤼카 수열은 피보나치 수열과 많은 성질을 공유합니다. 소설에서는 피보나 풀을 닮은 약초인 뤼카 풀로 등장합니다.


◆ 콜라츠 추측(제12장)

콜라츠 추측이란, 어떤 수에 대해서도,

1) 그것이 짝수라면 2로 나누고,

2) 그것이 홀수라면 3을 곱해서 1을 더한다

이 같은 조작을 반복해 나가면 반드시 1을 얻을 수 있다는 추측입니다. 이것은 아직 해결되지 않은 문제들 중 하나로, 모든 수에 대해 성립하는지는 아직 증명되지 않았지만 상당히 큰 수까지 성립함이 알려져 있습니다.

소설에서는 '운명수의 거품화', 또 요정왕 차디가 관리하는 '콜라초의 절차'로 등장합니다.

# 참고 문헌


1. アレックス・ベロス(著), 水谷淳(訳)『どんな数にも物語がある　驚きと発見の数学』SBクリエイティブ, 2015年

2. アンダーウッド・ダッドリー(著), 森夏樹(訳)『数秘術大全』青土社, 2010年

3. 上羽陽子(監修), 国立民俗学博物館(協力)『世界のかわいい民族衣装』誠文堂新光社, 2013年

4. シーラ・ペイン(著), 福井正子(編)『世界お守り・魔除け文化図鑑』柊風社, 2006年

5. 塩野七生『ルネサンスの女たち』新潮社, 2012年

6. 清水健一『大学入試問題で語る数論の世界』講談社, 2011年

7. ジョン・キング(著), 好田順治(編)『数秘術　数の神秘と魅惑』青土社, 1998年

8. 誠文堂新光社(編)『世界のかわいい刺繍』誠文堂新光社, 2014年

9. 芹沢正三『数論入門』講談社, 2008年

10. チェーザレ・ヴィッチェリオ(著), 加藤なおみ(訳)『西洋ルネッサンスのファッションと生活』柏書房, 2004年

11. David Wells(著), 伊知地宏(監訳), さかいなおみ(訳)『プライムナンバーズ　魅惑的で楽しい素数の事典』オライリージャパン, 2008年

12. デリック・ニーダーマン(著), 榛葉豊(訳)『数字マニアック』化学同人, 2014年

13. 中沢洽樹(訳)『旧約聖書』中央公論新社, 2004年

14. ハンス・マグヌス・エンツェンスベルガー(著), 丘沢静也(訳)『数の悪魔　算数・数学が楽しくなる12夜』晶文社, 2000年

15. 文化学園服飾博物館(編)『世界の絣』文化学園服飾博物館, 2011年

16. 文化学園服飾博物館(編)『紋織りの美と技　絹の都リヨンへ』文化学園服飾博物館, 1994年

17. 苗族刺繍博物館(編)『ミャオ族の刺繍とデザイン』大福書林, 2016年

18. ミランダ・ブルース=ミッドフォード(著), 小林頼子、望月典子(編)『サイン・シンボル大図鑑』三省堂, 2010年

19. 由水常雄『香水瓶　古代からアール・デコ、モードの時代まで』二玄社, 1995年

20. ラリー・ローゼンバーグ(著), 井上ウィマラ(編)『呼吸による癒やし』春秋社, 2001年

# 후기

도쿄서적 주식회사의 오하라 마미에게 "프로그래밍 등을 주제로 한 이야기를 책으로 냈으면 좋겠습니다"라는 제안을 처음 받았던 때가 대략 2년 전이었던 것으로 기억한다. 그후 참고 자료로 제출했던 과거의 작품을 고쳐 써서 2018년 여름에 『컴퓨터는 어떻게 만들어졌나요?』를 출판했는데, '이야기'라는 최초의 제안에 따른 기획이 구체화되기까지는 상당한 시간이 걸렸다. 그도 그럴 것이, '프로그래밍을 주제로 한 이야기'는 2016년에 도쿄대학 출판회에서 간행한 『정령의 상자 — 튜링머신을 둘러싼 모험』에서 모두 썼다고 생각했던 데다가 프로그래밍이나 컴퓨터 같은 도구를 이야기의 세계 속에서 매력적으로 보여주려면 상당히 복잡한 설정이 필요하리라고 느꼈기 때문이다. 그런 까닭에 설정을 구상했지만 좋은 설정이 좀처럼 떠오르지 않아 시행착오를 반복했는데, 다음의 두 가지가 결정되자 비로소 전체적인 그림이 보이기 시작했다.

첫째는 컴퓨터의 은유로서 '백설공주의 거울' 같은 도구를 사용한다는 것이었다. 백설공주 이야기는 모르는 사람이 거의 없고, 못된 왕비가 거울을 향해서 질문을 하면 거울이 대답을 들려주는 장면도 유명하다. 그래서 이것이라면 설정을 장황하게 설명하지 않아도 독자 여러분이 쉽게 받아들일 수 있으리라고 느꼈다. 그리고 '백설공주'의 이미지에서 자연스럽게 등장인물의 성격이나 세계 관, 이야기의 스타일도 결정되었다.

둘째는 컴퓨터가 직접 취급하는 대상인 '수'를 무엇인가 다른 것의 은유로 삼는 것이 아니라 그대로 이야기의 중심에 둔다는 것이었다. 수에 관해 조사해보면 재미있는 이야기가 굉장히 많으므로 그런 것들을 중심으로 이야기를 구성하기로 생각했고, 오하라도 이에 찬성했다. 그 뒤로도 실제로 이야기가 시작되기까지는 많은 장애물들이 있었지만, 이렇게 책을 완성할 수 있었던 것은 오하라의 격려와 조언, 그리고 수 자체가 지닌 끝을 알 수 없는 매력 덕분이라고 생각한다.

수에 관해서는 처음부터 공부한 것도 많았기 때문에 이야기를 쓰는 동안에도 내가 제대로 이해한 것이 맞는지, 표현이 부적절하지는 않은지 종종 고민했다. 그러나 오차노미즈 여자대학의 아사이 겐이치 선생님과 가이세이 중고등학교의 마쓰노 요이치로 선생님에게 부족한 부분 등을 지적받는 동시에 수학적 내용을 설명하는 방법에 관해서 수많은 조언을 받을 수 있었다. 또한 두 선생님이 보내준 이야기에 관한 귀중한 의견은 내용을 향상시키는 데에 크게 활용되었다. 이 책에 부족한 점이나 잘못된 이해 등이 남아 있다면 그것은 전부 저자인 나의 책임이다.

일러스트레이터인 Kaitan은 아름다운 표지 일러스트를 그려주었다. 그 일러스트를 본 나는 푸른 공간에 떠 있는 『거대한 서』의 웅장함과 화려함, 박력에 압도당했고, 그림이라는 표현이 지닌 힘을 새삼 깨달았다. 또한 『컴퓨터는 어떻게 만들어졌나요?』에도 도움을 준 디자이너 사와다 가오리(도시키-파브르 합동회사)는 판타지의 느낌이 물씬 풍기는 매력적인 책을 만들어주었다. 그리고 교정자인 사토 히로코가 해준 날카로운 지적은 이 책을 완성하는 데 커다란 도움이 되었다. 이 모든 분들에게 진심으로 감사의 말을 전한다.

수론은 수학의 여왕으로 불린다. 이 책에 등장시킬 수 있었던 것은 극히 일부에 불과하며, 그것도 수박 겉핥기의 수준일 뿐이다. 그럼에도 이 책을 손에 든 독자 여러분이 나쟈 일행의 모험을 즐겁게 읽고 수의 세계가 지닌 매력을 조금이라도 느꼈다면 나에게 그보다 큰 행복은 없을 것이다.

**2019년 5월**

저자

# 역자 후기

이 책의 번역을 의뢰받았을 때, 저자의 이름을 보고 묘한 기분이 들었다. 낯이 익은 이름이었기 때문이다. 이전에 번역했던 『대학에 가는 AI vs 교과서를 못 읽는 아이들』(아라이 노리코 지음, 해냄)에 인공지능 '도로보군'의 언어 처리 부문을 담당한 언어학자로서 이름이 등장하기도 했지만, 그보다는 과거에 일본의 서점에 갔을 때 발견했던 흥미로운 책의 저자로서 머릿속에 각인되어 있었던 이름이었다. 그 책은 이 책의 후기에도 언급되는 『정령의 상자—튜링머신을 둘러싼 모험』이다. 마법사가 등장하는 판타지의 세계관 속에서 오토마타 이론과 튜링 머신, 그리고 형식 언어를 다루었다는 것이 매우 인상적이었기에 번역가로서 기회가 된다면 번역해보고 싶다는 생각을 하고 있었는데, 비록 그 책은 아니지만 저자가 쓴 새로운 책을 번역하게 되었다는 점에서 미약하지만 인연을 느꼈다.

이번 책의 주제는 언어가 아닌 수(數)이다. 이번에는 신과 요정이 등장하는 판타지적인 세계관 속에서 특히 소수(素數. 개인적으로 한자를 함께 표기하지 않으면 소수[小數]와 구별할 수 없다는 점이 불편하다. 예전처럼 솟수로 표기하는 것이 혼동을 방지할 수 있어 합리적이라고 생각한다)를 중심으로 이야기가 진행된다. 그러나 학습서처럼 교육적인 내용에 적당히 끼워맞춘 그런 단순한 이야기는 아니다. 몇몇 부분에서 수학적인 설명이 나오기는 하지만, 그런 것은 신경 쓰지 않고 몰입해서 읽을 수 있을 만큼 흥미롭게 이야기가 전개된다. 그리고 후반부에 접어들면 앞에서 지나가듯이 나왔던 사소한 묘사나 별로 중요하지 않은 듯했던 대사들이 후반부의 전개를 위한 복선이었음을 깨닫고 감탄하게 된다.

이 책에서 가장 흥미로운 인물은 왕비의 딸인 비앙카였다. 불완전한 듯하면서도 완벽한, 어떤 의미에서는 전형적인 주인공인 나쟈와는 반대로 비앙카는 완벽한 듯하면서도 불완전한 인물이다. 왕비 못지않게 혹은 그 이상으로 아름답고 수학적 능력이 뛰어나며 나쟈에게는 더없이 상냥한 언니이지만 마음속은 자신의 친어머니인 왕비에 대한 증오심으로 가득하다. 그럴 수밖에 없는 이유가 있기는 하지만, 왕비를 증오하는 비앙카의 심리에 대한 묘사를 읽다 보면 때때로 섬뜩하게 느껴질 정도이다. 이 증오심이야말로 비앙카가 왕비로부터 자유로워지지 못하게 만드는 원인이었으며, 마지막에는 그런 자신의 모습을 받아들이고 극복하는 것이 왕비로부터 자유로워지는 길임을 깨닫는다. 정신적으로 성장한 것이다. 게다가 거울에 갇힌 요정들의 구출을 계획함으로써 사실상 이 이야기가 시작되도록 만든 장본인임을 생각하면 비앙카야말로 진정한 주인공이 아닐까 하는 생각도 든다.

한편 나쟈와는 또다른 측면에서 비앙카와 정반대의 인물이 있다. 바로 낙원장이다. 친어머니이면서도 자신을 도구로 취급했으며 죽이려고까지 한 왕비에 대한 증오심을 억제하지 못하던 비앙카와 달리 낙원장은 어머니를 죽음으로 몰아넣었을 뿐만 아니라 끊임없이 자신을 죽이려 하는 언니인 왕비에 대한 증오심을 내려 놓기 위해 끊임없이 노력했다. 이런 낙원장의 모습은 언뜻 이해하기 어렵고 지나치게 이상적으로 생각되기도 한다. 그러나 그 증오심 때문에 자신을 파멸로 몰아넣을 뻔했던 비앙카를 보면 어렵지만 지향해야 할 길이 아닐까 싶다. 『요츠바랑!』 제2권에도 나오듯이, 복수는 아무것도 낳지 못한다.

마지막으로, 이 책에는 현실 세계에서는 사용되지 않는 용어들이 나온다. '본디의 수'라든가 '금이 간 수', '제곱분할 복원수', '콜라초의 절차' 등은 저자가 이 책의 세계관에 맞춰 창작했거나 살짝 바꾼 명칭이며 실제로 통용되는 용어나 실제 인명이 아니다. 권말의 해설에서도 언급되었지만, 이 부분은 매우 중요하므로 혼동을 방지하기 위해 한 번 더 강조했다.

이 책의 주제는 수론(數論)이지만 어렵게 생각할 필요는 없다. 일단은 판타지 소설로서 흥미진진하게 전개되는 이야기를 즐기는 것으로 충분하다. 그러다 보면 자연스럽게 책에 등장한 각종 수에 대한 흥미가 솟을 것이다. 그때 해설을 읽고, 좀더 자세히 알고 싶을 때는 관련된 책을 읽거나 인터넷에서 검색해보면 된다. 역자가 이 책을 읽고 번역하면서 느꼈던 흥분과 감동, 그리고 나쟈의 사랑스러움을 독자 여러분도 느꼈으면 하는 바람이다.

2020년 4월 말

역자